독도

독도

발행일   2018년 10월 5일

지은이   박 계 상
펴낸이   손 형 국
펴낸곳   (주)북랩
편집인   선일영   편집   오경진, 권혁신, 최승헌, 최예은, 김경무
디자인   이현수, 허지혜, 김민하, 한수희, 김윤주   제작   박기성, 황동현, 구성우, 정성배
마케팅   김회란, 박진관, 조하라
출판등록   2004. 12. 1(제2012-000051호)
주소   서울시 금천구 가산디지털 1로 168, 우림라이온스밸리 B동 B113, 114호
홈페이지   www.book.co.kr
전화번호   (02)2026-5777   팩스   (02)2026-5747

ISBN   979-11-6299-354-5 03810 (종이책) 979-11-6299-355-2 05810 (전자책)

이 도서의 국립중앙도서관 출판예정도서목록(CIP)은 서지정보유통지원시스템 홈페이지(http://seoji.nl.go.kr)와
국가자료공동목록시스템(http://www.nl.go.kr/kolisnet)에서 이용하실 수 있습니다.
(CIP제어번호: CIP2018031309)

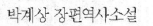
박계상 장편역사소설

독도

독도가 우리 땅이라는 결정적 근거를 마련한
신라 영웅 이사부의 우산국 정복기

부크크 **book** Lab

작가의 말

저자는 미국 캘리포니아 LA에 살면서 한국 사람들끼리 모임을 할 때마다 자주 물어보는 말이 있다. 먼 옛날, 독도는 과연 어느 나라 땅이었을까, 하는 질문이다.

독도는 옛날 옛적부터 한국 땅이라고 말하는 사람이 많은데 실은 맞는 대답이 아니다.

독도는 한국이 아닌 제3국 소유의 섬이었다.

나라 이름은 우산국.

동해 망망대해에 떠있는 우산국은 원래가 화산활동으로 생성된 섬으로 주민들의 생활 풍습이나 언어는 가장 가까운 육지에 있는 나라, 신라와 아주 비슷했다.

땅의 넓이와 인구만으로 치면 신라의 큰 마을에 불과했지만, 백성이 있고 임금이 있는 엄연한 독립 국가였다.

저자는 우산국 사람들의 험난했던 생활상을 역사적인 자료에 근거해 그려냈다.

그리고 신라 백성들의 삶, 신라 성골 가문의 엄격함, 신라궁궐의 호화로움을 되새겼다.

그 당시 신라엔 불교가 들어오기 전이고 성골 가문엔 순장법이 시행되고 농사를 지을 때 소나 말을 이용할 줄 몰랐던 시절이다.

김이사부는 어릴 적부터 성인으로 성장하면서 온갖 어려움 끝에 신라장수가 되기까지 그리고 여러 전투에서 많은 공을 세웠던 실제 내용을 소설로 만들었다.

우산국은 제일 큰 본섬과 두 번째로 큰 섬인 독도를 포함해 40여 개의 무인도로 이루어진 나라였다.

『삼국사기』에 따르면 서기 512년 6월에 신라 장수 김이사부가 지증왕의 명을 받들어 정복시킨 역사적인 기록이 있다.

동해에 떠 있는 울릉도와 독도는 그 이후 오늘날에 이르기까지 명맥을 이어오고 있다.

과연 어느 누가, 어느 나라가, 독도를 감히 자기네 땅이라고 우길 수 있겠는가.

이 소설은 현재 영어와 일어로 번역되어 현재 절찬리에 판매되고 있다.

차례

해상왕국

하늘이 파랗고 바다도 파랗다. 어디부터 하늘이고 어디부터 바다인지 구분이 안 된다. 누군가 하늘과 바다의 경계를 알리기라도 하려는 듯, 머나먼 수평선에 많은 섬들을 뿌려놓았다. 하늘과 바다가 점점이 놓인 그 섬들을 껴안고 한 덩어리로 맞물려서 더욱 파랗다.

먼 옛날 화산이 폭발했다.

바닷물이 펄펄 끓어 넘쳤고, 시뻘건 용암이 끓임없이 솟구쳤다. 여러 날 동안 끓어 넘치고, 솟구쳐 올랐다. 온 세상이 펄펄 끓어 넘쳤다. 드넓은 바다가 온통 열병에 들어 몸살을 앓았다. 언제부터 시작되고 언제까지 계속되었는지 모를 만큼 오래오래 앓았다. 한바탕의 광란이 물러간 뒤, 망망대해에는 40여 개의 크고 작은 바윗덩이 섬들을 탄생시켰다.

제일 큰 것은 사방 100리에 이르는 우릉섬이다.

3천3백척(983m)나 되는 성인봉으로부터 흘러내린 용암이 산비탈과 평지를 만들었고, 크게 보면 커다란 한 덩어리의 바위다. 섬의 안쪽 땅은 흙이 있어 초목과 곡식이 자라고 있었지만, 바다와 맞닿는 곳은 사방이 모두 깎아지른 듯 가파른 벼랑이다.

두 번째로 큰 것은 무릉섬이다.

오직 바윗덩이로만 이루어진 날카로운 산봉우리 두 개가 마주 보고 서있는 형상이다. 우룽섬은 지금의 울릉도를 뜻하고, 무릉섬은 독도를 지칭하는 말이다.

많은 섬들 중에서 우룽 본섬에만 사람들이 모여 살았고 그 밖의 섬들은 무인도였다.

그렇다면 지금으로부터 1500년 전, 5세기 초쯤엔 과연 어떤 사람들이 어떻게 살고 있었을까?

우룽섬은 바닷바람이 거세고 비가 잦았다.

덕분에 사철 물이 풍부하고 토질 또한 비옥하여 향나무며 박달나무며, 해당화며 들국화며, 곡식이며 초목들이 쑥쑥 잘도 자랐다.

또한 밑바닥까지 환히 들여다보이는 맑디맑은 바닷속에는 미역이며 다시마며, 해삼이며 조개며, 명태며 오징어며 해산물들이 지천으로 널려 있었다.

유난히 눈 많이 내리고 바람 세차게 부는 겨울 한철만 잘 넘긴다면, 주민들은 특별한 기술이나 연장 없이도 큰 어려움 겪지 않고 살아갈 수 있었다.

우룽섬 주민들의 생활 풍습이나 언어는 가장 가까운 육지에 있는 나라, 신라와 아주 비슷했다. 오래전 신라 땅에서 이주해온 부족이기 때문인지도 모른다.

우룽섬은 땅의 넓이와 인구만으로 치면 신라의 큰 마을에 불과했지만, 백성이 있고 임금이 있는 엄연한 독립국가였다.

나라 이름은 우산국.

섬 초입에 들어서면 한적한 선착장이 나오고, 선착장 위쪽으로 마을 두 개가 아늑하게 눈에 들어온다. 하나같이 통나무와 바다갈대로 엮은 집들로, 아랫동네 윗동네 모두 합쳐봐야 백여 호가 채 안 된다. 그곳 주민들의 성품은 난바다의 파도를 닮은 탓에 조금은 도전적이었다.

동네 제일로 위쪽엔 아담한 궁궐이 자리 잡고 있었다.

궁궐이라고는 하지만 크고 화려한 것이 아니라 일반 백성들이 사는 집에 비해 규모가 조금 더 클 뿐, 통나무와 바다갈대로 지은 것은 똑같았다. 왕은 그렇듯 소박한 곳에 살았으나, 우산국 백성들은 임금을 깍듯하게 모셨고 임금 역시 백성들을 위해 할 바를 다했다.

우산국의 토와리왕.

외모는 건장한 체구에 콧수염과 턱수염을 길러서 남자답게 보이지만 성격은 퍽 온화한 편이다. 슬하에는 정실부인 한 씨를 비롯해 담수라태자와 해라공주 남매를 두었다.

궁궐 안에는 살림을 모두 맡아 하는 선달 부부와 상궁 하나, 그리고 공주의 몸종, 호위무사도 둘이나 된다.

오늘도 궁궐 안에선 다른 날과 마찬가지로 담수라태자와 해라공주 남매가 임금께 아침 문안을 드리러 왔고 둘이서 나란히 단정하게 절을 올린다.

"밤새 안녕하셨사옵니까?"

"잘들 잤느냐?"

"네. 아바마마."

"매일 매일 아침마다 빠뜨리지 않고 문안을 오니 기분이 좋구나."

"저희들도 좋습니다요."

"너희들은 우산국의 하발왕자를 아느냐?"

"모를 리 있사옵니까."

"잘 알고 있겠으나 다시 이야기하겠다."

"그리하시옵소서."

"하발왕자는 우산국 홀애 임금의 칠 형제 중 하나였다. 그가 고구려로 갔던 것은 우산국의 국력이 약하기 때문이었어. 배를 타고 고구려에 도착한 하발 왕자는 온갖 고생을 해가며 화친을 맺으려 노력했으나 결국은 뜻을 이루지 못하고 객지에서 숨을 거두셨다."

"아바마마는 하발왕자 이야기를, 왜 반복해서 말씀하시옵니까?"

"우리 우산국은 국력이 약하기 때문에 다른 나라와 화친을 맺는 게 중요하다는 것을 강조하기 위해서이니라."

"그런 큰 뜻이 있는 줄은 몰랐사옵니다."

"태자와 공주에게 물어볼 게 있느니라."

"무엇이옵니까?"

"태자는 나이도 나이니만큼, 혹시 따로 생각해놓은 처자라도 있는 게냐?"

"아직은 없사옵니다."

"공주는 어떠냐. 우리 우산국에 마음에 드는 청년이라도 있는 게냐?"

"없사와요, 아바마마."

"사람이 세상에 태어나 혼인하고, 가정을 갖는 게 얼마나 중요한지 아느냐?"

"알고 있사옵니다."

"알고 있다니 다행이구나."

"아바마마 이만 인사 마치고 나가 보겠사옵니다."

"그리하거라."

슬하에 남매뿐인 담수라태자와 해라공주가 밖으로 나가자, 왕은 멍하니 둘의 뒷모습을 바라본다.

잠시 후 자리에서 일어나 방에서 나온다.

그리고는 뒷짐을 진 채로 뜰 안을 잠시 거닐다간 궁궐 밖으로 나와 먼바다를 내려다본다.

오늘도 바다는 바람 한 점 없이 잔잔하고 반달눈썹처럼 길게 휘어진 수평선이 보기에 좋기만 하다.

괭이갈매기 한 떼가 무리 지어 한가롭게 날아가고 있었다. 아무런 까닭도 없이 마음속에 끼어있던 이런저런 생각들이 가뿐하게 사라지는 듯싶었다.

망망대해를 바라보며 마음의 평안을 찾는 것이야말로, 토와리왕의 독특한 성격이기도 하다.

토와리왕.

그는 한 나라의 왕으로서 백성들을 잘 보살펴 그네들이 행복하게 잘살 수 있도록 만드는 게 제일로 중요한 일이다. 토와리왕 역시 백성들을 자기 몸처럼 돌봐야 한다는 선대왕의 가르침을 한시도 잊은 적이 없었다. 하지만 어떻게 해야만 그 가르침을 실천에 옮길 수 있을지는, 늘 무거운 숙제였다.

왕위에 오르기 전에는 일반 뱃사람들과 마찬가지로 범선을 탔던 적도 있다. 신라, 고구려, 백제, 가야, 땅도 밟아보았다. 세상 경험도 쌓을 겸 육지의 다른 나라 사람들은 어떻게 사는지 알아보기 위해서였다.

그러나 그렇게 넓힌 견문이나 지식도 실제로는 별 도움이 되지 못했다. 왜냐하면 우산국은 워낙이나 육지에서 멀리 떨어진 작은 섬이고, 여러 가지 생필품도 육지처럼 다양하지도 풍족하지도 못한 탓이다.

지난 시절 범선을 탔을 때의 일을 떠올리며 바다를 내려다보고 있을 때에 정실부인 한 씨가 가까이 다가왔다.

"여기 계셨군요."

"그렇소만."

"무엇을 그리 깊이 생각하고 계세요?"

"지난날 범선 탔던 일을 떠올리고 있었소. 부인이 여기엔 웬일이시오?"

"태자와 공주한테 혼삿말을 하셨더군요."

"그러잖아도 오늘 아침에 물어봤더니만 둘 다 마땅한 짝이 없다고 했소. 짝을 맺어줘야겠소."

"그것 보세요."

"둘 다 혼기가 찼으니, 아이들 혼사 문제만은 부인이 알아서 주선해 보시오."

"너무 염려 마세요."

"부인만 믿을 것이오."

"염려 말라고 했잖아요."

임금이란 백성들이 볼 때는 까마득히 높은 존재다. 무소불위의 권력을 휘두르고 권능을 떨치고 만사형통할 것이라 여길 게 분명하지만, 실상은 그렇지 못하다.

세상사는 일이 왕이라고 특별히 갑남을녀와 다른 것이 없고 특히 우산국처럼 왜소한 국가의 왕이란 자리는, 따지고 보면 근심과 걱정이 많은 외로운 자리다.

토와리왕은 새삼스럽게 한 나라의 왕으로, 한 여자의 지아비로, 그리고 남매의 아버지로 이런저런 생각에 잠길 수밖에 없었다.

모처럼 잔잔한 바다를 바라보면서 마음속에 끼어있던 잡념들을 말끔히 비워낸 참이건만, 다시금 뿌옇게 흐려지는 느낌이 드는 것은 무엇 때문일까.

다음날.

토와리왕은 꿈자리가 뒤숭숭해 꼭두새벽부터 잠에서 깨어난다. 꿈결에 선창가 쪽에서 사람 죽어가는 비명이 들리는 것 같기도 했다. 더는 잠을 이룰 수 없기에 잠자리에서 일어나 밖으로 나온다.

날씨가 흐리거나 눈이나 비가 올 때엔 볼 수 없지만, 우산국의 해돋이 광경만은 언제나 아름답기 그지없는 장관이다.

미명을 헤치고 빛이 먼저 달려와 어둠을 흐트러뜨린 다음, 바다 저쪽의 물속을 은은한 주홍색으로 물들이면서 불덩이 같은 해가 조금씩 귀를 내밀다가는 한순간에, 불끈 솟아오른다.

그 순간의 태양은 너무나도 순수하고 황홀하여 보는 이의 마음속에 끼인 근심은 물론이고, 작은 그늘조차 그냥 버려두지 않고 말끔히 지워버리게 한다.

그렇건만, 오늘은 이상스럽게도 아침 따라 동편 바다에서 떠오른 태양이 곧장 구름 속으로 숨어버리고 말았다. 그 때문에 불편했던 꿈자리가 좀처럼 지워지지 않았고 왕의 이마에 닿는 아침 공기가 다른 날과 달리 무겁고 답답한 것은 웬일일까.

혹시나 무슨 일이 생긴 게 아닐까.

괭이갈매기들이 을씨년스럽게 울어대며 멀리 날아가는 게 보였다. 바람결이 무척이나 쌀쌀하고, 희뿌연 바다는 제 무게를 이기지 못하고 심란하게 뒤척거리고 있었다.

아니나 다를까, 궁궐 호위무사가 급히 달려와 알현을 청한다.

"폐하, 아뢰옵니다."

"새벽부터 무슨 일인고?"

"어젯밤 왜구들이 온 마을을 쑥대밭으로 만들었사옵니다."

"뭣이, 그게 사실이냐?"

"방금 전에 현장을 확인하고 왔사옵니다."

"어찌 또 이런 일이 일어났단 말인가."

"달리 면목이 없사옵니다."

"피해 상황을 말해보라."

"왜구 놈들이 야밤에 침투해 주민 두 명을 살해했습니다."

"그것뿐인가."

"마을 사람들이 산으로 도망간 사이에 물건들을 싹쓸이로 훔쳐 달아났습니다."

"지금 즉시 현장을 확인하겠다, 채비하라."

"네 잇."

왜구란 한반도와 중국 연안을 무대로 많은 인명을 해치고 재산을 약탈하던 일본의 해적을 뜻하는 말이다.

이들은 일찍이 삼국시대 초기 때부터 발호하여 주변 여러 나라에 많은 피해를 입혔다. 우산국도 예외 없이 해마다 한두 차례는 왜구가 쳐들어와 그 피해도 적잖았다.

토와리왕으로서는 다른 무엇보다도 백성들의 생명과 재산을 보호하는 게 최우선이건만, 우산국에는 우선 백성들의 수가 많지 않았다. 고로 섬을 온전히 지켜내는 일은 거의 불가능하여, 해마다 같은 일이 되풀이해 겪어야만 했다.

우선은 눈으로 직접 확인해야겠기에 호위무사와 함께 부지런히 피해 현장에 도착한다. 잘 갈무리해뒀던 귀중한 씨앗과 아껴뒀던 말린 해산물을 강탈당한 백성들이 넋을 잃고 흙바닥에 주저앉아 통곡을 하고 있었다.

집집마다 굶어죽게 됐다며 통곡하는 소리가 터져 나오는 가운데에 나이 어린 계집아이 하나가 아비의 시신을 부여잡은 채로 울부짖고 있었다.

"아이고."

"아이고 아부지."

어미는 일찍이 죽고 딸과 단만이 단촐하게 살던 아비에게는 나뭇잎만 한 배 한 척과 손바닥만 한 밭뙈기가 삶의 전부였다. 겨우살이 동안 양식이 바닥을 보이니 바다에 나가서 고기를 잡아야 했다.

작은 배로 바람 부는 날 바다에 나가는 것은 위험한 일이지만, 어린 딸을 굶길 수는 없는 일이다. 아비는 이른 새벽에 고기잡이를 나가는 중에, 선착장에서 왜구들과 맞닥뜨려 결국은 처참하게 변을 당하고 만 것이다.

"모든 게 이 못난 임금의 탓이야."

"아부지, 아부지."

"그만 울음을 그치거라."

토와리왕은 어린 계집아이를 보듬어 안은 채로 울음을 그칠 때까지 등을 토닥여 준다. 곧이어 장소를 옮기어 지아비를 잃은 아낙에게로 찾아간다. 아낙의 울음소리가 너무나 구슬프고 처량하여 보는 마음을 더더욱 아프게 한다.

"정말로 안됐소."

"앞으로 어찌 살아요?"

"짐이 임금으로서 드릴 말이 없소."

"왜구 놈들이 너무했어요."

"너무 심려치 마시오. 내 살아갈 방도를 마련해보리다."

"임금님만 믿사옵니다."

"우선 장사를 지내줄 것이오."

'고맙사옵니다."

어린아이와 아낙뿐인가, 물건을 잃어버린 백성들의 집들을 방문하여 위로의 말을 전하여 준다. 왜구 놈들만 생각하면 할수록 너무나 분하고 괘씸하여 토와리왕은 몸까지 부들부들 떨렸다. 한두 번도 아니고 어떻게 이런 일이 계속 일어난단 말인가.

궁궐로 돌아오자마자 호위무사에게 왕명을 하달한다.

"원로회의를 소집할 것이다."

"알겠사옵니다."

"즉시 통보토록 하라."

"어명 받겠사옵니다."

우산국의 원로회의는 조상 대대로 내려오는 전통이다. 모든 국정 운영을 임금 혼자서는 감당하기 어렵기에 중요한 사안이 생길 때마다 원로들 모임에서 자문을 구하는 실정이다.

오후가 되어 십여 명의 원로들, 그리고 담수라태자도 참석시킨 가운데에 회의가 열렸다. 모두들 표정이 굳어있고 더러는 눈을 감고 있는 원로도 보인다.

굳이 태자를 참석시킨 것은 깊은 뜻이 있었다.

토와리왕은 건장한 체구에 콧수염과 턱수염을 길러 외모만이라도 남자답게 보이지만, 담수라태자는 왕을 닮지 않아 약골이고 게다가 어릴 적부터 겁이 많은 편이었다.

장차 우산국의 왕권을 이어받아야 할 몸이고 보면, 담력을 길러주는 것은 물론 틈틈이 실무를 익혀줄 필요가 있기 때문이다.

회의는 호위무사의 사고 보고로 시작이 된다.

"왜구는 축시쯤에 선착장에 도착했습니다. 새벽바람에 배를 띄우려고 나갔던 장 씨가 그 자리에서 칼을 맞았습니다. 그 비명을 듣고 놀란 주민들은 잠자다 말고 도망쳤으나, 외진 곳에 사는 임 씨 역시 사태를 즉시 알아차리지 못한 탓에 늦어져 살해당했습니다."

"더 계속해보라."

"많은 집들이 노략질당했습니다."

"어찌 이런 일이 또 일어났단 말인가."

"감히 드릴 말씀이 없사옵니다."

"이번에도 우리 우산국 백성들은 도망만 치고, 아무런 대항도 못했단 말인가."

"궁궐까지 들이닥치지 않은 것만도 천만다행이옵니다."

"무슨 소리를 그리하는 게야?"

"황공하옵니다."

"피해 상황 외에 더 할 말이 있는가?"

"왜구 중, 한 놈이 크게 몸을 다쳐 버려졌사옵니다."

"죽지는 않았는가?"

"살아있사옵니다만 죽여 마땅하옵니다."

"죽일 필요까지 뭐가 있겠는가."

"어찌해야 되옵니까?"

"치료를 잘해주어 노비로 삼도록 하라."

"어명 받들겠사옵니다."

"원통하구먼, 정말로 통탄할 노릇이야."

그 당시엔 우산국뿐 아니라 다른 나라에도 왜노비가 더러 있었다. 왜노비란 해적질을 하러 온 왜국 사람을 잡아서 만든 노비를 뜻한다.

호위무사의 사고 보고가 끝나자 원로들이 쓴소리를 해댄다.

"폐하, 앞으로 어찌해야 하옵니까?"

"폐하, 우리가 계속 당하고만 살아야 하옵니까?"

"우리 우산국도 뭔가 대책을 마련해야 하옵니다."

"모두가 맞는 말이오."

모두가 맞는다는 말에 원로들은 더 이상 입을 다물고 만다. 실내가 잠시 조용해지면서, 토와리왕이 다시금 원로들을 둘러본다.

"이번 왜구사건을 계기로 뭔가 대처 방안을 마련토록 하시오."

"그리하겠사옵니다."

"원로들께서 제시한 의견에 따라 자구책을 마련할 것이오."

"황공하옵니다."

"우선은 피해를 당한 가구를 파악하여 궁궐에 있는 식량을 나누어주도록 하시오. 그리고 죽은 이들을 위해 원로들께서 엄숙히 장사를 지내주도록 준비하시오."

"식량을 나누어주면 궁궐 식구들은 어찌하옵니까."

"그건 염려 마시오. 우산국의 범선 무릉호가 곧 돌아올 것이오."

"어명 받겠사옵니다."

궁궐 역시 비축 식량이 많지 않으나 당장은 피해를 당한 백성들에게 나눠줘 명줄을 잇게 해주어야 한다. 왕을 우러러 모실 줄 아는 백성들이 있고, 백성을 아낄 줄 아는 왕이 살고 있는데 어찌 백성의 목숨이 왕의 목숨과 다를 수 있겠는가.

그 당시 우산국은 범선 한 척을 보유하고 있었다.

나라가 작아서 범선을 운용하는 일이 힘에 부치지만, 육지와 떨어져 있기에 멀리 항해할 수 있는 범선은 꼭 필요했다. 범선의 이름은 무릉호, 우산국에서 두 번째로 큰 섬의 이름을 땄다.

회의가 끝난 후, 토와리왕은 마음이 편치 않기에 다시금 궁궐에서 나온다.

바다를 내려다보며 습관처럼 주먹을 불끈 쥔다. 왜구 출몰은 해마다 한두 차례 연례행사처럼 되풀이되고 있는데 장차 어떻게 우산국 백성들은 보살펴야 한단 말인가.

그리고 또 한 가지, 당시의 우산국 백성들에겐 조상의 넋을 기리고 자연을 숭배하는 세습이 있었다. 조상 대대로 자손에게 전해 내려오는 풍습이다.

사람이 죽게 되면 시신은 썩어 흙이 되지만, 영혼은 다시 환생해 무릉도에 머물러 산다는 종교다.

무릉도야말로 우산국 사람들에겐 오직 하나 지킴이고 신앙이었다.

피해를 당한 가족들의 장례가 있는 날.

죽은 자들의 시신을 무릉도 쪽으로 눕혀 매장을 끝냈고, 토와리왕을 비롯해 모든 백성들이 고개 숙여 제주의 선창에 따라 목소리를 크게 높인다.

"무릉도에서 영생을 얻게 하소서!"

"무릉도에서 영생을 얻게 하소서!"

"영생을 얻게 하소서!"

"영생을 얻게 하소서!"

"무릉도에서 편히 사시옵소서."

"무릉도에서 편히 사시옵소서."

병이 나거나 다른 사고로 죽었다면 별로 문제 될 게 없으나 왜구에 의해 살해되었기에 토와리왕은 더욱더 가슴이 아프기만 했다. 백성들을 지켜주지 못했다는 생각에 가슴이 무겁기만 하다.

장례를 끝낸 왕은 풀이 죽어 궁궐로 돌아온다. 마음이 뒤숭숭하고 심란하여 편치 않은데 그런 왕의 마음을 아는지 정실부인 한씨가 살포시 다가와 그나마 위로의 말을 전해 준다.

"너무 심려치 마시어요."

"짐의 깊은 마음을 알아주는 사람은 부인밖에 없소."

"그리 말씀해 주시니 고마워요. 하지만 앞으로 좋은 일도 생겨요."

"좋은 일이 생기다니 무엇이오?"

"왕자와 공주 혼사가 있잖아요."

"혼사문제라면 좋은 일이지."

"우선 왕자부터 짝을 맺어줘야겠어요."

"어디 마땅하게 생각해 놓은 처자라도 있는 것이오?"

"아직은 없어요."

"지금이라도 늦지 않았소."

"말하면 뭐하겠어요?"

"부인이 좋은 처자를 알아보도록 하시오."

"너무 염려 마시어요. 제가 수소문해보겠어요."

"소문내지 말고 신중하게, 그리고 비밀리에 알아보는 것 잊지 마시오."

"그거야 당연하지요."

"부인만 믿겠소."

"염려 마시어요."

토와리왕은 왜구의 침략으로 가슴앓이가 심했으나 사정을 잘 아는 부인의 위로를 받고는 조금이나마 마음이 편안해진다.

백성을 잘 지키고 다스리는 것만큼이나 왕실의 계승도 중요한 일이다. 장차 왕비가 될 며느리를 드리고, 사위를 봐야 하는 것 또한 시급한 일이다. 태자와 공주가 하루빨리 혼인하여 잘살기를 바랄 뿐이다.

오늘은 경사스러운 날.

우산국의 단 한 척뿐인 범선, 무릉호가 오랜 항해를 마치고 돌아왔다. 두어 달 만에 돌아왔으니 얼마나 반가운 일인가.

토와리왕은 당장에라도 선창가로 마중을 나가고 싶었으나, 한 나라의 임금으로서 일반 백성들과 똑같이 경솔하게 행동할 순 없는 일이다.

조용한 궁궐에서 귀를 기울이고 있으려니 몹시 궁금하고 갑갑한 노릇이다.

선착장으로부터 들려오는 무릉호의 무사귀환을 반기는 백성들의 떠들썩한 소리가 모처럼 오랜만에 생기가 도는 것 같았다. 바로 이런 게 사람 사는 소리 아니겠는가.

중구난방으로 떠들어 대던 소리는 곧이어 함성으로 이어진다.

"만세!"

"만세!"

"만세!"

"무릉호 만세!"

백성들의 함성에는 힘이 실려 있고 무릉호 만세라는 소리는 궁궐 안에까지 생생하게 들려왔다. 왕은 그 소리가 무척이나 듣기에 좋기만 했다. 왁자지껄한 환영의 소리들이 잠잠해지고 있지만, 왕은 선장을 기다리는 그 짧은 시간이 몹시도 지루하다. 마침내 선장이 입궐했다는 보고가 들어왔다.

어전에 오른 선장을 토와리왕이 반갑게 맞이하여 준다. 오랜 항해를 마치고 돌아온 선장의 얼굴은 검게 그을려 바다의 사내답게 보인다. 수척한 얼굴이 항해의 고단함을 말하는 것 같았다.

"수고가 많았소, 선장."

"무사히 항해 마치고 돌아왔사옵니다."

"이번엔 어디어디를 항해했는가?"

"고구려 평양성과 남부여 사비성을 다녀왔사옵니다."

"긴 여행이었군. 성과는 어땠는가?"

"물목을 올리겠습니다만, 우산국에서 필요한 곡물과 소금 그리고 여러 가지 필요한 물건을 많이 확보해 왔사옵니다."

"잘한 것이오. 선원들은 모두 무사한가?"

"아무 사고 없었사옵니다."

"다행이야 다행이란 말일세. 교환해온 물품을 잘 선별해 백성들에게 줄 것은 주고 나머지는 궁궐로 올려 보내주시게."

"그리하겠사옵니다."

"다음 항해는 언제쯤이나 될 것 같은가?"

"무릉호가 많이 노후해 손볼 곳이 많사옵니다."

"손볼 곳이 많다고 하셨나?"

"대대적인 수리를 해야 하옵니다."

"장거리 항해를 하자면 조금의 하자도 있어서는 안 되는 것, 철저히 수리토록 하라."

"명심하겠사옵니다."

"수고하고 돌아온 선원들을 편히 쉬게 하라."

"이명 받겠사옵니다."

우산국은 육지와 멀리 떨어진 섬나라이기에, 각종 생활용품이나 곡물 등을 자급자족하기에 부족한 게 많다.

그뿐인가 백성들로부터 조세를 받아내기도 어려운 형편이다.

특이한 것은 무릉호가 우산국의 특산물을 육지로 가져가 다른 생활용품으로 물물 교환해 오면 이득을 남겨 궁궐 살림을 꾸려나가는 방법을 택했으니 결국 우산국의 궁궐 살림은 백성들이 해주는 게 아니라 무릉호가 떠맡고 있는 셈이다.

그로부터 며칠 후.

토와리왕은 담수라태자와 함께 선창으로 나선다. 늦은 겨울인데도 화창하고 바다는 바람 한 점 없이 조용한 날씨다. 멀리서 왕과 왕자의 모습을 발견한 백성들이 넙죽 엎드려 절을 올리기에 손을 흔들어 일일이 답례를 해준다.

무릉호는 바다에서 뭍으로 끌어올려져 수리 중이었다. 무릉호 선장은 토와리왕의 사촌 동생으로 매사에 셈이 확실하고 충성심이 강한 사람이다. 선장이 급히 달려 나와 허리를 굽힌다.

"폐하, 납시었습니까?"

"무릉호를 둘러보기 위해 왔소."

"태자님도 오셨군요."

"범선 수리는 어찌 되어 가는가?"

"앞으로 한 달 이상은 족히 걸립니다."

"시일이 그리도 많이 걸린단 말인가?"

"무릉호가 노후해, 손봐야 할 곳이 한두 군데가 아니옵니다."

"튼튼하고 쓸모 있게 수리해야 되느니라."

"염려 놓으십시오."

범선은 집과는 달리 한 장소에 머물러있는 게 아니라 항상 바다 위를 떠다녀야 한다. 망망대해에서는 배의 널빤지 한 겹을 사이에 놓고 생사가 갈릴 수 있는 법이다. 선원들의 목숨과 우산국의 흥망이 무릉호에 달려 있기에 수리는 철저하게 이뤄져야 한다.

"현재 무릉호 선원은 몇이나 되는가?"

"열둘입니다."

"선원을 더 충원할 계획은 없는가?"

"힘깨나 쓰는 젊은이가 더 필요하옵니다."

"어떤 식으로 뽑을 건가?"

"힘쓰기 경합을 벌여 결정하겠사옵니다."

"실행토록 하라."

"그리하겠사옵니다."

"시일이 좀 걸리더라도 범선 수리는 확실하게 해야 되느니라."

"어명 받겠사옵니다."

때는 한겨울, 봄이 오려면 아직도 먼 것 같았다. 토와리왕과 담수라태자는 선장의 안내로 수리 중인 무릉호의 내부를 둘러본 뒤 함께 궁으로 돌아온다.

궁에서는 원로들의 요청에 의해 다시금 회의가 시작되었다. 그

자리에는 무릉호 선장도 참석했다.

"폐하, 우리 우산국은 이대로 계속 당하고 살 수만은 없사옵니다."

"짐도 알고 있소만 어찌하면 좋겠소?"

"보복을 해야 하옵니다."

"보복이라 하셨는가?"

"그러하옵니다."

보복을 해야 한다는 말에 토와리왕은 잠시 눈을 감는다. 이때에 무릉호 선장이 고개 숙여 예의를 표한다.

"폐하."

"말씀하시오."

"왜국에 대한 보복은 쉬운 일이 아니옵니다."

"쉬운 일이 아니라니 무슨 뜻인고?"

"왜국은 부족 단위의 작은 나라가 수도 없이 많사옵니다. 우산국에 쳐들어왔던 왜구 역시 어느 지역에서 왔는지 알 길이 없사옵니다."

"어느 지역에서 왔는지 모른다고 했는가?"

"그러하옵니다."

"허허 그것 참."

"만일에 지역을 알고 있다 해도 거리가 멀어, 감히 왜국에까지 보복하러 가는 것은 불가능하옵니다."

"하기는 선장의 말이 맞는 말이오."

"황공하옵니다."

왜국에 대한 선장의 설명이 끝나자, 원로들이 수근거렸고 모두 뭔가 더 할 말이 있다는 표정이다.

"폐하, 저희들이 의견을 모았사옵니다."

"무엇이오?"

"우리는 지금까지 빈번히 당하고만 살았사오나, 이번을 계기로 제안할 것이 있사옵니다."

"무엇인지 말해 보시오."

"우리 우산국도 군대가 있어야 하옵니다. 군대를 만들어 왜구의 침략에 강력하게 대응해야 하옵니다."

"군대라고 했소?"

"반드시 필요하옵니다."

"좋은 의견이기는 하나, 현재 우리 실정에 군대 양성이 가능하다고 생각하시오?"

"하오나 계속 당하고 살 수만은 없사옵니다."

"우리 우산국에서 동원할 수 있는 젊은이가 몇이나 되겠소. 그리고 변변한 병장기도 없잖소."

"알고 있사옵니다."

"국가재정 역시 빈약해서 군대 양성이 불가능하다는 걸 왜 모르시오?"

토와리왕 역시 우산국을 통치하면서 왜구에 대항하기 위한 고심을 많이 했으나 마땅한 방안이 있을 리 없었다. 진작부터 군대뿐 아니라 자위대 결성까지 구상해 봤으나, 워낙 인구가 적고 재정이 빈약하기에 불가능한 일이었다.

더 이상 회의를 계속해봐야 결론이 나올 것 같지는 않지만 그래도 뭔가 대책을 마련해야 한다.

"짐이 왕으로서 참담한 마음 금할 길이 없소."

"폐하, 어찌해야 하옵니까?"

"사람이 살아가는 데에 제일 중요한 것은 목숨이라 생각하오, 우선은 목숨을 유지해야만 가정이 있게 마련 아니겠소?"

"당연하옵니다."

"방법은 한 가지밖에 없소."

"무엇이옵니까?"

"우리 우산국의 해안은 대부분 절벽으로 이루어져 있기에, 해적들이라 하더라도 선착장을 빼고는 쉽게 접근하여 상륙할 수 있는 곳이 없을 것이오. 그러니 선착장만이라도 철저히 감시토록 하시오."

"지난 세월에도 실시한 적이 있습니다만, 당사자만 엉뚱하게 참변을 당했사옵니다."

"짐이 그걸 왜 모르겠소."

"선뜻 나설 백성이 없을 것 같사옵니다."

"그렇다고 계속 당하고만 살 수는 없는 것 아니오."

왜구의 침투에 대비해 선착장을 지키게 한 것은 전에도 실시해 본 적이 있었다. 건장한 장정들을 골라 야간에 파수꾼을 세웠으나 깜빡 잠든 사이 왜구가 쳐 올라와 죽음을 면치 못했다. 그 이후로 백성들은 야간에 지키는 것을 꺼렸고 어느 누구도 선 듯 나서지 않아 흐지부지되고 말았다.

토와리왕은 크게 한숨을 내쉬더니만 다시금 원로들을 둘러본다.

"이번에는 방법을 달리하도록 하시오."

"어떤 방법이옵니까?"

"모든 가구마다 한 사람씩 나이 구분 없이 순번을 정해 해가 진 야밤에만 왜구의 침범을 감시토록 하시오."

"황공하옵니다."

"만약 왜구가 나타났을 경우 온 마을에 빠르게 알려 모든 백성들이 신속히 산으로 피신할 수 있도록 알려주어야 할 것이오."

"지당하시옵니다."

"왜구가 상륙했을 경우, 맞서 싸우지 말고 속히 도망칠 수 있도록 연락을 해주는 것이오. 원로들께서 세심하게 계획을 세워 철저히 시행토록 하시오."

"어명 받들겠사옵니다."

토와리왕으로선 최선의 선택이었다.

왜구로부터 대처할 수 있는 방법은 맞서 싸우는 게 아니라 빠르게 알려주어 온 백성을 신속하게 산속으로 도망치게 하는 일이다.

아무리 흉폭한 왜구라 해도 산속 깊숙이까지 쳐 올라오지는 못할 것 아닌가.

한나라의 왕으로서 백성들에게 맞서지 말고 오직 도망치라고 가르쳐야 하는 게 조금은 께름칙했으나, 세상에 목숨보다 귀한 게 뭐가 또 있단 말인가. 백성의 목숨이 곧 왕의 목숨과 다름이 없는 것이다.

토와리왕.

그는 서른다섯 나이에 왕으로 추대받아, 우산국을 통치한 기간만도 20년이 넘는다. 그가 왕위에 오른 이후, 제일 가슴 아픈 것은 왜구의 침범이었다.

해마다 한두 차례 왜구가 침탈해 와 부녀자 겁간은 물론 남자는 보이는 대로 살육했다.

그뿐인가 귀중한 식량을 싹쓸이로 훔쳐 달아나는 데에는 당해낼 재간이 없었다. 그리하여 오늘 중대한 결정을 내리기에 이르렀다. 모든 결정은 우산국 백성들을 위한 일이다.

회의가 끝나자 토와리왕은 습관처럼 회의장에서 빠져나와 바다를 내려다본다.

하늘도 파랗고 바다도 파랗다. 하늘과 바다의 경계를 알 수 없다. 왕은 고개를 들어 더 먼 바다를 바라다보면서 다시금 주먹을 불끈 쥔다.

앞으로 과연 우산국을 어떻게 이끌어 나가야 한단 말인가.

성골의 나라

모량부, 급량부, 본피부, 습비부, 사량부, 한지부.

여섯 부락의 부족들이 모여 나라를 세웠던 신라에서는 벼슬길이 골품과 신분에 따라 엄격하게 정해져 있었다.

성골은 임금이 될 수 있는 재목이니 으뜸의 신분이었다.

부계 모계 모두 순수한 왕족이어야 하며, 왕족의 직계가족들이 똘똘 뭉쳐 신라 땅의 온갖 세도와 권력을 독차지했던 귀족 중의 귀족이었다.

또한 박, 석, 김 세 성씨로만 이루어져 있었다.

다른 성씨의 가문들은 감히 근접도 할 수 없었다. 똑같은 박, 석, 김의 성씨라 해도, 직계가족이 아니면 성골이 될 수 없었다. 삼촌이나 사촌은 당연히 성골이 아니고, 정부인이 아닌 후처의 자식역시 성골에서 제외되었다.

그렇듯 능력이 아닌 혈통을 기본으로 골품제도를 유지 계승시킨 것은, 자기들끼리 국가 권력을 움켜쥐기 위한 방편이었다.

진골은 그다음 신분이었으니, 부계든 모계든 어느 한쪽은 왕족이어야 하고 모두 열일곱 등급으로 나뉘어 있었다.

그 아래로는 육두품, 오두품, 사두품의 신분이 있었다.

이렇듯 모든 귀족이 성골, 진골, 육두품, 오두품, 사두품으로 신분이 나뉘고, 다시 일 등급부터 십칠 등급까지 벼슬의 관등이 정해진 다음, 거기에 합당한 벼슬에 오를 수 있었다.

이를테면 상대등 시중 병부령 예부령 따위는 각간에서 대아찬까지의 벼슬에 있는 자가 맡으며, 아홉 개 주의 군주(軍主 - 훗날의 도독)는 급찬부터 이찬까지의 벼슬에 있는 자가 맡고, 군태수는 내마부터 아찬까지의 벼슬에 있는 자가 맡는다는 식이었다.

여섯 부족의 추대로 처음 왕위에 오른 이는 박혁거세였다.

3대까지 박 씨로 이어지다가 4대에서 석 씨로 넘어갔으니 석탈해 이사금이다.

5대에서 다시 박 씨로 넘어갔다가 8대 아달라 이사금까지 계속 이어진다.

9대 벌휴 이사금부터 12대 첨해 이사금까지 다시 석 씨였다.

13대 미추 이사금은 김 씨였다.

14대 유례 이사금부터, 석 씨로 이어졌다가 17대 내물마립간에게로 넘어간 다음부터는 18대 실성 마립간, 19대 눌지 마립간, 20대 자비 마립간, 21대 소지마립간, 22대 지증마립간까지 계속 김씨로 이어지고 있었다.

그 무렵 신라는 외적들의 침입에 시달리고 있었다. 말갈족에게 북방을 점령당한 적도 있고, 고구려가 두 번이나 쳐들어오기도 했으며, 왜구의 출몰도 몹시 잦았다.

신라의 명주 실직주.

지금의 강원도 삼척 지방엔 성은 김 씨, 이름은 이사부란 젊은이가 살고 있었다. 키가 크고 몸집은 우람하고, 얼굴은 남자답기보다는 아녀자같이 곱상하게 생긴 사내다. 좋은 인상과 조리 있게 말하는 것을 보면 누구에게나 호감을 주고 내물마립간의 4대손이다.

김이사부.

그는 아버지와 어머니 그리고 누나 둘은 성골 신분이지만, 외아들이자 장손인 이사부만은 아쉽게도 성골이 아닌 진골 신분이었다. 정실부인이 아닌 후처의 소생이기 때문이다.

정실부인인 지성부인이 아들을 생산하지 못하자 아버지는 후실을 들여 이사부를 얻었다.

이사부의 생모는 성골도 진골도 아닌 평민이었다. 어렸을 때 세상을 떠났으므로 이사부는 생모의 얼굴조차 기억하지 못했다.

이사부는 어려서부터 그러한 자신의 처지를 잘 알고 있기에 남을 무시하거나 교만하지 않으려고 애썼다. 말이나 행동은 항상 겸손했고 예의가 발랐다.

젊은 이사부는 꿈이 많은 나이임에도 불구하고 성골의 신분이 아니기에, 내로라하는 귀족의 자제들보다는 평범하게 사는 백성의 자손들과 친구로 어울리기를 좋아했다.

바닷가에는 띄엄띄엄 떨어진 집들이 아늑하게 자리 잡고 앉아있다. 마을에서 꽤 떨어진 산비탈의 평평한 곳에서는 멀리 탁 트인 푸른 동해가 한눈에 내려다보인다.

그곳에 마을 젊은이들 십여 명이 모여 있었다. 마치 전쟁이라도 벌이는 듯, 그들은 손에 쥔 막대기를 열심히 휘두른다.

그중 단연 돋보이는 사람이 있었으니 이사부다.

"너희들이 들고 있는 것은 막대기에 불과하나 진검으로 생각하란 말이다."

"알았어, 대장."

"검술이란 자신을 방어하고 호연지기를 기르는 데 목적이 있어. 다시 말하면 하루 이틀에 쉽게 터득되는 기술이 아니란 말이다. 깊게 생각을 하기 전에 우선 행동부터 앞서는 게 검술이다."

"그거야 당연하지."

"잠시만 허점이 생겨도 목숨이 날아간다. 그러니 공격과 방어를 소홀히 해선 안 된다. 똑바로 제대로 하란 말이다."

"마음대로 안 되는 걸 어떻게 해?"

"똑바로 검을 세워."

"이렇게 세우란 건가?"

"검을 휘두를 때는 과감하게 팔을 쭉쭉 뻗어서 크게 휘둘러."

"어렵구먼. 어려워."

이사부는 다른 누구로부터 검술을 배운 적이 없었다. 어려서부터 친구들과 모의전쟁을 하면서 스스로 익힌 기술이다. 전쟁 놀이야말로 가장 재미있고, 다른 어느 것에 비길 바가 못 되었다. 틈만 생기면 집에서 나와 친구들과 전쟁 놀이를 즐겼다.

오늘도 오후 내내 친구들과 어울려 집 밖에서 놀다가 해 질 무렵이 되어서야 집으로 돌아온다. 어머니 지성부인이 못마땅한 표정으로 이사부를 불러 세웠다.

"지금까지 어디서 뭘 하다 온 거냐?"

"친구들하고 어울렸어요."

"친구들이라고 해봐야 별 볼일이 없는 잡놈들 아니냐?"

"별 볼일이 없긴요?"

"네가 그런 천것들하고 어울려 다니면 아버지 체면이 뭐가 되겠냐?"

"아버지는 제가 밖으로 나돌아다녀도 별말씀이 없어요."

"아버지는 그렇다 치고 어미는 아무것도 아니란 뜻이냐?"

"저는 집안에서 마땅하게 할 일이 없는걸요."

"어미 말에 끝까지 말대꾸할 거냐? 어디 네 맘대로 해봐라."

"죄송해요. 어머니."

어머니 지성부인은 친딸인 누나들에겐 관대했지만, 이사부에겐 엄격하여 작은 실수도 용납하지 않았다. 잘했든 잘못했든 간에 무조건 꼬투리를 잡아 궁지에 몰아넣었다.

하지만 갓난아기 때부터 길러준 어머니기에, 이사부로서는 지성부인을 함부로 대할 수는 없는 입장이었다.

어머니와 달리 아버지는 이사부의 처지를 이해하기 때문에 사소한 것 가지고는 나무라거나 크게 꾸지람을 하지 않았다. 아버지는 경주김씨 집안의 장손으로 한때 실직주 군주를 지낸 적이 있었다.

나이가 든 지금에 와서는 별다른 관직이 없는데도 성골 집안이기에 남들이 부러워할 만큼 큰 집에 살고 있으며 소유한 농토가 많아 식구들 모두 먹을 것 입을 것 걱정 없이 풍족하게 사는 편이다.

김이사부.

그의 일과는 아버지께 아침 문안을 드리는 것으로 시작된다. 오래전부터 내려온 가문의 풍습이기도 하다. 두 누나와 함께 아침 문안을 드리자, 아버지는 기분이 좋아 보인다.

"문안 인사를 왔구나."

"밤새 안녕히 주무셨습니까?"

"너희들도 잘 잤느냐?"

"네, 아버님."

"요즘 들어 날씨가 제법 좋구나."

"맞사옵니다."

"겨울이 지났으니 곧 봄이 올 게야."

아침 문안을 받은 후에도 아버지는 무슨 말인가 더 할 말이 있는 듯 보인다.

"우리 신라에서 제일 큰일을 하신 어르신이 누군 줄 알고 있느냐?"

"혁거세 어르신 아닙니까?"

"잘 알고 있구나. 서라벌 주위엔 큰 부락이 여섯 개나 있었어. 그 중에서 고호 부락의 촌장인 소벌공이라는 사람이 양산 중턱에 있는 나정 숲 속에서 말 울음소리를 들었지. 분명히 말 울음소리를 듣고 그곳에 찾아갔건만, 말은 보이지 않았고 대신 큰 알이 있어 깨트려보니 그 속에서 아이가 나왔단 말이다. 소벌공은 알 속에서 나온 아이를 집으로 데려와 양육시킨 게야."

"이름을 혁거세라 불렀잖아요."

"맞는 말이다. 혁거세는 크게 성장하여 젊은이가 되자, 기골이 준수하고 대인의 풍이 넘쳐흘렀어."

"그래서 어찌 되었어요?"

"소벌공은 여섯 부족의 촌장들을 모두 모이게 하여 혁거세를 임금으로 추대했단 말이다."

아버지의 이야기가 계속되는 동안 두 누나는 지루한 듯 몸을 비틀고 손을 꼬며 안절부절못한다. 그러나 이사부는 남자답게 똑바로 앉아 흐트러짐 없이 아버지 말씀을 끝까지 듣고, 지루한 말씀이 모두 끝난 다음에야 방에서 나온다.

작은누나 미랑이 못마땅한 표정으로 이사부에게 눈을 흘긴다.

"넌 아버지 말 지겹지도 않으냐?"

"지겹기는. 들을수록 재미있는걸."

"한 말 또 하고, 혁거세는 오늘이 몇 번째냐?"

"몇 번이면 어때, 난 아버지 말이 너무 재미있어."

"못 말리겠구나."

"누나는 아무리 아버지 말이 지루해도 듣는 척은 해줘야 하는 것 아니겠이?"

"너도 아버지랑 똑같아, 똑같단 말이다."

"똑같다면 좋은 거지 뭐."

"너 잘났어, 정말."

큰누나 해랑은 세 살이, 작은누나 미랑은 한 살이 위다. 큰누나 성격은 넉넉하고 이해심이 많은 편이고, 작은누나는 정반대다. 나이가 한 살 터울이기에 더 친할 것 같은데도 성격이 유별나 비위를 맞추기가 여간 어려운 게 아니다.

"누나들한테 꼬박꼬박 반말로 지껄이지 말고, 존대 좀 하면 안 되겠니?"

"큰누나라면 몰라도 작은누나한테는 존대가 안 나와."

"앞으로 내가 두고 볼 거다."

"두고 보잰다고 내가 겁낼 줄 알아?"

"넌, 말을 그렇게밖에 못하니?"

"사실이 맞잖아."

"됐어."

이사부는 사사건건 시비를 거는 미랑 누나와는 말을 섞고 싶지도 않았다.

하지만 대꾸를 하지 않으면 무시한다고 덤비는 성격이라 상대하기도 여간 힘든 게 아니다. 성질이 못돼 크게 싸움을 벌였던 적이 한두 번이 아니다. 미랑 누나뿐만 아니라 지성부인까지 이사부를 들들 볶아대기에 이사부는 집 안에 있기보다는 밖으로 나가 친구들과 어울리길 좋아한다. 자주 만나는 친구는 재곤이와 용이를 비롯해 십여 명이 넘는다.

"대장, 오늘은 빨리 나왔구먼."

"왜, 내가 늦게 나와야 하는가?"

"그런 말이 어디 있어. 대장이 좋아서 그런 거지."

"좋다는 말을 듣고 보니 나도 기분이 좋아."

"오늘은 뭘 할 거지?"

"무엇을 하기는 지난번에 하던 것 계속이지."

이사부는 친구들과 함께 모두 산으로 올라, 바다가 내려다보이는 곳에 빙 둘러앉는다.

나이들이 그만그만하고 하나같이 진지한 모습 들이다. 개중에는 아직 아이의 티를 벗지 못한 이도, 이제 막 거뭇거뭇한 수염이 나는 이도, 사내의 냄새를 물씬 풍기는 친구도 있다.

"사람들이 그러는데 고구려 군대가 언제 쳐들어올지 모른다고 그랬어."

"고구려나 백제나 가야국도 우리 신라를 넘보고 있다고 들었어."

"더 무서운 것은 같은 신라 사람들이 반란을 일으키는 거래."

"설마, 같은 신라 사람들끼리 전쟁을 벌이겠어."

"사람들은 모이기만 하면 전쟁 얘기야."

"우리가 사는 실직주에도 과연 전쟁이 일어날까?"

"그거야 모르는 일이지."

친구들 모두 두런두런 이야기를 끝낸다. 곧이어 둘씩 짝을 이뤄 한 조가 되어 목검을 휘두르기 시작한다.

"이얏!"

"이얏!"

"이얏!"

목검을 내려치고 올려치며 경중경중 공중으로 뛰어오른다. 친구들 모두가 실전을 방불할 만큼 열심이다.

"공격이야말로 최대의 방어란 말이다. 검을 힘 있게 내려쳐라."

"알았어."

"절대로 빈틈을 보이면 안 돼."

"알았다니깐."

때는 이른 봄, 아직은 쌀쌀한 날씨인데도 산비탈에서 목검으로 대련을 벌이는 그들의 모습에서 조금의 추위도 찾아볼 수 없다. 어느새 이마에는 땀이 송골송골 배어나기 시작한다.

"이만하고 잠시 쉬도록 하자."

"좋지."

"좋아."

친구들이 다시 모여앉아 쉬는 동안 대장인 이사부가 앞으로 썩 나선다. 저 멀리 동해의 푸른 물결이 보이고 푸른 바다와 하늘이 맞닿은 수평선 위로 뭉게구름이 한 무더기 탐스럽게 피어오르고 있었다.

"우리가 전쟁 놀이를 무엇 때문에 하는지 알고 있는가?"

"그거야, 재미있어하는 거지."

"재미 때문에 전쟁 놀이를 하는 게 아니란 말이다."

"재미가 아니면 뭐지?"

"신라를 위한 것이야."

"전쟁 놀이가 신라를 위한 것이라니 믿을 수 없어."

"우리 모두 때가 오면 신라를 위해 크게 한몫할 날이 오게 될 것이야."

"대장이 지금 한 말 믿어도 되는 건가?"

"당연히 믿어줘야지."

"우리는 그런 큰 뜻이 있는 줄을 몰랐어."

"그러니 열심히 하란 말이다. 앞으로 병부 입대 후에도 함께 있게 되길 바란다."

"병부에 나가면 서로 헤어지기 마련. 어떻게 생활을 함께할 수 있겠어?"

"만약에 내가 신라 장수가 된다면 노력해볼 것이야."

"알았어, 대장."

잠시 휴식이 끝나자 또다시 목검을 휘두르고, 중천의 해가 서편으로 기울 무렵이 되어 전쟁 놀이가 끝난다.

"대장, 다음엔 또 언제 만날 건가?"

"사흘 후에 다시 만나자."

"그렇게 멀리?"

"집안에 일이 많잖아. 매일 만날 수는 없는 것 아닌가?"

"사흘 후에 나올게."

"잘들 가라."

"대장도 잘 가."

"알았어."

함께 어울리는 친구들은 손바닥만 한 밭뙈기 농사로 생업을 꾸려가는 어려운 형편이다.

집에서 할 일이 많은 데도 대장 이사부가 나오라고 하면 열 일을 제쳐놓고 모여든다.

친구들 모두 이사부를 좋아하기 때문이기도 하지만, 병부에 입대할 경우에는, 검술과 궁술을 잘하느냐 못 하느냐에 따라 계급과 직책이 달라지기 때문이기도 하다.

태양이 뉘엿뉘엿 넘어가면서 서편 하늘엔 형체를 알 수 없을 만큼 색색의 온갖 문양의 구름이 보기에 좋고 너무나 아름답고 황홀하기까지 했다. 이사부는 마치 장수라도 된 기분으로 휘적휘적 걸어 집으로 돌아온다.

하지만, 대문을 열고 들어서자마자 눈을 부라리는 지성부인과 맞닥뜨린다.

"잘하는구나."

"조금 늦었어요."

"너는 어떻게 허구한 날 쌍것들하고만 어울려 다니냐?"

"어머니, 제발."

"제발이라니 수준이 비슷한 성골 자제들과 지내야지."

"성골 자제들이 감히 나 같은 신분과 어울려줄 것 같아요?"

"아무리 그렇다 해도 계속 잡놈들과 어울려 다닐 거냐?"

"실직주엔 내 또래의 마땅한 성골 자제가 없어요."

"성골 자제가 없어도 수준에 맞게 놀아야지."

"그만하세요."

"끝까지 말대꾸할 거냐?"

"죄송해요."

"죄송하단 말 듣기도 싫다."

"미안해요."

"미안하단 말도 마찬가지야."

"알았어요."

지성부인은 무섭게 쏘아보며 씽 하니 등을 돌리고 만다. 이사부는 멍하니 어머니의 뒷모습을 보며 잠시 자신의 처지를 생각해 본다. 어머니 말뜻을 이해 못 하는 건 아니지만, 실직주는 서라벌과 멀리 떨어져 있기에 비슷한 나이 또래의 성골 자제들이 있을 리가 없다.

만약 있다 해도 그들이 후실의 소생인 이사부를 상대해줄 리는 없는 것이다.

오늘도 이사부는 다른 날과 다름없이 아침 문안을 드린다. 언제나 그랬듯이 아버지는 두 딸에겐 별로 관심을 보이지 않았다.

"이사부야."

"네, 아버님."

"혼인해야 할 나이가 되었건만 네 처지가 그러하니 안타깝기 그지없구나."

"저보다도 누나들 먼저 혼인해야 하는 것 아닙니까?"

"해랑과 미랑은 성골 신분이기에 걱정을 할 필요가 없어. 이사부 네가 문제란 말이다."

"아버님. 너무 제 걱정만 하지 마십시오."

"해랑과 미랑은 시집가면 남의 식구가 되기 마련이지만 너야말로 이 집안에 단 하나밖에 없는 기둥이고 뿌리가 아니냐?"

"저도 알고 있습니다."

"마음을 심약하게 먹어선 안 된다. 앞으로 좋은 기회를 만들어 줄 것이니 글공부 게을리하지 말 거라."

"명심하겠습니다."

아버지는 이사부가 밖으로 나도는 것을 알면서도 나무라지 않는데 이유는 이사부가 성골 신분이 아니기 때문이다. 아버지는 평소에도 두 딸에게 관심 어린 눈길조차 주지 않았고, 오늘도 말 한마디 따듯하게 건네지 않았다.

아침 인사가 끝나고 방에서 나온다. 큰누나는 말없이 방으로 돌아갔으나, 작은누나 미랑이 못마땅한 표정으로 다가온다.

"이사부야 넌 좋겠다."

"좋기는 뭘?"

"아버지가 너만 좋아하잖아."

"내가 남자니깐 그렇지."

"남자면 뭘 해, 넌 신분이 다른걸."

"또 신분 들먹일 거야?"

"사실이 맞잖아. 안 그래?"

"만약 누나만 아니면 내가 가만두지 않았을걸."

"가만두지 않으면 어쩌겠다는 건데?"

"쥐어박았지."

"너 말 다했냐?"

"그래 말 다했다."

"지금은 참지만, 앞으로 내가 계속 두고 볼 거야."

"두고 보든가 말든가 마음대로 해."

"나중에 후회하지 마."

"후회는 무슨."

미랑 누나는 성격이 삐딱하여 사사건건 간섭이 심하다. 매사 그냥 넘어가는 경우가 드물고 길게 이야기를 나누어 봐야 득 될 게 하나도 없는 누나다.

오늘은 글공부가 있는 날이다.

당시에는 대국으로부터 글자가 들어온 지 오래되지 않아 특별한 가문이 아니면 글을 배우지 못했다. 훈장은 어머니의 삼촌뻘 되는 사람으로 학식이 높은 분이다.

"상복법(喪服法)이란 게 무엇인지 알고 있느냐?"

"모릅니다."

"성골 가문에 한하여 상복법을 시행토록 국법이 내려졌느니라."

"상복법이 무엇입니까?"

"부모님이 돌아가셨을 때에 자식들은 상복(喪服)을 입어야 하고, 임금이 서거했을 때에도 신하들은 상사(喪事)를 입어야 하는 새로운 법이니라."

"상복이나 상사는 어떤 옷입니까요?"

"거친 베로 짰으며 오라기가 굵고 너덜너덜한 옷이다."

"그러면 저도 부모님 돌아가시면 상복을 입어야겠네요?"

"당연한 것이지. 머리에 관을 쓰고 짚신을 신으며 허리에는 마승(麻繩)을 두르고, 지팡이로 죽장(竹匠)을 짚어야 하느니라."

"알겠습니다요."

"어련히 잘하겠느냐?"

훈장은 매일매일 오는 게 아니라 사흘 건너 한 번 집으로 찾아와 어려운 글을 가르쳐준다.

이사부는 글공부가 좋아서라기보다 아버지 때문에 어쩔 수 없이 배우는 입장이었다. 지루한 글공부가 끝나자 집에서 나와 친구들과 약속한 장소로 나간다.

오늘은 뜻밖에도 병부에 입대했던 호일이 형이 오랜만에 직접 찾아왔다. 마을의 친구들 중 나이가 제일 많아 지난겨울에 입대한 후 얼굴을 통 보지 못했다.

"형, 오랜만에 왔으니 병부 이야기 좀 들려주슈."

"할 이야기야 많지."

"병부에서 무슨 보직을 맡고 있는 것이오?"

"난 연통꾼이야."

"연통꾼이라니 뭘 하는 겁니까?"

"실직주 관내의 성을 돌아다니며 새로운 소식을 전해주는 역할을 하고 있지."

"굉장히 중요한 역할을 하고 있네요."

"당연하지."

호일이 형도 예전에는 전쟁 놀이를 함께했던 사이였는데 모처럼 찾아와 흥미로운 병부 이야기를 많이도 들려주었다. 친구들 중에서 가장 연장자임에도 불구하고 이사부에게 언제나 깍듯하다.

"대장은 앞으로 큰사람이 될 것으로 믿어."

"어떻게 그런 말을 하세요?"

"실직주 관내에 성골 신분이 몇이나 되겠어. 성주들이라고 해봐야 진골도 못 되는걸."

"병부에서 성골 진골이 무슨 소용 있어요?"

"대장은 성골이기 때문에 앞으로 명성 있는 장수가 될 수 있어. 그때에 가서 우리 친구들 외면하진 않겠지?"

"만약 내가 앞으로 장수가 된다면 당연히 형님 말대로 할게요."

"우리 친구들 하나도 빼놓지 말고 모두 불러줘야 돼."

"그건 염려 마세요."

호일이 형이나 다른 친구들이 이사부를 대장으로 받들어주는 이유는 이사부가 검술이 뛰어나거나 인물이 잘나서가 아니다.

지체 높은 성골 신분으로 알고 있기 때문이다.

만약에 이사부가 성골이 아닌 것을 그들이 알게 된다면 어찌 대해 줄 것인가. 과연 지금과 같이 대장으로 떠받들어 줄 것인가? 모르긴 해도 어림없는 일이다.

곧이어 다시 일어나 목검을 휘두르기 시작한다. 전쟁 놀이는 오후가 훨씬 넘어서야 끝이 나고 이사부는 친구들과 헤어져 집으로 돌아온다.

집 앞에 당도하자 조마조마한 마음으로 살그머니 대문 안으로 들어선다. 어떻게 알았는지 어머니가 봉당 뜰 안에서 기다리고 있었다.

"오늘도 쌍것 떨거지들하고 어울렸지?"

"죄송해요."

"생각 좀 해봐라. 우리가 보통 가문이냐?"

"좋은 가문인 건 저도 알아요."

"알고 있다면 정신을 차려야지."

"어머니 제발 좀."

"하기는 피는 못 속인다. 그 피가 어디 가겠냐?"

"돌아가신 어머니 말은 하지 마세요."

"네가 엉뚱한 짓만 하고 다니니깐 그렇지."

"너무하셨어요."

"입 다물지 못해?"

"죄송해요."

"괘씸한 것."

이사부가 제일 싫어하는 것은 지성부인이 생모에 대해 언급을 할 때다.

한 귀로 듣고 한 귀로 흘려버리거나 아예 무시하고 지나쳐버릴 수도 있으나, 차마 그럴 수도 없는 입장이다. 앞으로 어떻게 하면 지성부인의 마음을 돌려놓을 수 있을까. 제발 잔소리 좀 안 하게 할 수 있는 방법은 없을까?

이사부의 집은 다른 집보다 큰 데도 불구하고 아이들이 없기에 집안이 늘 조용한 편이다.

밤이 되어 별생각 없이 앉아있을 때에 큰누나가 기척을 하고 이사부의 방으로 들어왔다. 다행스럽게도 큰누나는 작은누나와는 달리 성격이 모나지 않고 이해심이 많은 편이다.

"해랑 누나가 내 방엔 웬일이지?"

"왜. 내가 들어오면 안 되니?"

"그런 거 절대로 아니야."

"어머니한테 자주 혼나는 거 맞지?"

"하루 이틀이 아니잖아."

"네 잘못도 없는 건 아니야."

"내 문제는 그렇고 누나는 언제쯤이나 혼인하게 되는 거지?"

"나도 시집가고 싶지만 무턱대고 아무하고나 혼인할 수는 없잖

아. 서로 집안이 맞아야지."

"성골 남자한테 시집을 가야 한다, 이 말이지?"

"서라벌이라면 몰라도 실직주엔 마땅한 또래의 성골 남자가 없어."

"이번에 조상들 기제를 우리 집에서 지낸다고 들었어. 종친 어른들이 누나한테 좋은 소식 갖고 왔으면 좋겠다."

"나도 그 생각은 해봤어."

"해랑 누나가 빨리 혼인했으면 좋겠다."

"왜, 내가 싫어서 그런 거니?"

"싫기는 노처녀 될까 봐서 걱정해주는 거지."

"내 염려까지 해주니 고맙구나."

"고맙기는 뭘."

한지붕 아래 사는 가족으로 사소한 것까지 솔직하게 의논해주는 큰누나가 좋기만 하다.

요즘에 들어 큰 행사인 기제사가 다가오자 집안 식구들은 모두 분주해지기 시작한다.

제주들이 입을 의복과 제사상에 올릴 과일이나 어육 등의 음식 장만이다.

그뿐인가 손님들이 며칠 묵을 방을 정돈하고 집 안팎을 깨끗이 쓸고 닦아야 한다.

아버지는 특히 기제사에 대한 설명을 잊지 않았다.

"신라의 개국 이후 시조인 혁거세 후손 박 씨가 일곱 명이나 임금으로 뽑혔고 석 씨가 다섯 명 그리고 김 씨가 열 명이나 임금을 했다."

"우리 김 씨 집안에서 제일 많이 했군요."

"당연하지, 앞으로는 박 씨나 석 씨는 소용이 없어. 경주 김 씨만 임금을 할 수 있는 게야."

"아버지 궁금한 게 있습니다."

"뭣이냐?"

"기제라면 원래 서라벌에서 지내는 것 아닙니까?"

"네 말이 맞기는 하다만 돌아가신 왕들에 대한 제사는 서라벌에서 지내고, 그 외에 임금이 되지 못한 조상들 제사를 우리가 지내게 됐단 말이다."

"그렇군요."

"아버지가 막중한 종친 일을 맡고 있기에 우리 집에서 기제를 지내게 된 것이야."

"아무나 기제를 지내는 게 아니군요."

"당연한 것이지."

"알겠습니다."

아버지는 처음으로 기제사 말을 꺼냈고 그 이후 다시는 기제사에 대한 언급을 하지 않았다.

기제사 날짜가 가까워오는 데도 아버지는 더 이상 이래라저래라 아무런 말씀이 없었다.

왜 그런 것일까.

아침 문안 인사를 드려도 건성으로 인사만 받을 뿐 기제에 대한 언급이 전혀 없이 그냥 그뿐이다. 이사부는 고개를 갸우뚱거리며 이상한 기분이 되고 만다.

과연 무엇 때문일까. 무슨 이유일까.

오늘은 기제가 있는 날이다.

서라벌은 물론 다른 지방에서도 많은 종친들이 모였다. 모두 지체 높은 성골 집안의 어르신들이다. 이사부 역시 조상님께 절을 올리려 단단히 채비를 하고 순서를 기다렸으나 예상은 빗나가고 말았다. 서라벌에서 온 작은아버지가 귀띔을 해준다.

"너는 아예 기제 상 근처에도 얼씬거리지 말 거라."

"제가 왜요?"

"꼭 설명을 해야 알아듣겠냐?"

"저는 엄연히 장손이고, 집안에 하나밖에 없는 외동입니다."

"그걸 누가 모르겠냐?"

"제가 성골이 아니기 때문입니까?"

"잘 알고 있으면 됐다. 분명히 말을 전했으니 그리 알 거라."

"작은아버지, 어떻게 이럴 수가 있어요?"

"그것이 신라의 법도이니라."

"저는 도무지 뭐가 뭔지 모르겠어요."

"모르는 척하란 말이다."

"알았어요."

작은아버지뿐 아니라 기제에 참석한 어른들 모두 이사부가 후실의 소생이란 걸 모를 리 없다. 이사부는 속이 너무 상해 집 밖으로 나오고 만다.

밤하늘은 평소와 같이 티끌 한 점 없이 맑고 깨끗하고 별들이 가득하다. 하지만 속이 상한 탓인지 모르나 금방이라도 별들이 땅으로 쏟아져 내릴 듯 어룽거리는 듯싶다.

깊은 밤 이사부는 친구들을 모두 모이게 한다.

"빨리들 모였구나."

"대장 야심한 밤에 갑자기 웬일이지?"

"왜, 안 되는 거야?"

"대장 명령인데 안 될 리가 있겠어?"

"모두 나와 줘서 고맙다."

"고맙기는, 혁 형이 병부에 입대한다고 했어."

"언제 입대하는 거지?"

"내일이야."

"그걸 내가 왜 몰랐지. 혁은 지금 어디 있지?"

"대장한테 말을 안 해서 그래. 아마 곧 도착할걸."

"잘됐어, 오늘 송별회를 열어줘야겠다."

"그 말 정말이지?"

"음식은 내가 준비할게."

"역시 우리 대장이 최고야."

"그리 말해주니 고맙구나."

"고맙기는 뭘."

모인 지 얼마 지나지 않아 혁이 나타난다. 이사부는 집에서 제사 음식을 몰래 가져와 송별회를 열어 준다. 혁은 이사부와 동갑내기다.

"혁은 병부에 나가면 어디로 가게 되는 건가?"

"내가 병부에 간다 해도 멀리 가겠어?"

"어느 성으로 가는 건데?"

"그건 아직 몰라."

"모르는 게 당연하지."

음식을 먹으며 이야기하는 도중 혁이 벌떡 일어나 이사부 앞으로 바짝 다가선다.

"대장은 언제나 신라 장수가 될 것인가?"

"아직 모르겠어."

"호일이 형하고 내가 먼저 병부에서 자리 잡고 있을 테니깐 한시라도 잊어버리면 안 돼."

"당연하지."

"대장이 신라 장수가 되고 나면 앞으로 우리 모두 반드시 필요할 때가 올 것이야."

"나도 그렇게 되기 바란다."

"송별 상 차려줘서 고맙다."

"고맙기는 뭘."

함께 전쟁 놀이를 하던 친구들 중에서 호일이 형이 제일로 먼저 병부에 갔고, 이번에는 혁이 차례가 되었다. 이사부는 송별회를 해주면서도 마음이 편치 못했다. 친구들이 이사부의 처지를 알 리 없겠지만, 구차하게 자신의 속상한 마음을 미리부터 털어놓아 그들을 실망시키고 싶지도 않았다.

친구들과 헤어져 집으로 돌아온다. 다른 날과 다르게 밤이 늦도록 집안이 떠들썩하고 손님들이 많아 이사부는 자신의 방을 내줘야 한다. 어쩔 수 없이 큰누나 방으로 가 기척을 하고 들어서니, 뜻밖에도 작은누나도 있었다. 작은누나 역시 방을 빼앗겨 셋이 한방에서 잠을 자게 되었다.

큰누나는 좋아하는 눈치를 보였으나, 작은누나는 쌍심지를 켜듯이 두 눈을 번쩍 빛내며 대들어 몰아세운다.

"네가 이 방엔 왜 들어왔냐?"

"손님들 때문에 그래."

"방이 없으면 밖에 나가서 자야지. 왜 여자들 자는 방에 들어왔냐?"

"잘 데가 없어?"

"어서 나가지 못해?"

"밖에는 춥잖아."

"잠자리 알아서 해결해. 여자들 자는 방에선 절대로 안 돼."

"내가 잘 데야 없을라고."

"빨리 나가지 못해?"

"알았다고 했잖아."

큰누나가 옆에서 옆구리를 찌르며 말렸는데도 작은누나는 물러서지 않았다. 작은누나는 외모가 여성스럽지도, 예쁘지도 않을뿐더러, 욕심이 덕지덕지해 남을 전혀 배려할 줄 모른다.

작년 이맘때였다.

작은누나가 너무 성깔을 부리기에 주먹을 한 차례 내지른 적이 있었다. 그때 작은누나는 사흘 동안이나 방안에서 눈물을 찔끔거리며 꼼짝을 하지 않았다. 오늘도 생각 같아선 쥐어박고 싶은 마음이 굴뚝같았으나 큰누나가 옆에 있어 꾹 참고 밖으로 나오고 만다.

친구 용이의 집으로 가 하룻밤을 청해야겠다.

다음날.

혁이가 집을 떠나기에 이사부는 친구들과 함께 배웅을 해주기 위해 혁이의 집으로 찾아간다.

그 시절엔 병부에 입대할 경우 가족은 물론 동네사람들 모두가 나와 배웅을 해주는 시절이었다. 왜냐하면 살아 돌아오는 사람보다 전쟁터에서 목숨을 잃는 경우가 더 많았기 때문이다. 마지막이 될지도 모르는 혁을 전송하며 그의 건투를 빌어준다.

기제가 끝난 지도 보름이나 지났고 집안을 전과 다름없이 조용해졌다. 그동안 집안일이 바빠 거의 말을 건네지 못했던 지성부인이 또다시 못마땅한 표정을 지으며 이사부를 불러 세운다.

"너는 큰누나한테 혼담이 들어온걸 알고나 있었냐?"

"몰랐어요."

"어쩌면 그럴 수가 있니? 그러고도 네가 우리 식구란 말이냐?"

"죄송해요."

"이번에 정식으로 청혼이 들어왔다."

"큰누나가 시집가게 되는군요. 매형 될 사람은 신분이 어떻게 돼요?"

"당연히 성골이지."

"성골 신분이라면 서라벌 사람 맞아요?"

"서라벌이 아니라, 수약주 군주의 큰 자제다."

"수약주 군주의 자제라면 성골 가문 아닙니까?"

"성골이 아니라면 감히 네 누나를 시집보낼 수 있겠냐?"

"맞는 말입니다."

"너는 도대체가 어떻게 남의 말을 하듯이 한단 말이냐?"

"이번에 큰누나가 잘됐으면 좋겠어요."

"그쪽에서 더 서둘더구나."

수약주는 신라의 9주 가운데 지금의 강원도 춘천 지역에 둔 행정구역이다. 어머니의 말에는 항상 가시가 숨어있어 오늘도 이사부의 마음에 생채기를 돋게 한다.

하지만 어쩔 수 없는 것 아닌가?

이사부는 큰누나의 혼사를 진심으로 축하해주고 싶은 마음이다. 매형 될 사람은 평범한 사람도 아니고 당당하게 성골 신분이라고 한다. 그동안 큰누나를 시집보내지 못해 부모님들 걱정이 많았는데 얼마나 잘된 일인가.

때는 늦은 봄이다.

시기적으로 밭을 갈고 씨를 뿌리는 계절임에도 오랫동안 비가 오지 않아 농민들의 시름이 크기만 하다. 봄이 온 지 오래인데도 멀리서 마른번개만 칠뿐 비 소식이 전혀 없었다. 실직주 사람들 모두 농사 걱정으로 근심이 태산이다. 친구들 역시 대부분 농사가 생업이기에 예외일 수 없다.

"사람들이 그러는데 금년 같은 봄 가뭄은 몇십 년 만에 처음이래."

"비를 오게 하는 방법이 없을까?"

"기우제 지낸다고 하던데?"

"기우제를 지낸다고 과연 비가 올까?"

"오죽이나 답답했으면 기우제를 지내겠냐?"

"비가 오긴 와야 할 텐데. 큰일이구면."

"밭갈이해놓고 아직 씨앗도 못 뿌렸으니 금년 농사 다 망쳤어."

"큰일이야."

"정말로 큰일이구면."

이사부의 집 역시 걱정이 많다. 많은 농토를 소작으로 주었기에 소작농들이 농사를 망치면 공출을 받아내기 어렵기 때문이다. 모두를 위해 무조건 비가 와야 한다.

하지만 가뭄이 들었다고 혼사를 미룰 수는 없는 것 이사부의 집 안은 혼인 준비에 여념이 없었다.

오늘은 드디어 누나의 혼인날이다.

새신랑이 곧 도착한다는 말이 전해지면서 친척들은 물론 많은 동네 사람들이 참석했다.

곧이어 수약주 군주의 자제 일행이 산자락을 넘어오는 게 보였 다. 새신랑은 덩치가 큰 데 비해 타고 오는 조랑말은 기운이 빠져 크기도 송아지만 하여 금방이라도 무릎을 꿇어버릴까 싶게 위태위 태하다. 겨우겨우 집 앞에 당도해 말에서 내린 새신랑이 기럭아비 인도를 받아 대문 안으로 들어선다.

이미 집안 마당엔 차일을 치고 병풍과 휘장을 둘렀고 곧이어 혼 인식이 진행된다. 초례상 위에 발을 옭아맨 닭 한 마리와 기러기가 상에 올려졌고 덩치 큰 새신랑이 어느새 준비를 모두 끝냈는지 기 다리고 있었다.

연지곤지 찍고 족두리 쓴 큰누나가 들러리의 부축을 받아 방에 서 나오고 놋대야 물에 손을 씻는다.

"신랑 인물이 훨씬 낫구먼."

"아녀, 이 사람아."

"아니면 뭔가?"

"신부 쪽이 훨씬 더 예쁘구먼."

"에잇, 사람들하곤. 좋은 날에 덕담은 못 해줄망정."

"그러게 말이야."

"이쪽저쪽 살펴가며 흠을 잡아야지."

'맞긴 맞는 말이지."

사람들이 너도나도 한마디씩 주고받는 가운데에 혼인식이 진행된다. 새신랑이 먼저 지성부인에게 두 번 절을 하고 곧이어 지성부인이 절을 받은 후 기러기를 방 안으로 들여보낸다.

곧이어 큰누나가 초례청에 서더니 새신랑에게 큰절을 두 번 절을 하는데 양쪽에 들러리가 붙어서 부축해 주건만 큰누나의 자세는 왠지 금방이라도 넘어질 듯 불안하기 그지없다.

마주 선 새신랑이 답례로 한 번 절을 한다.

새신랑은 부축해주는 사람이 없이도 씩씩하고 활달하고 당당하기 그지없다. 큰누나가 다시금 두 번 절하고 새신랑이 또 한 번 절을 한다.

이어서 새신랑이 표주박이 넘치게 따라주는 술을 반쯤이나 마시고 들러리에게 넘긴다.

큰누나가 그 표주박을 받더니 시늉으로만 마시는 척하고 다시 들러리에게 넘긴다.

신랑과 각시가 부모와 하객들에게 드리는 절을 모두 끝내자, 누군가가 초례상 위에서 눈 두리번거리며 구구거리던 닭을 풀어서 하늘로 날려 보낸다.

후드득, 땅으로 떨어지는 닭의 날갯짓 소리가 다급하게 울려 퍼지면서 혼인식이 끝나는 순간이다.

이게 무슨 일이란 말인가.

바로 이때에 때를 맞추어 서편 하늘로부터 시커먼 구름이 갑자기 몰려오더니만 맑았던 하늘을 순식간에 캄캄한 어둠 속으로 몰아넣는 게 아닌가.

세찬 바람이 마당의 것들을 모두 날려버릴 듯 휙휙 불어댄다. 번쩍번쩍 불꽃이 튀고 천둥이 몰아치면서 갑자기 비가 쏟아지기 시작했다. 후드득, 조금씩 내리던 비는 금세 장대비로 변하여 좌좍, 쏟아져 내린다.

혼례를 축하하러 왔던 사람들이 너나없이 비를 맞으며 덩실덩실 춤을 추기 시작한다.

"얼씨구 좋다, 얼씨구 좋아."

"절씨구 좋다, 절씨구 좋아."

"비가 오니 좋은 것 아닌가?"

"이게, 웬 떡이란 말인가?"

"얼씨구 좋구나."

"절씨구 좋을시고."

혼례식은 비 때문에 난장판이 되었으나, 아무런 문제가 되지 않았다. 하객들은 물론 친척들 양가 부모님들 그리고 당사자인 큰누나와 새신랑까지 모두가 하늘을 바라보며 함박웃음을 지을 수밖에 없는 일 아닌가.

"수약주 새신랑이 비까지 몰고 왔어."

"그러게 말이여."

"우리 모두 얼마나 기다리던 단비란 말인가?"

"금년 농사 걱정 끝이야."

"맞는 말이지."

"좋구나."

"좋아."

큰누나야말로 복이 많은 여자다. 어떻게 다른 날도 아닌 비 오는 날에 맞추어 혼인하게 되었을까. 이사부는 요란한 빗소리를 들어가며 누나의 혼인을 진심으로 축하해준다.

큰누나는 혼인을 치른 후, 신랑을 따라 수약주로 떠나고 말았다. 이사부는 큰누나가 없는 큰 집이 마치 빈집처럼 느껴지는 것 같았다.

큰누나의 자리가 그만큼 컸던 것일까.

오늘도 친구들을 만나러 밖으로 나가는 중에 어머니 지성부인이 불쑥 앞을 가로막는다.

"어디를 가는 게냐?"

"그냥 나가는 겁니다."

"쌍것들 만나러 가는 게지?"

"네, 그래요."

"하기는 네 친모도 쌍것이었으니 다를 게 뭐가 있겠냐?"

"어머니가 저를 길러주신 건 고마우나 제게 생모 이야기는 제발 하지 마십시오."

"네가 어미한테 대드는 게야?"

"대드는 게 아닙니다."

"괘씸한 것."

기른 정이 낳은 정보다 더 진하다고 들었건만 지성부인은 그렇지 못했다. 하루 이틀도 아니고 앞으로 계속 이런 상태로 살 수는 없을 것 같았다. 과연 어떻게 하면 지성부인의 마음을 바꾸어 놓을 수 있을까. 잔소리 좀 안 하게 할 수 있는 방법은 없을까.

집에서 나와 천천히 걸으며 곰곰이 생각해 봤으나 마땅한 방법이 떠오르질 않았다.

이사부.

그는 친구들을 둘로 편을 갈라 실전과 다름없이 전투를 벌였고, 친구들 모두 무척이나 흥미 있어 한다.

"대장. 궁금한 게 있어."

"뭐가 궁금하다는 건가?"

"성골 집안은 하늘에서 내려준 것이라는데 맞는가?"

"하늘에서 내려주다니 무슨 뜻이지?"

"대장 누나가 혼인하는 날 큰비를 내리게 했어. 실직주에 봄 가뭄이 해갈됐잖아. 이게 어디 보통 일인가?"

"그냥 우연이겠지."

"우연이긴. 대장도 하늘 같은 사람 맞는가?"

"하늘 같은 이야기는 그만하고, 다시 슬슬 시작해 볼까?"

"말을 엉뚱한 데로 돌리는구먼."

"어서들 일어나."

"알았어, 대장."

친구들은 성골, 진골, 6두품, 5두품, 4두품도 아닌 한 뼘 때기 땅에 농사나 짓고 사는 평민의 자제들이다. 그래서 그들은 이사부를 격이 다르다고 생각한다. 왜냐하면 그들은 감히 넘볼 수 없는 하늘 같은 신라의 성골로 알고 있기 때문이다.

우산국 사람들

 때는 초여름.

바다의 나라 우산국에도 어느 틈에 봄기운이 지난 지 오래고 초여름의 후끈한 더위가 성큼 다가왔다. 사방으로 드넓은 바다에 둘러싸인 섬나라에서 바다에 의존해 사는 섬사람들에겐 뭐니 뭐니해도 여름이야말로 제일 좋은 계절이다. 따뜻한 수온으로 수산물을 잡거나 각종 조개류를 채취하는데 여러모로 좋기 때문이다.

울창한 숲의 나무들은 푸른 잎을 내밀고 주위를 새파랗게 물들인 지 오래다. 나뭇가지 사이사이로 쏟아지는, 가랑비 같은 햇빛에 눈이 부실 정도다. 원시의 형태를 유지한 숲에서 생명의 기운이 넘쳐난다. 나무그늘 밑으로 껑충 자란 풀숲에서 이름 모를 풀벌레들의 울음소리가 한데 뒤섞여 섬 전체로 울려 퍼질 듯 요란스럽다.

지난겨울엔 얼마나 춥고 많은 눈이 내렸던가. 사람 키 높이만큼이나 많은 눈이 내려 열흘 동안 꼼짝 못 한 채 집안에서만 지낸 적이 있었다. 그리고 날씨가 얼마나 추웠는지 동장군과 사투를 벌여야 했다. 결국은 길고 춥던 겨울과 봄의 기운을 멀리멀리 밀어내고 금세 초여름으로 성큼 접어들었다.

오늘도 다른 날과 다름없이 우산국의 동편 바다로부터 태양이 떠올라 아침의 시작을 알려준다. 훤하게 사방이 밝아오면서 산기

숲의 비탈진 곳엔 남향 받이의 볕 바른 독립가옥 한 채가 모습을 드러낸다. 동네에서 꽤 많이 떨어졌고 바다가 한눈에 내려다보이는 곳이다.

집은 바다갈대와 통나무로 만들어져 작고 허름해 보잘것없어 보였으나, 마당만은 집에 비해 넓은 편이다. 큰 마당에는 얼기설기 칡넝쿨이 길게 매여있다.

그리고 언제부터인지 모르나 머리와 수염이 허연 노인네와 더벅머리를 길게 늘어뜨린 젊은이가 칡넝쿨에 널린 건어물을 일일이 떼어내고 있었다.

"바람이 적당히 불어줘서 꾸둑꾸둑 잘 말랐구나."

"네, 그래요."

"오늘도 날씨가 더울 것 같구나."

"맞아요."

"무슨 대답이 그리 퉁명스럽냐?"

"날씨가 더운 것 맞잖아요."

"녀석두."

아침 햇살을 받으며 노인과 젊은이는 손을 부지런히 놀려 바닷바람에 잘 건조된 건어물을 망태기에 담기 시작한다.

길게 늘어진 칡넝쿨에서 건어물을 떼어내어 바구니에 담는 동안 태양은 어느새 중천으로 옮겨졌고 큼직한 망태기 두 개가 건어물로 수북하게 차오른다.

하던 일이 모두 끝나자 노인은 굳었던 허리를 꼿꼿하게 세우고

기지개를 켜며 습관처럼 하늘을 올려다본다.

"오늘은 오랜만에 몸 좀 씻어야겠구나."

"갑자기 씻기는 왜요?"

"잔소리 말고 따라오너라."

"저는 싫어요. 혼자 가세요."

"말이 많구나."

"싫다고 했잖아요."

"허허. 그래도 이놈이?"

"알았어요."

노인은 힐끗 뒤를 돌아보더니만 곧장 마당을 지나 아래의 계곡으로 내려갔고 곧이어 더벅머리도 어쩔 수 없다는 듯 못마땅한 표정이 되어 노인의 뒤를 따라 내려간다. 계곡에 도착한 노인이 먼저 옷을 홀홀 벗어던지고 차가운 계곡 물에 첨벙 발부터 담근다.

"어이쿠 차다. 너도 들어와라."

"난 못해요."

"어서 옷 벗고 들어와 몸을 닦으란 말이다."

"싫다는데 왜 그래요?"

"싫다면 하는 수 없지. 정 그렇다면 내 등이나 밀어다오."

"알았어요."

더벅머리는 내키지 않은 표정으로 바지를 느릿느릿 걷어 올리고 물속에 발을 담근 채 세수부터 한다. 계곡 물이 얼음같이 차가웠으나 내색하지 않는다.

노인 역시 찬물을 손으로 받아 우선 얼굴과 목부터 씻기 시작한다.

"뭘 하고 있는 게야."

"알았어요."

더벅머리는 찡그린 얼굴로 다가가더니만 손에 물을 가득 담아 노인의 등에 끼얹는다.

"어이구 차가워라, 사람 잡겠다."

"가만히 좀 계세요."

"살살 좀 해라."

"참으시라고 했잖아요."

"우리가 오랜만에 목욕하는 것 아니냐."

"하긴 그래요."

"벅벅 좀 잘 밀어다오."

"알았어요."

"어이쿠 시원하다."

노인의 등을 다 밀어준 더벅머리 역시 입고 있던 옷을 훌훌 벗어 던지고는 계곡 물에 몸을 담근다. 정말 오랜만의 제대로 된 목욕이다.

목욕을 마친 노인과 더벅머리는 계곡에서 올라와 바다갈대와 통나무로 만들어진 집안을 들락거리며 부산스럽게 나들이 차림을 한다. 마지막으로 준비해 놓았던 건어물 망태기를 하나씩 등에 짊어진다.

"뭐. 빠트린 것 없냐?"

"없어요."

"이만 내려가자."

"먼저 출발하세요."

"오냐."

바다가 아득하게 보이는 산길을 따라 둘이서 터벅터벅 걸어 내려 간다. 앞장서 걷는 백발노인의 하얗게 센 머리카락과 무표정한 얼굴의 턱에 붙은 흰 수염이 바람에 휘날리는 모습이 산전수전 다 겪은 노인의 인생 그 자체다.

노인과 달리 더벅머리는 싱글벙글 미소 띤 모습으로 먼바다를 응시하며 걸어가는 본새가 무척이나 기분 좋아 보인다.

마을로 내려가는 동안 펼쳐지는 바다의 풍광이 오늘따라 포근함 그 자체다. 잔잔한 물결 위로 부서지는 햇살과 하늘과 맞닿은 바다의 푸른 반달 눈썹처럼 길게 휘어진 수평선이 보기에 좋기만하다.

더벅머리 젊은이의 이름은 이헌부.

그는 우락부락 사내답게 생긴 얼굴이 아니라 계집애처럼 곱상하고, 잘생긴 미남이다. 아녀자같이 예쁘장한 얼굴 생김과는 달리 키는 훤칠하고 몸집도 좋아 어느 누가 보아도 호감이 가는 듬직하고 의젓해 보이는 젊은이다.

앞서가던 노인이 뒤를 흘끔 돌아보며 말을 꺼낸다.

"네가 오늘따라 기분이 좋아 보이는구나."

"제가요?"

"무슨 좋은 일이라도 있는 게냐."

"좋은 일이 뭐가 있겠어요?"

"늦었다. 서둘러 가야겠구나."

"알았어요. 아버지."

"알았으면 됐다."

아무리 따져 봐도 할아버지와 손자 같아 보이건만 더벅머리가 노인을 아버지라 부르는 것을 보니 두 사람은 부자지간임에 틀림이 없다. 아버지와 아들이 무거운 등짐을 짊어지고 산비탈을 내려간다.

바다와 맞닿은 곳에 선착장이 나오고, 그 위쪽으로 아담한 집들이 모여 큰 마을을 이루고 있다. 윗동네와 아랫동네 옹기종기 모여 앉아 있는 집들은 하나같이 통나무와 바다갈대로 지붕을 엮었다. 시장은 아랫동네와 선착장의 중간쯤에 있다.

오늘은 우산국에 장이 서는 날이다.

사람들은 벌써 자리를 잡고 앉아 각자가 갖고 온 물건들을 펼쳐 놓은 채 손님을 기다리고 있었다. 아직 자리를 잡지 못해 등짐을 지고 지나가는 아버지께 사람들이 인사말을 건네온다.

"안녕하세요?"

"잘들 있었는가?"

"노인장께서도 나오셨군요."

"나라고 집안에만 있을 순 없는 것 아닌가."

"당연하지요."

"오늘은 사람들이 많이 나올 것 같아."

"빨리 자리 잡으세요."

"염려들 해주어 고마우이."

장에 나온 사람들은 너 나 할 것 없이 모두 이웃사촌이다. 장날에는 우산국 사람들이 모두 나온다 해도 과언이 아니다. 백발의 아버지와 더벅머리 역시 장사하기 적당한 장소를 골라 등짐을 바닥에 내려놓은 다음 망태기 안에 든 건어물을 보기 좋게 펼쳐놓는다.

그 당시 우산국엔 화폐가 없었기에 모든 거래는 물물교환으로 이루어지던 시절이다.

사람들마다 빈손으로 장에 나오는 게 아니라 필요한 물건으로 바꿀 만한 물건을 갖고 나온다. 곡물, 해산물, 산나물, 나무열매 등 사람들은 저마다 다양한 물건들을 갖고 나오기 마련이다.

헌부 부자가 등에 짊어지고 나온 것은 묵쟁이다. 묵쟁이란 오늘날의 오징어를 가리키는 말이다. 시장 바닥엔 언제나 온갖 물건이 많기 마련이지만 아직은 초여름이기에 풍부한 먹을거리가 많지 않다.

하늘의 태양이 중천으로 떠오르면서 사람들이 북적이기 시작하고 제일로 먼저 윗동네에 사는 아주머니가 미소를 지으며 반갑게 인사를 한다.

"영감님, 안녕하세요?"

"안녕하시오."

"이게 묵쟁이 아닌가요?"

"맞아요."

"먹어 봤구먼요. 맛이 좋았어요."

"아주머니는 갖고 나온 게 무엇이오?"

"산에 다니면서 나물하고 버섯을 캐왔어요."

"나물하고 버섯은 우리도 필요해요."

"그럴 줄 알았구먼요."

"어서 내려놓으세요."

"알겠구먼요."

아주머니가 머리에 이고 온 산나물과 버섯을 내려놓고는 두 손으로 듬뿍 담아 내밀자, 아버지 역시 묵쟁이 한 묶음을 선뜻 건네준다. 헌부 부자는 묵쟁이만 잡기에 다른 필요한 물건들이 많기 마련이다. 이것저것 많이 바꾸어 주어야 한다.

어느새 시장엔 사람들이 많이 나왔고 한동안 옆에서 아버지를 지켜보고 있던 헌부는 슬그머니 자리에서 일어선다.

시장이란 원래가 흥겹고 즐거운 곳이 아니던가. 헌부는 시장 여기저기를 구경하며 한 바퀴 돌아본다. 많은 사람들로 복작거리는 시장에 있으니 이상하게 기분이 좋기만 하다. 어린아이들은 물론 아낙네들 아저씨들 그리고 노인들, 하나같이 모두 낯익은 사람들이다.

얼굴에 미소를 지으며 이곳저곳 구경을 하고 있을 때에 느닷없이 사내놈 둘이 앞을 가로막는 게 아닌가. 다름 아닌 담이와 마당이 놈인데 동갑내기 또래로 매번 만날 때마다 귀찮게 시비를 걸어오는 놈들이다.

　"재수 없는 놈 또 만났군."

　"뭐라고?"

　"네놈만 보면 기분이 나빠진단 말이다."

　"기분 나쁘다니. 도대체 이유가 뭔데?"

　"사람들이 네놈을 뭐라 부르는지 알고나 있냐?"

　"뭐라 하는데?"

　"뭐긴 뭐겠냐. 계집이지."

　"뭣이야?"

　"네놈은 생긴 게 사내가 아니고 계집이란 말이다."

　"말 다했냐?"

　"그래 말 다했다."

　우릉섬 안에서 동갑내기 수가 많은 것도 아니고 서로 친해질 수 있는데도 두 놈은 만날 때마다 헌부를 못 잡아먹어 안달이다. 더구나 계집이라고 놀려대니 그냥 지나칠 수도 없는 노릇이다.

　"도저히 못 참겠어."

　"한바탕 붙자 이거냐?"

　"물론이지."

　"하지만. 네년 혼자 사내 둘을 당해낼 수 있겠나?"

"뭐라고?"

"어서 덤벼보시지그래."

사람들로 북적대는 시장 바닥에서 대판 싸움이 붙고 말았다. 주
먹을 내지르고 발길질이 오고 간다. 갑자기 험악한 싸움판이 벌어
지면서 구경꾼들이 몰려든다. 한동안 서로 치고받고 야단스럽게
싸움질을 벌이고 있을 때에 끼어든 사람이 있었다. 우산국의 원로
이며 사람들로부터 존경받는 상설 어르신이다.

"벌건 대낮에 장터에서 이게 무슨 짓이란 말이냐?"

"저 계집같이 생긴 놈이 먼저 덤비잖아요."

"뭣이라?"

"우리만 보면 시비를 걸어오는걸요."

"당장 싸움질 끝내지 못하겠느냐?"

"그만두겠습니다."

"예끼, 괘씸한 놈들."

"죄송합니다."

"어서들 돌아가지 못할까?"

"가겠습니다."

우산국 젊은이들은 어른들의 말에 절대복종하는 편이었다. 헌
부는 두 놈을 보란 듯이 패주고 싶었으나 상설 어르신 때문에 하
는 수 없이 싸움을 끝내야 한다.

"언젠가는 계집년. 가만두지 않을 것이야."

"다음에 보자는 놈. 무섭지 않아."

"혼쭐을 내줄 것이야."

"좋아. 얼마든지 상대해주마."

싸움을 끝낸 셋은 멋쩍게 웃으며 흙이 묻은 손을 툭툭 털어낸다. 구경꾼들이 흩어지고 헌부 역시 아무 일도 없었다는 듯 태연하게 아버지가 있는 곳으로 돌아온다.

"어디를 다녀오는 게냐?"

"시장 한 바퀴 돌아봤어요."

"장바닥에서 싸움질을 벌였단 말이냐?"

"어떻게 아셨어요?"

"네가 어디서 무엇을 하는지 아비가 모를 것 같으냐?"

"담이, 마당이 놈이 덤비잖아요."

"그놈들이나 네놈이나 똑같은 게야. 나이가 동갑내기라면 서로 친해져야지 싸움질을 해서야 쓰겠느냐."

"나는 친해지고 싶은데 놈들이 나만 보면 놀려대요."

"방법은 한 가지다."

"한 가지가 뭔데요?"

"처음부터 기를 꺾어놔야 되느니라."

"기를 꺾으려면 어떻게 하는 건데요?"

"다시는 끽소리 못하게 패주란 말이다."

"난 뭐라고. 알았어요."

어찌 보면 아버지의 말이 맞는 것 같기도 하다. 언젠가 기회가 생기면 두 놈을 다시는 끽소리 못하도록 혼을 내줘야겠다고 다짐

한다.

태양이 서쪽으로 기울면서 어느덧 파장할 때가 가까워져 온다. 사람들이 자리를 파하고 짐을 챙겨 무리 지어 동네로 돌아가는 게 보인다. 아버지는 장에서 이것저것 필요한 물품을 많이도 바꾸어 놓아 망태기 안에는 바꾼 물건들이 가득하다.

헌부 부자는 등에 짐을 둘러메고 서둘러 집으로 향한다. 아버지와 아들이 걷고 있는 동안 해는 산 너머로 기울고 바다는 붉은 너울을 일렁이고 있었다.

"아버지. 동네 놈들이 날 뭐라 부르는지 아세요?"

"뭐라 부른단 말이냐?"

"계집이라고 놀려대요."

"네가 인물이 곱상하게 잘생겨서 그런 게야."

"나는 왜 아버지 닮지 않고 아녀자같이 생겼는지 모르겠어요?"

"네가 오늘따라 엉뚱한 말을 하는구나."

"엉뚱한 말이 아닌 걸요."

"네가 잘생겨서 놈들이 샘을 내는 것이야."

"그런 게 아닌 것 같아요."

"아니긴 뭐가 아니란 말이냐?"

"사실이 맞잖아요."

"녀석두."

아버지는 엉뚱한 말을 한다며 역정을 냈으나 헌부는 자신의 외모가 도무지 마음에 들지 않았다. 오죽하면 놈들이 계집이라고 놀려대겠는가.

하지만 태어날 때부터 생긴 모습이 그러하기에 자신의 힘으로는 어쩔 수 없는 일이다. 앞서가던 아버지가 힐끔 뒤를 돌아보며 무슨 말인가를 하려는 듯 입술을 달싹거렸으나 말이 소리가 되어 나오지는 않았다.

오늘은 하늘 가득 구름이 끼어 아침 해가 보이지 않았다. 비가 올 듯 잔뜩 찌푸리며 흐렸는데 정오가 지나자 구름이 걷히면서 맑은 하늘을 드러낸다. 서편으로 기우는 태양이 새빨간 홍시처럼 세상을 물들일 때 젊은 남녀 둘이 잔잔한 저녁 바다를 내려다보며 바닷가 큰 바위에 나란히 앉아 있었다.

"헌부야, 네가 안 나올까 봐 마음 졸였단 말이야."

"사실은 아버지 때문에 늦었어."

"이제 만났으니깐 됐어."

"소이는 내가 그렇게도 좋은 거니?"

"좋으니깐 만나는 거지. 왜 넌 내가 싫어?"

"싫다면 널 만나주겠니?"

"헌부는 우리 우산국에서 제일로 멋진 남자란 말이야."

"난 아녀자같이 생겨 불만인데 멋지다고 말해주니 고맙구나."

"정말이야."

"그건 그렇고. 소이는 집에서 종일 뭘 하고 지내니?"

"사실은 너만 생각해."

"거짓말."

"참말이야. 앞으로 동네 다른 여자들한테 눈 돌리면 절대로 안된다."

"눈을 돌리기는, 그럴 염려 없으니깐 안심해라."

"약속했어. 나는 헌부가 좋단 말이야."

"사실은 나도 소이가 좋아."

"지금 한 말 정말이지?"

정답게 이야기를 나누고 있을 때에, 서쪽 하늘은 홍시 같은 해를 받아 안고 어느새 붉게 노을이 져 있었다. 노을은 두 사람의 얼굴도 발그레 물들인다.

이제 막 피기 시작한 풋풋하고 싱그러운 젊음과 열기가 은근하게 번져간다. 노을은 해가 떨어진 후에도 얼마큼 사라지지 않고 있다가 차차 보랏빛으로 변해간다. 차츰 어두워지는 하늘을 뒤로하고 갈매기가 무리 지어 날아간다. 큰 바위에 앉아 이야기 나누고 있는 헌부와 소이의 어깨 위로 어둠이 내려앉았다.

"이제 그만 일어나자."

"싫어. 더 있다 가면 안 되는 거야?"

"어서 일어나. 더 늦으면 부모님한테 혼나잖아."

"알았어. 그럼 우리 언제 또 만나는 거야?"

"닷새 후에."

"다섯 밤이면 너무 길다. 매일 만나면 안 되는 거야?"

"너무 자주 만나면 동네에 소문나잖아?"

"소문이 무슨 상관이야?"

"좌우간. 다섯 밤 자고 만나는 거다."

"알았어."

소이는 헌부와 동갑내기로 둘이 은밀히 만나기 시작한 것은 오래되지 않았다. 동네잔치가 있던 어느 날 소이가 먼저 헌부에게 반해 따로 만나자고 제안했다. 헌부는 엉겁결에 응했고 그것을 계기로 만남이 시작됐다.

소이를 마을 어귀까지 바래다주고 어둠을 벗 삼아 터벅터벅 산길을 걸어 집으로 돌아온다. 아버지는 혼자서 저녁준비를 하고 있었다.

"어딜 다녀오는 게야?"

"꼭 말을 해야 하나요?"

"말하기 싫으면 할 수 없는 것이지."

"들어가세요."

"들어가라니?"

"제가 저녁 지을게요."

"저녁 먹을 때가 되면 돌아와야지."

"알았어요."

"녀석두."

산골짜기 외딴집은 해가 지면 아무것도 할 수 없다. 서둘러 저녁상을 차려야 한다. 집이라고 해봐야 부엌이 딸린 작은방 하나가 전부다. 작은방은 아버지와 헌부가 나란히 누우면 꽉 차기 마련이다.

부지런히 저녁식사를 끝낸 다음 곧장 잠자리에 든다.

오늘 밤에도 먼바다에서 치는 파도 소리와 갈매기 울음소리가 구슬피 들려온다. 헌부는 소이의 얼굴을 떠올리며 잠을 청하고 얼마 지나지 않아 깊은 잠에 빠져든다.

오전에는 날씨가 조금 흐렸으나 바다는 바람 한 점 없이 화창한 날씨다. 우릉섬에서 꽤 멀리 떨어진 바다엔 작은 배 한 척이 한가롭게 닻을 내리고 있었다. 배에는 머리와 수염이 허연 백발의 아버지와 헌부가 낚싯줄을 바닷물에 담근 채 입질을 기다리고 있었다.

바닷바람이 거세지 않고 시원하게 불어와 무척이나 기분이 좋기만 하다. 아무 생각 없이 입질을 기다리던 헌부가 불쑥 말을 꺼낸다.

"아버지 우리는 왜 하필이면 묵쟁이만 잡아요?"

"먹고살자니 어쩔 수 없는 것 아니냐?"

"다른 고기도 많아요."

"앞으로 묵쟁이는 후손들 대대로 좋은 먹을거리가 될 것이야."

"후손들까지요?"

"묵쟁이는 뼈가 없잖니? 아이들은 물론 어른들 그리고 나 같은 늙은이도 좋아한단 말이다. 그리고 맛은 얼마나 좋으냐?"

"하긴 맞아요."

"다른 사람들은 묵쟁이를 잡고 싶어도 못 잡는단 말이다."

"그건 왜지요?"

"배가 없어서 못 잡아. 우리가 타고 있는 이 배야말로 우산국에선 무릉호 다음으로 멀리 갈 수 있는 배란 말이다."

"무릉호하고 우리 배는 어떻게 달라요?"

"둘 다 바람을 이용하기는 마찬가지야."

"그건 저도 알아요. 어떻게 다르냐고 물었잖아요."

"무릉호는 다른 나라에까지 멀리 항해할 수 있고, 우리 묵쟁이 배는 돛이 있다 해도 아주 먼 곳은 갈 수가 없어."

"무슨 뜻인지 알겠어요."

"그런데 입질이 통 없구나."

"오늘도 공칠 것 같아요. 이만 걷어요."

"이만 걷다니 이놈아."

"입질이 없잖아요?"

묵쟁이는 다른 생선들과 달리 육지와 가까운 갯바위에선 잡히지 않고 조금은 먼 바다에 나가야 잡을 수 있는 고급 어종이다. 낚시를 시작한 지가 꽤 오래되었다. 바닷바람을 맞으며 아버지는 꾸벅꾸벅 졸고 헌부 역시 지루하기는 마찬가지다. 그러나 이게 웬일인가.

찬 바닷물이 따뜻한 바닷물로 바뀌면서 물밑으로 희멀건 물체가 바다를 채운다. 갑자기 묵쟁이의 입질이 시작되었다.

"왔어. 왔어요."

"뭐가 왔단 말이냐?"

"묵쟁이. 묵쟁이요."

"뭣이야?"

화들짝 잠에서 깨어난 아버지가 손길을 바쁘게 움직인다.

"내가 뭐라 했느냐. 더 기다려 보자고 했지?"

"아버지 말이 맞아요."

"대단하구나."

"묵쟁이 떼가 몰려왔나 봐요."

"맞는 말이다."

미끼를 바꿔 끼기가 무섭게 묵쟁이가 계속 잡혀 올라온다. 한나절이 빠르게 지나가고 해가 서편으로 기울면서 약속이라도 한 듯 입질이 끊기고 만다.

"묵쟁이 떼가 지나갔구나."

"많이 잡았어요. 이제 그만 거둬요."

"요즘에 우리가 얼마나 오랫동안 공을 쳤는지 아느냐?"

"그걸 왜 모르겠어요?"

"재수 좋은 날이다."

"맞아요."

"많이 잡았으니 이제 그만 끝내자꾸나."

"네. 아버지."

오늘은 운이 좋게도 묵쟁이를 많이 잡았다. 잠시 후 작은 배의 돛을 올려 바람을 받게 한 다음 서서히 나아가기 시작한다.

종일 온 세상을 강렬히 비춰주던 태양은 바닷속으로 자취를 감췄고 푸르던 바다는 시커멓게 변해 금방이라도 바닷속으로 빠져들

듯한 기세다.

날이 저물어서야 묵쟁이잡이 배는 마을에서 조금 떨어진 한적한 곳에 도착한다. 아버지와 아들은 돛을 내리고 바위 턱에까지 배를 끌어 올린다. 묵쟁이잡이야말로 이들 부자의 유일한 생계수단이다.

망태기에 담아놓았던 묵쟁이를 각각 등에 짊어진다. 어둑어둑 땅거미가 내리고 날이 컴컴해지면서 어느새 허연 달이 떠오른다. 오늘따라 달빛이 환한 것은 좋은 징조가 아닐까.

잰걸음을 놓아 산비탈을 올라 집에 도착한다.

"날이 어두웠으니 손질은 내일 해야겠구나."

"혹시 상하지 않을까요?"

"하룻밤 정도는 상관이 없느니라."

"알았어요, 아버지."

아버지와 아들은 다른 날과 마찬가지로 늦은 저녁밥을 먹고 좁은 방안에 이불을 펴고 누워 잠자리에 든다.

"오늘 밤엔 푹 잘 수 있겠구나."

"묵쟁이 많이 잡아서 그런 거지요."

"물론이지. 좋은 꿈 꾸거라."

"아버지도 푹 주무세요."

'오냐."

다음날도 바다 한가운데 있는 작은 섬나라 우산국의 동쪽 바다로부터 불끈 아침 태양이 솟아오른다. 산 중턱 바다갈대로 지붕을 엮은 통나무집 앞마당엔 아버지와 아들이 온 정성을 다하여 묵쟁이를 손질하고 있었다.

"마구잡이로 하지 말고 조심스럽게 다뤄야 한다."

"알았어요."

"바닷바람이 불어오니 묵쟁이가 잘 마르겠구나."

"당연하지요."

"네가 대답은 시원스럽게 잘하는구나."

"아버지, 좋으세요?"

"물론이지."

묵쟁이마다 나무 갈고리를 걸어 칡넝쿨에 널어야 한다. 아버지는 나이가 많은데도 불구하고 일을 할 때만은 젊은이 못지않게 힘이 넘친다. 헌부는 그런 아버지가 좋기만 했다.

전에 어머니가 살아계실 적에는 집안이 화목하여 웃음이 넘쳤으나 어머니가 무릉도로 간 다음부터 아버지는 웃음을 잃고 말았다. 노상 침울하게 누워있는 날이 많아졌고 몸도 많이 쇠약해졌다. 그렇게 세월을 보내던 아버지는 어렵게 작은 배 한 척을 장만해 묵쟁이를 잡기 시작했다.

오전 내내 열심히 손질한 묵쟁이를 칡넝쿨로 만든 건조대에 모두 매달기를 끝낸다. 주렁주렁 길게 매달린 묵쟁이를 보니 흐뭇하고, 보기만 해도 절로 배가 불러오는 것처럼 넉넉한 기분이다.

오후가 되어 아버지 심부름으로 마을에 갔다가 그곳에서 지난

장날 싸움을 벌였던 담이와 마당이 놈을 재수 없게도 맞닥뜨린다. 놈들이 헌부를 그냥 지나칠 리가 없다.

"계집년 잘 만났군."

"나만 보면 시비를 거는데 도대체 왜 그런 거냐?"

"그걸 몰라서 물어보냐?"

"뭣 때문에 날 못 잡아먹어서 그러는 게야?"

"사람이 굽실대는 맛이 있어야지."

"굽실거리지 못하겠다면 어쩔 건데?"

"맞아줘야지 별수 있겠냐?"

"만약에 못 맞겠다면?"

"손맛을 단단히 보여줘야겠어."

"나도 바라던 게야."

"덤벼봐라. 이 계집년아."

"좋아. 상대해주마."

헌부는 잠시 아버지의 말을 떠올려본다. 아버지는 처음부터 기를 꺾어놔야만 다시는 덤비지 않는다고 말했다. 잠깐 생각에 빠졌을 때 어디선가 갑자기 주먹이 날아왔다.

고개가 획 돌아가고 그 틈을 타 다른 놈의 주먹이 날아와 정확히 얼굴에 명중된다.

불이 뻔쩍하고 코가 뜨겁다. 하늘이 빙빙 돌고 눈앞에서 별이 어른거린다. 계속되는 주먹질에 정신을 차리지 못하고 휘청거린다. 그러다 중심을 잡지 못해 그만 바닥으로 나동그라지고 만다.

결국은 놈들에게 지고 마는 것인가 싶었다.

그러나 헌부는 놈들에게 결코 지고 싶지 않았다. 정신을 가다듬어 몸을 추슬러 벌떡 일어난다. 둘을 한꺼번에 공격하긴 어려운 것, 우선 약골로 보이는 담이 놈부터 공격하자.

주먹을 꽉 쥐고 있는 힘껏 후려치자 담이 놈이 뒤로 벌렁 나가떨어진다. 이어서 공격할 틈을 주지 않고 재빨리, 온몸의 힘을 주먹에 실어 마당이 놈의 얼굴을 또다시 후려 때린다.

일어나면 다시 가격하길 몇 차례 반복하자, 두 놈 다 바닥에 주저앉아 한동안 일어나지를 못한다.

두 놈 모두 더 이상 덤빌 생각이 없는 것 같았다.

"앞으로도 계속 놀려댈 거냐?"

"안 그럴게."

"또다시 날 계집이라 부를 거냐?"

"절대로 안 그럴게."

"오늘은 이 정도로 끝낸다만, 만약 다시금 놀려댔다간 가만두지 않을 것이야."

"알았어."

"우리는 동갑내기야. 만약 너희들이 원한다면 친구가 되어줄 수 있어."

"친구가 될 수 있다니. 정말이냐?"

"앞으로 잘 생각해봐라."

"미안하다."

"미안하다면 됐어."

놈들을 때려주고 나니 헌부는 속이 후련하기 그지없었다. 친구가 될 수 있다고 운을 떼어놓았으니 언젠가 놈들이 찾아올지도 모를 일이다.

오늘은 소이를 만나는 날이다.

집안에는 무슨 일인가 끊임없이 있기 마련이다. 아버지께 적당히 둘러대고 빠져나온다.

부지런히 걸어 약속한 장소에 도착한다. 언제부터 기다렸는지 알 수 없으나 소이는 이미 와 있었다. 소이가 앉아 있는 큰 바위에 올라 나란히 앉아 바다를 내려다본다. 한 무리의 갈매기 떼가 날갯짓하며 먹이를 찾는 모습이 보인다.

"나는 갈매기가 좋아. 헌부도 갈매기 좋아하니?"

"그야 물론이지."

"난 요즘에 너만 생각하고 있단 말이야."

"나만 생각하고 있다니 네가 예쁘게 보이는구나."

"예쁘단 말을 들으니 기분 좋아. 헌부는 아버지하고 둘뿐인데 밥은 누가 하는 거야?"

"내가 하지 누가 하겠니?"

"그런 건 여자가 하는 거야."

"집안에 여자가 있어야 말이지."

"혹시 아버님한테 내 말은 해봤니?"

"아직 못했어."

"오늘이라도 말씀드려봐. 내가 밥도 짓고 집 안 청소 다 하고 헌부 아버님께 잘해 드릴 수 있어."

"방금 한 말, 나한테 시집오겠다는 뜻이니?"

"당연하지."

"나도 생각해볼게."

"네 마음 알았지?"

"응, 알았어."

헌부는 아버지를 잘 모실 수 있다는 소이의 말이 그저 고맙기만 했다. 그런 소이가 더욱 사랑스럽고 그녀가 마음 깊숙이 들어온다. 헌부가 손을 내밀자 소이는 기다렸다는 듯 손을 꼭 잡아온다. 바다를 바라보며 많은 이야기를 나누었다. 어느덧 해가 기울고 각자 집으로 돌아갈 때가 되었다.

사랑하는 청춘남녀가 만나고 헤어지는 것은 부지기수이나 둘은 좁은 우산국에 살기에 더욱 각별하다. 헌부는 친한 친구도 없고, 아버지 외의 다른 사람들과는 접촉이 거의 없기에 소이야말로 소중한 존재임에 틀림이 없다.

헌부는 집에서 어머니의 빈자리를 채우기 위해 묵쟁이를 건조하는 일 외에도 매끼 식사 준비는 물론 청소와 살림을 도맡아 해야 한다. 종일 잠시도 쉴 틈이 없다. 아버지가 많이 도와주는데도 할 일은 넘쳐나기만 한다.

"너도 알겠지만 우리는 두 식구뿐이기에 일이 많구나."

"어쩔 수 없잖아요."

"일손이 모자라면 방법은 한 가지밖에 없어."

"방법이란 게 뭔데요?"

"네가 혼인하는 길밖에 다른 방법이 뭐가 있겠느냐?"

"난 또 뭐라고요."

"하루라도 빨리 며느리를 들이고 싶구나."

"알았어요."

"알았다면. 혹시 마음에 두고 있는 처자라도 있는 게냐?"

"사실은 있어요. 왜 없겠어요?"

"어느 집 처자인지 이름이 뭔지 말해줄 수 있겠냐?"

"차차로 말씀드릴게요."

"지금 말해주면 안 되겠냐?"

"나중에 말씀드린다고 했잖아요."

"뉘 집 여식인지 몹시 궁금하구나."

"곧 알려드릴게요."

"녀석두."

사내란 자고로 나이가 차면 혼인을 해서 집안일을 안사람이 맡아 하게끔 해야 하건만 아직은 소이에 대해 아버지께 알리고 싶지 않았다. 우선 소이의 부모님께 혼인 허락을 구하는 게 먼저라는 생각이 들었기 때문이다. 소이가 부모님께 말씀드려 승낙을 받아내면, 헌부 역시 아버지께 모든 걸 말씀드릴 생각이다.

오늘도 헌부와 소이는 큰 바위에 다정히 앉아있었다. 둘의 앞으로 드넓은 바다가 펼쳐졌다. 바람 한 점 없는 무더운 날씨로 저 멀리 수평선으로 뭉게뭉게 구름 두어 점이 엷은 솜덩이처럼 한가롭게 떠 있다. 바다의 파도는 고요하고 날씨는 맑기만 하다.

바다 갈매기 무리가 둘이 앉아있는 큰 바위 앞까지 날아와 축하라도 해주는 듯 머리 위로 크게 원을 그리면서 사라진다. 멀리 날아가는 갈매기를 보며 소이는 웃음 가득한 얼굴로 손을 흔들어 준다.

"갈매기가 우리 둘을 축하해주는 거야."

"맞는 것 같아."

"헌부는 사랑이 뭔지 아니?"

"말은 들어봤어."

"우리 같은 사람을 사랑하는 사이라고 말하는 거야. 헌부는 나를 얼마만큼 사랑해?"

"바다만큼."

"소이는 바다만큼 하늘만큼인걸. 앞으로 우리 혼인하는 거다."

"너는 부모님 다 계시고 귀엽게 자랐어. 나한테 시집와봐야 일만 죽도록 해야 하는걸."

"그 정도는 각오하고 있어."

"고생바가지야."

"상관없어. 헌부가 나만 사랑해주면 돼."

"고맙다. 소이야."

"고맙기는 뭘. 내가 정식으로 혼인하겠다고 부모님께 말씀드려볼 게."

"소이가 먼저 부모님 허락을 받아내라."

"알았어."

헌부는 지금까지 세상을 살면서 막연하게 이성에 대해 관심이 많았을 뿐 혼인까지는 생각해본 적이 없었다. 만약 소이와 혼인하게 된다면 많은 것이 달라질 것은 당연하다.

집안에 여자가 없다는 건 얼마나 쓸쓸한 일인가.

어머니의 빈자리를 느끼며 살아온 세월이 눈앞을 스쳐 지나간다. 새로운 가족이 생긴다는 건 얼마나 기쁜 일인가. 어서 혼인을 해 아버지께 효도하고 싶은 마음뿐이다. 아버지가 얼마나 좋아하실까. 헌부는 소이를 꼭 끌어안는다.

순장법

모든 사람들이 외모는 비슷비슷해도 살아가는 방법은 천층만층이다. 그중에서도 신라의 성골들은 온갖 세도와 권력을 휘두르며 화려하게 살고 있었다.

이사부의 집안은 서라벌에서 멀리 떨어진 실직주에 살고 있었고, 아버지가 마땅히 하는 일이 없는데도 성골 집안이기에 평민들은 감히 꿈꿀 수 없을 만큼 큰 집에서 풍족하게 살고 있었다.

그나마 다른 한 가지. 성골 가문의 자제라면 당연히 서라벌로 진출하여 얼마든지 좋은 관직에 나갈 수 있건만 불행하게도 이사부는 성골 신분이 아니기에 생각부터 다를 수밖에 없는 일이다.

고작해야 성골 신분의 자제들은 거들떠도 안 보는 병부의 장수가 되는 게 유일한 꿈이고 그러하기에 동네 친구들과 자주 어울려 전쟁 놀이를 하는 것은 어쩔 수 없는 선택이기도 했다.

그렇지만 어머니 지성부인은 그런 마음을 아는지 모르는지 날이면 날마다 혼내는 일을 끊임없이 되풀이하고 있으니 이사부에겐 여간 고통스러운 일이 아닐 수 없었다.

제발 어머니가 잔소리 좀 안 하게 할 수는 없을까.

김이사부.

그의 생활은 큰누나가 시집을 간 후에도 별로 달라진 게 없었다.

평소와 변함없이 삼사일이 멀다 하고 친구들과 어울렸고, 가끔 집으로 찾아오는 훈장에게 글을 배우는 게 전부였다. 오늘도 글을 배우는 날이기에 좁은 방 안에서 훈장과 마주 앉아 있었다. 오늘따라 훈장은 화가 많이 난 것 같았다.

"지난번에는 글공부 왜, 빼 먹었느냐?"

"훈장님이 오시는 걸 깜빡했어요."

"글공부보다 친구들이 더 좋다는 말로 들리는구나."

"아닙니다."

"글공부를 게을리해서는 되는 일이 없어."

"열심히 하겠습니다."

"앞으로 또다시 글공부 빼먹으면 아버지한테 일러바칠 거야."

"잘할게요."

훈장은 잠시 천장을 바라보다간 갑자기 엉뚱한 질문을 던진다.

"순장(殉葬)이란 게 무엇인지 아느냐?"

"모릅니다."

"아직 배우질 않았으니 알 턱이 없지."

"순장이 무엇입니까?"

"순장이란 합장(合葬)을 뜻하는 게야."

"합장은 또 무엇입니까?"

"성골 집안의 가장이 죽었을 경우, 아내와 수발해주는 몸종을 산 채로 무덤 속에 합장시킨다는 뜻이다."

"훈장님, 그게 말이나 됩니까?"

"신라 성골 가문에선 지금도 은밀히, 그리고 당연하게 실행되고 있는 법도이니라."

"왜 제가 모르고 있었지요?"

"순장무용지악습(旬葬無用之惡習)은 무슨 뜻인지 알고 있느냐?"

"설명해주십시오."

"산 사람을 생매장하는 것은 필요가 없고 나쁜 풍습이란 뜻이다."

"나쁜 풍습인데 왜 지금까지도 시행되고 있는 겁니까?"

"돌아가신 분의 살아생전 화려한 생시 재현을 위해 순장법이 시행되고 있는 게야."

"그렇다면 우리 집의 경우 아버지가 돌아가시면 어떻게 되는 겁니까?"

"당연히 순장법에 따라야겠지."

"살아계신 어머니, 그리고 종복까지 무덤 속에 산 채로 들여보낸단 말입니까?"

"성골 집안이기에 어쩔 수 없어. 순장법에 따라야 하느니라."

"저는 그런 악습이 있는 줄을 몰랐어요."

"그러니 훈장인 내가 가르쳐주는 것 아니냐?"

"오늘은 좋은 것 배웁니다."

"그러면 지금부터 순장법에 대해 좀 더 확실히 알아보도록 하자."

"네. 훈장님."

이사부는 순장이란 글을 배우면서도 여러 가지 이해되지 않는

96
/
독도

부분이 많았다. 어떻게 남편이 죽었는데 아내와 종복을 산 채로 무덤 속에 집어넣는단 말인가. 그것도 쉬쉬하며 성골에게만 내려오는 풍습이라고 한다.

글공부가 끝나자 순장이란 말을 마음속 깊이 되새겨본다. 만약 아버지가 세상을 떠나게 되면 지성부인은 물론 아버지가 제일 신임하는 희구란 영감도 산 채로 매장된다는 뜻이다. 이런 나쁜 악습이 지금까지 내려오다니 이사부로서는 납득하기 힘든 노릇이었다.

글공부를 마치고 밖으로 나서려고 할 때 지성부인이 이사부를 불러 세운다.

"잘하는구나. 이참에 아예 집에서 나가는 게 어떻겠냐?"

"저는 못 나갑니다."

"뭐야?"

"못 나간다고 했어요."

"피는 못 속인단 말이다."

지성부인이 다시금 생모를 들먹이자 이사부는 가슴속에서 뭔가 모르게 뭉클하고 뜨거운 것이 치밀어 올랐으나 정신을 가다듬어 마음을 억눌러 진정시킨다.

"어머니 물어볼 말이 있어요."

"뭘 물어본다는 게야?"

"순장이란 말 들어봤어요? 순장이 뭔지 아세요?"

"성골 집안에서 가장이 죽게 되면 부인은 물론 종복까지 무덤 속에 산 채로 합장시키는 것 아니냐?"

"맞아요. 만약 아버지가 돌아가시면 어머니도 산 채로 무덤 속으로 들어가야 합니다. 하지만 절대로 그리되면 안 돼요."

"네가 지금 한 말이 무슨 뜻이냐?"

"만약에 아버지가 돌아가신다 해도 어머니는 절대로 아버지와 합장시키지 못하도록 제가 막을 겁니다."

"널 그렇게 구박했는데도 날 구해주겠다는 뜻이냐. 정말로 어미를 살려줄 수 있단 말이지. 어떻게 그런 기특한 생각을 했느냐?"

"당연한 것 아닙니까. 저는 어릴 적부터 어머니 젖을 먹고 자랐어요. 잔소리 많이 하는 건 제가 미워서가 아니잖아요."

"하기는 네 말이 맞다만."

"앞으로는 절 나무라지 마세요. 제 앞길은 제가 가립니다."

"네게 고맙다는 말밖에 할 말이 없구나."

지성부인은 평소와 다르게 표정부터가 부드러워지면서 눈빛은 인자하여 상냥스러워진다. 그러나 지성부인의 정겨운 표정이 앞으로 얼마나 오래 갈는지 알 수 없는 노릇이다.

이사부는 지성부인이 순장에 대해 알고 있을 줄은 생각지도 못했던 일이다.

화가 나는 것을 억지로 참아가며 마음에도 없는 입에 발린 소리를 하려니 주먹을 쥔 손이 부들부들 떨리고 이사부는 뒤도 돌아보지 않은 채 밖으로 뛰쳐나온다.

요즘엔 한여름이긴 해도 사람이 활동하기 좋은 날씨가 연일 계속되고 있다. 오늘도 밖으로 나가려는데 대문에서 기다리던 지성부인이 무엇인가 불쑥 내민다.

"이게 뭐지요?"

"먹을 거야. 다른 놈들은 주지 말고 너 혼자 먹어야 된다."

"혼자서 어떻게 먹어요?"

"어차피 없는 놈들 아니냐? 몰래 숨어서 먹으란 말이다."

"알았어요."

"전쟁 놀인가 뭔가 해도 다치지는 말아야지."

"염려 마세요."

"잘 다녀와라."

"네 알았어요."

사납고 거칠기만 했던 지성부인이 먹을 것을 싸주다니 전 같았으면 어림없는 일이다. 지성부인의 마음이 갑작스럽게 바뀐 것은 말할 것도 없이 순장제도 때문이리라. 지성부인이 준 음식을 싸들고 집에서 나온다.

오늘은 다른 날과 달리 친구들이 손에 목검이 아닌 활을 챙겨왔다. 이사부가 친구들 앞으로 썩 나선다.

"전쟁터에서 검술도 필요하지만, 궁술 역시 중요하다."

"그건 우리도 알고 있어."

"활쏘기에서 중요한 건, 무작정 활시위를 당겨선 안 된다."

"어찌해야 하는 건가, 대장?"

"과녁을 화살이 맞아 떨어지는 지점 위에 올려놓은 다음에 활시위를 당겨야 한다. 조심할 것은 화살을 쏘는 순간이다."

"그냥 무조건 쏘아버리면 되는 것 아닌가?"

"숨을 멈추어야 한다. 과녁을 정조준하고 숨을 멈춘 다음 활시위를 놓아야 한다."

"쉬운 게 아니군."

"하루 이틀 해서 되는 게 아니란 말이다."

"맞는 말이야."

이사부의 명령에 따라 친구들은 연습에 연습을 거듭하고 과녁을 향해 나란히 서서 차례로 활시위를 당긴다.

"이사부 대장이 제일 잘 쐈어."

"작년에도 활쏘기했잖아. 기억이 안 나나?"

"맞아."

"그때의 기억을 되살린 것이지."

"기억력이 좋아. 역시 우리 대장은 뭔가 다르단 말이야."

"알아주니 고맙다."

작년 이맘때의 일이다. 친구들과 활을 만들어 놀고 있을 때였다. 길을 지나던 기마대가 멈춰 섰고, 그중 우두머리로 보이는 장수가 활 다루는 법을 직접 시범까지 보여주며 가르쳐 준 적이 있었다.

나중에 알고 보니 그때에 활쏘기 방법을 가르쳐 준 장수는 실직주 병부령이라고 했다.

다른 친구들은 잊어버렸는지 모르나 이사부는 확실하게 기억을 하고 있었다.

병부령이면 실직주에서 군주 다음으로 높은 벼슬이다. 요즘으로 말한다면, 지방군사령관쯤 되는 관직이다. 이사부의 장래 희망은 실직주의 병부령이 되는 것. 과연 장래에 병부령이 될 수 있을는지.

날이 어두워질 무렵, 친구들과 헤어져 집에 돌아온다. 살금살금 뒷문을 열고 집안으로 들어설 때 이번에는 지성부인이 아닌 미랑 누나가 눈을 흘기며 기다리고 있었다.

"누나가 웬일이야."

"너, 거지새끼들하고 놀다 왔지?"

"지금 거지새끼라고 했어?"

"너도 거지나 마찬가지야. 거지새끼들하고 어울렸잖아?"

"말 다한 거야?"

"집에는 왜 들어왔냐. 아예 나가서 살아."

"정말 내가 나가야겠어? 앞으로 나 안 볼 거지?"

"꼴도 보기 싫어. 어서 나가지 못해?"

"분명히 말하지만 나는 절대로 못 나가. 나갈 테면 누나가 나가."

"뭐라고."

"난 절대로 못 나가니깐 누나가 나가란 말이야."

"정말로 말 다했냐?"

"그래 말 다했다."

화가 난 이사부는 주먹을 움켜쥐었다가 입술을 질근질근 깨물며 억지로 참는다. 아무리 누나가 말을 함부로 해도 손찌검을 해서는 절대로 안 된다. 한동안 지성부인이 잠잠한가 싶더니만 대신 미랑 누나가 속을 끓이게 한다. 앞으로 미랑 누나까지 코를 납작하게 만들 방법은 없을까.

오늘도 평소와 다름없이 아버지께 아침 문안을 드린다. 아버지는 기다리고 있었다는 듯 갑자기 엉뚱한 질문을 던진다.

"신라의 골품 제도를 아느냐?"

"알고 있습니다."

"그래서 하는 말이다만, 네가 성골이 되는 방법에 대해 아버지가 따로 생각해놓은 게 있어."

"무엇이옵니까?"

"차차로 알려줄 것이니 너무 밖으로만 나돌지 말고 글공부를 열심히 해야 한다."

"네, 아버님."

"남자란 학식을 갖춰야만 서라벌로 진출해 고위 관직에 오를 수 있는 게야."

"명심하겠습니다."

"네가 대답을 시원스럽게 해주니 좋구나."

"아버지 자식 아닙니까?"

이사부가 받을 수 있는 품계를 엄격하게 따져보자면, 후실의 자식이긴 해도 부친이 성골이기에 그다음 품계인 진골에 속한다. 하지만 진골이란 품계는 성골과 달리 아무리 능력이 있다 해도 신라의 고위 관직에는 오를 수 없다.

출생할 때부터 천민이나 혹은 평범한 집안에서 태어났더라면 그에 맞추어 살면 그만이지만 이사부는 후실의 자식이란 것 하나 때문에 제대로 기를 펴지 못한 채 살고 있다.

아버지는 이사부에게 성골이 될 수 있는 방법이 있다고 말했다. 과연 어떤 방법이 있을까.

이사부는 모든 것을 잊어버리기 위해 밖으로 나와 친구들을 만난다.

오늘도 활쏘기의 반복으로 과녁을 만들어 활쏘기 연습에 연습을 거듭한다.

친구들은 어금니를 앙다물고 활시위를 잡은 깍짓손을 높이 들어 활시위를 힘껏 잡아당긴다. 과녁에 비슷이 겨눈 화살은 쏘아졌는데 마음먹은 데로 들어맞지 않았다.

"잘 맞지 않아."

"쉬운 게 어디 있겠냐?"

"대장. 활을 잘 쏘는 궁돌이가 되려면 어찌해야 하는 건가?"

"연습뿐이야. 연습밖에 없어."

"정말로 연습만 열심히 하면 궁돌이가 되는 건가?"

"당연하지."

연습이 끝나자 큰 나무그늘에 둥그렇게 둘러앉아 잠시 쉬는 시간이다. 친구들의 집은 대부분 농사를 짓는 데 반해 한 친구만은 아버지가 사냥꾼이다. 그 친구의 이름은 찬수, 이사부보다 세 살이 어리고 허풍이 많은 친구다.

"우리 아버님 말씀이, 엄청나게 큰 산돼지가 있다고 했소."

"얼마나 크기에?"

"앞으로 나온 뿔 길이만 해도 웬만한 어른 키만큼이나 된다고 했단 말이오."

"뿔 길이가 어른 키라면 몸뚱이는 얼마나 엄청날까?"

"몸집이 황소 두 배는 된다고 했단 말이오."

"황소 두 배라니 대단하구먼. 그런데 찬수 아버님이 왜 못 잡으셨는가?"

"아버지는 너무나 크기 때문에 혼자서는 잡을 수 없다고 했소."

"왜 혼자서 못 잡는단 말인가?"

"화살을 한 대나 두 대쯤 맞아선 큰 산돼지가 죽지 않는다고 했단 말이오."

"어디 가면 그 산돼지를 볼 수 있는가?"

"산돼지 출몰하는 곳은 알고 있소. 그리 멀지 않은 곳이오."

찬수의 말에 친구들은 벌어진 입을 다물지 못한다. 허풍이 있기는 해도 전혀 근거 없는 말은 아닌 듯했다.

"정말로 그렇게 큰 산돼지가 있단 말인가?"

"거짓이면 내가 이름을 바꾸겠소."

"이름까지 바꾸겠다니 사실인 모양이군. 우리가 그 산돼지를 잡고 싶은데 마땅한 방법이 없을까?"

"사실은 그 말이 나올 줄 알고 말을 꺼낸 것이오."

"찬수 아우가 우리들 머리 꼭대기에 놓고 있구먼."

"산돼지를 잡으려면 특별한 화살촉이 필요하오. 내가 준비하겠소."

"고맙구먼. 고마워."

뜬금없는 찬수의 말에도 모두의 의견이 일치된다. 사냥에 필요한 많은 이야기를 나누었고 친구들과 헤어져 집으로 돌아온다.

오늘따라 밤늦은 시간에 지성부인이 아무런 예고도 없이 불쑥 이사부의 방으로 찾아왔다. 예전에는 앞뒤 없이 벌컥 역정부터 냈으나 요즘은 딴사람으로 변해 있었다.

우선 공손하게 자리에 앉게 한다.

"네가 미랑이하고 사이가 나쁘니 큰일이구나."

"죄송해요, 어머니."

"아무리 그래도 네 누나 아니냐?"

"제가 누나한테 어떻게 해야 할지 모르겠어요."

"네가 하기 나름이야."

"어떻게 해야 돼요?"

"미랑이한테 잘해줘야지."

"알았어요."

"알았다니 다행이구나."

어머니는 잠시 천장을 보며 한동안 말이 없었다. 그러다 이사부를 똑바로 바라보며 다시 말을 꺼낸다.

"네가 성골이 될 수 있는 방법이 있어."

"아버님도 비슷한 말씀을 하셨어요."

"네가 성골이 되지 못한 것은 생모가 후실이기 때문이야."

"저도 알고 있어요."

"방법은 간단하단 말이다."

"어떻게 간단하다는 겁니까?"

"네가 혼인하면 문제는 간단하단 말이다."

"혼인을 하다니요?"

"너는 현재 진골 신분이기 때문에 성골 여식과 혼인하면 성골이 될 수 있는 게야."

"하지만 어느 성골 여식이 저한테 시집오겠어요?"

"아버지가 서라벌에 이미 사람을 보낸 것 같더라."

"정말이세요?"

"너는 내 하나밖에 없는 아들 아니냐."

"무슨 뜻인지 알아요. 만약 이번에 혼인하게 되면 제가 성골이 되는 거 맞지요?"

"그거야 당연하지."

"그러니 앞으로는 미랑이와 사이좋게 지내고 어미가 시키는 대로 잘하란 말이다."

"알았어요, 어머니."

이사부는 지금까지 성골이 되는 방법이 없는 줄 알았으나 성골 여식과 혼인하면 성골이 된다는 사실을 알게 되었다. 간단한 방법을 왜 지금까지 몰랐단 말인가.

다음날.
아버지께 아침 문안 인사를 드린다. 아버지는 기분이 좋아 보였다.
"아버지가 죽고 나면 제사를 누가 지내주게 되는 것이지?"
"저 말고 다른 사람이 누가 있겠습니까?"
"맞는 말. 너야말로 우리 집안의 기둥이고 하나밖에 없는 외동이기에 반드시 성골로 만들어주고 싶구나."
"저 역시 성골이 되고 싶습니다."
"성골 처자와 혼인해라. 그리되면 네가 어렵지 않게 성골이 될 수 있는 게야."
"어머님도 똑같은 말씀을 하셨어요."
"아직 네게 말은 안 했다만 아버지하고 막역한 친구가 서라벌에 살고 있어. 그 친구는 석 씨 집안으로 슬하에 여식이 셋이나 되는 걸. 그중에서 셋째 딸이란 말이다."
"그 처자와 혼인하면 제가 성골이 되는 것 맞습니까?"
"당연한 것이지. 진작 사람을 보냈으니 회답이 올 때까지 기다려 보도록 하자."
"그리하겠습니다."

"기대하거라. 좋은 소식이 올 게야."

"네. 아버님."

아버지는 젊은 시절 이사부와 비슷한 나이에 실직주의 군주가 되어 많은·업적을 남겼다고 들었다. 하지만 왜구의 침입을 막지 못해 결국은 실직주 군주에서 물러났다고 한다.

이사부는 이번 혼인만 성사된다면 서라벌로 진출하거나 아버지와 같이 군주도 할 수 있게 된다. 군주라면 실직주에서 최고 우두머리 통수권자로 관내의 성들은 물론 병권도 손에 쥘 수 있게 된다. 문제는 성골 여식과의 혼인 성사 여부다. 혼인이 이루어져야 할 텐데….

과연 혼인에 성공할 수 있을는지.

하루하루 날짜가 지나면서 지성부인 역시 새롭게 며느리를 맞아들이는 일에 대해 기대를 많이 하는 것 같았다. 이사부 역시 전과는 달리 그런 지성부인이 좋기만 했다.

"어머니께 물어볼 말이 있어요."

"뭔지 말해 보거라."

"친어머니에 대해 말씀 좀 해주세요. 잘 아시잖아요."

"생모 이야기는 듣기 싫어하잖니?"

"지금은 달라졌어요. 알고 싶어요."

이사부는 언제인가 똑같은 질문을 했다가 면박을 당한 적이 있었다. 갑작스러운 질문에 지성부인은 잠시 이사부를 바라보다간 어렵게 말을 꺼낸다.

"아버지가 젊었을 때에 실직주 군주였다는 사실은 알고 있겠지?"

"물론입니다."

"어미가 아들을 낳지 못했기 때문에 아버지가 네 친모를 후실로 맞아들인 게야."

"그것도 알고 있어요. 친어머니는 어떤 사람이었어요?"

"사람들 모두 네 친어머니를 예쁘다고 했어. 정말로 인물이 좋은 여자였지."

"그것뿐인가요. 왜 친어머니가 일찍 돌아가셨어요?"

"네가 채 돌도 되기 전인가? 왜구가 떼거리로 몰려와 집안이 풍비박산되었어. 그때 네 생모가 당한 게야."

"친어머니는 결국 왜구 때문에 죽임을 당했군요."

"맞아. 하지만 나한테 구박도 많이 받았지."

"저 외에 다른 형제는 없었나요?"

다른 형제가 더 있었냐는 질문에 어머니는 잠시 눈을 감더니만 무엇인가 생각을 깊게 하는 듯싶었다. 이때 누군가 밖에서 부르는 소리가 들렸다.

"이만 나가봐야겠구나."

"어머니 말, 끝까지 못 들었어요."

"너도 알고 있는 것 아니냐?"

"저 외에 다른 형제는 더 없었느냐고 물었어요."

"네가 핏덩어리 때에 생모가 죽었어. 그 이후로 무슨 아이가 더 생겼겠니?"

"어머니 말씀이 맞네요."

"알았으면 됐다."

지성부인은 성급히 방에서 나가고, 이사부는 뭔지 모르게 가슴속이 개운치 않다. 지성부인의 얼굴 표정이 뭔가를 숨기는 눈치가 분명했다. 이사부의 물음에 대한 지성부인의 대답이 시원치 않았기 때문일까.

날짜가 하루하루 지나면서 집안 식구들 모두 서라벌로부터 좋은 소식이 오기를 눈이 빠지게 기다리고 있을 때에 작은누나 미랑만은 그때그때 심술을 부렸다.

"너는 좋겠다."

"좋기는 뭘?"

"장가들잖아. 색시는 서라벌 여자라면서?"

"아마 그런가 봐."

"나도 서라벌 남자와 혼인했으면 좋겠다."

"왜 하필이면 서라벌이지?"

"서라벌 남자들이 여자들한테 잘해줄 것 같아."

"그러니 누나도 서라벌 남자에게 시집간다는 희망을 가지란 말이야."

"순서로 따지고 보면 내가 먼전데. 부모님이 너한테만 신경 쓰니 속상해 죽겠어."

"누나 미안해."

"됐어."

성깔을 부리며 휙 등을 돌리는 누나의 뒷모습을 바라보고 있으려니 조금은 딱해 보이기도 한다. 왜 그런 기분이 드는 것일까.

서라벌로부터 기별이 온 것은 보름이 훨씬 지나서다. 아버지는 낮고 조용한 목소리로 조심스럽게 말을 꺼낸다.

"일이 모두 틀어진 것 같구나."

"틀어지다니, 왜요?"

"그쪽에서 우리 집안 사정을 알고 있다고 했어. 네가 후실의 자식이라는 것도 알고 있더란 말이다."

"그 말씀 정말입니까?"

"서라벌에도 혼처가 많은데 왜 하필이면 실직주라는 게야."

"무슨 말인지 알겠습니다."

"네가 상심이 크겠구나."

"사실은 저도 기대를 많이 했어요."

"네게 면목이 없구나."

"아닙니다, 아버님."

"하지만 다른 방법이 또 있을 게야."

"너무 제게 신경 쓰지 마십시오."

"그리 말해주니 더더욱 네게 할 말이 없구나."

신라 전체를 따져봐야 성골이 많지 않고, 이사부가 후실의 자식이란 걸 그들이 모를 리가 없다. 아버지는 성골이 된 다음 서라벌로 진출하여 고위 관리가 되라고 하였으나 모든 바람이 틀어지고 말았다. 세상일이란 게 마음먹은 대로 되는 것만은 분명 아니다.

이사부는 제 뜻대로 되는 게 하나도 없다고 생각하면서도 결코 실망하거나 좌절하지 않는 성격이다. 아버지는 다른 방법이 있을 거란 말을 했는데 과연 어떤 방법이 또 있단 말인가.

오늘도 집에서 나와 친구들을 만난다. 낮 동안은 사냥에 필요한 것들은 준비했고 해 질 무렵이 돼서야 산돼지가 나타난다는 계곡에 도착한다.

저녁 바람이 조금은 쌀쌀하다. 이사부는 친구들과 함께 거대한 바위 모서리에 몸을 숨긴 채 산돼지를 기다려야 했다. 앞쪽으로 보이는 큰 바위 아래에는 평평한 구릉지로 칡넝쿨이 무수히 엉켜 있다.

"우리가 헛고생하는 것 아닌가?"

"그럴 리 없소."

"정말로 산돼지가 나타날까?"

"오늘 아침에도 내가 아버지한테 직접 확인했소."

"못 믿겠단 말이야."

"쉿! 조용하시오."

"알았어."

찬수의 쉿 소리와 함께 아니나 다를까 커다란 산돼지 한 마리가 구릉지로 다가오는 게 보인다. 매우 큰놈이다.

"찬수가 말한 것보다는 작은 것 같아."

"그래도 엄청 큰놈인걸."

"하긴 그래."

"쉿. 조용하시오."

"알았다니깐."

산돼지는 아무런 기척도 느끼지 못했는지 쿵쿵 소리를 내며 연신 칡넝쿨을 걷어 올린다. 앞으로 튀어나온 이빨이 어른 하나 길이는 안 됐으나 어린아이 하나 정도는 충분히 되고도 남는다. 친구들 모두 살그머니 일어나 조준한 다음 일제히 활시위를 놓았다.

"획!"

"획!"

"획!"

"획!"

한꺼번에 날아간 화살은 거의 모두 명중이 된 것 같았다. 산돼지는 잠시 주춤하면서 어찌할 줄 모르다가 방향 감각을 제대로 잡지 못한 채 뱅글뱅글 돌며 길길이 날뛰기 시작한다.

"굉장하구먼."

"성공이오."

"아직은 몰라."

"모르긴 뭘 몰라."

"기다려 봅시다."

"당연히 기다려야지."

친구들과 이야기를 나누며 기다리는 동안 험하게 날뛰던 산돼지는 결국 쿵, 소리를 내며 바닥에 나 뒹굴고 만다.

모두 함께 환호를 지르며 숨어있던 바위틈에서 빠져나온다. 산돼지를 잡을 거라고는 감히 생각지도 못했던 일이다. 이사부가 제일 앞서 달려가 산돼지의 몸통에 꽂힌 화살의 숫자를 헤아려 본다. 친구들이 쏜 화살이 거의 모두 명중했다 싶었는데 실상은 그렇지 않았다.

"명중시킨 화살은 다섯에 불과해."

"반도 안 되잖아?"

"빗나간 화살이 더 많아. 활 솜씨 아직 멀었어."

"하지만 산돼지 잡았잖아."

"운이 좋은 거지. 그나저나 산돼지 옮기려면 목도를 만들어야겠지."

"당연하지."

"날이 어두워지는구먼. 서둘러야겠어."

"알았어."

친구들은 즉석에서 나무를 베고 칡넝쿨을 겹겹이 이용해 목도를 만든다. 산돼지 무게가 엄청 나갔으나 친구들이 많기에 문제 될 건 없었다.

밤이 되어 동네 근처 산기슭에서 푸짐하게 장작불에 고기를 구워 잔치를 벌인다.

"맛이 기가 막히는구먼. 누구 하나 죽어도 모르겠어."

"산돼지가 이렇게 맛있는 줄은 몰랐어."

"그러게 말이야."

"대장도 많이 먹어."

"지금 먹고 있는걸."

모두가 배불리 먹은 후에도 친구들은 한 짐씩 어깨에 짊어지고 갔으나 이사부는 공연히 핀잔만 들을 것 같아 그만두고 만다. 밤이 많이 늦어서야 집에 도착한다. 대문을 몰래 열고 들어왔는데도 어떻게 낌새를 알아챘는지 미랑 누나가 앞을 가로막는다.

"이게 무슨 냄새야."

"조용해."

"야심한 밤에 어디를 돌아다녔냐?"

"알 필요 없어."

"천것들 만나고 왔잖아?"

"남이야 천것을 만나든 쌍것들을 만나든 무슨 상관이야?"

"누나한테 정말로 대들 거냐?"

"누나 좋아하네."

"너, 말 다했냐?"

"내 앞에서 얼쩡거리지 마. 나한테 관심 끄란 말이야."

"좋아, 그렇다면 오늘부터 너하고 나는 남남이야 알겠냐?"

"우리는 진작부터 남남이었어."

"하기는 네 엄마가 쌍것이니 남남이나 다름없지."

"또 친엄마 들먹일 거야?"

"그래 어쩔래?"

"도저히 안 되겠어."

"뭐야?"

다른 것은 몰라도 누나가 생모를 들먹이는 데에는 도저히 참을 수 없는 노릇이다. 하지만 아무리 화가 난다 해도 손찌검은 할 수 없는 것, 이사부는 너무나 열이 받혀 두 손으로 누나를 밀어뜨리고 만다.

엄살이 심한 누나가 뒤로 벌렁 크게 넘어지면서 큰소리로 울음을 터뜨렸는데 이때에 생각지도 못했던 일이 벌어졌으니 아버지가 모든 것을 지켜보고 있었던 것이다. 이사부는 곧바로 불려가 무릎을 꿇어야 했다.

"아버님 죄송합니다."

"오늘은 어디를 갔다가 밤늦게 돌아왔느냐?"

"친구들하고 어울렸습니다."

"누나에게 손찌검을 하다니. 네놈이 천것들과 어울려 다니더니만 쌍것이 다됐구나."

"죄송합니다."

"네놈이 그러고도 내 자식이라 할 수 있는 게야?"

"하지만 누나도 제게 잘한 것 없어요."

"괘씸한 놈. 모든 것을 알고도 모른척했으나 앞으로는 밖으로 나갈 수 없다."

"집 밖에 못 나간단 말입니까?"

"만약 아비 허락 없이 밖으로 나갔다간 가만두지 않을 것이야."

"알겠습니다."

"계속 두고 볼 것이다."

"네. 아버님."

아버지는 지금까지 친구들과 어울리는 것에 대해 별다른 말이 없었으나 이번 일로 금족령이 내려지고 말았다. 앞으로 아버지의 허락 없이는 밖으로 나갈 수 없게 되었다. 지성부인의 말이라면 그냥 넘길 수도 있겠으나, 집안의 가장 어른이 되는 아버지의 명령을 어길 수는 없는 노릇이다.

그날 이후 이사부는 집 밖으로 나갈 생각조차 할 수 없게 되었다. 매일매일 집구석에 틀어박혀 옴짝달싹하지 못한다. 집 안에만 머물려니 도무지 시간이 가지 않았다. 하루하루를 보내기가 지겨웠고, 자신의 허울뿐인 성골 가족이 된 게 원망스럽기 그지없었다.

앞으로 아버지를 어떻게 설득한단 말인가.

갈매기 사랑

최근 들어 섬나라 우산국은 날씨가 좋지 않다. 낮에는 무덥고 밤이 되면 기온이 급격히 내려가 춥기까지 했다. 일교차가 커지면서 헌부 아버지는 심한 고뿔에 걸려 고생이 심했다. 지난밤에는 식은땀으로 이불을 적셨고, 오늘은 새벽부터 밭은기침을 해댄다. 연거푸 기침을 토해 얼굴까지 벌게지기까지 한다. 아버지가 아프니 묵쟁이도 잡으러 갈 수 없는 노릇이다.

"안 되겠어요."

"물때가 좋을 땐데 아쉽기 그지없구나."

"지금 묵쟁이가 문젠가요?"

"내가 왜 이런지 모르겠구나."

"날씨 때문에 그래요."

"몸에 열이 나고 밭은기침이 계속 나와 꼼짝을 할 수가 없구나."

"빨리 나으셔야 해요."

"네가 늙은이를 몰라서 하는 말이다. 늙은이가 되면 빨리 죽을 수밖에 없는 게야."

"어떻게 그런 말씀을 하세요?"

"내가 아프기만 하니. 미안하구나."

"미안하긴 뭐가요?"

지금껏 건강하게 사셨기에 그깟 고뿔쯤이야 별문제 될 게 없다고 생각하지만, 눈앞에 아버지는 이제 백발이 성성한 노인인지라 걱정이 앞선다. 우선 편안히 눕게 한 다음 찬 물수건을 만들어 머리를 식혀 드린다.

"사람이 나이가 많아지면 병이 나고 결국은 무릉도로 가는 것 아니겠냐?"

"왜 죽는다는 말씀을 하세요?"

"몸이 아프니 만사가 귀찮구나."

"돌아가시면 절대로 안 돼요. 제가 의원 모셔올게요."

"내 병은 내가 알아."

"그런 말씀 마세요."

아버지는 의원을 마다했으나, 그냥 앉아서 보고만 있을 수는 없는 일이다. 오후가 되어 마을에 사는 의원을 모셔온다. 아버지의 안색을 살피고 손목의 맥을 짚어본 의원은 태평하기 그지없는 모습이다.

"크게 걱정할 필요 없네."

"왜 병이 난 겁니까?"

"변덕스러운 날씨 때문에 고뿔이 온 게야."

"걱정이 많아요, 회복될 수 있는 거지요?"

"탕약을 달여드려야겠다."

"고맙습니다."

"정성껏 달여드려야 한다."

"네, 의원님."

의원이 떠날 때에 다른 것은 줄 게 없고, 미리 준비해놓은 묵쟁이 한 꾸러미를 건네준다.

"묵쟁이 아니냐?"

"우리는 드릴 게 이것밖에 없어요."

"고맙구나."

"고맙긴요."

"내가 탕약을 준비해놓을 테니 가지러 오거라."

"알겠습니다."

저녁 무렵이 돼서야 의원 집에서 가져온 탕약을 정성스럽게 달여 드린다. 그리고 다음날도 또 다음날도 탕약을 달여 드려 사흘이 지나자 아버지는 자리에서 일어났다. 그만하기가 천만다행이다. 그러고도 며칠 동안은 바다에 나가지 못하다가 오늘은 모처럼 작은 배를 타고 바다에 나가게 되었다.

바다는 파도 없이 잔잔하고, 저 멀리 마을이 아늑하게 눈에 들어온다.

"자, 이쯤해서 시작해볼까?"

"네. 아버지."

아버지는 다행스럽게도 말끔히 완쾌되어 기분이 좋아 보인다. 헌부는 솜씨 좋게 돛을 접어 내린 다음 배가 떠내려가지 않도록 닻을 바닷속에 풀어 넣는다. 묵쟁이는 다른 어종과 달리 오랫동안 낚시를 할 필요가 없는데 물때만 제대로 만나면 짧은 시간 안에도 얼마든지 많은 양을 잡을 수 있기 때문이다.

"네가 어른 한몫을 단단히 하는구나."

"아버지가 가르쳐 줬잖아요?"

"전에는 묵쟁이를 뭐라 불렀는지 아느냐?"

"모르겠는데요."

"묵어라 부르기도 했지."

"묵어라면 먹물을 뱉기 때문인가요?"

"묵쟁이는 머리와 다리가 발달되어있어. 뼈가 없어서 건조를 잘 시키면 아주 맛이 나는 법이다."

"저도 알고 있어요."

"앞으로 우산국 묵쟁이는 후손들 대대로 좋은 먹을거리가 될 것이야."

"지난번에도 똑같은 말을 했어요."

"그랬던가?"

하늘엔 구름 한 점 없이 맑기만 하고 바닷물의 흐름이 바뀔 무렵이다. 아버지와 잡담을 나누고 있을 때에 드디어 입질이 시작되는 것 같았다.

"왔구나."

"네, 맞아요."

"지금부터 본격적으로 잡아 볼까?"

"네. 아버지."

오늘은 왠지 예감이 좋은 날이다. 묵쟁이가 끊임없이 올라와 낚시를 시작한 지 얼마 되지 않아 작은 배 안에 가득 채워진다.

집안의 식구라고 해봐야 헌부와 아버지 둘뿐이기에 크게 욕심을 낼 필요도 없다. 다른 무엇보다 중요한 것은 아버지의 건강이다. 아버지의 건강이 회복되어 같이 바다에 나올 수 있다는 게 얼마나 고마운 일인가. 해 질 무렵이 되어 망태기에 묵쟁이를 가득 채워 집으로 돌아온다.

.

오늘도 화창한 날씨.

모처럼 만에 집에서 빠져나온다. 저 멀리 높은 곳에는 아담한 궁궐이 보이고, 그 아래쪽으로는 한 폭의 그림 같은 윗마을 아랫마을이 어렴풋이 눈에 들어온다. 아무 생각 없이 걷고 있을 때에 또다시 귀찮은 일이 생겼으니 담이와 마당이 두 놈을 길에서 맞닥뜨리게 된다.

"헌부. 사실은 우리가 미안했다."

"미안하기는 뭘."

"우리랑 친구가 되자고 했지. 그 말 사실이냐?"

"물론이지."

"정말로 친구가 될 수 있단 말이지?"

"당연하지."

"진작 우리가 친구로 지냈어야 하는 건데."

"지금도 늦지 않았어."

"좌우간 고맙다."

"고맙기는 뭘."

사실 어릴 적부터 셋은 동갑 나이이기에 친한 사이였다. 서로의 사이가 멀어진 것은 헌부가 마을에서 동떨어진 산으로 이사를 가고부터 자주 어울리지 못해 멀어지고 말았다.

이미 지난 일은 되새겨 봐야 소용이 없는 것, 웃고 떠들며 이야기하는 동안 그간의 오해가 풀려 금방 다시 친해졌고 마당이가 갑자기 엉뚱한 말을 꺼낸다.

"우리도 나이가 찼으니 범선을 타야 하는 것 아니냐?"

"당연히 타야지."

"선원 모집을 한다고 들었어."

"나도 들은 것 같아."

"이번엔 어떤 식으로 선원을 뽑을까?"

"그거야 선장을 만나보면 알 수 있지."

"담이하고 마당이 생각이 좋기는 하지만 나는 어려워."

"헌부가 어렵다니. 왜?"

"나이 많은 아버지 모시고 살잖아. 노인네 남겨놓고 어떻게 나 혼자 범선을 탈 수 있겠니?"

"하긴 맞는 말이다."

"너희 둘이 선장을 만나러 간다면 나도 같이 따라가 줄게."

"말이라도 고맙다."

"고맙기는 뭘."

헌부 역시 묵쟁이나 잡으며 좁은 우산국에 사는 것보다는 다른 나라에도 가보고 싶은 마음이다. 하지만 아버지 혼자만 집에 남겨 놓을 수는 없는 일이다.

방금 전부터 친구가 되기로 약속한 담이와 마당이가 선장을 만나러 간다기에 헌부 역시 동행한다.

선착장에서 조금 떨어진 뭍에 오른 범선은 수리 중에 있었다. 무릉호야말로 우산국에서 유일하게 육지에까지 갈 수 있는 커다란 범선이다.

오늘따라 선장이 자리를 비웠기에, 대신 배에서 목수로 일하는 마당이 작은아버지와 이야기를 나누게 되었다.

"안녕하세요?"

"너희들이 여기까지 웬일이냐?"

"범선을 타고 싶어서 왔어요."

"우산국의 젊은이라면 누구나 범선 타는 게 소원이지. 그러잖아도 한두 사람 정도는 더 충원한다고 들었다."

"우리도 타게 해주세요."

"안될 거야 없지. 우산국에서 제일로 힘 좋은 장사를 뽑는다고 선장이 말했는걸."

"그렇다면 저희들은 안 되겠네요."

"안 되기는 힘쓰기 경합에 나가면 되는 것 아니냐."

"힘이 약해서 안 돼요."

"사내놈들이 그리 심약해서야 쓰겠느냐?"

"힘이 없는 걸 어떻게 해요?"

"못난 놈들."

힘쓰기 경합을 벌여 선원을 뽑는다는 말에 두 친구는 아예 포기 했고, 헌부는 오히려 잘된 일이 아닌가 생각한다. 오후 내내 친구 들과 어울려 해 질 무렵이 돼서야 집으로 돌아온다. 부지런히 저 녁을 지어 밥상을 차려 드린다.

"아버지는 범선을 얼마나 오래 탔어요?"

"십 년쯤은 탔을 게야. 새삼스럽게 물어보는 이유가 뭐냐?"

"사실은 저도 범선을 타고 아버지처럼 다른 나라에도 가보고 싶 어요."

"남자란 집에만 있는 것보다 다른 나라에 가봐야 하는 거란다. 당연히 범선을 타야지."

"하지만 제가 범선을 타게 되면 아버지 혼자 집에 남잖아요?"

"상관없어. 기회가 생기면 언제든지 범선을 타거라."

"저는 그럴 수 없어요."

"모든 게 네 생각에 달린 거야. 아버지 말뜻 알겠느냐?"

"알았어요."

나이 많은 아버지를 두고 혼자 범선을 탈 수는 없는 일이다. 그 리고 또 한 가지 소이와 혼인을 약속하지 않았던가. 그러기에 더욱 범선을 타겠다고 나설 수 없는 입장이다.

헌부의 일상은 늘 반복되기 마련.

아버지와 묵쟁이를 잡으러 나가거나 그렇지 않은 날에는 묵쟁이 를 손질해야 한다. 그 밖에도 집안의 자질구레한 일은 모두 헌부의 차지다. 하루속히 혼인하여 집안 살림만이라도 소이에게 떠맡기고 싶은 마음이다.

오늘은 바닷가 큰 소나무 밑에서 소이를 만나기로 했다.
날씨가 잔뜩 흐리고, 금방이라도 비가 쏟아질 기세다. 스산한 바다는 거센 바람이 불어 큰 파도가 계속 넘실거리고 여느 날과 달리 늦게 나타난 소이의 얼굴이 오늘따라 어두워 보이는 것은 무슨 일일까?
"너 무슨 걱정거리라도 생겼니?"
"사실은 아버지한테 우리 혼인한다는 말 아직 못했어."
"그건 왜지?"
"아버지가 허락하지 않으실 것 같아."
"내가 싫다는 말이군. 혼인할 생각이 없으면 아예 지금부터라도 그만두자."
"우리는 꼭 혼인해야 한단 말이야."
"혼인해야 된다면서. 왜 말을 못 꺼낸 거지?"
"아버지 허락을 어떻게 받아내야 할지 모르겠어."
"혹시 소이 네가 마음 변한 건 아니냐?"
"그런 건 절대로 아니야."
"아니면 뭐야?"
"헌부야, 정말 미안하다."
매사에 적극적이고 활달한 소이가 오늘은 전혀 다른 사람처럼 보였다. 혹시나 마음이 변한 건 아닐까. 아니 절대로 그럴 리가 없다.

헌부가 지금까지 아버지께 혼인 말을 꺼내지 못한 것은 소이 부모님의 허락을 먼저 구하기 위해서다. 만약 소이가 부모님의 허락을 받지 못할 경우, 어쩔 수 없이 두 사람의 혼인은 틀어지기 마련이다.

오늘은 무릉호의 선원을 뽑는 날.

헌부는 천천히 걸어 장터에 도착한다. 어차피 범선을 탈 수 없기에 일부러 집에서 늦게 나왔다. 장터에는 이미 많은 사람들로 북적였다. 담이와 마당이가 헌부를 보고는 빨리 오라고 손짓하기에 사람들 틈을 비집고 친구들 곁에 선다.

힘쓰기 경합은 방금 전에 시작되었고 심판은 무릉호 선장이다.

덩치 큰 사내와 몸집 작은 사내 둘이 대결을 벌이고 있었다. 두 사람 모두 마을 사람이기에 헌부가 모를 리 없다.

덩치 큰 임 씨는 힘이 장사라 별로 힘들지 않고 손으로 상대방을 툭툭 건드렸고, 몸집이 작은 장 씨는 피하기에 바쁘다. 임 장사에게 손이 잡히는 순간, 장 씨의 몸이 위로 번쩍 들렸다간 임 장사의 우렁찬 기합소리와 함께 바닥으로 내동댕이쳐지고 만다.

승패는 쉽게 끝이 났고 선장인 심판은 임 장사의 손을 들어준다.

"먼저 무릎을 꿇거나 넘어지면 지는 것이오. 다음 대결할 사람 나오시오."

"내가 해보겠소."

"좋소. 나오시오."

새로 나온 김 씨는 방금 전 몸집이 작은 장 씨와 달리 키도 크고 어깨도 떡 벌어져 임 장사의 상대가 될 만했다. 빙 둘러섰던 사람들 모두가 박수를 쳐준다.

둘은 빙빙 돌며 탐색전을 벌인다. 두 사내의 눈빛이 허공에서 부딪치면서 몸을 밀치고 서로의 손을 잡아채기도 하며 상대의 허점을 노린다. 그러나 탐색도 잠시, 임 장사가 우렁찬 기합 소리와 함께 김 씨를 번쩍 들어 올린다. 그리곤 또다시 힘껏 내동댕이친다.

김 씨 역시 별다른 공격도 하지 못한 채 나가떨어지고 만다. 두 번째 승부 역시 간단하게 끝났고 심판은 또다시 임 장사의 손을 들어준다.

"또 대결할 사람 나오시오. 오늘 최종 승리한 장사는 무릉호 선원이 될 수 있소."

"더 이상 없는 것이오?"

임 장사의 기세가 등등하여 아무도 선뜻 나서지 못한다. 구경하던 사람들은 모두 다음 사람이 누가 될지 궁금하여 힐끗힐끗 주위를 살핀다. 이때 마당이가 담이 옆에서 구경하고 있던 헌부의 옆구리를 찔러댄다.

"나가 보라니깐?"

"난 무릉호 탈 수 없어."

"무릉호는 못 타도 상대는 임 장사야, 져도 그만인걸."

"자신 없어."

"어서 나가 봐."

"할 수 없군."

헌부는 담이와 마당이에게 떠밀려 마지못해 임 장사 앞으로 나선다. 둘러선 사람들은 뜻밖의 일인 듯 잠시 웅성거렸고, 곧이어 박수 소리가 이어진다. 임 장사는 헌부를 아래위로 훑어보더니 비웃는 표정이 역력했다.

헌부가 주위를 빙빙 돌면서 공격 자세를 취하자 임 장사가 우악스럽게 덤벼든다. 양손을 잡힌 헌부의 몸이 순식간에 바짝 당겨지면서 업어치기를 당하고 만다.

하지만 다행스럽게도 넘어지지는 않았다. 간신히 몸의 중심을 잡은 헌부는 두 다리에 힘을 주어 단단히 버티어 선다. 기회를 놓칠세라 임 장사는 계속 따라붙었고 헌부는 슬며시 뒤로 물러서며 임 장사의 가슴을 힘껏 밀쳐보았으나 상대는 꿈쩍도 하지 않았다.

이때에 갑자기 손을 잡힌 순간 헌부의 몸이 허공으로 들려진다. 힘찬 기합 소리와 함께 임 장사는 내던지려 용을 썼으나 헌부는 잽싸게 몸을 틀어 상대의 목을 잡아 간신히 넘어지는 것을 모면한다. 선장이 다가와 둘을 떼어낸다.

두 사내는 잠시 숨을 가다듬고 다시 마주 선다. 헌부는 다리에 힘을 주어 다시금 버티어 섰으나 이대로 계속했다간 이길 수 없는 것이고 뭔가 다른 방법을 찾아야 한다. 정면으로 맞설 수는 없는 노릇이다.

헌부는 슬금슬금 피하는 듯싶더니 갑자기 허공으로 오르면서 몸이 내려오는 반동을 이용해 임 장사의 가슴을 걷어찬다. 예상치 못한 공격에 임 장사는 속수무책으로 벌렁 자빠지고 만다. 승패는 그것으로 간단하게 결정이 나고 둘러선 많은 사람들이 뜨거운 박수와 환호로 응답해 준다. 임 장사는 넘어지며 발을 헛디뎠는지 다리를 절뚝절뚝 절며 일어섰고 선장이 앞으로 썩 나오더니만 헌부의 손을 들어 주었다.

"우산국에 새로운 장사가 태어났소. 다시 도전할 사람 나오시오. 만약에 나오지 않는다면 이 젊은이가 범선을 타게 될 것이오."

"더 나올 사람 없는 것이오?"

선장이 사람들을 둘러보며 재촉했으나 힘세기로 소문난 임 장사를 이겼기에 다른 사람들이 나올 리가 없다. 감히 임 장사를 이기다니….

헌부는 도저히 믿기지 않았다. 결국 다른 도전자가 없어 힘쓰기 경합은 끝이 나고 말았다. 구경나왔던 사람들이 하나둘 흩어지고 심판을 봤던 선장이 헌부를 불렀다.

"자네 쓸 만하구먼. 이름이 헌부라고 했던가?"

"네. 선장님."

"원래는 자네가 범선을 타야 할 순서이긴 하나 아버지 혼자 놔두고 범선을 타겠다고 하지는 않겠지?"

"아버지를 알고 계시군요, 양보하겠습니다."

"서운하지 않나?"

"괜찮습니다."

"역시 소문대로 효자야. 아버지께 잘 해주어야 하네."

"네. 선장님."

"자네는 나이가 젊어. 또 기회가 생겨."

"알겠습니다."

선장은 헌부의 집안 사정을 잘 아는 편이고 아버지 역시 선장과 함께 범선을 탄 적이 있다고 들은 적이 있기에 헌부가 임 선장에 대해 모를 리가 없다.

담이와 마당이 역시 당연하다는 듯 헌부를 추어올린다.

"역시 대단해."

"너희들이 나가라고 했어."

"우리도 너한테 당했잖아."

"좌우간 고맙다.'

"고맙기는 뭘."

헌부는 하늘 위의 구름처럼 가벼운 발걸음으로 집에 돌아온다. 장터에서 있었던 경합에 대해 아버지께 상세히 설명해드린다.

"네가 힘 자랑에서 임 장사를 이겼단 말이지?"

"네. 아버지."

"너야말로 우산국에서 제일 힘센 장사다."

"아버지 닮아서 그런 거지요?"

"아비를 닮았다고 말해주니 고맙구나. 너는 앞으로 우산국을 위해서 큰일을 하게 될 것이야."

"제가 그렇게 보입니까?"

"내 아들 아니냐?"

"맞아요."

어차피 범선은 탈 수 없는 것, 헌부는 자신을 대견스럽게 여기는 아버지의 모습을 보면서 가슴이 뿌듯해진다.

오늘은 무릉호의 출항이 있는 날이다.

우산국의 백성들은 물론 예복을 갖추어 입은 토와리왕과 담수라태자도 참석했다. 모두가 무릉도를 향해 절을 올리며 안전 항해를 기원한다. 무릉호는 우산국 사람들의 환송을 받으며 선착장을 출발하여 서서히 바다로 멀어져 나아간다.

"무릉호는 대마도로 간다고 했소."

"대마도는 신라의 속국 아니오?"

"그거야 우리도 알고 있는 일 아닌가."

"어려운 항해가 될 것 같아요."

"무사히 돌아오기 바랄 뿐이오."

당시 우산국 사람들은 대마도를 신라의 속국으로 알고 있었다. 백성들은 목숨을 걸고 항해하는 선원들의 안전을 빌어준다.

오늘도 소이를 만나는 날.

하늘이 갑자기 어두워지며 먹장구름이 하늘을 뒤덮었다. 금방이라도 빗방울이 쏟아질 듯 바람이 스산하게 불어댄다. 바다 역시 먹빛으로 파도가 높고 거칠다. 갈매기가 무리를 지어 어딘가로 날아가는 게 보인다.

큰 소나무 밑에서 소이를 기다리는 헌부의 기분이 이상했다. 소이가 요근래에 들어 약속 시각에 계속 늦기 때문이다. 멀리서 다가오는 소이의 낯빛이 좋아 보이지 않았고, 어깨마저 처져있는 것 같았다.

"많이 기다렸잖아."

"늦어서 미안해."

"소이야 무슨 일 있었니?"

"사실 헌부하고 혼인하겠다고 말을 꺼냈더니만 아버지가 안 된다고 했어."

"왜 안 된다는 거지?"

"내가 혼인할 사람은 따로 있다는 거야."

"따로 있다니. 그게 누군데?"

"아버지가 점찍고 있는 남자가 누구인지 난 아무리 생각해 봐도 모르겠어."

"아예 내가 포기할 게."

"내가 확실히 알아보고 다시 연락 줄게."

"연락할 필요도 없어."

"제발 그러지 말란 말이야. 나 지금 가봐야 돼."

"벌써 가는 거니?"

"미안해. 정말."

헌부는 냉정하게 말하면서도 본심은 분명 아니다. 소이가 혼인할 사람이 따로 있다면 과연 누구일까. 혹시나 혼인 약속이 정말로 틀어지는 건 아닐까.

소이는 더 이상 해줄 말이 없다는 듯 등을 돌리고 만다. 헌부는 멀어지는 소이의 뒷모습을 멍하니 바라볼 수밖에 없었다. 혼인에 대한 기대는 절벽에 와 부딪혀 깨지는 파도처럼 허망하게 무너져 내리고 있었다.

그러나 헌부는 소이와 혼인하고 싶은 마음이다. 이대로는 절대 포기할 수 없는 일, 상대가 누구인지 무슨 이유인지 확실하게 알아봐야만 한다.

오늘도 물때에 맞추어 묵쟁이를 잡으러 바다로 나간다.

배가 없어 바다에 나가지 못하는 사람들은 갯바위에서 낚시를 한다. 낚시로도 고기가 잡히기는 하나 무리에서 떨어져 나와 떠도는 고등어, 명태 따위 잡어가 대부분이다. 배가 있는 헌부 부자는 고급 어종인 묵쟁이만 잡는다. 묵쟁이를 낚는 장소는 거의 정해져 있다. 근방에 도착하자마자 배를 세우고 돛을 거둔다. 배가 떠내려 가지 못하게 닻을 내린다. 낚시 바늘에 미끼를 달아 바닷속으로 집어넣는다.

"아버지. 혹시 소이 처자 알아요?"

"정 씨 큰 여식 소이를 모를 리 있겠나?"

"제가 소이하고 혼인하고 싶은데 어찌 생각하세요?"

"네 말이 정녕 사실이냐?"

"제가 허튼 말하겠어요?"

"좋은 일이긴 하다만 정 씨 딸은 어려울 것 같구나."

"어렵다니, 왜요?"

"소이 아버지가 딸을 주지 않을 게야."

"아버지는 제가 소이하고 혼인하는 게 싫으세요?"

"싫은 게 아니라, 정씨가 딸을 주지 않아. 소이 아버지는 생각하는 게 보통이 넘어."

"보통이 넘다니 어떻다는 건데요?"

"야심이 많은 사람이지. 항상 입버릇처럼 자기 딸만은 왕비를 만들겠다고 말을 해왔어."

"지금 한 말, 정말이세요?"

"네가 아예 지금부터라도 포기하는 게 어떻겠냐?"

"안 돼요."

"왜 하필이면 그 많은 처자 중에 소이란 말이냐?"

"저는 절대로 포기 못 해요."

헌부의 가슴속에 바람이 지나가고 소나기 한줄기가 퍼붓는다. 아버지의 이야기가 정녕 사실이란 말인가.

소이의 아버지가 그녀를 왕비로 만들겠다고 했다면 헌부가 상대할 사람은 우산국의 담수라태자가 틀림이 없다. 앞으로 이 일을 과연 어찌해야 좋다는 말인가.

그 무렵 토와리왕은 평소와 다름없이 먼발치에서 바다를 내려다 보고 있었다. 이때 부인이 할 말이 있는 듯 왕의 곁으로 다가온다.

"여기 계실 줄 알았어요."

"무슨 일로 올라온 것이오?"

"바람이 많이 불어요. 안으로 들어가세요."

"상관없소만 어쩐 일이신가?"

"사실은 태자 혼사 문제 때문에 그래요."

"태자는 누구를 닮았는지 소심하고 겁이 많아. 그러니 조금은 성격이 활달한 아가씨가 좋지 않겠소?"

"그걸 제가 왜 모르겠어요?"

"마땅한 처자가 있는 것이오?"

"사실은 꼭 맞는 아가씨를 찾았어요."

"어느 집, 뉘 댁 여식인가?"

"윗마을 정 씨 큰딸인걸요?"

"윗마을 정 씨라면 알 만하구먼."

"아가씨가 예쁘고 활달할 뿐 아니라 태자에게 꼭 맞아요. 부모도 좋다고 했어요."

"여식의 이름이 어떻게 되오?"

"소이라고 해요."

"거 잘된 일이구먼. 태자한테도 직접 의사를 물어봐야 할 것 아닌가?"

"그건 염려 마세요."

"이왕에 말이 나왔으니 태자만 좋다면 짐도 허락하겠소."

"그러실 줄 알았어요."

부인이 종종걸음으로 사라진 후에도 토와리왕은 먼바다에서 눈을 떼지 못한다. 담수라태자는 앞으로 왕위를 이어받아야 할 우산국의 대들보다. 아무쪼록 좋은 처자를 만나서 심약한 태자가 조금은 사내답게 변했으면 하는 바람이다.

한가한 오후가 되자 호위무사에게 담수라태자를 불러오라 명한다. 곧이어 태자가 올라오더니만 넙죽 절을 올린다.

"담수라태자."

"네. 아바마마."

"태자는 소이 처자를 알고 있느냐?"

"그렇잖아도 어마마마 말을 들었사옵니다."

"마음에 든다는 말이구나. 소이하고 혼인하겠다는 뜻이냐?"

"생각해 보겠사옵니다."

"생각은 무슨 생각. 어머니와 잘 상의하여 반드시 혼인하도록 하라."

"알겠사옵니다."

"태자가 혼인하게 되다니 좋은 것이야."

"아바마마께서 좋아하시니 소자도 기분 좋사옵니다."

토와리왕과 담수라태자가 혼사 문제를 매듭짓고 있을 때 헌부는 아무것도 모르는 채 바닷가 큰 소나무 밑에서 소이를 기다리고 있었다.

바람은 많이 불고 파도는 거칠게 밀려와 바위에 부딪힌다. 올 때가 지났는데도 소이의 모습은 보이지 않았다. 먼 곳을 바라보며 소이가 나타나기를 기다린다. 한참을 기다려도 소이는 오지 않았다. 헌부는 낙심이 크지만, 그렇다고 그냥 되돌아갈 수도 없는 일이다.

해 질 무렵까지 거센 바닷바람을 맞으며 서성이고 있을 때 멀리서 소이가 걸어오는 게 보였다. 얼른 달려가 손을 잡으려 하자 소이는 냉정하게 헌부의 손을 뿌리친다. 도무지 뭐라 해야 할지 막막할 따름이다.

"왜 그래 소이야."

"너하고는 혼인 못 해."

"갑자기 무슨 말을 하려는 거야?"

"사실은 궁궐에서 혼담이 들어왔어."

"궁궐이라면 담수라태자 말이냐?"

"맞아."

"소이는 날 좋아하고 사랑한다고 말했지. 혼인하겠다고 약속까지 했잖아."

"하지만 아버지 말을 거역할 순 없어."

"네가 정말로 담수라태자한테 시집간단 말이냐?"

"아버지가 모든 걸 결정했어."

"아버지라고?"

"헌부야, 미안하다."

"안 된단 말이다."

"정말로 미안해."

"안 된다고 했잖아."

"난 이만 가봐야겠어."

믿었던 소이가 변심할 줄이야. 결국은 담수라태자와 혼인을 한다니, 헌부는 눈앞의 현실이 도무지 믿어지지 않았다. 어떻게 이런 일이 생길 수 있단 말인가.

이 엄연하고 냉혹한 사실 앞에 망연자실한다. 뒤 한번 돌아보지 않고 쌩하니 등을 돌린 소이의 뒷모습을 바라보며 쓴 눈물을 삼킨다.

헌부는 물기가 눈가에 도는 것을 느끼며 울음까지 나오려 하기에 주먹으로 입을 틀어막는다. 가슴속으로 태풍이 휘몰아치고 폭우가 내려친다. 파도가 키를 넘기면서 날뛴다.

꺽꺽 울음소리가 먼바다에서 들려오는 갈매기의 것인지 사내의 것인지, 꺼억꺼억 슬프게도 울어댄다.

홍패

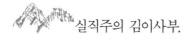실직주의 김이사부.

그는 아버지가 집안에서 지켜보고 있는 것도 모르고 누나에게 손찌검을 했다가 금족령이 내려져 외출할 수 없게 되었다.

평범한 집이라면 그냥 넘어갈 수도 있으련만 엄격한 성골가문이기에 아버지의 명을 거역할 수는 없는 일이다. 평소와 같이 아침 문안을 드리고 용서를 빌고 싶었으나 아버지는 문안조차 받지 않았다.

우연히 마당에서 마주쳤을 때도 아버지는 헛기침을 두어 번 하고는 고개를 돌려 방으로 들어가곤 했다.

이사부는 보름이 넘도록 집 밖으로 나가지 못했으니 하루하루 보내는 게 정말로 답답하고 힘들기 그지없었다. 그나마 다행인 것은 어머니 지성부인이 이사부에게 가끔 위로의 말을 해주었다.

"답답하지 않니?"

"어쩔 수 없잖아요."

"네가 석 씨 가문 여식과 혼사가 틀어져서 누나한테 화풀이한 거 맞지?"

"절대로 아닙니다."

"아니라면 남자가 그깟 일에 손찌검을 해서야 쓰겠느냐?"

"누나가 날 미워해요."

"미워하는 게 아니야."

"미워하는 게 아니라면 뭔데요?"

"만약에 남남이고 관심이 없다면 네가 밖으로 나가든 말든 누나가 뭣 때문에 잔소리를 하겠니?"

"하긴 맞아요."

"미랑이를 네가 조금이라도 감싸줬으면 좋겠다."

"누나한테 어머님이 말 좀 잘해 주세요."

"어려울 거야 없지."

"고맙습니다. 어머니."

지성부인은 잠시 눈을 감은 채 깊게 생각에 잠긴다. 뭔가 하고 싶은 말이 따로 있는 듯싶었다. 한동안 뜸을 들이다가 무겁게 말문을 연다.

"석 씨 가문과 혼사가 틀어졌기에 어미가 다른 걸 생각해놓은 게 있어."

"생각해 놓은 게 뭔데요?"

"아직은 말할 단계가 아니구나. 집안에서 미랑이하고 사이좋게 지내야 한다."

"알았어요."

"어미도 미랑이를 단단히 타일러놓을게."

"저도 누나한테 잘할게요."

"진작 그랬어야지."

이사부는 성골 여식과 혼인이 틀어져 상심이 컸으나 지성부인은 다른 방도가 있는 모양이 있는 것 같았다. 언제인가 아버지로부터 비슷한 말을 들은 것 같기도 하다.

과연 좋은 방법이란 게 무엇이란 말인가.

밖에를 못 나가고 집 안에만 있기가 정말로 지루해서 미칠 지경이었다. 하루해가 더디게 넘어가 지겨울 정도였다. 참기 어려울 만큼 갑갑증이 나서 못 견딜 때쯤 모처럼 지성부인이 바깥나들이를 제안한다.

"아버님이 아시면 큰일 나요."

"허락을 받아냈다."

"정말입니까?"

"그 대신 미랑이도 같이 가는 거다."

"누나는 왜요?"

"너하고 어미하고 둘이만 나가기가 그렇잖니?"

"하긴 그래요."

"어서 준비해라."

"알았어요."

누나는 계속 곁눈질로 이사부를 흘끔거리고 집에서 나올 때부터 무엇이 그리 좋은지 새초롬한 얼굴이다. 웬일로 기분이 좋아 보이는 게 모처럼 만의 나들이 때문일까.

"정말로 모르겠단 말이야."

"모르긴. 우리랑 나가니깐 좋지?"

"어디 가는 건데?"

"어디는 장에 가는 거지."

"나는 멀찌감치 뒤에서 따라다닐게."

"그럴 필요 없어. 우리랑 가까이 다녀도 돼."

"오늘따라 누나가 왜 이렇게 친절하지?"

"앞으로 누나가 잘하기로 했어."

"해가 서쪽에서 뜨겠구먼."

시장은 북새통을 이뤘다. 많은 사람들이 어수선하게 움직여 정신이 없을 정도였다. 이사부는 친구들과 함께 시장에 와본 적이 있으나, 지성부인과 미랑 누나하고는 이번이 처음이다.

"동생아, 필요한 것 있으면 누나가 사줄게."

"지금 뭐라고 했어?"

"누나가 사주고 싶어서 그래."

"모를 일이군. 모르겠어."

"정말이야."

"해가 서쪽에서 두 번 뜨겠어."

미랑은 지금까지 이사부를 정겹게 대해준 적이 없었는데 오늘따라 선물까지 사준다 하니 갑자기 달라진 이유가 무엇일까.

지성부인과 미랑은 포목점으로 들어가 옷감을 고르기 시작한다. 사내가 사소하게 여인의 일까지 관여할 수 없기에 멀찌감치 떨어져 기다린다. 이때 재곤이와 용이가 어디선가 갑자기 나타난다.

"어떻게 된 거야. 대장?"

"미안하다."

"미안하다면 다야? 내장이 없으니깐 우리가 할 일이 없어졌잖아."

"사실은 아버지가 밖에 못 나가게 금족령을 내렸어."

"그런 영문을 몰랐지. 다른 친구들도 장에 나왔어. 모두 불러 모을까?"

"글쎄. 어떻게 해야 할지 모르겠네?"

"이왕에 나왔으니 우리랑 어울려야 되는 것 아닌가?"

"하는 수 없는 거지 뭐."

"진작에 그럴 것이지."

장터에서 지성부인과 미랑 누나의 뒤를 졸졸 따라다니며 눈치를 보는 게 어색하고 쑥스러워 결국 이사부는 자리를 뜨고 만다.

이사부는 그 길로 종일 친구들과 어울리다 날이 어두워서야 집으로 돌아온다. 이제 아버지께 혼날 일만 남아있다. 마음이 조마조마하여 뒷문으로 들어설 때 미랑이 무엇인가 손에 든 채로 기다리고 있었다.

"친구들 만나고 오는 거지?"

"미안해, 누나."

"이거 받아, 선물 산 거야."

"옷이잖아. 정말로 누나가 내게 사주는 거야?"

"마음에 들는지 모르겠어."

"고마워."

"밥은 먹었어?"

"당연히 먹었지."

"먹긴 뭘 먹어. 저녁 차려줄게."

큰소리치며 아버지께 일러바치는 줄 알았는데 선물을 주고 밥상까지 차려준다니 알다가도 모를 일이다. 도대체가 무슨 꿍꿍이속인지 알 수가 없는 일이다.

잠시 방에서 기다리는 동안 정성껏 차려진 밥상을 미랑이 직접 들고 들어왔다.

"누나가 전에는 날 못살게 굴었잖아."

"내가 계속 달달 볶아야 좋겠니?"

"그런 건 아니고. 왜 마음이 바뀐 거지?"

"사실은 내 본심이 아니었어. 정말이야."

"본심이 아니라면 뭐야?"

"앞으로 내가 잘할 테니깐 두고 봐."

"좌우간 고마워."

"너무 빨리 먹지 말고. 천천히 먹어."

"알았어."

어쩌면 미랑 누나가 이렇게 달라질 수 있을까. 과연 무슨 일일까. 이사부는 아무리 생각해봐도 이해할 수 없는 노릇이었다.

다음날 아침.

어찌 된 일인지 아버지가 이사부를 불렀다. 그동안 아침 문안을 못 드린 지 오래되었는데 갑자기 무슨 일일까. 어제 허락도 없이 밖에 나갔다 늦게 귀가했기 때문일까. 조마조마 마음을 졸이며 방으로 들어가 조심스럽게 무릎을 꿇는다.

노여운 아버지의 얼굴을 떠올리며 고개를 들어보니 뜻밖에도 혼을 내려는 표정이 아닌 것은 분명했다.

어제 일에 대해서는 아무런 언급도 하지 않았다. 얼마나 다행스러운 일인가.

아버지는 잠시 눈을 껌뻑껌뻑하더니만 뭔가 중요한 것을 보여준다.

"이게 뭔지 아느냐?"

"모릅니다."

"홍패이니라."

"홍패가 무엇입니까?"

"신분의 상징으로 순수한 혈통의 성골들만이 갖고 있는 징표이니라."

"저는 처음 봅니다."

"같은 성골의 신분이라 해도 여자는 가질 수 없어. 남자만이 갖게 된다."

"홍패는 무엇에 쓰는 겁니까?"

"서라벌 황궁 출입할 때엔 반드시 휴대하고 가야 한다."

"왜 홍패를 갖고 가야 합니까?"

"신라의 법도이니라. 이 홍패만 보여주면 서라벌 황궁을 무상출입할 수 있어. 그뿐인 줄 아느냐?"

"또 무엇이 있습니까?"

"아무리 죽을죄를 지었다 해도 역모죄가 아니면 별로 문제를 삼지 않는다."

"저는 홍패가 있는 줄을 몰랐습니다."

"너도 성골이 되어 홍패를 받아야 하고 높은 관직에 올라야 돼. 아버지가 반드시 네게 홍패를 받게 해주겠다."

"고맙습니다. 아버님."

"그렇잖아도 서라벌에서 연통이 왔는데 관리를 뽑는 날짜가 얼마 남지 않았다는구나."

"어차피 저는 자격이 없는걸요."

"왜 아니겠느냐. 지난번 서라벌 석 씨 가문 여식과 혼인했더라면 네가 홍패를 받았을 것이고 이번에 다른 성골 자제들과 마찬가지로 응시할 수 있는 건데 너무 아쉽구나."

"괜찮습니다. 아버님."

"괜찮기는? 그래서 홍패를 보여주는 게야. 어차피 늦었으나 하루 빨리 혼인해서 성골이 돼야 한다. 그리해서 다음엔 반드시 응시해야 하느니라."

"알겠습니다."

"어머니가 성골이 될 수 있는 좋은 방법을 알려줄게야."

"어떤 방법입니까?"

"어머니가 알려준다고 했잖니."

"알겠습니다, 아버님."

"네 대답이 시원해서 좋구나."

당시에는 관리를 새로 뽑을 일이 있다 해도 전국적으로 방을 붙이지 않았고 극비리에 성골에게만 통보하는 시절이었다. 이사부가 성골이 될 수 있는 좋은 방안은 과연 무엇일까.

과연 이번에는 어느 집 어떤 여식일까.

이사부는 몹시도 궁금한데 오후가 되자 지성부인은 이사부를 조용히 불렀다.

"너도 혼인을 해서 성골이 돼야 한단 말이다."

"아버님도 똑같은 말씀을 했어요."

"네가 마음먹기에 달린 게야."

"제가 성골이 되려면 성골의 처자와 혼인하는 길밖에 없는 것 아시잖아요?"

"네게 딱 맞는 처자가 있으니 하는 말이지."

"성골 여식이 틀림없지요?"

"당연한 것 아니겠니?"

"어디에 사는지 어떤 여식인지 궁금해요."

"곧 알게 될 테니 그리 알고 있거라."

"지금 말해주면 안 돼요?"

"곧 알게 된다고 했잖니."

"알았어요, 고마워요."

도대체가 무슨 내막인지 알 수가 없는 것, 이사부에게 홍패를 가져다줄 처자는 과연 누구일까.

그날 밤 뜻밖에도 미랑이 인기척을 내고 이사부의 방으로 들어왔다. 뭔가 이상하다. 지금까지 미랑은 이사부의 방에 들어온 적이 없었기 때문이다.

"누나가 내 방엔 웬일이야?"

"그냥 들어와 봤어."

"내 방엘 오다니 정말 별일이구먼."

"동생아. 너는 내가 그렇게도 싫으니?"

"언제 싫다고 했어. 누나가 날 미워하는 거지."

"나도 달라졌어. 앞으로 잘하고 싶어."

"잘하고 싶다니. 말이라도 고마워."

"그건 그렇고. 혹시 어머니한테 무슨 말 못 들었니?"

"나한테 딱 맞는 좋은 처자가 있다고 했어."

"뭐라고 대답했는데?"

"나는 그렇다 치고, 누나가 먼저 혼인해야 하는 거 아닌가?"

"사실은 나도 좋은 남자 생겼어."

"누나한테 좋은 사람이 생겼다니 누구지?"

"그건 비밀이야."

"거참 이상하구먼."

이사부는 미랑의 속마음을 알 수가 없었다. 아버지도 어머니도 누나도 뭔가 비밀을 감추고 있는 게 분명하다. 과연 식구들이 쉬쉬하며 숨기고 있는 것이 무엇인지.

요즘 들어 실직주에서는 고구려의 공격에 대비하기 위해 관내에 성을 쌓고 있었다. 가구당 한 사람씩 차출되어 축성공사장에 나간다고 했다. 친구들 역시 나이가 젊기에 공사장에 동원되어 전쟁 놀이는 시들해지고 말았다. 이사부는 평민 신분이 아니기에 부역에 나가지 않아도 된다. 밤이 돼서야 친구들을 모두 불러 모은다.

"대장이 웬일이야. 우리를 다 부르고?"

"일이 힘들지. 고생들 많지?"

"힘들어도 어쩔 수 없어. 공사장에서 사람들이 그러는데 축성 공사는 실직주만 하는 게 아니래."

"아니면 뭐야?"

"신라 주마다 성을 쌓는다고 했어."

"우리 실직주만 축성을 하는 게 아니구먼."

"맞아. 나도 그 말 들은 것 같아."

"좌우간 고생들이 많구나. 미안하다."

"대장은 미안해할 것 없어. 하루빨리 장수가 되어 우리가 한몫하도록 만들어줘야지."

"내가 친구들한테 할 말이 없구나."

"우리는 얼마든지 기다릴 수 있어."

"친구들 말 명심할게."

"고마워 대장."

친구들은 어려움이 많은데도 불만을 표하거나 힘든 내색을 하지 않았다. 이사부는 그런 친구들이 좋기만 했다. 친구들과 헤어져 집으로 돌아온다.

늦은 밤, 잠자리에 들려 할 때 지성부인이 조심스럽게 기척을 내고 이사부의 방으로 들어왔다. 지성부인은 할 말이 있는 듯 보였으나 쉽게 입을 떼지 못한다. 머뭇머뭇 망설이며 허공 바라보기를 거듭하면서 무슨 말인가 하려다가 그만두고는 한동안 뜸만 들인다.

전에도 그랬듯이 멍하니 천장만 바라본다.

"어머니, 왜 그러세요?"

"사실은 네게 꼭 할 말이 있기에 왔어."

"뭔데 그래요?"

"미랑이를 어떻게 생각하니?"

"누나가 왜요?"

"그런 뜻으로 물어본 게 아니야."

"그런 뜻이 아니라면, 혹시 마땅한 성골 처자가 있다고 했는데, 미랑 누나란 말입니까?"

"왜, 안 되겠니?"

"말도 안 돼요. 제가 어떻게 누나하고 혼인한다고 그래요?"

"미랑이도 마땅한 상대가 없어서 그래."

"누나랑은 안 됩니다."

"서라벌에선 흔히 있는 일이다. 성골 신분을 유지하기 위해선 얼마든지 친남매끼리도 혼인할 수 있는 게야."

"저는 그런 말 들어본 적이 없어요."

"엄격하게 따지면 친남매가 아니지 않느냐. 넌 배가 다르단 말이다."

"아무리 그래도 누나하고는 혼인 못 합니다."

"아버지 뜻이다. 아버지 명인데도 거부할 거냐?"

"안 된다면 안 되는 겁니다."

"너는 반드시 미랑이하고 혼인하게 되고 말아."

"어머니, 정말 해도해도 너무하는 것 아닙니까?"

"언제든지 네 마음이 결정되면 어미한테 알려주기 바란다."

"됐어요. 분명하게 말을 전했으니 그만하세요."

지성부인은 언제든지 마음이 바뀌면 알리라 했으나, 이사부는 고개를 내젓는다. 요즘에 들어 아버지, 어머니, 누나까지 갑작스럽게 달라진 이유를 드디어 알게 되었다.

어떻게 다른 사람도 아닌 누나와 혼인한단 말인가.

이사부는 너무나 황당하여 어이가 없고 밤새 잠 못 이루며 혼인을 생각해 봤으나 끝내 결정을 내리지 못한다.

그날 이후.

미랑은 아침 문안에 얼굴조차 내밀지 않았다. 방 안에서 혼자 무엇을 하는지 종일 꼼짝을 하지 않는 것 같았다. 어쩌다 이사부와 마주치기라도 하면 고개를 숙인 채 재빨리 방으로 들어가 버린다.

친구들은 모두 축성 공사에 동원되기에 함께 어울릴 수 없고, 한낮인데도 이사부는 집 안에 틀어박혀 혼자 지내야 한다.

그로부터 닷새쯤 지난 어느 늦은 밤, 곱게 단장을 한 누나가 이사부의 방으로 들어왔다.

"누나. 갑자기 왜 사람이 달라진 거야?"

"동생이 좋으니깐 그렇지."

"정말로 나하고 혼인하고 싶은 거 맞아?"

"색시 노릇 잘할게. 동생이라 해도 남편으로 깍듯이 모실 수 있어."

"지금까지의 일, 누나가 모두 꾸민 것 맞지?"

"무슨 말 하는 거야. 난 그런 적 없어."

"생각 좀 해봐. 어떻게 누나하고 나하고 부부가 될 수 있겠어?"

"나는 아버지, 어머니 시키는 대로 하는 것뿐이야."

"말도 안 되는 소리 하지 마."

"내가 신부 노릇 잘할게."

"난 절대로 혼인 못 해."

"누나가 잘할 수 있다고 했잖아."

허구한 날 들들 볶아대던 미랑이 갑자기 달라진 것은 다름 아닌 혼인 때문이다. 지금까지 이사부만 아무것도 몰랐을 뿐 모든 것은 부모님과 누나, 셋이서 꾸민 일이 분명했다. 이사부는 당사자인 미랑이 더더욱 미울 뿐이다.

미랑은 남은 말이 있는 듯 다시 입을 연다.

"나 역시 실직주엔 마땅한 성골 남자가 없어. 그리고 부모님 생각도 해드려야지."

"부모님 생각이라니?"

"어떻게 너 자신만 생각한단 말이니?"

"자신만 생각하다니 무슨 뜻이지?"

"부모님들은 동생이 성골이 되길 바라고 있어. 그리고 남자로 태어났으면 청운의 꿈을 꿔야지."

"그러면 내가 어떻게 하면 되겠어?"

"누나가 알아서 할게. 동생은 따라주기만 하면 되는 거야."

"분명히 말해 두지만, 누나하고는 절대로 혼인 못 해."

"아무리 그래도 소용없어."

"누나가 싫은 걸 어떻게 해?"

"소용없다고 했잖아."

길게 이야기해봐야 결론은 빤한 것 아무리 성골이 좋다 해도 미랑과는 절대로 혼인하고 싶지 않았다.

이사부는 마음이 심란하여 먼저 방에서 나오고 만다. 오늘따라 하늘에는 별도 보이지 않고, 구름이 잔뜩 낀 듯 사방이 캄캄하다.

다른 사람도 아닌 이사부 자신에게 세상천지 누구하고도 의논조차 할 수 없는 일이 벌어지고 있으니 앞으로 이 일을 어떻게 풀어나가야 좋다는 말인가.

다음날.

아침에는 별말씀이 없었던 아버지가 밤이 되어 이사부를 부른다. 혼인에 대해 다그치려는 것일까. 이사부는 죽을상이 되어 아버지 앞에 무릎을 꿇고 앉는다. 아버지의 얼굴빛이 뭔가 결판을 내려는 듯 결연한 태도를 엿볼 수 있다.

"혼인이 무엇인지 알고 있느냐?"

"남자, 여자가 시집, 장가가는 겁니다."

"잘 알고 있구나. 그렇다면 마음의 준비는 되었느냐?"

"누나와 혼인하라는 말씀 아닙니까?"

"혼인 문제가 아니라면 무엇 때문에 이 밤에 불렀겠느냐?"

"어떻게 다른 사람도 아닌 누나와 혼인하란 말입니까?"

"너는 남자고 내게 단 하나밖에 없는 아들 아니냐?"

"저도 압니다."

"네가 아버지 말을 거역하겠다는 게야?"

"거역하겠다는 게 아닙니다."

"성골이 되기 싫다는 뜻이냐?"

"성골도 필요 없습니다."

"더 이상 길게 설명하지 않겠다. 만약 미랑이와 혼인 못 하겠다면 너는 더 이상 내 자식이 아니다."

"아버님, 제발."

"에끼, 무례하고 배워먹지 못한 놈. 네놈에겐 한 가지 방법밖에 없느니라."

"무엇이옵니까?"

"괘씸한 놈. 당장 집을 나가지 못하겠느냐?"

"나가겠습니다. 아버님."

"아버지라 부르지도 말 거라."

결국 아버지는 누나와의 혼인에 대해 마지막으로 최종 결론을 내린 셈이다. 지금이라도 당장 누나와 혼인하겠다는 한마디만 하면 아버지의 노여운 마음은 봄눈 녹듯이 싹 풀릴 것은 빤한 일이다. 그러나 이사부는 아무런 답변도 하지 않은 채 방에서 나오고 만다.

혼인이란 과연 무엇인가.

서로 사랑하는 남녀가 부부가 되어 아이를 생산하는 일이다. 한데 어찌 친남매끼리 부부관계를 맺어 아이를 낳게 한다는 말인가.

아버지의 노한 모습이 좀처럼 머릿속에서 지워지지 않았다. 세상에 태어나서 처음으로 불효하게 되었다. 무작정 집을 나가겠다고 했으니, 어디로 떠난다는 말인가.

칠흑 같은 밤, 하늘에 별이 총총 떠 있다. 별이 많기도 하여라. 무수히 많은 별을 올려다보고 있을 때, 일전에 들었던 말이 퍼뜩 떠올랐다.

아버지는 홍패만 몸에 지니고 있으면 황궁을 무상출입할 수 있다고 말을 한 적이 있다. 어차피 집을 떠나야 한다면 사내로서 경험도 쌓을 겸 서라벌의 황궁이라도 구경하고 싶은 마음이 퍼뜩 든다.

늦은 밤.

아버지가 곤하게 잠들었을 때 이사부는 살그머니 방으로 스며든다. 그리고는 장롱 속을 뒤져 어렵지 않게 홍패를 손에 쥐는 데 성공한다. 홍패를 찾아들고 방에서 빠져나와 먼 길 떠날 채비를 서두른다. 새벽 무렵이 돼서야 대문을 나선다.

기다리는 이가 있는 것도 아니고 급하게 갈 필요도 없다. 한가롭게 천천히 달빛에 의지해 길을 걷는다. 걷고 있자니 이상하게 가족들에게 미안한 마음이 들기는커녕 집을 떠나 홀가분한 생각이 드는 것은 웬일일까.

사흘 후, 이사부는 서라벌에 당도한다.

언덕배기에서 황궁을 내려다보며 감회에 젖는다. 저녁노을로 붉게 물든 도읍 서라벌은 상상 이상의 도시였다. 평소에 생각했던 것보다 훨씬 더 크고 화려하고 웅장하다. 오랫동안 눈을 떼지 못한다. 날이 어둑어둑해져 묵을 곳을 찾아봐야 한다.

부지런히 걸어 황궁 근처의 여각에 도착한다. 여각의 주모는 이사부를 위아래로 대충 훑어보고는 금세 시큰둥한 표정이 되고 만다.

"황궁에서 관리를 뽑는 일 때문에 빈방이 없어요."

"방값으로 은전 한 닢을 드리겠소."

"은전이라면. 방 하나 딱 남은 게 있구먼요."

"고맙습니다."

"그 대신 다른 사람과 함께 방을 써야겠어요."

"상관없습니다."

"따라오시구려."

관리를 뽑는다니, 그런 게 있는 줄은 까맣게 몰랐고 곰곰이 생각해보니 언젠가 아버지로부터 그런 말을 들은 것 같기도 했다. 주모에게 은전 한 닢을 쥐어주고 가까스로 방을 구한다. 은전 한 닢이면 여각에서 보름 이상 머물러도 되는 거금이다.

날이 어두워지자 방을 함께 쓸 사람이 볼일을 마치고 돌아왔다. 나이는 이사부보다 서너 살 위로 보이고 남자답게 틀이 잡힌 사내다.

"인사드리겠습니다."

"좋지요."

"저는 실직주에서 온 김이사부입니다."

"내 이름은 석인석. 석 씨 집안인걸."

"어디서 오셨습니까?"

"사벌주(지금의 경상북도 상주)에서 왔소. 나는 현재 사벌주 주조로 있소만."

"주조라면 부 군주, 직책이 높은데 어찌 관리를 뽑는 절차에 응하게 되었습니까?"

"부친이 군주로 있고 나는 아버지 덕으로 별 볼 일 없이 주조 직책을 갖고 있소만. 이번에 보란 듯이 합격할 것이오."

"무슨 뜻인지 알겠습니다."

"댁은 나이가 나보다 어려 보이는데 실례지만 내가 말을 놓아도 되겠소?"

"당연하지요. 제가 형님이라 부르겠습니다."

"서라벌에 와서 졸지에 아우가 생기는구먼."

"반갑습니다. 형님."

"나도 반갑네만. 혹시 아우는 홍패를 갖고 왔는가?"

"물론입니다."

"허허 그것참."

먼저 이사부가 홍패를 품 안에서 꺼내자 석인석도 역시 홍패를 꺼내 보여준다. 이사부가 선뜻 홍패를 내보인 것은, 다른 사람이 갖고 있는 홍패와 비교해보자는 뜻도 있었다.

이사부의 것이나 석인석의 것이나 홍패는 조금도 다를 게 없었다. 크기는 물론 색깔도 똑같았다.

그렇다면 이사부도 관리를 뽑는 시험에 지원할 수 있는 셈이다.

이사부는 가슴이 두근거린다. 관리를 뽑는 시험에 합격하는 것은 감히 상상할 수도 없으나, 경험 삼아 한번 지원해보는 것도 좋을 것 같다는 생각이 퍼뜩 드는 것은 왜일까.

하지만, 과연 가능한 일일까.

이사부는 지금까지 가까운 친척 외에 다른 성골 신분인 사람과는 깊게 사귀어 이야기를 나눠본 적이 없었다. 석인석과 밤늦도록 이야기꽃을 피우다 새벽녘이 돼서야 잠이 든다.

그로부터 닷새 후.

시험을 치르는 날이다. 이사부는 석인석과 함께 황궁으로 향한다. 궁궐 입구엔 생각보다 많은 수의 서생들이 모여 있었다.

"홍패 잊지 않았겠지?"

"물론입니다."

"시험 잘 치러야 하네."

"형님은 꼭 합격하실 겁니다."

"말이라도 고마우이. 아우는 어떤가?"

"난 자신 없어요."

"아우가 자신 없다면 내가 할 말이 없지."

"형님. 꼭 합격하십시오."

"고맙네.'

모두가 내로라하는 성골 신분의 자제들이건만 오직 한 사람 이사부만은 다른 서생들과 다르다. 황궁 문이 열리고 서생들은 허리춤에서 홍패를 꺼내 보이며 차례차례 입장한다.

이사부는 겁이 나서 새가슴이 되고 만다. 차례가 오고 조마조마한 마음으로 홍패를 보여준다. 다행히 아무런 제지 없이 무사히 궁궐 안으로 들어갈 수 있게 된다.

그제야 휴, 하고 안도의 한숨을 내쉰다.

의젓한 걸음으로 다른 서생들과 함께 시험장에 도착한다. 응시인원이 예상보다 많아 보였다. 이사부는 시험장의 가운데쯤 정좌하고 미리 준비해온 필낭에서 지필묵을 꺼내어두고 잠시 눈을 감는다.

가족들의 얼굴이 차례로 떠오른다. 홍패를 훔쳐 집을 떠난 일, 당황할 아버지와 어머니는 물론이고 누나의 얼굴까지 어른거린다.

곧이어 조정의 대신들과 깔끔하게 관복을 차려입은 독점관이 나온다. 키가 자그마한 독점관이 앞으로 나와 찬찬히 서생들을 둘러본 후 시험을 치르는 요령과 주의사항을 설명해 준다. 마지막으로 시험의 과제를 제시할 차례다.

"이번 시험에서는 과제를 따로 주지 않는 대신 평소 생각했던 것을 쓰기 바란다. 조상 대대로 내려오는 풍습도 좋고 앞으로 신라국이 발전할 수 있는 나랏일에 관한 것이라면 더더욱 좋다. 무슨 뜻인지 이해가 가시는가?"

"네 잇!"

"그러면 지금부터 좋은 내용의 글을 써주기 바란다."

"네 잇!"

"네 잇!"

큰 대답 소리와 함께 독점관이 장황한 설명을 끝낸다. 곧이어 시험의 시작을 알리자 서생들은 나름대로 깊은 생각에 잠긴다.

이사부 역시 이것저것 궁리해봤으나 마땅하게 써야 할 글귀가 떠오르지 않았다. 뭔가 쓰긴 써야 하는데 막막하기 그지없었다.

어느새 다른 서생들은 붓을 들고 부지런히 써나가기 시작했으나 이사부는 아직도 붓을 들지 못한다. 이대로 시험을 포기할 수밖에 없는 것일까. 그렇다고 백지를 낼 수는 없는 일이다.

뭐라도 써내야만 한다.

눈을 감고 손으로 턱을 고인 채 이 궁리 저 궁리 고심하고 있을 때 얼핏 훈장으로부터 배운 글귀가 떠올랐다.

생인비목석 성골가문순장무용지풍습(生人非木石 成骨家門旬葬無用之風習).

붓에 먹물을 찍어 정자로 한 자 한 자 정성 들여 써놓고 음미해
본다.

'살아있는 사람은 나무나 돌이 아니기에 성골 가문에 순장은 필
요 없는 풍습이다.'

이사부는 글을 써놓고도 글귀가 마음에 들지 않았다. 이번 과거
는 경험 삼아 응시한 것이고, 이 글귀는 연습 삼아 써본 것일 뿐이
다.

다른 서생들은 응시를 마치고 자리를 비운 지 오래고 그에 비해
이사부는 가장 늦게 답안지를 제출하고 시험장을 빠져나온다.

홍패가 아니었다면 과거시험에 응시하지도 못했을 것을 이번 일
을 큰 경험이라 생각이 들었다. 저녁 무렵이 돼서야 여각에 돌아온
이사부는 석인석과 만난다.

"형님은 시험을 잘 치셨소?"

"괜찮게 본 것 같구먼."

"무슨 내용을 썼단 말이오?"

"나중에 알려줌세. 아우는 어떤가?"

"경험 삼아, 습작 삼아 써냈을 뿐입니다."

"시험을 잘 치르지 못한 것 같구먼."

"맞습니다. 관리 시험은 그렇고 혹시 석 형은 혼인했습니까?"

"아직 미혼일세. 왜 그러시는가?"

"그냥 물어본 것이오."

"사람이 싱겁기는."

"나중에 기회가 생기면 실직주에 한번 놀러 오십시오."

"거기까지 갈 수 있을는지 모르겠네."

객지의 여각에서 만난 석인석은 허풍병이 조금은 있으나 우선은 이사부의 마음에 든다.

결혼을 하지 않았다면 미랑 누나와 맺어질 수도 있으리라고 생각한다.

한편, 서라벌 황궁.

지중마립간.

신라초기는 원시부족기로 같은 성씨를 중심으로 형성된 자연부락이 수도 헤아릴 수 없을 만큼 많았다. 부락과 부락은 띄엄띄엄 떨어져있기에 가장 문제 되는 것은 다른 부락의 침입이었다. 힘 있는 부락이 쳐들어오면 모든 게 하루아침에 끝나고 마는 시절이다. 작은 부락은 힘 있는 부락의 침입을 막기 위해 어쩔 수 없이 다른 부락과 힘을 합쳐야 했다.

신라 초기의 임금들은 박 씨, 석 씨, 김 씨의 3성 중에서 연령이나 인물에 따라서 추대되어 나왔다. 그 이후는 씨족국가 성립기로 부근의 여러 작은 부락을 차례로 통합하여 중앙집권의 정치체제로 발전시켰다. 세월은 흘러 한 나라를 이끌어 가는 데, 강력한 왕권이 필요했다. 이 시기에 접어들자 국호를 신라로 바꾸고, 임금은 자유로운 추대 방식에서 김 씨 집안의 세습으로 굳어버리고 말았다.

지증마립간의 성은 김씨(金氏) 이름은 지대로(智大路)였다. 하지만 태어날 때부터 한쪽 다리가 제대로 발육되지 않아 절름발이다. 게다가 조실부모 한 탓에 6촌 형수인 조생부인이 황궁으로 데려다가 입양하여 자랐다. 어머니 조생부인은 지대로를 극진히도 위해주었다.

"너는 소지마립간의 가장 가까운 핏줄이란 말이다."

"저 같은 병신도 사람 구실 할 수 있겠어요?"

"너는 소지마립간의 세자로 책봉될 것이야."

"그게 어려울 것 같아요."

"옛날엔 박, 석, 김의 3성 중에서 연령이나 인물에 따라 마립간 추대를 받았어. 하지만 그게 김 씨 성만으로 바뀐 지가 언제냐?"

"저 같은 절름발이가 어떻게 마립간의 세자로 책봉되겠어요?"

"마립간이란 원래 나라만 잘 다스리면 되는 것이야."

"성골 종친들 반대가 극심할 것 같아요."

"그러니깐 내가 한 사람 한 사람씩 성골 종친들을 포섭할 것이야."

"어떻게 하려고 그러세요?"

"성골 종친회에서 반대만 하지 않으면 네가 마립간 세자로 책봉될 수 있어, 그러니 내가 종친들을 하나하나 궁으로 불러들여 설득할 것이야."

"쉽지 않을 것 같아요."

"못할 것도 없다."

소지마립간의 가장 가까운 핏줄이 지대로였기에, 어쩌면 세자 책봉은 당연한 일이었다. 하지만 신체적인 결함이 있기에 어머니 조생부인은 일일이 종친들을 궁으로 오라 하여 설득했고, 결국은 지대로가 세자에 책봉되는 데 성공했다.

모든 것은 조생부인 덕이었다.

하지만 엄연히 마립간 후계자인 세자 책봉을 받았는데도, 정작 소지마립간의 장례식에는 참석할 수 없었다. 장례가 끝난 다음 청천벽력 같은 소식이 전해진 것이다.

조생부인과 소지마립간의 충복 다섯이 순장법에 따라 생매장이 되었다고 들었기 때문이다. 어떻게 멀쩡하게 살아있는 사람을 생매장을 시킨단 말인가.

그로부터 마립간으로 추대를 받아 지금까지 신라의 국정을 돌보고 있지만, 지증마립간은 생각할수록 안타까웠다.

세월이 흘러도 자신을 끔찍이도 아껴줬던 조생부인 생각이 간절했다. 나라에 무슨 일이 생기기만 하면, 제일 먼저 조생부인이 떠올랐다.

오늘도 집무실 용상에 앉아 생매장된 조생부인 생각에 빠져있을 때, 관리 시험을 주관하는 독점관이 알현을 청한다.

"관리를 뽑는 시험의 결과를 아뢰옵니다."

"이번에 합격시킬 인원은 몇이나 되는가?"

"최종 사정을 한 결과 열 명만 합격시키기로 했사옵니다."

"합격자 발표는 어떤 식으로 할 건가?"

"성골들 눈치를 봐야 하기 때문에 각자 집으로 밀지 통보하기로 했사옵니다."

"잘한 것이오. 이번 과거야말로 외부의 입김이 전혀 없다는 것을 알리도록 하시오."

"황공하옵니다."

"독점관은 수고가 많았소. 그 외에 다른 특별한 일은 없었는가?"

"이번 과거에서 특출한 서생이 있었습니다."

"특출하다니 무엇인가?"

"열 명의 합격자 중엔 제외되었으나 신라 순장법에 대해 글을 올린 서생이 있었사옵니다."

"흥미 있군. 그런데 무슨 연유로 합격을 시키지 않았는가?"

"부모가 성골이긴 하나 소실의 소생이었습니다."

"허허, 그것 참. 성골이 아니란 말이군."

"맞사옵니다."

독점관이 공손하게 내민 답안지를 보고 있던 지중마립간의 입가에는 미소가 번진다.

"신라에선 반드시 순장제도가 없어져야 하는 것. 그 서생을 짐이 만나 봐도 되겠는가?"

"궁으로 불러들이겠사옵니다."

"데려오도록 하라."

"마립간 명받겠사옵니다."

그 무렵, 이사부는 짐을 챙기는 중이었다. 그런데 갑자기 여각으로 들이닥친 황궁 사람들에 의해 아무런 영문도 모른 채 황궁으로 불려갔다. 혹시나 성골이 아닌 것 때문에 들통 난 것일까.

그렇지 않으면 아버지의 홍패가 문제를 일으킨 것일까. 이사부는 황궁 안에 발을 디디면서 더욱더 마음이 불안하기 그지없다.

처음에는 손이 떨리던 것이 이제는 온몸을 부들부들 사시나무 떨 듯한다. 곧바로 마립간 앞에 선다. 모든 것이 너무 황공하여 몸 둘 바를 모르고 간이 콩알만 해진 이사부는 아무것도 생각나지 않았다.

"이름이 무엇인고?"

"김이사부라 하옵니다."

"어디서 온 뉘 집 손인고?"

"실직주에서 왔사옵고 부친 존함은 김, 숙자, 업자 되옵니다."

"김숙업이라면 지난날 실직주 군주를 지낸 것으로 알고 있다."

"맞사옵니다."

"순장이 무엇인지 알고 있느냐?"

"알고 있사옵니다."

"말해보라."

"성골 가문에만 극비리에 행해지고 있는 풍습이옵니다."

"왜 순장을 하는지 설명해보라."

"죽은 후에도 호화롭게 살던 생시의 재현을 위해 가깝게 살던 사람을 산 채로 생매장하는 풍습입니다."

"제대로 알고 있어. 그렇다면 무슨 연유로 순장무용지풍습이란 글을 써 올렸는가?"

"제 어머니 때문이옵니다. 현재는 살아 계시오나 아버지가 돌아가시면 어머니 역시 생매장이 된다는 사실을 알고 있사옵니다."

"자네는 좋은 글을 써 올린 게야."

"황공하옵니다."

"짐이 적당한 벼슬을 하사하고 싶은데 무슨 관직을 원하는가?"

갑자기 벼슬을 하사하겠다는 마립간 말에 이사부는 아무것도 생각이 나지 않았다. 어차피 성골이 아니기에 관직을 하사받아도 소용이 없기 때문이다.

그리고 또 한 가지는 아버지의 노한 모습이 떠올랐다.

"뭣 하는 게야, 무엇이든지 상관없으니 말해보라."

"아뢰옵기 황송하오나 장수가 되고 싶사옵니다."

"백성을 다스리는 벼슬을 원하는 게 아니라 병부의 장수가 되고 싶다고 했나. 뭐 무슨 특별한 연유라도 있는가?"

"저는 어릴 적부터 친구들끼리 모여 전쟁 놀이를 많이 했사온데 실직주의 병부령을 하고 싶사옵니다."

"허허 그것 참. 신라 전체를 관할하는 서라벌의 병부령도 아니고 실직주의 병부령이라 했는가?"

"그러하옵니다."

"어릴 때부터 장수가 되고 싶었다니 군인의 자질을 갖추었어. 신라는 주위에 고구려를 비롯해 가야, 백제 등 강대국이 많은 고로 자네 같은 장수가 필요하단 말일세."

"황공하옵니다."

"실직주는 신라 북방에 있기에 호시탐탐 고구려 군대가 넘보고 있다. 이사부는 실직주를 신라 북방의 군사요충지로 만들어야 한다."

"황공하옵니다."

"실직주 병부령으로 임명한다. 정식 절차를 밟도록 하라."

"마립간 명받겠사옵니다."

지증마립간.

그는 진작부터 악습인 순장제도를 없애려고 마음먹었으나 지금까지 마땅한 구실을 만들지 못하고 있었다. 무슨 방법을 찾아야 하는데, 때마침 이사부란 젊은이가 앞장을 서주었다.

병부라 함은 신라 군대를 뜻하고 요즘으로 말하면 군부대를 칭하는 말이다. 신라 전체를 관할하는 병부령이면 몰라도, 지방의 병부령은 엄밀히 따져 마립간의 소관이 아니다. 지방 군주나 성주들이 추천해서 임명하는, 어찌 생각하면 하잘것없는 관직이다.

대수로운 벼슬이 아니기에 성골이나 진골 자제들은 관심 없는 직책이기도 하다. 다른 젊은이들 같으면 서라벌의 관직 한 자리 달라고 청했을 텐데 기특하기 그지없는 젊은이다.

다음날.

어전 회의실 양편으로 기라성 같은 성골 대신들이 자리해 앉았고, 곧이어 지증마립간이 지팡이에 몸을 의지한 채 들어온다. 비록 몸은 불편하나 얼굴 표정은 여유롭고 평온하다. 나라의 큰일을 결정할 때는 마립간이 먼저 나서서 강압적으로 강요하는 것보다는 밑으로부터 건의가 올라오면 마지못해 결정해 주는 듯한 방식을 취하는 것이 좋기 마련이다.

용상에 앉은 지증마립간은 대신들에게 순장제도폐지에 대한 강한 의지를 보여주고 싶었다.

"과거를 치른 결과 순장법을 없애자는 건의가 올라왔소. 짐은 이번을 계기로 지금까지 내려온 신라의 악습인 순장을 폐기할 것이오."

"아니 되옵니다."

"왜 아니 된다는 것인가?"

"황공하옵니다만 순장제도야말로 우리 신라국의 유서 깊은 전통이옵니다. 반드시 필요하옵니다."

"생인비목석(生人非木石). 사람은 나무나 돌이 아니란 말이오. 멀쩡히 살아있는 사람을 산 채로 무덤 속에 집어넣는 게 무슨 유서 깊은 전통이란 말인가."

"성골은 보통 사람들과 다르옵니다. 죽은 후에도 현세에서의 화려했던 삶을 재현해야 옳을 줄로 아옵니다."

"사람이 죽어버리면 그만인 것을 생시의 재현이 무슨 소용이 있단 말인가?"

"문제는 원로 성골들의 반대가 극심할 것이옵니다."

"짐이 별도로 직접 나서서 해명하겠소. 신라는 앞으로 순장제도를 폐기할 것이오."

만약 이번마저 기회를 놓치면 앞으로도 수많은 사람들이 생매장이 되어야 한다. 지증마립간은 이사부란 젊은이가 순장에 대해 건의한 것이 고맙기 그지없었다.

마음 같아서는 서라벌의 좋은 관직을 주어 곁에 두고 싶으나 성골 신분이 아니고 대신들의 반대가 극심할 것 같아 그만두고 만다. 하지만 이사부란 젊은이는 사위로 삼고 싶을 만큼 얼굴이 잘생기고 체구가 당당한 젊은이다.

그 무렵 이사부는 그토록 원하던 실직주 병부령으로 마립간의 명을 받았으나 황궁에서 까다로운 절차를 밟아야 했다.

비상사태의 경우 파발을 띄우는 것이라든가, 장수로서의 행동요령, 부하들을 통솔하는 방법 등, 교육은 사흘 동안이나 계속되었다.

지루한 교육이 끝나고, 사흘째 오후가 돼서야 궁궐에서 빠져나온다. 혹시라도 석인석이 사벌주로 떠났을까 걱정했으나 다행스럽게도 여각에 머물러 있었다.

"소식을 들었네만. 아우가 과거에 합격했다면서?"

"저는 과거 합격하곤 다릅니다."

"어떻게 다르단 말인가?"

"실직주 병부령을 명받았습니다."

"거참 욕심이 없는 사람이구면. 지방 병부령은 마립간의 임명이 필요 없는 것이야."

"제가 자청한 겁니다."

"나 같으면 서라벌에서 높은 벼슬 한자리 달라고 했을 것이야. 좌우간 축하하네."

"고맙습니다만 형님은 어찌 되었습니까?"

"나야 낙방했으니 별 볼 일 있겠는가. 돌아가면 축성작업에 매달 려야 할지도 모르겠네."

"형님이 계신 사벌주도 축성을 한단 말입니까?"

"마립간 명일세. 사벌주뿐 아니라 신라 전역이 축성 작업을 벌이 고 있다네. 나도 욕심 같아서는 과거에 합격해 큰 벼슬자리 하나 얻고 싶지만 그게 어디 마음대로 되는 것인가?"

"다음에 또 기회가 올 겁니다."

"쉬운 일이 아니지. 그나저나 실직주로 가는 길에 내가 사는 사 벌주에 들러 며칠간 쉬었다 가게나."

"고맙습니다만 이번은 안 되고. 다음에 기회를 만들겠습니다."

"알았네. 나도 언제인가 실직주에 한번 가봄세."

"아 참, 형님한테 별도로 드릴 말이 있습니다."

"무엇인가?"

"제게 한 살 터울 누나가 있습니다."

"아우보다 한 살 위란 말인가. 성골 여식이 틀림없겠지?"

"당연합니다. 미색이 좋고 성격이 참해 형님에겐 좋은 배필이 될 겁니다."

"내가 신중히 생각해봄세."

"꼭 실직주에 오셔야 합니다."

"알았네그려. 오늘은 곡주나 마실까?"

"좋습니다."

석인석은 과거에 낙방했어도 남자답게 실망하지 않는 것을 보아, 앞으로 매부가 되어도 좋을 사람이라 생각되었다. 이사부는 경험 삼아 관리 시험에 지원해봤을 뿐인데, 운이 좋게 실직주 병부령으로 명을 받게 되었다. 비록 대단한 벼슬은 아니라 해도 이보다 더 영광스러운 일이 어디 있겠는가.

무릉도

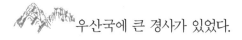우산국에 큰 경사가 있었다.

담수라태자와 소이의 혼례식이다. 망망대해에 떠있는 작은 섬나라에서 혼인식은 흔한 일이 아니다. 더욱이 그것이 태자의 혼례이고 보면, 장차 나라의 왕비가 될 사람을 맞아들이는 일이기도 하다. 백성들 모두가 제 일처럼 기뻐하고 진심으로 축복해 마지않는 잔치 중의 잔치다.

혼인식은 왕궁 뜰 가득히 우산국 백성들이 들어찬 가운데 성대하게 베풀어졌다.

그렇건만, 빛이 있는 곳에 반드시 그늘이 있기 마련이다. 모두가 기뻐하는 가운데에 오직 한 사람, 헌부만은 혼인식에 참석하지 못했고 기뻐할 수 없는 입장이었다.

혼인을 약속했던 소이가 결국은 담수라태자에게 시집가고 말았으니 늙은 아버지만 아니라면 당장이라도 죽어버리고 싶은 심정이었다.

그 실망 이루 다 말할 수 없는 것, 억울한 사정과 답답한 사연을 누구에게 하소연할 수도 없는 처지다.

다만, 마음속으로 소이가 행복하게 잘 살기를 빌어주는 게 헌부가 할 수 있는 모든 것이다. 그동안 헌부와 소이가 몰래 만나왔다

는 것을 왕궁 사람들이 모른다는 사실을 그나마 위안으로 삼아야
했다.

사람이 산다는 건 무엇일까. 누구나 살면서 좋은 일만 계속되지
는 않는다. 어찌 보면, 삶은 어려움의 연속일 수도 있는 것이다.

오늘도 장이 서는 날.

헌부는 아침에 대충 밥 한술 뜨고 아버지와 함께 장으로 나간
다. 등짐으로 메고 온 묵쟁이를 펼쳐 놓고 하염없이 손님을 기다린
다.

시장은 어김없이 사람들로 북적거리고 다른 때보다 먹을거리가
많이 나와 있었다. 전에도 몇 번인가 들렀던 아주머니가 첫 손님이
다.

"어서 오세요."

"어머나, 묵쟁이 또 갖고 나왔구먼요."

"우리는 묵쟁이뿐인걸요."

"묵쟁이는 다른 사람들이 감히 잡을 엄두를 못 내요."

"알기는 아시는구먼요. 아주머니가 갖고 나온 게 무엇이오?"

"뭐긴 뭐겠어요. 먹을 거지요."

"먹을 거라면 어디 좀 봅시다."

"육지에서 바다 건너온 건데 아주 좋은 것이어요."

"육지에서 갖고 왔다니 무엇이오?"

"보시면 알아요."

아주머니가 보자기를 끌러 귀하디귀한 멥쌀을 보여준다. 아버지가 함박웃음을 지으며 묵쟁이 꾸러미를 세 개나 선뜻 내민다.

"고맙구먼요."

"고맙긴요."

"정말 고맙구먼요."

우산국에서 농사짓는 곡물은 주로 보리, 조, 수수, 콩 등등이다. 그러므로 멥쌀은 아주 귀한 곡물이다. 해가 중천에 이르고 시장에는 많은 사람들이 다녀갔다. 헌부 부자는 지난번 장날보다 훨씬 많은 먹을거리를 묵쟁이와 바꿀 수 있었다.

사람들로 부산했던 장이 어느덧 한산해졌고 뜻밖에도 아버지가 정성스럽게 따로 묶어놓았던 큼직한 묵쟁이 꾸러미를 헌부에게 내민다.

"궁궐에 갖다 줘라."

"궁궐엔 왜요?"

"아버지가 시키는 대로 하거라."

"귀한 묵쟁이를 왜 궁궐에 공짜로 줘요?"

"궁궐에 진상을 해야 된다."

"진상을 하다니 왜요?"

"묵쟁이는 앞으로 우산국 특산물이 될 것이야. 임금께서 좋은 묵쟁이 맛을 봐야 하는 것 아니겠냐?"

"임금이 좋은 묵쟁이의 맛을 보면 무슨 소용 있어요?"

"임금이 허락해야만 묵쟁이를 다른 나라로 실어 보낼 수 있어.

그 대신 우리도 육지에서 곡물이나 다른 생활에 필요한 물건들을 바꿔올 수 있는 것 아니겠냐."

"무슨 뜻인지 알아요. 하지만 오늘은 묵쟁이하고 바꾼 물건들이 많아요."

"이 정도야 아직은 아버지 혼자 등에 질 만하다."

"제가 묵쟁이 배달을 갈 테니깐 아버지는 오늘 바꾼 물건 모두 혼자 지고 가세요."

"녀석이 말도 많구나."

임금이 묵쟁이를 먹어보고 좋게 평가를 해주면 여러 가지로 득이 되는 것은 틀림없는 사실이다. 우산국뿐만 아니라 육지에도 가져가서 긴요한 물건들과 바꿔올 수 있는 것 아닌가.

아무리 그렇다 해도 헌부로서는 소이가 담수라태자와 혼인했기에 궁궐 쪽엔 고개도 돌리기 싫었다. 그런 아들의 속도 모르고 왕궁에 다녀오라 말하다니, 아버지가 야속하기 그지없다.

하지만 헌부의 텅 빈 가슴으로 한 줄기 바람이 분다.

만약에 소이를 마주치게 되면 어찌 대할 것인가. 반가워해야 하는 것인가.

아니면 본심대로 화난 모습을 보여야 할 것인가. 그러는 중에도 마음 한편으로는 태자비가 된 소이가 궁에서 어떻게 사는지 눈으로 직접 확인해보고 싶은 마음이 드는 것은 웬일일까?

"실수하지 말도록 해라."

"염려 마세요."

"어서 먼저 가거라."

"아비지, 먼저 짐을 지세요."

"오냐, 알았다."

아버지가 망태기를 짊어지고 일어선다. 그 순간, 그렇게 보아서일까. 아버지의 한쪽 다리가 비틀, 기울어지는 듯싶었다. 다른 날보다 짐이 많이 무거운 탓인지도 모른다.

헌부의 눈으로는, 아버지가 많이 늙은 탓으로 보이는 것은 웬일일까.

하지만 그뿐, 아버지는 더는 힘겨워하지 않고 터벅터벅 걸어서 집으로 향한다.

헌부는 그런 아버지를 눈길로 배웅하고는, 묵쟁이 꾸러미를 가뿐하게 둘러메고 궁궐 쪽으로 걸음을 옮겨 디딘다.

아들의 속도 모르는 아버지의 야속함과, 날이 갈수록 힘이 줄어드는 아버지에 대한 연민이 얼크러져 착잡해진 탓에 발걸음은 무겁기만 하다. 하긴 바쁠 것도 없다. 느릿느릿 천천히 걸어서 한 식경이나 지난 다음에야 궁궐에 당도한다.

호위무사가 한가롭게 왕궁 문을 지키고 있었다.

"안녕하세요?"

"네가 갖고 온 게 무엇이냐?"

"묵쟁이인걸요. 임금님께 진상하는 겁니다."

"안으로 들어가라. 사람이 있을 게야."

"알겠습니다."

혹시라도 태자비와 마주치게 된다면 어떻게 해야 하나. 허리를 굽혀 절을 해야 하는 것인가. 아니면 전처럼 친구로 대해도 하는 것인가. 궁궐 안으로 들어서면서 헌부의 마음은 새롭게 떠오른 또 다른 걱정거리로 두근거리기 시작한다.

혹시나 싶어 주위를 두리번거렸으나 태자비의 모습은 보이지 않았다. 퍽 실망을 한 채 호위무사가 일러준 곳으로 가 묵쟁이를 전해주고 돌아설 때다.

모퉁이를 돌아 나오는 해라공주와 딱 마주친다.

먼발치에서 본 적은 더러 있으나 해라공주를 가까이서 대면하기는 이번이 처음이다. 아담한 키에 단정한 몸집이, 아녀자답고 귀엽게 보인다. 고개를 숙이고 크게 허리 굽혀 꾸벅 절을 한다.

"네가 누구냐?"

"볼일이 있어 왔습니다요."

"무슨 볼일로 왔느냐 물었다?"

"묵쟁이를 갖고 왔습니다요."

"묵쟁이가 무엇이냐?"

"맛이 좋은 생선입니다요."

"묵쟁이라면 내가 못 먹어봤다."

"해라공주님 아니십니까요?"

"네가 날 알아보는구나."

"우산국 사람들이 해라공주님을 모를 리 있습니까요?"

"그건 그렇고. 너는 어떻게 사내가 아녀자같이 생겼느냐?"

"아녀자라니 엄연히 남정네입니다."

"너를 본 것은 처음이구나. 이름이 무엇이냐?"

"이헌부라 하옵니다."

"이헌부라 했느냐?"

"그러하옵니다."

해라공주는 헌부의 이름을 묻고는 무슨 말인가를 더 하려는 듯 싶더니, 휑 바람을 일으키며 안채로 사라지고 만다. 헌부는 휑 하니 돌아서는 해라공주의 뒷모습을 보며 뭔지 모르게 가슴이 찡하는 아픔을 느낀다. 왠지 모를 아쉬움이 일었다. 무슨 까닭일까.

소이를 보지 못한 서운함일까. 뭐에 홀린 듯 궁궐을 나와 휘청거리며 걷는다. 자꾸만 해라공주의 모습이 눈앞에 어른거린다. 시간이 흘러도 그 모습이 좀처럼 머릿속에서 지워지지 않는 것은 무슨 일일까?

그날 저녁, 헌부는 쉽게 잠들지 못한다. 잠들지 못해 뒤척이고 있을 때에 아버지가 말문을 연다.

"밤이 많이 늦었다."

"알아요."

"왜 늦도록 잠을 안 자고 그러냐?"

"그냥 잠이 안 와서요."

"혹시 네게 무슨 일이 생긴 게 아니냐?"

"아니라고 했잖아요."

"그만하고 어서 잠이나 자거라."

"알았어요. 아버지."

만약에 해라공주와 혼인하게 된다면 임금의 부마가 되는 것이다. 더구나 소이를 담수라태자에게 빼앗겼기 때문에 헌부는 보란 듯이 해라공주와 혼인하고 싶은 마음이다.

이런저런 생각으로 밤이 깊어서야 잠이 든다. 깊은 잠에 빠져든 헌부는 꿈속에서 해라공주를 다시 만난다. 하얀 모래가 끝없이 펼쳐진 바닷가는 평온하다.

"너는 내가 그리도 좋단 말이냐?"

"좋아합니다요."

"얼마만큼 좋아하느냐?"

"하늘만큼 바다만큼 좋아합니다요."

"그렇게도 많이 좋단 말이냐?"

"공주님 저하고 혼인해주십시오."

"감히 나한테 혼인을 하자고 했느냐?"

"왜 안 되는 겁니까요?"

"나를 잡으면 혼인해주겠다."

"정말입니까요?"

"어서 잡지 못하겠느냐?"

해라공주는 생글생글 웃는 얼굴로 달아나고 헌부는 죽을힘을 다해 쫓아간다. 어찌나 빠르고 요리조리 잘도 피하는지 도무지 붙잡을 수가 없었다.

헌부는 오밤중에 꿈에서 깨어난다.

멀리서 갈매기 울음소리가 들려온다. 달빛이 비치는 바다는 고요하고 그윽하다. 잠에서 완전히 깨어나지 않아 의식이 몽롱하다. 그 와중에도 다시금 궁에서 보았던 해라공주의 모습을 떠올려 본다. 과연 어떻게 하면 해라공주와 인연의 연결고리를 만들 수 있을는지.

아침이 되어 아버지와 함께 묵쟁이를 낚으러 바다로 나간다. 요즘에 들어 헌부는 배를 끌어내는 것부터 낚시도구를 챙기는 거나 미끼를 준비하는 것까지 거의 모두를 아버지의 도움 없이 혼자서 해낸다. 바다는 바람이 잔잔하다. 입질을 기다리던 헌부가 먼저 말을 꺼낸다.

"우산국의 공주는 누구하고 혼인해요?"

"그야 우산국 젊은이와 하는 것 아니겠냐?"

"하늘같이 높은 공주님이 천한 백성과 혼인하겠어요?"

"네가 모르는 소리를 하는구나. 이 좁은 섬나라에서 공주의 짝이 될 만한 젊은이가 몇이나 되겠냐? 네가 좋아했던 소이 역시 담수라태자와 혼인하지 않았느냐."

"하긴 맞아요."

"왜 공주하고 연애질이라도 하고 싶은 게냐?"

"왜 안 되나요?"

"오르지 못할 나무는 쳐다봐서도 안 되는 것이야."

"방금 전 공주의 짝이 될 만한 젊은이가 몇이냐 되냐고 말했잖아요?"

"그만하자. 입질이 온다."

"왜 말을 하다 마세요?"

"입질이 온다고 하지 않았느냐?"

"모르겠어요."

"모르면 됐다."

헌부는 아버지 말에 기분이 상했지만 내색하지 않는다. 해라공주를 다시 만나게 된다면 무슨 수를 써서라도 마음을 사로잡고 싶었다. 과연 해라공주를 다시 만날 기회가 오기나 할 것인지.

"오늘도 많이 잡을 것 같구나."

"많이 잡으면 좋지요."

"무슨 대답이 그러냐?"

"많이 잡으면 좋다고 했잖아요."

"네가 아버지 말에 화가 난 게로구나."

헌부는 입을 꽉 다물고 묵쟁이를 낚아 올린다. 입질이 괜찮아 묵쟁이를 많이 잡을 수 있을 것 같았다. 오후 내내 낚시를 하고 해질 무렵이 되어 무거운 망태기를 둘러메고 집으로 돌아온다.

다음날.

새벽같이 일어나 묵쟁이를 손질한다. 묵쟁이란 잡기도 어렵지만, 건조를 잘 시켜야 하기 때문에 잔일이 넘쳐나기 마련이다. 오후가 되어 마당이와 담이가 헌부의 집에까지 놀러왔다. 묵쟁이를 건네

주자 질겅질겅 씹으며 꽤 좋아한다.

"맛이 기가 막혀."

"그거야 당연하지."

"묵쟁이 얻어먹는 맛에 자주 오게 된단 말이야."

"많이들 먹어라."

"한 마리 더 주겠냐?"

"어려울 것도 없지."

전에는 만날 때마다 으르렁댔으나 요즘에 와서는 서로 며칠만 안 봐도 궁금한 사이로 변했다. 헌부는 친구들과 어울리는 게 좋기만 했다. 집에서 나와 셋은 재미있게 오후를 보낸다.

다음날도 묵쟁이를 잡으러 나간다.

바다로 나가 낚싯줄을 드리운다. 입질을 기다리는 일은 몹시 지루하다. 기다리는 것이 지겨워 옆에 앉은 아버지와 두런두런 이야기를 나눈다.

"아버지는 전에 범선을 탔어요?"

"물론이지."

"어디 어디를 다녀봤어요?"

"고구려, 백제, 신라, 가야, 그리고 왜국에도 다녀봤단다."

"우산국에서 제일 가까운 육지가 어딘데요?"

"아무래도 신라 아니겠느냐?"

"신라 사람들은 우리 우산국 사람들과 다른 게 뭐가 있어요?"

"똑같아. 다를 게 뭐가 있겠느냐?"

"저도 신라에 가보고 싶어요."

"언젠가는 가볼 날이 올 게야."

"물어볼 말이 또 있어요. 우산국 공주는 쳐다봐서도 안 되고 꿈도 꾸지 말라고 했어요. 왜 그랬어요?"

"임금이 우리 집안에 대해 잘 알고 있기에 아비가 그런 말을 한 게야."

"어째서 임금이 우리 집안을 잘 알아요?"

"토와리왕도 태자 시절엔 범선을 탄 적이 있었어."

"아버지하고 함께 탔어요?"

"물론이다. 그 당시 신라 실직주에 갔었는데 왜구가 온 동네를 쑥밭으로 만들어 살벌했던 기억이 나는구나."

"그래서요?"

"그때에 좋은 일이 생겼어. 토와리왕이 그걸 알고 있단 말이다."

"좋은 일이라니. 우리 집안일인가요?"

"당연히 집안일이지. 그러니 아예 꿈도 꾸지 말라는 게다."

"뭔지 궁금해요. 지난번에도 입질이 온다며 말씀을 하다 말았어요."

"더는 자세히 말하고 싶지 않구나."

"도대체 뭔데 그래요?"

"미안하구나."

"미안하다면 됐어요."

아버지는 뭔가 숨기고 있는 게 분명했다. 임금이 알고 있는 실직주에서 생긴 일이란 대체 무엇일까. 무슨 일일까.

묵쟁이 떼의 입질이 오기 시작한다. 더 물어봐야 소용없기에 헌부는 입을 다물고 만다.

오늘은 장이 서는 날.

부지런히 준비해 서둘러 장으로 간다. 다른 날과 마찬가지로 잘 건조된 묵쟁이를 보기 좋게 펼친다. 장날 하루만은 우산국 사람들 남녀노소 할 것 없이 다 모여 나름대로 즐겁게 보내는 날이다. 장 터에는 발 디딜 틈도 없이 사람들로 시끌벅적하다. 첫 손님으로 할머니 한 분이 머리에 이고 온 물건을 내려놓았다.

"그것이 무엇이오?"

"뭐긴 뭐겠어요. 먹거리지."

"먹는 거라니. 그런 걸 다 먹는단 말이오?"

"햇볕에 잘 말렸어요. 국 끓여 먹으면 좋아요."

"이제 보니 바닷가에 흔하게 떠밀려오는 것 아니오?"

"알기는 아는구려."

"국을 끓여 먹는다 했지요?"

"그래요. 묵쟁이랑 바꿔주슈."

"좋아요. 바꾸어 드리겠소."

"많이 주슈."

"염려놓으세요."

"고마워요."

할머니가 내려놓은 것은 오늘날의 미역이다. 우산국은 섬나라이기에 곡기를 비롯해 채소나 과일은 귀하지만, 넓은 바다에서 많은 먹을거리를 구한다. 한나절이 지나고 바야흐로 파장에 이르고 있었다.

많은 사람들 중에서 옷을 곱게 차려입은 아가씨가 곱사등이 몸종을 데리고 시장을 둘러보는 게 눈에 띄었다. 자세히 보니 뜻밖에도 지난번 궁궐에 갔을 때 대면했던 해라공주가 틀림없었다.

해라공주는 좌판 앞으로 다가오더니만 묵쟁이를 살펴보는 게 아닌가. 아버지가 해라공주를 알아보고 얼른 고개를 숙인다.

"어서 오세요."

"어마마마가 묵쟁이를 좋아해요."

"공주님이 더 좋아하실 것 같습니다요."

"하기는 나도 좋아하기에 들렀어요."

"공주님은 공짜로 드리겠습니다요."

"공짜는 필요 없어요."

"아닙니다요."

"좋은 것으로 골라 배달해주세요."

"얼마나 보내드릴까요?"

"전번에 보낸 것만큼 보내주세요."

"염려 놓으세요, 좋은 것만 골라서 보내 드리겠습니다요."

"고마워요."

아쉽게도 해라공주는 헌부에게 알은체를 하거나 눈길조차 주지 않았다. 어찌 이럴 수가 있을까. 해라공주가 떠나자 헌부는 좀 야속하고 섭섭하기 그지없었다. 하지만 해라공주가 직접 찾아와 배달까지 부탁했으니 조금이나마 미련이 있는 것은 아닐까 싶기도 하다.

장이 파한 후.

아버지를 먼저 집으로 보내고 헌부는 주문한 묵쟁이를 배달하러 궁궐로 향한다. 궁 안에 들어서면서부터 주위를 두리번거리며 살폈으나, 해라공주의 모습은 보이지 않았다.

그러나 창고에 가 묵쟁이를 전해주고 나올 때에 해라공주가 모퉁이에서 기다리고 있었다.

헌부는 허리 굽혀 꾸벅 절을 한다.

"배달 왔느냐?"

"묵쟁이 전해주고 나오는 길입니다요."

"그렇지 않아도 기다렸다."

"기다리다니 왜요?"

"묵쟁이를 갖고 왔으니 물건값을 치러야 할 것 아니냐?"

"해라공주님은 아무것도 주실 필요 없습니다요."

"필요 없다니 말이 되느냐?"

"받지 않는 대신 부탁이 있습니다요."

"네 부탁이란 게 무엇이냐?"

"드릴 말씀이 있습니다요."

"말해 보거라."

"여기서는 곤란합니다요. 내일 바닷물이 만조가 될 때에 범바위 큰 소나무 있는 곳으로 나와 주십시오."

"네가 감히 나를 만나자고 했느냐?"

"죄송합니다요. 공주님."

"무례한 것. 네가 감히 나를 무시하는 것이냐?"

"절대로 그런 거 아닙니다. 그러면 내일 나오시는 것으로 믿고 이만 가보겠습니다요."

"네가 당치도 않는 말을 하는구나."

"꼭 부탁드리옵니다."

"나를 우습게 보는구나."

나라는 작다 하여도 엄연하게 우산국의 공주다. 헌부는 크게 용기를 내어 부탁하고는 해라공주의 대답도 듣지 않고 곧장 궁궐을 빠져나온다. 과연 내일 해라공주를 다시 만날 수 있을는지.

다음날.

헌부는 진작부터 범바위 큰 소나무 밑에서 해라공주를 기다리고 있었다.

바닷물이 조금씩 차오르면서 만조가 되었는데도 해라공주는 나타나지 않았다. 바닷물은 썰물로 바뀌고 헌부가 실망하여 발길을 돌리려 할 때 해라공주가 혼자서 걸어오는 게 보였다. 너무나 반가운 마음에 한달음에 달려가 허리 굽혀 절한다.

"공주님 나오셨군요."

"많이 기다렸느냐?"

"진작부터 기다렸습니다요."

"너무 늦어 미안하구나."

"아닙니다요."

해라공주가 정말 나올 줄이야. 헌부는 해라공주와 함께 바닷가를 거닐게 되었다. 바닷바람에 날리는 머리카락을 쓸어 올리는 해라공주의 모습이 무척이나 신비스러워 보인다.

"어제는 묵쟁이 값을 왜 받아가지 않았느냐?"

"안 주셔도 됩니다."

"무슨 말을 하는 게냐? 당연히 물건값을 치러야지."

"꼭 주실 겁니까?"

"안 나오려고 했는데 묵쟁이 값을 주어야 하겠기에 나왔다."

"제게 줄 것이 무엇입니까?"

"직접 만든 노리개를 주겠다. 어서 받아라."

"귀한 것을 받아도 되는 겁니까?"

"어서 받으라고 했다. 묵쟁이 값이다."

"오랫동안 간직하겠사옵니다."

"그리하거라."

헌부는 해라공주가 손수 만들었다는 예쁜 노리개를 두 손으로 공손하게 받는다.

"네게 묻고 싶은 게 있다."

"무엇이옵니까?"

"나를 만나자고 했는데 무슨 연유인지 말해줄 수 있겠느냐?"

"솔직히 저는 공주님 좋아합니다. 좋아하기 때문에 만나자고 했사옵니다."

"나를 좋아한다고 했느냐?"

"그러하옵니다."

"아녀자같이 생긴 게 실없는 말을 뱉는구나."

"실없는 말이 아닙니다요."

"실없는 말이 아니면 무엇이냐?"

"정말로 좋아합니다요."

헌부의 갑작스러운 말에 해라공주는 어처구니없다는 표정이다. 한동안 헌부를 노려보다간 다시 말을 계속한다.

"감히 좋아한다고 막말을 하다니. 무엄하구나."

"솔직히 말한 겁니다요."

"나는 이만 가봐야겠다."

"벌써 가시려고요? 다음에 다시 만나주시옵소서."

"다시 만날 일은 없을 게야."

"아닙니다. 꼭 만나주셔야 합니다."

"너는 참으로 끈질기기도 하구나. 만약 기회가 생기면 추후에 몸종을 보낼지도 모르겠다."

"기다리겠습니다요."

노리개를 주려 했다면 궁에서 줬어도 되는 일이다. 굳이 바닷가까지는 왜 나왔다는 말인가. 헌부는 뒤도 안 돌아보고 떠나는 공주를 멀거니 봐야만 했다.

집으로 돌아온 헌부는 해라공주에게 받은 노리개를 살펴본다. 노리개의 섬세하고 정교한 모양으로 보아 정성을 많이 들인 것이 분명하다.

혹시 해라공주가 헌부를 마음에 둔 것은 아닐까. 그동안 헌부는 소이와의 일로 매우 힘들었는데, 해라공주가 아픈 마음 한구석을 조금이나마 메워주는 것 같았다. 귀중한 노리개를 소홀히 할 수 없어 집안 깊숙이 감추어 둔다.

오늘은 마당이와 담이가 찾아왔다. 어떻게 알았는지 그 둘은 헌부가 해라공주와 만난 사실을 알고 있었다.

"빠르기도 하구나. 어떻게 알아냈냐?"

"모를 리 없지. 우리가 누군데 그러냐?"

"내가 할 말이 없구나."

"하늘 같은 우산국의 공주님을 무슨 수로 구슬렸냐?"

"아직은 시작에 불과해."

"잘해봐라. 걷어차이지 말고."

"걱정해줘서 고맙다. 그 대신 다른 사람들한테는 절대 비밀이다."

"염려 마라."

친구들이 어떻게 알게 됐는지는 모르겠으나 무슨 상관이란 말인가.

해라공주로부터 연락이 온 것은 보름이나 지나서다. 해라공주가 속을 태웠고 자신의 존재를 잊어버린 줄로만 알았는데 몸종이 직접 찾아와 좋은 소식을 알려 주었다.

바닷가 큰 소나무 밑에서 해라공주와 다시 만난다. 이상스러운 전율이 가슴으로 번지며 두근거린다.

"나와 주서서 고맙사옵니다."

"고마운 건 나도 마찬가지다."

"공주님이 귀엽게 보입니다요."

"예쁘진 않고 귀엽게만 보이느냐?"

"귀엽고 예쁘게 보입니다요."

"엎드려 절 받기로구나."

"아닙니다요."

범바위 등판에 올라 나란히 앉아 있는 동안 한 무리의 갈매기가 힘차게 날아오르는 게 보이고 오늘따라 바닷바람이 상큼하게 느껴지는 것은 해라공주 때문일까?

"이렇게 궁궐을 나와도 괜찮은 겁니까?"

"몰래 빠져나왔다."

"공주님을 다시 만날 수 있게 되다니. 꿈만 같습니다요."

"네 이름이 헌부라고 했느냐?"

"맞습니다요."

"겉보기보다는 남자답고 배짱이 좋구나."

"아닙니다요."

"친해지고 싶구나."

"고맙습니다요."

해라공주와 헌부는 이번이 세 번째 만남인데도 마치 오랫동안 알고지낸 것처럼 편안하게 느껴진다. 범바위에서 내려와 바닷가를 거니는 동안 어느새 해 질 무렵이 가까워져 온다.

"궁궐을 빠져나오기가 좀처럼 쉽지 않구나."

"알고 있습니다요."

"앞으로 기회를 만들어 다시 연락하겠다."

"기다리겠습니다요."

"오늘은 늦었으니 이만 가봐야겠구나."

"바래다 드리겠습니다요."

"아니, 됐다. 다른 사람들이 보면 어찌하느냐?"

"알겠습니다요."

"너무 기대는 하지 말거라."

"꼭 연락 주셔야 합니다요."

"알았다."

"안녕히 가시옵소서."

헤어지려니 아쉽기 그지없지만 이만큼이나마 진전된 것도 크나큰 수확이다. 공주가 보이지 않을 때까지 오래오래 배웅해주고 집으로 돌아온다. 홀로 방에 앉아 노리개를 꺼내 보며 살짝궁 공주를 그리워하여 본다.

오늘은 아침부터 부슬부슬 비가 내려 집에만 있었다. 오후가 되자 날이 개면서 친구들이 집에까지 찾아왔다. 헌부는 친구들과 집에서 나온다.

"해라공주하고는 처음부터 어떻게 사귀게 된 거니?"

"꼭 알아야겠냐?"

"솔직히 말해봐라."

"묵쟁이를 궁궐에 갖고 갔을 때에 만났어."

"두 번째는?"

"해라 공주가 장 보러 나와 묵쟁이를 배달해달라고 하잖아. 그때에 다시 만났어."

"그렇다면 세 번째는?"

"공주가 날 만나자고 몸종을 보냈어."

"이제 어쩔 거니?"

"어쩌기는 내가 묻고 싶은 말이다. 앞으로 어떻게 했으면 좋겠냐?"

"너 정말로 해라공주가 좋으냐?"

"좋아하니까 만나는 거지."

"혼인하는 길밖에 없구나."

"나는 혼인하고 싶지만, 상대는 공주야."

"부러워 죽겠구면."

헌부는 친한 친구들에게 숨길 필요가 없어 솔직하게 털어놓는다. 오후 내내 친구들과 어울렸다 해 질 무렵이 돼서야 집으로 돌아온다.

오늘은 경사로운 날, 무릉호가 긴 항해를 마치고 돌아왔다. 우산국 사람들 모두가 선착장으로 몰려들었다.

"만세. 만세."

"우산국 만세."

"만세. 만세."

"무릉호 만세."

선원들 모두 우산국 사람들이다. 오랜 항해를 마치고 아무 탈 없이 돌아온 선원들이 무척이나 자랑스럽게 보인다.

저녁 무렵, 궁에서는 무릉호 선원들의 환영식이 열렸다. 우산국의 원로들과 담수라태자도 참석했다. 토와리왕은 선장을 지긋이 바라보며 말을 꺼낸다.

"어느 어느 지역을 항해했는고?"

"대마도에 다녀왔사옵니다."

"대마도라 했는가, 대마도는 어떤 나라인가?"

"대마도는 농사지을 수 있는 땅이 적고 산림이 우거진 모래밭이 많았습니다. 주민들은 왜구와 달리 온순하고 양순하게 보였습니다."

"온순하고 양순하다니 그럴 리가 있는가?"

"사실을 알아본 결과, 대마도는 왜구의 소굴이었습니다."

"왜구의 소굴이라니 무슨 뜻인가?"

"왜구 놈들이 대마도를 근거지로 이용해 신라나 백제 그리고 고구려를 침탈한다는 사실을 알아냈습니다."

"신라의 속국이 아니란 말인가?"

"그것은 잘 모르겠사옵니다."

"허허 그것참."

"저희들은 언제나 하던 방식대로 우리 우산국에서 생산된 물건을 주고 그 대신 다른 물건으로 맞교환해 갖고 왔습니다."

"그것은 잘한 일. 수고들이 많았소."

"황공하옵니다."

선장은 항해 상황과 교역 결과를 보고한다. 토와리왕은 연신 고개를 끄덕이며 선장의 보고를 경청한다. 원로들 역시 궁금한 것을 차례로 물어본다. 회의는 비교적 좋은 분위기에서 끝이 난다.

곧이어 푸짐한 음식이 차려진 상이 나오고, 분위기가 새롭게 바뀐다. 모두가 먹고 마시며 환영식 자리를 즐긴다. 선장과 선원들은 항해 동안 어려웠던 일을 웃으면서 이야기할 수 있는 분위기다. 원로들은 선원들의 노고를 진심으로 치하해 준다.

다음날.

토와리왕은 담수라태자를 집무실로 불러들인다. 태자는 어려서부터 귀하게 자랐기에 세상 사람들의 마음과 세상 물정에 대해 잘 모르기 때문이다. 정치에는 도통 관심이 없고 이상스러울 만큼 겁이 많은 편이다.

"부르셨사옵니까?"

"태자에게 할 말이 있느니라."

"무엇이옵니까?"

"사람은 특히 남자란 많은 경험이 필요해. 다음 항해엔 태자도 범선을 타도록 하라."

"제가 범선을 타란 말입니까?"

"짐도 왕이 되기 전에는 범선을 탄 적이 있었느니라."

"저는 범선을 타기 어렵사옵니다."

"어렵다니 그 무슨 말이냐?"

"제겐 아직 후사가 없사온데 후사를 생산해놓은 다음에 범선을 타겠사옵니다."

"후사라 했느냐?"

"그러하옵니다."

"후사가 아니라 겁이 나서 범선을 못 타는 것 아니냐?"

"아니옵니다."

"에끼, 못난 놈."

태자가 여럿이라면 몰라도 단 하나이기에 오냐오냐 곱게 키운 것이 화근이다. 우산국은 나라가 작고 바다 한가운데 있기에 능력 있는 임금이 되려면 반드시 다른 나라를 둘러봐야 한다. 하지만 하나밖에 없는 태자는 후사를 핑계로 승선을 거부했다. 과연 앞으로 왕 노릇을 제대로 잘할 수 있을는지.

"네가 그토록 겁이 많으니 장차 어찌 우산국 왕이 될 수 있겠느냐?"

"겁이 많은 게 아니옵니다."

"겁이 많은 게 아니라면 도대체 무엇이란 말이냐?"

"지금으로선 범선을 타고 싶지 않습니다요."

"정히 그렇다면 손주를 생산 후에 범선을 타도록 하라."

"아바마마 말씀대로 하겠사옵니다."

"그 대신 태자에게 다른 임무를 주겠다."

"제게 주겠다는 임무가 무엇이옵니까?"

"무릉호가 돌아왔으니 대마도에서 갖고 온 물목을 정리해 백성들에게 나누어 줄 것은 주고 궁궐에서 필요한 물건을 확실하게 챙겨야 하느니라."

"알겠사옵니다."

"그리고 다음 항해 때에 우산국에서 갖고 나갈 물목을 엄선해 미리미리 확보해놔야 하느니라."

"선장과 선원들을 직접 만나본 후에 실행하겠습니다."

"어련히 잘하겠느냐."

우산국은 나라가 작아 무릉호의 교역으로 궁궐 살림을 이끌어 나가야만 한다. 토와리왕은 내심 섭섭한 마음이나 태자를 계속 다그칠 수만도 없는 노릇이다.

태자는 부지런히 선착장으로 나가 맡은 일을 수행하기 시작한다. 처음으로 일다운 일을 시킨 셈이다.

이 무렵, 헌부는 해라공주를 만나고 있었다. 머리를 쓸어내리며 바다를 내려다보는 공주의 모습이 무척이나 예쁘고 곱기만 하다.

"왜 그렇게 나를 쳐다보느냐?"

"너무 귀엽고 예뻐서 보는 겁니다요."

"그리 말해주니 고맙구나. 저기 하늘의 구름 좀 봐라. 모양이 아름답지 않느냐?"

"무척 아름답습니다요."

"답답한 궁궐 안에서만 지내는 게 싫다. 나도 평범한 사람들과 똑같이 살고 싶구나."

"공주님께서 어찌 그런 말씀을 하시옵니까?"

"왜. 공주는 사람이 아니란 말이냐?"

"그런 게 아니옵니다."

헌부는 매일같이 보는 바다가 지겹고 하늘의 구름도 하찮것없어 보였으나 공주와 함께 있으니 세상의 모든 것이 아름다워 보였다. 서로 진솔한 이야기를 많이 나누었고, 어느새 해 질 무렵이 되어간다. 범바위에서 내려와 다시금 바닷가를 걷는다.

"너희 집에 배가 있다고 들었다. 내게 무릉도 구경을 시켜줄 수 있겠느냐?"

"얼마든지 구경시켜드릴 수 있사옵니다."

"약속한 거다."

"반드시 약속 지키겠사옵니다."

"고맙구나."

"제가 오히려 고맙습니다. 언제 가실 겁니까요?"

"나로선 궁궐을 빠져나오기가 좀처럼 쉽지 않아. 기회를 만들어 몸종을 보내겠다."

"기다리겠습니다요. 공주님."

"그럼 이만 가봐야겠구나."

"바래다 드리겠사옵니다."

"그럴 필요 없다고 하지 않았느냐?"

"안녕히 가시옵소서."

헌부는 지금까지 혼자 묵쟁이 배를 띄워본 적이 없으나 그런 것은 문제가 되지 않았다. 해라공주는 작별이 못내 아쉬운지 자꾸 뒤를 돌아보는 게 아닌가.

먼발치에서 공주가 안 보일 때까지 손을 흔들어 주고 집으로 돌아온다.

밤이 깊어만 간다.

헌부는 노리개를 가슴에 품고 지금까지 공주와 만났던 일을 곰곰이 되새겨 본다. 좁고 캄캄한 방 안에서 등을 대고 누워있던 아버지가 말문을 연다.

"무슨 일이 있었던 게냐?"

"말하고 싶지 않아요."

"무엇인지 말해 보거라."

"아버지. 저는 공주하고 혼인할 수 없는 건가요?"

"네가 또 공주 말을 하는구나. 혼인은 아예 꿈도 꾸지 말거라."

"꿈도 꾸지 말라니, 왜요?"

"절대로 안 되는 것이야."

"좁은 섬나라에서 공주의 짝이 될 만한 젊은이가 몇이나 되냐고 말했잖아요. 올라가지 못할 나무이기에 쳐다봐서도 안 된다는 건가요?"

"맞는 말이다."

"저는 뭐가 뭔지 모르겠어요."

"임금이 우리 집안 내력을 잘 알아. 공주를 네게 줄 리가 없어."

"전에도 똑같은 말을 했어요."

"더는 말을 하지 않겠다만, 나중에 실망하지 말고 지금이라도 포기하는 게 좋을 게야."

"아버지 말 이해할 수 없어요."

"어서 잠이나 자거라."

더 이상 물어봐야 아버지는 대답할 분이 아니다. 임금이 집안 내력을 잘 안다는 말에 헌부는 의구심만 더욱 더 커져간다.

과연 무슨 일일까? 무엇 때문일까.

아버지는 임금과 함께 무릉호를 타고 신라의 실직주에 간 적이 있다고 말한 적이 있었다. 그때 왜구 때문에 마을 전체가 쑥밭이 되었다고 들었다.

과연 그때 무슨 일이 있었을까.

좋은 일이 아닌 것만은 분명하다. 정녕 해라공주와는 혼인할 수 없는 것인가. 길고 긴 밤, 헌부는 좀처럼 잠을 이루지 못한다. 늦은 밤인데도 바다에서 갈매기 울음소리가 시끄럽게 들려온다.

　오늘도 아침 일찍부터 부지런히 서둘러 묵쟁이를 잡으러 바다로 나간다. 지난밤 일이 언짢았는지 아버지는 말 한마디 건네지 않았다. 머리 위로 먹구름이 덮쳐 순식간에 어두워진다. 묵쟁이 입질도 전혀 없을 때에 갑작스러운 일이 벌어졌는데, 별안간 아버지의 얼굴이 새하얗게 변하더니만 맥없이 배의 난간으로 쓰러지고 만다.
　"왜 이러세요?"
　"모르겠구나."
　"기운 차리세요. 어서요!"
　"머리가 멍해지는구나."
　"안 돼요, 아버지."
　"몸이 말을 듣지 않아."
　"안 된다고 했어요!"
　아버지는 몸이 굳어지는지 꼼짝을 하지 못한다. 우선 몸을 똑바로 눕게 하고 급히 서둘러 돛을 올린 다음 뭍으로 향한다.
　"제발 아프지 마세요. 아버지 돌아가시면 안 돼요."
　"사람이 죽고 사는 게 어디 마음먹은 대로 되는 것이냐?"
　"그런 말씀 마세요."
　"말 시키지 마라. 말할 기운도 없어."
　"알았어요."
　배가 뭍에 닿자마자 아버지를 등에 업고 부지런히 내달린다. 지난번 고뿔이 나은 이후로 괜찮은가 싶었는데, 이번에는 다른 병이 온 게 분명하다.

식구라고 해봐야 둘뿐이다. 아버지가 아프니 헌부는 난감한 노릇이다. 서둘러 의원을 모셔와 아버지를 진맥을 집게 한다.

"아버지가 아프신 게 언제부터냐?"

"낮에 갑자기 그랬어요."

"헌부가 앞으로 힘들어지겠구나."

"힘들어지다니, 왜요?"

"아버지한테 풍이 온 게야."

"풍이 오면 어떻게 되는 겁니까?"

"당장 죽기야 하겠느냐만 오래 살지는 못할 것 같구나."

"안 돼요. 우리 아버지 오래 사셔야 돼요."

"사람이 죽고 사는 게 마음대로 되는 줄 아느냐?"

"꼭 고쳐 주세요."

"탕약을 지어줄 것이니 내게 다녀가거라."

아버지가 아프다는 소식을 듣고 친구들이 찾아왔다. 친구들은 방에 들어와 병환으로 누워있는 아버지를 뵙고 나와서 위로의 말을 전한다.

"헌부가 고생이 많구나."

"고생은 뭘."

"앞으로 어떻게 할 거니?"

"아마 곧 나으실 거야."

"아버지가 아프시니 공주도 못 만나는 것 아니냐?"

"아버지 병환하곤 별개지."

"효자인 줄 알았더니만 그게 아니구나?"

"그만들 해라."

"농담으로 해본 말이야. 우리한테 뭐 시킬 건 없냐?"

"말이라도 고맙다."

"고맙기는 뭘."

헌부는 친구들이 찾아와서 고맙기만 했다.

아버지가 자리에 누워 꼼짝 못 하게 되자 헌부는 병수발은 물론 식사준비와 그 밖의 집안 살림으로 몹시 바쁘기 그지없다.

하루 이틀, 여러 날이 지나도록 아버지의 병환은 좀처럼 차도를 보이지 않았다. 앞으로 이를 어찌한단 말인가. 여러 날을 말 한마디 못하고 꼼짝 않고 누워있던 아버지는 오늘따라 정신이 조금 돌아온 것 같았다.

"네가 많이 힘들지?"

"저는 상관없어요."

"상관없기는."

"아버지, 제발 훌훌 털고 일어나세요."

"마음대로 안 되는 걸 어찌하겠냐?"

"묵쟁이도 잡아야 하잖아요."

"그게 어렵단 말이다."

"아버지 마음먹기에 달렸어요."

"세상에 몸이 아프고 싶은 사람이 어디 있겠느냐?"

"곧 나을 수 있어요."

"그리되면 오죽이나 좋겠냐?"

헌부는 세상살이가 너무 힘들어 육지로 멀리 도망치고 싶은 심정이다. 하지만 병든 아버지를 놔두고 어떻게 어디로 도망을 친단 말인가.

요즘 들어 우산국은 때아니게 날씨 변화가 심하다. 돌풍이 불거나 갑자기 날씨가 흐려지면서 많은 비를 뿌려댄다.

오늘도 아침부터 아버지 병수발을 하며 깊은 실의에 빠져있을 때 뜻밖에도 반가운 사람이 찾아왔다. 반가운 사람이란 해라공주의 몸종으로 나이 많은 곱사등이 아주머니다.

"공주님하고 약속한 게 있었지?"

"맞아요."

"공주님이 널 만나자고 하셨어."

"언제요?"

"언제긴 오늘이지."

"알았어요."

"서둘러서 범바위 쪽으로 나가 봐. 공주님이 곧 나가신다고 했어."

"말 전해줘서 고마워요."

"고맙기는 뭘."

"분명히 말을 전했으니 그리 알 거라."

"네. 안녕히 가세요."

약속이란 무릉도를 구경시켜주는 일이다. 계곡에서 세수하고 부지런히 몸치장을 끝낸 후에 바닷가로 나선다. 바위 턱에 묶인 묵쟁이 배를 끌어낸 후 노를 저어 약속된 장소에 도착한다. 해라공주가 바닷바람에 머리를 휘날리며 기다리고 있었다. 헌부가 급히 배에서 내려 머리를 조아린다.

"애쓰는구나."

"아니옵니다."

"지금 배를 탈 수 있겠느냐?"

"물론입니다."

공주를 배에 태운 다음 돛을 올린다. 아버지로부터 배 다루는 법을 익혔기에 별로 문제 될 게 없었다. 오늘따라 바람이 좋아 작은 배는 잘도 나아간다. 주위의 경관을 바라보며 마냥 즐거워하는 공주가 미운 듯 예쁘기만 하다.

"능숙하게 배를 잘도 다루는구나."

"아버지한테 배운 것입니다요."

"아버지하고 둘이만 산다고 했느냐?"

"그러하옵니다."

"몸종으로부터 아버지 병수발을 한다고 들었다."

"곧 나으실 겁니다."

"네가 효자로구나."

"고맙습니다요."

우릉섬을 크게 돌아나가자 곧이어 무릉도가 아련하게 눈에 들어온다.

천천히 무릉도에 가까워진다. 무릉도는 큰 섬이 둘이고, 주위의 작은 섬들이 조화를 이루어 한 폭의 그림을 보는 듯하다.

지상의 것이 아닌 듯 황홀한 절경에 한동안 넋을 잃고 바라보던 공주가 먼저 말을 꺼낸다.

"무릉도에 대해 들어본 적이 있느냐?"

"네, 공주님."

"무릉도는 우산국 사람들의 영혼이 살아 숨 쉬는 곳이야."

"물론입니다요."

"사람이 죽게 되면 시신은 썩어 흙이 되지만 우산국 사람들의 영혼은 무릉도에서 영생을 누리게 되는 게야."

"맞습니다요."

"무릉도는 우산국 사람들의 영원한 고향이고 안식처란 말이다."

"당연하옵니다."

"오래전부터 꼭 한 번 와보고 싶었느니라."

"공주님께서 무릉도에 오자고 한 이유를 알 것 같습니다요."

"정말로 고맙구나."

이야기를 나누고 있을 때 갈매기 여러 마리가 무리를 지어 일제히 위로 솟구치면서 장관을 이룬다. 푸른 하늘과 푸른 바다가 끝없이 펼쳐지며 그 속에서 무릉도는 신비롭게 돋보인다. 바다 위에는 햇살이 찬란하게 빛나고 있었다.

바람결에 머리카락이 날리고, 해라공주는 배의 난간에 기대어 꼼짝하지 않았다.

무릉도를 바라보는 모습이 마치 하늘에서 내려온 선녀와 다름없었다. 공주는 과연 무슨 생각을 하고 있을는지.

그러기를 얼마나 지났을까. 공주가 조심스럽게 일어나 뱃머리에서 두 손을 합장하고 무릉도를 향해 허리 굽혀 공손하게 절을 올린다. 몇 차례나 반복해 큰절을 올리더니 무릎을 꿇고 앉아 낭랑한 목소리로 목청을 높인다.

무릉님이여!

무릉님이여!

무릉님은 큰일을 하고 계시옵니다.

무릉님은 우산국 사람들 영혼을 지켜주고 있사옵니다.

모진 비바람과 험한 폭풍이 온다 해도. 우산국 사람들의 영혼을 지켜주시옵소서!

천년만년 오래오래 지켜주시옵소서!

우산국의 영혼들이여 편히 사시옵소서!

무릉도에서 오래 오래 영생하시옵소서!

영생하시옵소서!

헌부는 해라공주의 모습에서 무릉도에 오자고 한 연유를 알 것 같았다. 함께 오기를 잘했다는 생각이 들었다.

"공주님은 하늘에서 내려온 선녀와 똑같아 보입니다요."

"그리 보았느냐?"

"네, 공주님."

"무릉도에 와보길 잘했다는 생각이 드는구나."

"저 역시 좋습니다요."

"네게 고맙다는 말밖에 할 말이 없구나."

"저도 고맙습니다요."

처음 출발할 때는 대수롭지 않게 여겼으나 역시 해라공주는 뭔가 특별했다. 다른 사람들과는 생각이나 행동하는 게 남달라 존경스러운 마음마저 든다.

무릉도를 크게 한 바퀴 돌아본 후에 키를 다시 고쳐 잡고는 배의 방향을 바꾼다. 때마침 바람이 많이 불어와 묵쟁이 배는 잘도 나아간다.

그런데 이게 웬일이란 말인가.

무릉도를 막 벗어날 무렵 갑자기 서편으로부터 시커먼 구름이 몰려오더니만 비를 뿌려대기 시작했다. 맑았던 하늘이 순식간에 캄캄해지고 잔잔했던 물결이 거세게 일렁이며 파도가 밀려오는 게 아닌가. 빗방울이 굵어지면서 무섭게 쏟아진다.

"엄마야, 나 죽어."

"공주님, 조심하세요."

"무슨 일이 생긴 게냐?"

"소나기입니다."

"어찌해야 하는 거냐?"

"난간을 꼭 붙들어야 합니다."

세찬 바람이 불어오고 큰 파도가 넘실넘실 밀려온다. 작은 배는 걷잡을 수 없이 파도에 떠밀리기 시작한다. 망망대해에서 헌부의 배는 하나의 나뭇잎에 불과했다. 이리 팔랑, 저리 팔랑, 당장이라도 뒤집힐 듯 요동을 치며 흘러다닌다.

우릉도에서 멀리 떨어졌다면 몰라도 지척의 거리이기에 더욱 애가 탄다. 뒤덮인 구름 사이에서 번쩍번쩍 섬광이 일었다 싶었는데 굉장한 폭음이 뒤따른다.

너무나 요란한 소리에 덜컥 겁이 난다. 머리 위로 많은 비가 퍼부어 눈도 제대로 뜨지 못한다. 어떻게 해야 좋단 말인가. 어떻게 이런 일이 벌어졌을까.

바다가, 온 세상이 뒤집힐 듯 물결이 사정없이 출렁거려 배의 방향조차 제대로 잡을 수 없게 되었다.

이게 또 웬일이란 말인가.

무섭게 쏟아지는 폭우에 배의 돛이 부러지며 순식간에 바다로 쓸려가는 게 아닌가. 해라공주가 기겁을 하여 다시 목청을 높인다.

"우리 죽는 거냐?"

"살아야 합니다."

"어찌해야 하는 거냐?"

"난간 꼭 잡아요. 떨어져 나가면 죽어요."

돛이 부러진 배는 폭풍에 떠밀려 앞뒤 좌우로 걷잡을 수 없이 흔들거린다. 억수같이 비가 쏟아지고 하늘이 무너져 내릴 듯 무섭게 천둥과 번개가 몰아쳐 도저히 당해낼 재간이 없었다. 이대로 바다에 빠져 죽게 되는 것인가.

혹시 무릉도로 가는 것 아닌가.

겁에 질린 해라공주는 두 손으로 난간을 꼭 잡은 채로 부들부들 떨고 있었다. 이럴 때에 아버지가 있다면 이 상황을 헤쳐 나갈 수 있을 텐데…….

경험이 없는 헌부로서는 너무나 난감한 노릇, 하도 막막하여 공포에 떨고 있을밖에 다른 방법이 있을 리 없었다.

다행히도 성난 파도가 한풀 꺾이고, 우릉섬에 근접하면서 헌부는 퍼뜩 정신을 차린다.

"공주님 우리는 살았어요."

"정말이냐?"

"조금만 참으세요."

"다행이구나."

헌부는 죽기 살기로 노를 저어 간신히 배를 뭍에 대는 데 성공한다. 하지만 억수 같은 비는 조금도 수그러들지 않았다. 먼저 공주를 내리게 한 다음 배를 뭍으로 어렵게 끌어낸다. 겁에 질린 공주는 몸을 벌벌 떨며 꼼짝 않은 채 기다리고 있었다. 헌부가 공주의 손을 덥석 잡는다.

"따라오십시오."

"어디를 가려고 하느냐?"

"우선 비를 피하셔야 합니다."

"알았다."

공주를 부축하여 큰 바위 밑으로 피신한다. 목숨을 구한 것만도 천만다행이다. 비는 그칠 줄 모르고 사나운 바다는 끊임없이 넘실 거린다.

적당히 자리를 마련해 공주를 앉게 하고 벌벌 떨리는 몸을 조심 스럽게 보듬어 안는다.

공주의 몸이 품 안에 쏘옥 들어온다. 헌부가 팔에 힘을 주어 더욱 세게 끌어안는다.

그러기를 얼마나 지났는지 모른다. 해라공주는 떨기를 멈췄고 서로의 몸이 조금씩 더워지기 시작한다.

"고맙구나."

"죄송합니다요."

"네 몸이 따뜻해서 좋구나. 나를 좋아하느냐?"

"네. 공주님."

"날 좋아하는 마음, 앞으로 마음 변치 않았으면 좋겠다."

"변하다니. 절대로 그럴 리 없습니다요."

"다행이구나."

거친 파도가 잦아들고 미친 듯이 퍼붓던 빗줄기도 어느새 그쳤다. 말없이 품 안에 꼭 안겨있는 공주가 무척이나 사랑스럽다.

"너무 늦었으니 가봐야겠구나."

"옷이 젖었어요. 이대로 가시면 아니 되옵니다."

"너무 염려 말거라. 궁궐 뒤쪽으로 몰래 들어가면 된다."

"조심해 가시옵소서."

"너무 염려 말거라."

"연락 주시옵소서. 기다릴 것입니다."

"반드시 연락하겠다."

하늘같이 높기만 했던 공주가 드디어 마음의 문을 열었다. 이보다 더 바랄 게 무엇이란 말인가. 공주가 안 보일 때까지 배웅하고 헌부는 하늘의 뜬구름이 되어 집으로 돌아온다.

하지만 이게 웬일인가. 아버지는 온몸이 불덩이고 인사불성이 되어 헌부를 제대로 알아보지도 못했다. 급히 찬 물수건을 만들어 몸을 식혀 드린다.

서너 식경이 되어서야 아버지는 겨우 정신이 돌아왔다.

"바람이 불고 비가 많이 왔는데 어디를 다녀온 게야?"

"좋은 사람 만나고 왔어요."

"좋은 사람이라면 누구를 말하는 게냐?"

"아버지 병환 나으시면 말씀드릴게요."

"설마 공주를 만난 건 아니겠지?"

"나중에 말씀드린다고 했어요. 병이나 빨리 나으세요."

"나는 앞으로 살날이 얼마 남지 않았구나."

"제발 죽는다는 말씀하지 마세요."

아버지의 병환도 병환이지만, 가끔 죽는다는 말을 하는 게 헌부는 무엇보다 싫었다. 어죽을 끓여 떠먹여 주고 잠자리에 든다. 가물가물 해라공주의 모습을 떠올리며 깊은 잠에 빠져든다.

이튿날, 마당이와 담이를 불러내 바닷가로 나간다. 하늘은 언제 그랬냐는 듯 구름 한 점 없이 맑고 바다는 잔잔하다.

묵쟁이 배는 엉뚱한 곳에 올려져있었고, 보기 흉하도록 부서진 데가 많았다.

"헌부 배가 왜 이렇게 된 거지?"

"나중에 말해줄게."

"궁금하잖아. 혹시 이 배로 공주와 어디 다녀온 것 아니냐?"

"사실은 해라공주하고 무릉도에 다녀왔어."

"알 만하구나."

"손볼 데가 많이 생겼어."

"배를 짓고 수리하는 건 아무나 하는 게 아니야."

"뭐 좋은 방법이 없겠냐?"

"우리 작은아버지가 배 목수란 걸 잊었냐?"

"마당이가 부탁 좀 드려봐라."

"부탁을 드려볼게. 그 대신 일하는 데 우리도 도와야 할걸."

"그거야 당연하지."

"그리고 배의 수리가 끝나면 우리가 요구하는 걸 들어줘야 한다."

"너희들이 요구하는 게 뭔데?"

"나중에 딴소리하는 거 아니지?"

"뭔지 모르지만 염려 마라."

마당이의 요구가 무엇인지는 모르나 우선은 부서진 배부터 고쳐야 한다. 그나마 마당이의 작은아버지가 배를 만드는 목수이기에 천만다행이다. 만일에 그렇지 않았더라면 배를 수리할 엄두조차 내지 못할 것 아닌가.

다음날부터 헌부는 두 친구와 함께 묵쟁이 배에 매달린다. 마당이의 작은아버지는 고맙게도 배의 수리를 흔쾌히 맡아주었다.

"너희들이 도와준다면 못할 것도 없지."

"고맙습니다."

"그 대신 산에서 나무도 베어 와야 하고 이것저것 잡일이 많아."

"시키는 일 무엇이든지 하겠습니다."

"그나마 무릉호 수리가 끝났기에 가능한 게야."

"제가 드릴 것은 묵쟁이밖에 없는걸요."

"묵쟁이보다 더 좋은 게 뭐가 있겠느냐?"

"정말 고맙습니다."

헌부는 묵쟁이 배를 수리하는 것 외에도 집안일과 아버지의 병환을 돌봐야 한다. 아버지가 하루빨리 쾌차했으면 좋으련만 날이 갈수록 병은 깊어만 간다. 과연 언제쯤이나 아버지의 병이 회복될 수 있을는지.

　며칠이 지나고 해라공주의 연락을 받는다. 바닷가로 가니 공주가 기다리고 있었다. 얼른 달려가 공주의 두 손을 꼭 잡아준다.

"나와 주셨군요."

"내가 그리도 좋으냐?"

"좋다 마다입니까?"

"나도 좋기는 마찬가지."

"고맙습니다요."

　바닷가를 잠시 거닐다 큰 소나무 밑으로 간다. 바위 턱에 나란히 앉자마자 서로 약속이나 한 듯 꼭 끌어안는다. 서로를 부둥켜안고 있자 헌부는 하고 싶은 말이 생각난다.

"공주님께 드릴 말이 있습니다요."

"내게 할 말이 무엇이냐?"

"공주님도 어차피 혼인해야 할 것 아닙니까?"

"그 말이 나올 줄 알았다."

"혼인해 주시옵소서."

"나 역시 혼인을 해야 하고 너를 좋아하고 있단 말이다."

"저하고의 혼인, 허락하는 겁니까?"

"허락하고 말고가 뭐에 있겠느냐."

"공주님은 하늘 같은 분인데 보잘것없이 묵쟁이나 잡는 제게 시집와도 상관없사옵니까?"

"상관할 게 뭐가 있겠느냐?"

"그러면 됐사옵니다."

"지아비로 모시고 싶구나. 어마마마께 의논하겠다."

"사랑합니다요."

"나도 사랑한다."

공주가 드디어 혼인을 승낙했다. 헌부는 기쁨을 감추지 못하고 다시 힘을 주어 꼭 끌어안는다. 구름은 저녁노을로 붉게 물들어 하늘을 수놓았고, 점점 옅어지는 하늘빛이 애틋하다.

물감을 풀어 놓은 듯 바다는 짙푸르고 반짝이는 노을빛이 잔잔하게 물결 위로 부서진다.

갈매기 한 무리가 바로 눈앞에서 원을 크게 그리며 멀리멀리 날아간다. 해라공주와 혼인하게 되면 임금의 부마가 되는 것 아닌가.

이 얼마나 대단한 일이란 말인가.

갈등의 세월

신라는 서라벌을 중심으로 9개의 주로 나누어져 있고 주마다 많게는 10개가 넘는 성이 있는가 하면 작게는 4개나 혹은 5개의 성을 갖고 있는 주도 있었다.

당시의 군제(軍制)를 보면 육정(六停)으로 부족의 단위인 성을 중심으로 조직되었다.

실직주도 예외가 없는 것. 군주를 중심으로 성주들 모두 똘똘 뭉쳐 성민들을 잘 보호하며 살고 있었다.

김이사부.

그는 서라벌에서 집으로 돌아와 홍패를 몰래 훔친 일과 관리시험에 지원했던 일 등, 그동안의 잘못을 이야기하고 아버지께 용서를 빌었다. 자식 이기는 부모 없다고 이사부가 막상 용서를 빌자 아버지는 화가 조금은 풀리는 듯 보였다.

"용서해주십시오."

"네가 잘못한 건 알고 있느냐."

"네 아버님."

"알고 있으면 됐다."

"저는 실직주 병부령으로 마립간 명을 받았습니다."

"하잘것없는 병부령은 소용이 없느니라."

"제가 스스로 자청한 겁니다."

"네가 성골이 아니기에 마립간이 응해준 것이야. 만약 네가 성골 신분이라면 높은 벼슬을 하사했을 게야."

"저는 성골 신분이 아니잖습니까?"

"그러니 서둘러 신분을 성골로 바꿔야겠다. 그 길만이 네가 출세 하는 지름길이란 걸 왜 모르냔 말이다."

"또 누나와 혼인하라는 겁니까?"

"미랑이도 마땅한 혼처가 없어. 어찌 너만 생각하느냐?"

"저는 그리할 수 없습니다."

"네가 애비의 말을 끝까지 거역하겠다는 게냐?"

"누나하고는 혼인 못 합니다."

"정히 그렇다면 애비가 더 이상은 네게 할 말이 없구나."

"죄송합니다."

실직주 병부령은 이사부가 어릴 적부터 하고 싶었던 장수다. 아버지는 이사부가 병부령이 된 것에는 관심조차 보이지 않았다. 아버지의 관심은 오로지 이사부가 누나와 혼인하여 신분을 높이는 일뿐이다.

서로가 남남이라면 몰라도 어떻게 누나와 부부가 된단 말인가. 하루 이틀 날짜가 지나면서 서라벌에 다녀온 지도 어느새 보름이 나 훌쩍 지났다. 오늘은 모처럼 굳게 마음먹고 아버지의 의중을 다시 떠보기로 한다.

"제가 병부령을 하게 허락해주십시오."

"절대로 안 된다고 했느니라."

"실직주는 신라 육정 중에서 서라벌 다음으로 큰 병권 단위입니다."

"병권 단위가 크면 뭘 해. 신라 전체 병권을 관할하는 서라벌의 병부령도 제대로 된 벼슬로 쳐주지를 않건만, 기껏해야 실직주의 병부령을 무엇 때문에 하겠다는 게냐. 그리고 실직주의 병부령이란 직책은 마립간 소관이 아니란 말이다. 관내 성주들이 추천해서 군주가 임명을 하는 게야."

"저도 알고 있습니다."

어느 나라에서나 비슷하긴 하지만, 신라 초기에는 문관과 학자를 우대하고 무관과 장수를 업신여기는 풍조가 있었다. 변방에서 목숨을 걸고 나라를 지키는 역할을 하는데도 불구하고 성골이 아닌 무관은 천시되고 있는 시절이다.

"다시 반복해 말하지만 네 누나와 혼인하여 성골이 되어 좋은 벼슬 자리를 얻으란 말이다."

"아버님, 저는 병부령을 꼭 하고 싶습니다."

"안 된다고 했느니라."

"허락해주십시오."

"안 된다면 안 되는 것이야."

"저는 실직주 병부령으로 시작해서 앞으로는 신라의 명성 있는 장수가 되고 말 겁니다."

"그게 네 마음대로 될 것 같으냐?"

"아버님 제발."

"절대로 안 되는 것이야."

사정해봐야 소용이 없는 것. 이사부는 밖으로 나와 먼 하늘을 바라보며 크게 한숨을 내쉰다. 절대로 아버지의 뜻에 따를 수는 없는 일이다. 이사부는 고개를 절레절레 내저었다.

누나와 혼인 말이 오간 게 언제부터란 말인가.

서라벌에 다녀오면 조금은 수그러들 줄 알았는데 상황은 단 하나도 변한 게 없었다.

날이 가면 갈수록 아버지의 요구는 점점 집요해졌고 도저히 고집을 꺾을 수가 없었다. 아버지를 설득하는 건 불가능하기에 이사부는 방 안에 틀어박혀 몇 날 며칠을 고심하던 끝에 스스로 결정을 내리고 만다. 아버지께 불효를 하더라도 한 번쯤은 실직주 군주를 만나야겠다. 마음을 굳게 먹고 직접 군주를 찾아갔다.

군주의 이름은 박어로.

그는 명문가의 성골 신분이다. 먼발치에서 몇 차례 본 적이 있으나 가까이서 대면하기는 이번이 처음이다. 군주는 야심이 많아 보였다. 겸손하게 허리를 굽혀 꾸벅 절부터 한다.

"자네가 무슨 일로 왔는가?"

"저는 실직주 병부령으로 마립간 명을 받았습니다."

"나도 알고 있네만 아직은 나이가 어리고 병부 경험이 없어. 앞으로 관내 병들을 어떻게 이끌어 나갈 수 있겠는가?"

"열심히 노력하겠습니다."

"병부령은 열심히 하겠다는 마음만으로 되는 게 아니야. 책임이 막중한 직책이지. 많은 경험이 필요하단 말일세."

"군주님 뜻을 전적으로 받들겠습니다."

"실직주는 실직성을 비롯해 열한 개의 성이 있어. 성주들은 고장 토박이라 성민들의 지지를 받고 있지. 그런 기라성 같은 분들이 전혀 경험도 없는 자네를 병부령으로 인정해줄 것 같은가?"

"그런 줄은 몰랐습니다."

"그러나 내가 군주로서 성주들을 설득해 보겠네. 자네가 마립간의 명을 받았기에 그나마 고려해본 것이야."

"고맙습니다."

"집에서 기다리고 있게나. 성주들 동의를 얻어내면 곧바로 통보해 주겠네."

"알겠습니다. 군주님."

마립간 명을 받았기에 두말할 것도 없이 승낙할 줄 믿었으나 군주의 대답은 의외였다. 그나마 성주들을 설득해 보겠다 하니 조금은 희망이 보인다. 성주들이 동의만 해주면 병부령이 될 수 있는 것이다. 하지만 정식 병부령이 될 경우 아버지가 과연 어떻게 나오실지 알 수 없는 일이다.

깊게 생각해봤자 결론은 나오지 않는 것, 우선은 병부령이 되고 난 후에 아버지를 본격적으로 설득해볼 작정이다. 그러기 위해서는 아버지께 군주를 면담한 사실을 알리지 않는 편이 좋을 것 같왔다.

  반갑게도 군대에 갔던 호일이 형이 오랜만에 집으로 찾아왔다. 병부생활이 바쁜데도 불구하고 옛정을 생각해서 찾아와준 게 고맙기만 하다.
  "형님, 고맙습니다."
  "고맙기는. 병부령님 축하드립니다."
  "왜 존대를 하고 그래요?"
  "병부령이라면 실직주 병부의 통수권자 아닙니까?"
  "아직은 병부령이 아닌걸요?"
  "그런 말씀 하지 마십시오."
  "내가 정식 병부령이 될 때까지는 전과 같이 말을 놓으세요."
  "할 수 없군. 앞으로 정식 병부령이 되면 깍듯이 모시겠습니다."
  "그만 좀 하세요."
  "대장, 혹시 성안에 들어가 본 적이 있으신가?"
  "아직이요."
  "앞으로 병부령이 되려면 하다못해 성안이라도 돌아봐야 되지 않겠어?"
  "하긴 형 말이 맞네요."
  "지금 가볼까?"
  "좋아요."
  실직성은 집에서 먼 거리가 아닌데도 지금까지 가본 적이 없었다. 호일이 형과 성안을 이곳저곳 둘러보게 되었다. 실직성은 성주가 따로 없는 대신 군주가 직접 관할하고 있다.

하지만 실직주 관내에서 제일 크며 모든 성을 총괄하는 성인데도 허술한 게 많기만 했다. 축성 공사는 하다 말았고 병장기와 병사들이 잠자는 막사도 보잘것없었다.

관내의 중심이 되는 실직성이 이 정도라면 다른 성들은 오죽하겠는가.

이사부는 성을 둘러본 후 실망하여 집으로 돌아온다. 앞으로 정식 병부령이 되면 할 일이 많아질 것은 분명한 사실이다.

오늘도 변함없이 아버지께 아침 문안을 드린다. 미랑 누나는 혼인 말이 있고부터는 이사부와 함께 문안조차 드리지 않았다. 아마도 거북스럽기 때문에 별도로 인사하는 것 같았다.

아버지는 얼굴 표정이 다른 때와 달리 화가 많이 난 듯 보였다.

"네가 군주를 직접 찾아갔던 게 사실이란 말이냐?"

"아버님이 어찌 아세요?"

"네가 감히 아비 허락 없이 군주를 만났단 말이지?"

"아버님이 반대하셔도 저는 병부령을 할 겁니다."

"네 마음대로 될 것 같으냐?"

"제발 부탁드립니다."

"어리석은 것. 전쟁터에 나가서 귀한 목숨을 내놓아야겠느냐?"

"그런 건 아닙니다."

"병부령은 하잘것없고 별 볼 일 없는 천것들이 하는 직책이야. 성골은 물론 진골 가문에서조차도 병부령을 한 경우가 없단 말이다."

"저도 알고 있습니다."

"알고 있는데 군주를 찾아갔단 말이냐. 네가 할 일은 오직 성골이 되는 것이야."

"하지만 누나하고는 혼인 못 합니다."

"에끼, 괘씸한 놈."

군주를 찾아간 것을 아버지는 어떻게 알고 있을까. 그저 놀라울 뿐이다. 그렇다고 포기할 수는 없는 일이다. 무슨 수를 써서라도 병부령만은 꼭 하고 싶었다.

하루 이틀, 군주로부터 연락이 오길 기다리며 날짜만 지나간다.

좋은 소식은커녕 어머니까지 미랑 누나와 혼인하라며 이사부를 다그쳐 댄다.

"네가 아버지 속을 그리도 끓여드려 쓰겠느냐?"

"어쩔 수 없잖아요."

"미랑이 생각도 해줘야지."

"우선 누나부터 좋은 혼처를 알아보세요."

"정말 한심하구나, 한심해. 네 고집에 어미도 지쳤다."

"죄송해요."

보름이 지나도록 아무런 연락이 없기에 다시금 군주를 찾아간다. 반가워하는 것보다 억지로 만나주는 표정이 분명했다.

"내가 군주로서 의사를 타진해본 결과, 마립간 명이기에 관내 성주들이 어쩔 수 없이 동의했다네."

"고맙습니다."

"하지만 자네 말일세. 병부령을 아예 포기해야겠네."

"포기하다니 무엇 때문입니까?"

"자네 부친께서 병부령을 못 시키겠다고 내게 별도로 부탁했어."

"그게 사실입니까?"

"부친께서 전임 군주를 지내서서 나로서도 어쩔 수 없네."

"아버지보다는 마립간 명 아닙니까?"

"소용이 없어. 우선 부친을 설득시키란 말일세. 방법은 그것뿐이야."

"아버지 동의 없이는 안 되는 겁니까?"

"나로서도 어쩔 수 없어. 미안하네."

"죄송합니다, 군주님."

처음 마립간의 명을 받았을 때 얼마나 큰 희망을 가졌던가.

아버지는 결국 군주에게까지 압력을 넣어 병부령을 못하게 만들었다. 원망스럽기 그지없다. 아버지의 동의를 얻어내는 게 결코 쉬운 일은 아니다. 산 넘어 산이다. 어떻게 고집쟁이 아버지를 설득시킨단 말인가. 이사부는 풀이 죽어 군주 집무실에서 나온다.

김이사부.

그는 너무나 실망이 되어 집에 가기도 싫었다. 친구들도 만나고 싶지 않았다. 바닷가를 거닐며 혼자 많은 생각을 해본다.

세상사는 게 왜 이렇게도 힘이 든단 말인가.

오늘따라 날씨가 잔뜩 찌푸렸다. 눈앞에 펼쳐진 수평선은 끝도 없이 길게 이어진다. 바다 건너 수평선 너머 저 망망대해엔 무엇이 있을까. 세상의 끝이 되는 것인가. 바닷바람을 맞으며 이사부는 오래도록 수평선 너머를 바라본다.

다음날, 이사부는 아침 인사를 드린 후 아버지께 조목조목 따져 든다.

"군주님께 압력을 넣으셨더군요."

"네가 군주를 또 찾아갔단 말이냐?"

"어쩔 수 없었습니다."

"아버지 허락 없이는 군주를 백번 만나도 소용이 없어."

"제게 너무 하는 것 아닙니까?"

"그걸 말이라고 하느냐?"

"제가 아버님께 뭐라 드릴 말이 없습니다."

"배은망덕한 놈. 네가 그래도 내 자식이란 말이냐?"

"아버님, 제발."

아버지의 노여움은 극에 달했다. 길게 앉아 있어 봐야 노여움만 돋울 뿐 소용없기에 방에서 나온다. 하지만 절대로 포기할 수 없는 일이다.

이사부가 부글부글 끓는 속을 달래며 차분히 가라앉히고 있을 때에 별로 반갑지 않은 손님이 찾아왔다. 훈장이 이사부를 기다리고 있었다. 밖으로 나갈 수도 없기에 어쩔 수 없이 방으로 들어가 마주 앉는다.

"훈장님. 질문이 있습니다."

"무엇이냐?"

"우리가 사는 실직주 먼 바다에도 사람이 삽니까?"

"네가 엉뚱한 질문을 하는구나."

"어제 바닷가에 갔었어요. 바다를 바라보며 궁금했기에 물어보는 겁니다."

"망망대해 먼 곳엔 작은 나라가 있느니라."

"정말로 나라가 있단 말입니까?"

"동해 먼 곳이지."

"나라 이름이 뭡니까?"

"우산국인가 하는 나라다."

"동해에 작은 나라가 있다니 신기합니다."

"그뿐인 줄 아느냐?"

"또 무엇이 있단 말입니까?"

"바다 위에 떠있는 우산국은 섬이 많고 그 많은 섬 중에 무릉도라는 바위섬이 있단다."

"무릉도라 했습니까?"

"무릉도는 우산국 사람들의 신앙이며 숭배의 대상이지. 우산국 사람들은 우리와 사는 방법이 다르고 생각하는 게 같지 않다는 뜻이다."

"여쭈어볼 게 또 있어요."

"무엇이 그리 궁금한 게 많으냐?"

"훈장님은 동해 먼 곳에 작은 나라가 있는 걸 어떻게 아십니까?"

"오래된 일이지. 내가 그 섬에서 온 사람을 만난 적이 있었다."

"그렇군요."

이사부는 생각이 많아진다. 왜 무릉도가 우산국 사람들의 신앙이고 숭배의 대상이 되었는지 알 수 없으나 한 번쯤은 꼭 가보고 싶은 마음이다.

계절이 계절인 만큼 실직주는 바닷가이기에 시원할 것 같은데도 무척이나 덥다. 이사부는 온종일 집안에서 빈둥대고 있었다. 어머니 역시 별로 도움말을 주지 못했다.

"아버지 때문에 다 글렀어요."

"글렀다니 왜?"

"군주한테도 압력을 넣었어요."

"실직주 군주도 아버지 말이라면 어쩌지 못하는 것 알고 있지?"

"왜 제가 모르겠어요?"

"네가 미랑이하고 혼인하지 않으니깐 그렇지."

"그건 저도 알아요."

"네가 미랑이하고 혼인하겠다고 약조만 하면 어미가 병부령을 하게 해줄 수 있어."

"어떻게요?"

"아버지를 설득할 수 있어."

"어머니 그만하세요."

"너야말로 정말 답답하구나. 그나저나 할아버지 제사가 또 돌아오는구나."

"조상들 기제 지낸 지 얼마나 됐다고 그래요. 큰누나 혼사도 치른 지 얼마 안 되잖아요?"

"그러니 성골 집안 아니겠니?"

"어머니, 힘드시겠어요?"

"힘들어도 어쩌겠니?"

"제가 뭐 도와드릴 거 없어요?"

"네가 도와주겠다니 고맙구나."

어머니는 누나와의 혼인을 약조하면 아버지를 설득해 보겠다고 말했다. 이사부는 계속해서 자기 고집만 내세울 수도 없기에 깊은 생각에 빠져든다. 미랑 누나와의 혼인이라니 차마 그것만은 할 수 없는 일이다. 이사부는 또다시 고개를 좌우로 내젓는다.

지루한 날이 계속된다. 하루하루 집 안에서 지내는 게 지겹기만 하다. 이사부의 처지는 서라벌에 가기 전과 조금도 달라진 게 없었다. 너무나 가슴이 답답하여 친구들을 만나러 나간다.

"병부령님."

"아직은 병부령이 아닌걸."

"곧 될 것 아닙니까?"

"아직 멀었으니 전과 같이 말들 놓고 그래."

"아직 멀었다니 병부령을 못 하는 건가?"

"그렇진 않아."

"설마 병부령 포기하는 건 아니겠지?"

"절대로 아니지."

"병부령이라면 실직주 관하의 열한 개 성을 관리하는 장수인데. 성주보다 더 높은 것 아닌가?"

"열한 개의 성을 관리하는 게 아니라 병권만 장악하는 거지."

"속히 병부령이 되었으면 좋겠어. 우리 모두 대장 밑에서 병부 생활을 하고 싶단 말이야."

"좌우간 기다려봐라."

"옛정을 생각해서라도 우리 모두 불러줘야 돼."

"알았어."

나이가 나이니만큼 친구들 모두 병부에 입대할 때가 되었다. 만약에 정식 병부령이 된다면 우선적으로 친구들을 불러주고 싶은 마음이다.

오늘은 제사가 있는 날이다.

돌아가신 할아버지는 서라벌에서 마립간 다음으로 높은 관직에 올랐다고 들었다. 멀리서 친척 어른들이 왔기에 큰절을 드린다.

"남자란 효도를 해야 하는 것. 어떠한 경우에도 부모님께 불효를 하면 소용이 없어."

"죄송합니다."

"네가 부모님 말을 거역한다 들었다."

"면목 없습니다."

"특히 부친의 마음을 상하게 해서는 되는 일이 없는 게야."

"알겠습니다."

"가화만사성이니라. 가정이 화목해야 모든 게 제대로 이루어지는 법이지."

"명심하겠습니다."

쉬쉬하며 누나와 혼인시키려는 것을 친척 어른들이 모를 리 없다. 이사부는 미안한 마음이지만 어쩔 수 없는 일 아닌가.

밤이 되어 할아버지 제사가 시작되었다. 그러나 이게 웬일이란 말인가.

작년까지만 해도 분명히 아버지 옆에서 절을 했건만 엉뚱하게도 사촌 동생인 건부가 아버지와 함께 절을 하고 이사부는 제사상 근처에도 오지 못하게 하는 것 아닌가.

이사부는 너무나 분한 마음이 되어 온몸을 부들부들 떨기까지 한다. 만약 아버지가 죽게 되면 누가 제사를 지내준단 말인가. 종친들이 보는 앞에서 공개적으로 불만을 표시할 수 없기에 밖으로 나온다.

친구들을 불러 모은다. 순식간에 십여 명이 넘는 친구들이 모였다. 이사부는 집에서 음식들을 날라 온다.

"출출했지. 많이들 들어."

"대장. 오늘이 무슨 날인가?"

"할아버지 제삿날이야. 음식은 얼마든지 더 갖고 올 수 있어."

"이런 날이 있기 때문에 우리 대장으로 모시는 것 아닌가?"

"대장이 최고야. 그나저나 왜 아직도 병부령 직책을 못 받는 거야?"

"또 그 소리 하는 거냐?"

"너무 답답하니깐 그렇지."

"좌우간 기다려봐라."

친구들의 요구는 언제나 똑같았고 친구들에게 음식 대접이야말로 최고의 선물이다. 다른 사람도 아닌 친할아버지 제사에 절을 못하게 되어 마음이 심란했는데 친구들을 보니 조금은 마음의 위안이 되는 것 같았다. 손님들이 모두 돌아간 것은 이틀이 지나서다.

아침이 되어 문안을 드린다.

"아버님께 물어볼 말이 있습니다."

"무엇이냐?"

"저는 집안에 단 하나밖에 없는 아들이고 장손입니다. 사촌인 건부 아우가 아버지 옆에서 절을 했습니다."

"애비가 시켜서 그리한 게야."

"제가 누나와 혼인을 안 했기 때문에 절을 못 하게 한 겁니까?"

"그걸 몰라서 묻는 게냐?"

"너무한 것 아닙니까?"

"애비가 너무했다면, 너 자신은 돌이켜 생각해 봤느냐?"

"저는 할아버지 직계손입니다."

"직계손이라 해도 아버지 말을 거역하는 네가 어찌 조부께 절을
하겠다는 게야?"

"서운합니다."

"에끼, 못난 놈."

이사부가 조목조목 따지고 들자 아버지는 얼굴이 벌게지기까지
하며 호통을 친다. 점점 목소리가 커지며 벌떡 일어나 고래고래 소
리를 지르는 것 아닌가.

그래도 분이 안 풀리는지 한동안 몸을 부들부들 떨던 아버지는
갑자기 힘이 풀리는지 맥없이 방바닥에 주저앉고 만다.

아버지의 약한 모습에 이사부는 가슴이 멘다.

"네가 자식으로서 이토록 불효를 해도 되겠느냐?"

"제가 드릴 말씀이 없습니다."

"지금이라도 마음을 바꾸고 누나와 혼인해라."

"네, 아버님."

"네가 혼인하고 성골이 되어야만 친척들 앞에 떳떳하게 내세울
수 있는 게야."

"생각해보겠습니다."

"생각이고 뭐고 필요가 없어. 혼인하란 말이다."

"알겠습니다."

"아비의 마지막 부탁이다."

"그리하겠습니다."

이사부는 더 이상 고집을 세울 수 없었다. 방 안의 소리가 새어

나갔는지 어머니가 다급히 들어와 아버지를 자리에 눕히고 진정시킨다.

더는 있을 수가 없어 방에서 나온다. 봉당 뜰에서 기다리고 있던 미랑 누나가 따라오라며 턱짓을 하기에 하는 수 없이 누나를 따라 방으로 들어간다.

방은 깨끗이 정돈됐고 오늘따라 미랑 누나는 조금 아녀자답게 보였다.

"어쩌면 아버님한테 그럴 수가 있니?"

"내가 어찌해야 할지 모르겠어."

"동생은 내가 그렇게 싫은 거니?"

"싫은 건 아니야."

"너무 비싸게 굴지 마. 누나는 동생한테 시집가기로 굳게 작정했어."

"누나 마음 알아."

"아버지 생각도 해드려야지."

"알았어, 누나."

미랑 역시 마땅한 성골 상대가 없어 지금까지 혼인을 못 하고 있었다. 전에는 사사건건 이사부를 괴롭혔던 미랑이 딴사람이 되어 혼인을 하자 하니, 이럴 때 과연 어찌해야 하는 것인지.

아버지는 방 안에서 종일 꼼짝 않고 누워서 하루해를 보낸다. 그런 상황이 답답하여 어머니가 이사부의 방에까지 찾아왔다. 한동안 천장을 바라보며 뜸을 들이다간 어렵게 입을 여는 것 같았다.

"아버지가 결국은 너 때문에 화병이 나신 게야."

"죄송해요."

"혼인까지 하려면 시일이 많이 걸리고. 우선은 네가 이렇게 하면 어떻겠니?"

"어찌하면 되겠어요?"

"당장 오늘부터라도 미랑이하고 한방을 쓰도록 해라."

"한방을 쓰라니. 합방하란 말입니까?"

"네가 미랑이와 한방에서 지내게 되면 아버지가 일어나실 수 있어."

"알겠습니다."

"지금으로선 다른 방법이 없어."

"하지만 제가 누나와 한방에서 잠을 잔다 해도 아버님은 병부령을 못 하게 할 겁니다."

"그건 염려 마라. 어미가 설득시킬 수 있다고 했잖아."

"정말로 아버지를 설득시킬 자신 있어요?"

"어미를 못 믿겠다는 거냐?"

"그런 건 아니고요."

"염려 말고. 어미 말을 듣도록 해라."

"어머니만 믿겠어요."

"어련히 알아서 잘하겠냐?"

이사부는 우선 어머니의 말을 듣기로 작정한다. 합방하면 어머니가 아버지를 설득할 것이고, 누나까지 사정하면 혹시라도 아버

237

갈등의 세월

지의 마음이 바뀔지도 모르는 것 아닌가.

이사부에게 당장 급한 것은 병부령이 되는 일이다. 만약 누나와 합방을 하여도 아버지가 병부령을 못하게 한다면 그때 가서 다른 방안을 모색해도 되는 것이다.

늦은 밤.

잠들지 못하고 기다리는 중에 방문이 스르르 열리며 누나가 들어온다. 미랑 누나는 곱게 단장을 해서인지, 밤이라 어두워 그런지 몰라도 오늘따라 조금은 예쁘게 보인다.

"어머니가 시켜서 어쩔 수 없이 들어왔어."

"알고 있어."

"혼인은 못 해도 좋아. 나를 꼭 색시로 생각하지 않아도 상관없어. 하지만 아버님 병을 낫게 해드리자."

"혹시 이러다가 정말로 혼인하게 되는 건 아닌가?"

"나도 모르겠어."

"누나하고 한방에서 자는 건 상관없지만, 부탁이 있어."

"부탁이란 게 뭔데?"

"누나도 아버지한테 말을 잘해줘야겠어."

"동생은 병부령인가 뭔가, 그렇게도 하고 싶은 거니?"

"당연하지."

"동생이 시키는 대로 할게."

"약속한 거다."

"앞으로 우리가 부부같이 한 방에서 지내면 아버지도 어쩔 수 없이 허락해주실 거야."

"누나가 도와준다니 고마워."

"오늘 밤부터 내가 이 방에서 자도 되는 거지?"

"물론이지."

세상살이가 쉬운 게 아니다. 버티는 데까지 견뎌보다가 정 안 되면 혼인하는 수밖에 없는 일이다. 지금으로선 아버지의 뜻을 따른 듯, 두 사람을 부부로 믿게끔 연극을 꾸며야 한다.

옷을 벗을 필요는 없기에 누나 먼저 이불 속으로 들여보내고, 이어 이사부도 따라 눕는다.

"동생이랑 한 이불 속에서 자니깐 좋다."

"나도 마찬가지야."

"지금 한 말 정말이지?"

"왜, 거짓이면 좋겠어?"

"그런 건 아니지."

"사실은 나도 누나랑 함께 자는 게 좋아."

"고마워."

혼자서만 자다가 누나와 한 이불 속에 있으니 제대로 잠이 올 리가 없다. 두런두런 이야기를 나누다 새벽이 돼서야 겨우 잠이 든다.

아침이 되어 잠에서 깨어보니 미랑 누나가 보이지 않았다. 곧이어 세숫물이 방에까지 들어왔다. 세수를 마치자 밥상까지 차려 들어온다.

"이만큼 했으면 아버님도 생각이 달라지실 거야."

"누나는 내가 그렇게 좋아?"

"좋은 건 아니지만 나도 어쩔 수 없잖아."

"누나 마음 알겠어."

"앞으로 내가 잘할게."

"고마워, 누나."

누나가 모난 성질을 죽이고 여러 가지로 배려해주는 게 고맙기 그지없었다. 일단 합방을 시작했으니 다음 순서는 아버지의 허락을 받아내는 일이다. 우선 어머니와 머리를 맞대 인다.

"누나랑 한 방 쓰니깐 좋지?"

"아직은 모르겠어요."

"처음이라 서먹서먹해서 그런 게야."

"아버님은 뭐라 하셨어요?"

"빨리 혼인 준비 서둘라고 하시더구나."

"다른 말씀은 없었어요?"

"아버지를 화나게 해선 절대로 안 된다."

"알았어요."

"네가 어련히 잘하겠냐?"

다음날 이사부는 평소와 다름없이 아침 문안을 드린다. 화병으로 몸져누웠던 아버지가 훌훌 털고 자리에서 일어난 모습이 보기에 좋기만 하다.

"아버님 용서해주십시오."

"상관이 없느니라."

"제가 마음을 바꿨습니다. 누나와 혼인하겠습니다."

"진작 그랬어야지."

"그 대신 제가 병부령으로 일하게 해주십시오."

"네 마음이 결정되었으니 네가 그토록 원하던 병부령을 하거라."

"고맙습니다."

"병부령으로 일하는 동안 정식으로 혼인하고 그다음엔 성골이 되어야 하느니라."

"알겠습니다."

"성골이 되고 나면 그때 가서 아비가 좋은 벼슬 자리를 주선해볼 것이야."

"네 아버님."

"과연 내 아들답구나. 잘 생각했느니라."

완고하기 그지없던 아버지가 결국은 병부령으로 일할 수 있도록 허락해주었다. 이럴 줄 알았다면 진작 누나와 혼인한다고 대답하는 건데, 늦어지고 말았다. 아버지가 좋아하는 모습을 보면서 이사부는 조금이나마 푸근한 마음이 된다.

그로부터 며칠이 지나 아버지는 군주를 만나보라고 했다. 그러기에 이사부가 직접 찾아간다. 오전 내내 기다리다 오후가 되어 겨우 면담 차례가 돌아왔다. 군주는 뭔가 기분이 좋지 않은 듯 퉁명스럽게 말을 꺼낸다.

"실직주 관내에 열한 개의 성이 있기는 하나 구심점이 없어. 무슨 말이냐 하면 강력하게 이끌어 나갈 수 있는 장수가 없다는 말일세."

"명심하겠습니다."

"병부령이란 실직주 관내 열한 개의 성의 병권을 관리하는 막중한 임무. 따라서 성주들이 협조해주지 않으면 안 되는 것이야."

"알고 있습니다."

"성주들이 처음엔 대환영이었으나 자네 부친이 병부령을 못하게 하자 단단히 화가 났던 게야."

"아버지 때문이란 말입니까?"

"뒤늦게나마 자네 부친이 허락했으나 이번엔 성주들이 못 받아 주겠다고 하니 이를 어찌하면 좋겠나?"

"군주님, 그렇다면 제가 병부령을 못한다는 말입니까?"

"방법이 없는 것은 아니지."

"무엇입니까?"

"뭔가를 보여주는 수밖에 없어. 다시 말하면 성주들이 자네를 인정하고 믿게끔 확실한 실적을 보여주란 말일세."

"확실한 실적이란 어떤 것입니까?"

"그걸 내가 일일이 말해줘야 알겠나?"

"저는 뭐가 뭔지 모르겠습니다."

"세상사는 게 쉬운 일이 뭐가 있겠나?"

아버지는 군주가 쉽사리 허락하지 않을 거라는 걸 진작부터 알고 있었던 게 분명했다. 그렇다면 무엇 때문에 군주를 만나보라고 했을까.

아버지의 허락만 떨어지면 곧바로 병부령이 될 줄 알았는데 이번에는 성주들이 발목을 걸어 당겼다. 무슨 수로 성주들이 인정하게끔 실적을 보여준단 말인가.

군주 말마따나 세상일이란 게 하나도 쉬운 일이 없는 것이다.

그토록 원했던 병부령이 물 건너가고 말았다.

결국에는 아버지의 뜻대로 누나와 혼인하여 성골이 되고, 그렇게 해서라도 벼슬자리 하나 꿰차는 수밖에 없는 것이다.

이사부는 크게 낙담하여 인사도 하는 둥 마는 둥 군주실에서 빠져나온다. 마음이 심란하여 아무도 만나고 싶지 않았다.

바닷바람 불어와

헌부가 무릉도에 갔던 것은 운명일까.

갑작스럽게 바다에서 모진 비바람과 폭풍을 만나 해라공주와 헌부를 맺어 주었고 두 사람은 앞으로 혼인까지 약속한 사이로 발전하고야 말았다.

그 이후로 지금까지 비밀스러운 만남을 지속하여 사랑을 속삭이는 사이가 되었다.

오늘도 헌부는 해라공주를 기다리고 있었다. 나올 때가 지났는데도 공주의 모습은 보이지 않았다. 혹시라도 못 나오는 건 아닌지 조바심을 내며 초조하게 기다리고 있을 때에 해라공주가 멀리서 모습을 드러낸다.

공주의 걸음걸이가 참으로 예뻐 보인다. 한달음에 달려가 손을 잡아준다. 두 사람은 손을 꼭 잡고 바닷가를 거닐다 큰 소나무 밑으로 가 나란히 앉는다.

드넓은 하늘은 구름 한 점 없이 맑고 파랗다. 바다 또한 잔잔하고 푸르기만 하다. 이따금 얕은 파도가 밀려온다.

어디부터 하늘이고 어디까지 바다인지 경계가 분명하지 않지만, 눈썹처럼 길게 휘어진 수평선은 마음을 푸근하게 감싸 안는 듯싶다. 한 무리의 갈매기가 오락가락 날아가고 날아든다.

"오늘도 간신히 궁궐을 빠져나왔다."

"고맙습니다요."

"미안하다는 말밖에 할 말이 없구나."

"아닙니다요."

바닷바람이 공주의 볼을 간지럼 태운다. 흩날리는 머리칼을 쓸어 올리는 공주의 모습이 무척이나 아름답다. 공주가 너무나 사랑스러워 이야기하는 도중에 팔을 허리에 둘러준다.

해라공주가 헌부의 가슴에 얼굴을 묻으며 품 안으로 쏘옥 들어온다.

힘을 주어 꼭 끌어안는다. 그러기를 얼마나 지났는지 모른다. 둘이서 꼭 부둥켜안고 있는 동안 어느덧 해 질 무렵이 되었다. 하늘에 붉은 석양이 깔린다. 석양과 구름이 한 폭의 그림처럼 색색의 문양을 하늘에 만들어 놓았다.

"사랑합니다요."

"나도 사랑한다."

"제게는 오직 공주님뿐입니다."

"그리 말해주니 고맙구나. 하지만 혼인 허락을 받아내는 게 쉬울 것 같지 않구나."

"공주님 마음이 중요한 거지 허락받는 건 나중 일입니다요."

"앞으로도 계속 이런 식으로 몰래 만날 수는 없지 않느냐?"

"하기는 맞는 말입니다."

"내가 어마마마한테 반드시 허락을 받아낼 것이야."

"공주님만 믿겠습니다요."

"오늘은 이만 가봐야겠구나."

만남의 시간은 짧기 마련이다. 뉘엿뉘엿 지는 해는 예전에는 보지 못했을 만큼 아름답게 빛나 보인다. 지는 해와 함께 아쉽게도 헤어질 시간이다. 바래다줄 수도 없는 것, 공주가 되돌아가는 뒷모습을 보며 헌부는 한없이 쓸쓸한 마음이 되고 만다.

요즘에 들어 헌부는 새롭게 걱정거리가 생겼다. 아버지의 병환이 하루가 다르게 깊어가기 때문이다. 거동이 불편해 일어서지도 못하고 정신까지 오락가락한다.

아버지는 몸이 아픈데도 식욕은 왕성해 시도 때도 없이 음식을 달라고 한다. 음식은 많이 먹는 데 비해 문밖출입은 못 하고 방에서 악취가 풍겨 변소나 다름없었다. 앞으로 이런 상태가 얼마나 지속할는지 걱정이다. 과연 오래 사실 수 있을는지.

오늘도 의원이 찾아와 아버지의 병환을 살펴주었다. 의원은 요모조모로 되작거려 가며 아버지를 진맥해 보더니 고개를 설레설레 흔들었다. 방을 나선 의원이 헌부를 따로 보자고 한다.

"맥박이 약하고 느리단 말이다. 숨 쉬는 것도 시원치 않아."

"저도 걱정이 많아요."

"아버지가 오래 살긴 힘들 것 같구나."

"안 돼요. 고쳐주세요."

"사람이 죽고 사는 건 마음대로 되는 게 아니야."

"아버지 병, 고칠 수 없는 겁니까?"

"네가 마음의 준비를 해야겠구나."

"안된다고 했잖아요."

마음의 준비를 하라는 말에 헌부는 하늘이 무너지는 듯싶었다. 아버지가 살날이 얼마 남지 않았다니, 앞으로 이를 어찌한단 말인가.

한편 궁궐 안의 해라공주.

그녀는 세상에 태어나서 처음으로 남자를 사랑하게 되었다. 지금 당장이라도 궁궐을 빠져나가 헌부의 품에 안기고 싶은 마음뿐이다.

아침도 먹지 않고 종일 방 안에만 틀어박혀 있었다. 혼인 말을 꺼내야 하는데 차마 용기가 나지 않았기 때문이다. 이것저것 궁리하고 있을 때 어머니가 기척을 하고 방으로 들어왔다.

"해라야. 무슨 걱정거리라도 생겼니?"

"몰라요."

"종일 밥도 먹지 않았어."

"말하고 싶지 않아요."

"어미도 알아야지. 제발 말 좀 해봐라."

"사실은 좋은 사람 생겼어요."

"좋은 사람이라니. 진작 어미한테 말을 했어야지."

"이름은 헌부라고 해요."

"언젠가 궁궐에 묵쟁이를 보내줬고 할아버지와 둘이 사는 젊은 이 말하는 게냐?"

"네."

"그 젊은이 이름이 헌부라 했느냐?"

"그래요."

"얼굴이 곱상한 편이고 몸집도 사내답게 듬직해서 마음에 들더 구나."

"네 맞아요."

"네가 가끔 궁궐을 빠져나가는 걸 봤는데. 혹시 그때마다 헌부 를 만난 것이지?"

"맞아요. 어마마마."

"남자를 만나러 갔던 게 사실이구나. 하지만 네가 좋아한다니 어 미도 헌부를 만나보고 싶구나. 어찌 만나면 되겠느냐?"

"장이 서는 날 만날 수 있어요."

"어미가 만나본 후에 마음에 들면 아바마마께 의논할 것이야."

"제발 그렇게 해주세요."

"어미한테 진작 의논했어야지."

"고마워요. 어마마마."

다행스럽게도 어머니는 닦달하거나 무섭게 화내지 않았다. 몸집 도 남자답게 듬직해서 마음에 든다고 한다.

공주의 의사를 존중하여 헌부를 직접 만나 보겠다고 말했다. 해 라공주는 헌부가 좋기만 하다. 좋아하는 이유는 단 한 가지, 좁은 우산국에서 아무리 눈을 씻고 찾아봐야 헌부만큼 잘생기고 멋진 남자가 없기 때문이다.

　오늘은 장이 서는 날.

　헌부는 평소와 달리 혼자서 장에 나가야 한다. 그동안 아버지가 아파 묵쟁이를 잡지 못해 좌판에 내놓을 것도 별로 많지 않았다. 집에 있는 묵쟁이를 모두 챙겨 등짐을 메고 장에 도착한다.

　"안녕하세요?"

　"오늘도 혼자 나왔는가?"

　"아버지께서 편찮으셔서요."

　"많이 편찮으신가?"

　"그렇지는 않아요."

　"어르신 잘 돌봐 드려야지."

　"알고 있어요."

　우선 묵쟁이를 펼쳐 놓아야 한다. 집에 양식도 떨어지고 여러 가지 필요한 게 많다. 다행스럽게도 장에 먹을거리가 많이 나왔다. 사람들이 헌부의 딱한 사정을 알고 이것저것 평소보다 많이 바꾸어 주니 여간 고마운 일이 아니다.

　반나절이 지나고 파장이 될 무렵 사람들이 길을 비켜주는 게 보였다. 보기에 이상하다 싶더니만 뜻밖에도 우산국의 궁모가 상궁과 함께 장을 보러 나온 것이다.

　여기저기 둘러보며 장을 한 바퀴 돌더니만 헌부의 좌판 앞으로 다가온다. 크게 허리 굽혀 절한다.

"네 이름이 무엇이냐?"

"이헌부이옵니다."

"아버지가 계시다고 들었다."

"병환 중이기 때문에 못 나오셨습니다."

"많이 아프신 게냐?"

"아니옵니다."

"혼자서 고생이 많구나."

"괜찮습니다요."

"젊은이가 듬직하고 잘생겼어."

"고맙습니다."

궁모는 시장 사람들이 많은 데도 다른 사람들의 이목은 별로 개의치 않았다. 헌부의 모습을 찬찬히 살펴보더니 고개를 끄덕인다.

"묵쟁이 좀 싸주겠느냐?"

"좋은 것은 다 나갔습니다요."

"상관이 없어. 조금만 싸 주겠느냐?"

"고맙습니다요."

묵쟁이를 건네줄 때 상대방이 무엇을 갖고 왔는지 확인을 해야 하나 다른 사람도 아닌 우산국의 궁모이자 해라공주의 어머니이기에 확인할 필요가 없다. 정성껏 갖고 가기 좋게 만들어 상궁에게 건네준다. 물건값으로 내놓은 것은 뜻밖에도 노리개가 아닌가.

"공주가 직접 만든 게야. 묵쟁이 값으로 이만하면 되겠느냐?"

"묵쟁이 값은 주지 않아도 됩니다요."

"무슨 소리 하는 게야."

"너무 과합니다요."

"어서 받아라."

"네 잇."

궁모는 노리개를 직접 헌부의 손에 쥐어 준다. 두 손으로 받은 다음 공손히 허리 굽혀 절한다.

"고맙습니다요."

"아버지 병환 잘 보살펴드려야 하느니라."

"네 잇."

궁모는 다시 한 번 헌부를 뚫어지게 살펴보더니 고개를 끄덕이고 헌부는 크게 허리를 굽혀 절한다.

이헌부.

그는 장이 끝나고 집으로 돌아오면서 기분이 좋아진다.

궁모가 장에까지 직접 나온 것은 헌부를 보기 위함이 아니던가. 사윗감으로 적합한지 아닌지를 직접 확인하러 나온 게 분명하다.

곰곰이 생각해보니 해라공주가 혼인 허락을 받기 위해 궁모께 말을 한 게 틀림없었다.

궁모는 헌부가 마음에 들었기에 노리개를 준 것 같았다. 만약 마음에 들지 않았다면 공주가 만들었다는 노리개를 줄 리가 없는 것이다. 그렇다면 궁모는 혼인을 허락한다는 뜻인지.

헌부는 하늘을 바라보며 심호흡을 크게 해댄다.

바닷바람 불어와

이보다 더 바랄 것이 무엇이 있겠는가.

집에 돌아와 지난번 공주로부터 받은 노리개를 꺼내어 두 개를 비교해본다. 매듭이나 모양새가 똑같았고 공주가 직접 만든 게 분명했다. 아마도 궁모는 해라공주가 헌부에게 노리개를 준 사실을 모르는 모양이었다.

한편, 궁궐 안에선 궁모인 한 씨 부인이 왕에게 직접 이야기를 전하게 되었다. 헌부에 대해 자세히 이야기를 듣고 토와리왕은 크게 놀라는 기색이 분명했다.

그도 그럴 것이 토와리왕은 헌부에 대해 진작부터 알고 있었기 때문이다.

"더 말해보시오."

"둘이서 자주 만났어요. 해라가 그 젊은이를 좋아해요. 잘생긴 것은 물론, 성격이 밝아 보이고 한마디로 마음에 들어요."

"하지만 그놈은 안 되오."

"안 되다니 왜요?"

"절대로 공주를 그놈에게 시집보낼 수 없소."

"왜냐고 물었잖아요."

"지금은 말하기 그렇소만, 나중에 알게 될 것이오."

"별일이군요."

"미안하오."

한 씨 부인이 아쉬운 표정으로 물러가고 토와리왕은 이것저것 지난 일을 떠올려본다. 잠시 후 호위무사를 시켜 담수라태자를 불러오게 한다.

"아바마마 무슨 일입니까?"

"네 누이 때문에 부른 게야."

"해라 말입니까"

"그래. 해라에게 혼담이 오가는 것 알고 있었느냐?"

"어마마마한테 말을 들었사옵니다."

"해라를 시집보내야 하나 헌부란 놈은 절대로 안 된다."

"왜 안 되는 겁니까?"

"그놈은 신라 실직주 길거리에서 주워다 기른 놈이야."

"아바마마께서 어찌 아시옵니까?"

"짐은 임금이 되기 전에 범선을 탄 적이 있었다."

"저도 알고 있사옵니다."

"헌부란 놈 애비와 신라 실직주에 갔었는데, 그 당시 길거리에서 핏덩어리를 주워왔기에 되돌려주라 했더니만 내게 비밀로 해달라고 신신당부했단 말이다."

"저는 그런 사실 몰랐사옵니다."

"아무리 나라가 작아 신랑감 구하기가 힘들다 해도 길거리에서 주워온 놈을 어떻게 사위로 맞겠느냐?"

"맞는 말이옵니다."

"헌부란 놈을 만나서 스스로 포기하도록 설득시키란 말이다."

"알겠사옵니다."

"우산국 백성들이 알게 되면 좋을 게 없어."

"염려 마시옵소서."

"비밀스럽게 서운하지 않게 타일러야 하느니라."

"제가 책임지겠습니다."

"어련히 잘하겠느냐."

토와리왕과 담수라태자가 이야기를 나누고 있을 때에, 헌부는 친구들과 묵쟁이 배를 바다에 띄우고 있었다.

해라공주와 무릉도에 다녀온 이후 배가 많이 못 쓰게 되었는데 다행스럽게도 마당이 작은아버지가 말끔하게 수리를 끝내 주었다.

"마당아, 배 수리 잘해줘서 고맙다."

"고맙기는 뭘. 헌부도 많이 도왔잖아."

"좌우간 고맙다."

"헌부. 그것보다 사나이로 태어나서 사는 게 이게 뭐냔 말이다."

"사는 게 어때서 그래?"

"좁은 우산국에서 마땅히 갈 곳도 없어. 답답해 죽겠어."

"바닥이 좁으니 어쩔 수 없는 거지."

"신라에 가고 싶어. 갈 수 있는 방법이 없을까?"

"나 역시 가고 싶긴 하지만 아버지 때문에 그래."

"헌부는 아버지가 혼자 계시기에 못 간다, 이 말이지?"

"미안하다."

"미안하긴 아버지 때문이라면 어쩔 수 없는 거지."

헌부는 친구들을 이해할 수 있었다. 우산국은 좁은 섬 바닥이라 꿈 많은 젊은이들이 살기에는 너무나 답답한 곳이다. 하나 아픈 아버지와 공주를 남겨두고 헌부는 우산국을 떠날 수 없는 것 아닌가.

"배를 고쳐 주었으니 헌부는 뭔가 대가를 치러야지."

"우리 집에서 줄 것이라곤 묵쟁이밖에 없어."

"묵쟁이는 필요 없단 말이다."

"묵쟁이가 필요 없다면 뭐가 좋겠니?"

"말끔하게 고쳐주었으니 배를 한번 써먹어야지."

"어디를 갈 건데. 설마 신라에 가자는 건 아니겠지?"

"그건 나중에 말해줄게."

"궁금하구나."

"우리는 이만 가볼게."

"고맙다. 잘들 가라."

친구들이 어디로 가자고 부탁할지 모르나 우선은 묵쟁이 배가 쓸 만하게 수리되어 기분이 좋기만 하다.

친구들은 먼저 돌아갔고 헌부는 혼자 남아 이것저것 배를 손질하기 시작한다.

어쩌면 다시는 아버지와 함께 바다에 나갈 수 없기에, 혼자서라도 묵쟁이를 잡아야 한다. 오후 내내 묵쟁이를 잡을 채비를 끝내고 예전부터 배를 보관했던 바위 턱으로 배를 끌어 올린다.

어느덧 해 질 무렵이 가까웠고 멀리 마을 위쪽으로는 궁궐이 올

바닷바람 불어와

려다보인다. 아무 생각 없이 걷고 있을 때에 뜻밖에도 담수라태자가 모퉁이에서 기다리고 있었다. 헌부는 너무나 급작스러워 자신도 모르게 허리 굽혀 절을 한다.

"태자님. 여기는 웬일이십니까요?"

"네놈이 주제를 모르고 내 동생을 꼬여내어 혼인하자고 했단 말이냐?"

"왜요. 안 되는 겁니까?"

"하늘과 땅이니라. 거지 같은 놈이 감히 내 누이와 혼인을 하겠다니 말이나 되는 것이냐?"

"거지라니 무슨 뜻이옵니까?"

"네놈은 부모가 없어."

"부모가 왜 없다는 겁니까?"

"네놈은 신라 실직주에서 주워온 놈이야. 함께 살고 있는 노인네는 네 친아버지가 아니란 말이다."

"그럴 리 없습니다."

"더 이상은 추궁하지 않겠다. 하지만 또다시 내 동생을 만났다간 네놈의 명줄을 끊어 놓을 것이야."

"저는 납득이 안 됩니다요."

"분명히 말을 전했으니 그리 알거라."

"알겠습니다요."

헌부는 태자의 겁박에 제대로 대꾸할 말을 찾지 못한다. 어떻게 이런 막말을 할 수 있단 말인가.

해라공주를 만나지 말라는 말은 이해할 수 있으나, 실직주에서 주워왔다는 말에 헌부는 기가 막혔다. 마른하늘에 날벼락이 따로 없다. 말도 안 되는 소리다. 절대로 그럴 리가 없는 것이다.

무섭게 노려보는 담수라태자와 헤어지고 집으로 돌아온다. 밤이 되어 아버지의 정신이 조금은 돌아왔기에 조심스럽게 궁금한 것을 물어본다.

"아버지. 정신이 좀 드세요?"

"조금 괜찮아진 것 같구나."

"궁금한 게 있어요."

"뭔지 말해 보거라."

"아버지는 왜 혼인을 늦게 하셨어요?"

"혼인을 늦게 하다니. 갑자기 무슨 뜬금없는 말을 하는 게냐?"

"아버지가 몇 살 때 제가 태어났어요?"

"별것을 다 묻는구나. 아버지가 늙었다는 게냐?"

"아버지와 저는 나이 차이가 많아요."

"나이 차이가 많다니?"

"저를 실직주 길거리에서 주워와 길렀다는데 맞아요?"

"네가 지금 무슨 소리를 하는 게냐?"

"저는 아버지 친자식이 아니라고 들었어요. 그리고 닮은 데가 없어요."

"괘씸한 놈."

"죄송해요, 아버지."

"듣기 싫다."

"정말 죄송해요."

아버지가 너무도 크게 화를 내기에 헌부는 그만 입을 다물고 만다. 혹시라도 홧김에 아버지가 차마 못 할 짓을 저지를지도 모른다는 생각이 퍼뜩 들었기 때문이다.

만에 하나 친아버지가 아니라 해도 지금까지 길러준 것만은 확실하지 않은가.

같이 산 세월이 얼마며 키워준 공덕이 있는데 핏줄이 아니면 또 어떠할까.

감히 아버지에게 대들다니, 이 무슨 큰 불효란 말인가. 헌부는 새벽이 되도록 뒤척거리며 잠을 이루지 못한다.

다음날, 마당이와 담이가 찾아와 뜬금없는 소리를 해댄다.

"부탁이 있어."

"부탁이라니 뭔데?"

"헌부 너는 아버지 때문에 안 되고, 우리 둘만이라도 신라에 가고 싶은데 데려다줄 수 있겠냐?"

"걸어서 갈 수도 없잖아. 무슨 수로 어떻게 가겠다는 거지?"

"묵쟁이 배로 안 될까. 그리고 배를 고쳐줬으니 그만한 대가는 치러야지."

"부탁할 걸 해야지. 묵쟁이 배로는 어림도 없어."

"공주와 무릉도에도 다녀왔잖아."

"무릉도가 지척의 거리인데도 죽을 뻔했던 것 알고 있지?"

"그거야 날씨 때문이지. 제발 부탁한다."

"묵쟁이 배로는 절대로 안 돼."

"안 된다면 할 수 없는 거지."

"미안하다."

처음 배를 수리할 때부터 뭔가 수상하다 싶더니만 결국은 어처구니없는 부탁을 해왔다.

신라는 가는 것도 어렵지만 다시금 되돌아오려면 목숨을 두 번이나 걸어야 한다. 친구들이 섭섭해 해도 어쩔 수 없는 일이다.

헌부는 담수라태자를 만난 이후로 해라공주를 볼 수 없게 되었다. 그전에는 사나흘에 한 번은 몸종이 찾아왔는데…. 공주는 지금까지 아무런 소식이 없었다. 그렇다고 궁궐에까지 찾아갈 수도 없는 노릇이다.

그리고 아픈 아버지를 집에 혼자 놔두고 묵쟁이를 잡으러 나갈 수도 없었다. 매일매일 집에서 아버지의 병수발에 매달려야 한다. 한동안 정신이 들락날락 혼미하던 아버지가 오늘은 평소와 달리 정신이 조금은 돌아온 것 같았다.

"드릴 말씀이 있어요."

"무슨 말을 하려는 게냐."

"실직주요. 실직주에서 저를 주워와 기른 게 맞지요?"

"아버지 말을 꼭 듣고 싶은 게야?"

"알고 싶어요."

간절하고 다급한 헌부의 말에 아버지는 한동안 뭔가 깊게 생각하는 듯싶더니 심각한 표정이 되어 말을 꺼낸다.

"실직주 선착장에 묵은 적이 있었다. 밤사이에 왜구가 쳐들어와 온 동네가 쑥대밭이 돼버렸지. 우리는 배 안에서 잠을 잤기에 알 턱이 없었던 게야."

"계속 말씀해 주세요."

"아무것도 모른 채 새벽에 배에서 나와 동네를 걷고 있을 때에 젊은 여인이 어린아이를 부둥켜안고 죽어가는 것을 목격했어."

"그래서요."

"그 여인이 안고 있던 아이가 바로 헌부, 너란 말이다."

"정말이세요?"

"실직주 군주의 쌍둥이 아들 중 하나며 형의 이름은 김이사부. 그리고 동생인 네 이름은 김이헌부라고 했어. 너를 실직 군주께 꼭 돌려주라면서 여인은 그 자리에서 숨지고 말았어."

"그렇다면 제 이름이 이헌부이고 성은 김씨란 말인가요?"

"맞는 말이다."

"저는 아버지 성이 이 씨이기 때문에 제 성도 이 씨인 줄 알았고 이름만 헌부인 줄 알았어요. 그러면 왜 이름을 바꾸지 않았어요?"

"죽은 네 어머니가 혹시라도 형을 만날지 모르니 이름만이라도 바꾸지 말라고 부탁했단다."

"그런 줄은 몰랐어요."

"미안하다, 네게 할 말이 없구나."

"한 가지 더 묻겠는데 왜 실직주 군주에게 안 돌려주고 저를 우산국까지 데려왔어요?"

"왜구 때문에 돌려줄 수 없었어. 그리고 내겐 아이가 없기에 너를 우산국으로 데려와 지금까지 길렀던 게야."

"혹시 아버지가 범선을 탔을 때에 토와리왕도 한 배에 타고 있었나요?"

"왕위에 오르기 전이지. 내게 아이를 되돌려주라 했지만 못 돌려준다고 우겼어. 오래된 일이야."

"제가 실직주에서 주워온 아이란 걸 임금이 알고 있겠네요?"

"모를 리 없겠지."

"무슨 말인지 알겠어요."

"네게 모든 사실을 말해주니 속이 시원하구나."

"지금까지 길러주신 것 고맙습니다."

실직주 길거리에서 주워왔다고 말했던 담수라태자를 다시금 떠올려 본다. 결국 아버지가 처음부터 오르지 못할 나무는 쳐다봐서도 안 된다고 말한 것은 토와리왕이 모든 사실을 알고 있기 때문이다.

그리고 쌍둥이형의 이름은 김이사부. 만약 형이 죽지 않았다면 지금쯤 신라 땅 어딘가에 살고 있겠지. 어찌 이런 일이 생길 수 있었단 말인가.

아버지가 돌아가신 것은 그로부터 사흘이 지나서다. 헌부의 처지가 너무나 안됐으나 사람이 죽고 사는 것은 어쩔 수 없었다. 아버지는 핏덩이 적에 길에서 거둔 헌부를 친아들 이상으로 애써서 길러주었다. 헌부가 무탈하게 성장한 것은 모든 게 다 아버지 덕이다.

헌부는 무릉도가 보이는 곳, 어머니 바로 옆에 묘소를 마련해 드린다.

"다시 환생해 영생을 얻으십시오!"

"무릉도에서 영원히 죽지 말고 사십시오!"

"영생을 얻으십시오!"

"영생을 얻으십시오!"

동네 사람들 그리고 친구들이 도와주어 장례를 무사히 끝낸다.

"정말로 안됐구나."

"너희들이 도와줘서 고맙다."

"당연한 거지. 그나저나 앞으로 어떻게 할 거냐?"

"아버지가 돌아가셨으니 나 역시 우산국을 떠나고 싶어."

"지금 한 말 정말이지?"

"내가 허튼소리 하겠냐?"

"그렇다면 이번 기회에 묵쟁이 배로 신라에 가잔 말이다."

"묵쟁이 배로는 어려워."

"우산국을 떠나고 싶다고 했잖아?"

"묵쟁이 배보다는 범선이 어떨까. 범선을 타고 신라에 가잔 말이다."

"어림없어. 선원들이 우리를 태워줄 것 같으냐?"

"몰래 타면 되잖아."

"몰래 타는 게 가능할까?"

"출발할 때만 들키지 않으면 돼. 멀리 나가면 절대로 우리를 바다에 내던지지 못해."

"하기는 헌부 말도 일리가 있어."

아버지는 무릉도로 떠났고 공주와의 혼사도 틀어졌기에 헌부는 더 이상 우산국에 남고 싶지 않았다. 그리고 신라에 살고 있는 쌍둥이 형을 만나고 싶었다.

길게 생각할 필요도 없기에 친구들과 선착장으로 달려간다. 무릉호의 선원들이 열심히 출항준비를 서두르고 있는 게 보였다.

"언제 출발하는 거지?"

"그걸 모르겠어."

"날짜를 알아봐라. 출항하는 날 새벽에 몰래 숨어들잔 말이다."

"만약 우리가 범선을 못 타면 어쩌지?"

"그때엔 묵쟁이 배로 가는 거지 뭐."

"지금 한 말 틀림없지?"

"약속할게. 그 대신 무릉호의 출항날짜를 꼭 알아봐라."

"알았어."

이헌부.

그는 담이와 마당이에게 우산국을 떠나기로 약속했으나 마지막으로 한 번쯤은 해라공주를 만나고 싶었다. 하지만 어느 누구에게 부탁할 수도 없고 궁궐 안으로 들어갈 수도 없으니 공주를 어떻게 만난단 말인가. 너무나 아쉽기 그지없었다.

오늘은 새벽부터 까치가 울어대더니 공주의 몸종이 집으로 찾아와 좋은 소식을 전해 주었다. 헌부는 계곡에서 깨끗이 세수하고 치장한 다음 집을 나선다.

바닷가 범바위 근처 큰 소나무 밑에 도착해보니, 공주가 먼저 나와 기다리고 있었다. 헌부가 달려가 공주의 두 손을 꼭 잡아준다. 공주의 눈에는 눈물이 그렁그렁하다.

"꼭 만나고 싶었습니다."

"간신히 빠져나왔다만 우리 혼인은 어렵게 됐구나."

"저도 알고 있습니다."

"아바마마, 어마마마, 오라버니까지 모두 극구 반대하니 이를 어찌하겠느냐?"

"어쩔 수 없는 것 아닙니까?"

"하지만 내 마음은 변함이 없구나."

"공주님 마음 알겠습니다요."

"아버님이 돌아가셨다고 들었다만 앞으로 어떻게 살아갈 거냐?"

"우산국을 떠나고 싶습니다."

"오죽했으면 떠날 생각을 했겠느냐. 그 대신 세상 구경을 하고 반드시 돌아와야 하느니라."

"돌아올 겁니다, 공주님."

"우산국을 떠나있는 동안 내가 아바마마는 물론 오라버니까지 설득하고 말 것이야."

"공주님 말씀 믿겠습니다."

"난 언제까지고 기다릴 것이야."

"저도 반드시 되돌아올 겁니다."

언제까지고 기다리겠다는 말에 가슴이 미어진다. 서로가 서로를 꼭 끌어안는다.

갈매기 두 마리가 그들의 머리 위를 날아돌다가 곡예라도 하듯 떨어지며 바다 위를 활주한다. 바다 위로 갈매기가 비상을 즐기듯 선회한다.

"사랑합니다."

"나도 사랑한다."

"공주님은 꼭 기다려주셔야 합니다."

"반드시 우산국에 돌아와야 한다."

"약속 지키겠습니다."

보금자리를 찾아 떠나는 갈매기의 울음소리가 들려온다. 이윽고 두 사람은 헤어질 때가 되었다. 궁궐로 돌아가기 싫은 듯 공주는 쉽게 발을 옮기지 못한다.

헌부는 안절부절하여 어쩔 줄 몰라 하는 공주의 등을 억지로 떠다밀 듯 돌려보낸다.

해라공주는 헌부가 우산국을 떠나 있는 동안, 왕과 왕비 그리고 태자까지 설득할 수 있다고 말했다. 언제까지고 기다려준다고 약속하지 않았던가.

해라공주의 말을 곰곰이 머릿속에 떠올리며 천천히 집으로 발길을 돌린다.

그러나 이게 웬일이란 말인가.

담수라태자가 심복 호위무사와 둘이 길목을 지키고 있었다. 눈이 마주쳐 피할 수도 없기에 허리 굽혀 절한다.

"네놈이 내 동생을 또 만났단 말이지?"

"마지막으로 만났습니다만 앞으론 절대로 만나지 않을 겁니다."

"지난번에 내가 뭐라 했느냐?"

"드릴 말씀 없습니다."

"도저히 묵과할 수 없는 것. 네놈의 명줄을 끊어놓을 것이야."

"태자님, 안 됩니다."

"단단히 준비하라."

단단히 준비하라는 말과 동시에 태자의 주먹이 헌부의 얼굴에 날아왔다. 상대가 상대이니만큼 쉽게 덤빌 수도 없는 노릇이다.

엉거주춤하는 사이 주먹질이 계속되고, 헌부의 안면은 피범벅이 되고 만다.

"제가 잘못했습니다."

"오늘 끝장을 내주고 말게야."

"태자님, 그만하십시오."

"죽기를 각오하라."

"안 됩니다."

무릎을 꿇고 머리가 땅에 닿도록 빌었는데도, 호위무사까지 합세하여 마구 짓밟았다. 억울하고 너무나 분하다. 이대로 계속 맞다간 죽을지도 모른다는 생각이 퍼뜩 들었다.

아무리 상대가 태자라 해도 맞아 죽을 순 없는 일이다.

헌부는 온 힘을 다해 벌떡 일어나 덤비기 시작한다.

다른 것은 몰라도 싸움만은 자신이 있었다. 죽기 아니면 살기로 주먹을 마구잡이로 휘둘러 댄다. 태자의 얼굴이 금세 피투성이가 되어 그만 벌렁 나가떨어진다.

다음 주먹질로 부하 놈 역시 모질게 달려들어 결국은 때려눕히고 만다.

앞으로 태자가 어떻게 보복해올지 모르겠지만, 우산국을 떠나면 그만이다. 헌부는 우선 속이 시원했다.

손을 툭툭 털어낸 다음 빠르게 자리를 떠난다. 혹시나 잡으러 올지도 모르기에 집으로 갈 수는 없는 일, 마을로 올라가 마당이와 담이를 불러내 앞뒤 사정을 이야기한다.

"태자한테 주먹질을 하다니 간덩이가 부었구나."

"어쩔 수 없었어."

"헌부는 잡혔다 하면 살아남기 힘들어."

"어찌해야겠냐?"

"우산국 떠나는 것 서둘러야겠다."

"범선은 언제 출발하지?"

"내일 아침에 출항한다고 들었어."

"오늘 밤에 범선을 타도록 하자."

"그러잖아도 헌부한테 가려던 참이었어."

"서둘러야겠다."

"알았어."

헌부에게 얻어맞은 태자가 사람을 풀어 잡으러 다닐 것은 불을 보듯 빤한 노릇이다. 준비할 것도 별로 없었다. 무조건 범선을 타야 한다.

저녁 내내 숨어서 기다리다 밤이 깊어서야 헌부와 두 친구는 선착장에 도착한다. 칠흑같이 어두운 선착장에는 육중한 범선이 기다리고 있었다.

다행스럽게도 선원들은 눈에 띄지 않았다. 살금살금 범선으로 올라가 창고 안으로 숨어든다. 물건이 꽉 들어찬 창고의 벽을 더듬더듬 간신히 틈을 만들어 몸을 감추는 데 성공한다.

"출발할 때까지만 들키지 않으면 되는 거야."

"과연 그럴까?"

"먼 바다로 나가면 범선을 되돌리지 못해."

"출발할 때가 문제구먼."

"날이 밝으면 출발하는 것 맞지?"

"틀림없어."

"드디어 우리가 우산국을 떠나게 되는구나."

"생각만 해도 가슴이 두근거려."

"나도 마찬가지야."

"헌부. 만약에 들키면 묵쟁이 배로 가는 거다."

"염려 마라."

"그러면 됐어."

일단 배에 올랐으니 조금은 마음이 놓였다. 헌부는 태자와 호위 무사에게 얻어맞은 데가 시큰거리고 아팠으나 친구와 함께 답답한 창고 안에서 숨을 죽이며 범선이 출발하기를 기다려야 했다.

새벽부터 출발할 리는 없고 날이 밝아야 출항하기 마련이다.

날이 밝기를 초조하게 기다리는 중에 갑자기 갑판 위에서 시끄러운 소리가 들려왔다.

"꼭두새벽에 웬일이지?"

"뭔가 이상하단 말이야."

"쉿! 조용해."

소곤소곤 얘기를 하던 도중 갑자기 창고 문이 벌컥 열렸고, 숨었던 셋은 기겁을 하고 만다. 두 친구와 헌부는 곧바로 창고에서 끌려 나온다. 갑판에는 놀랍게도 검으로 무장한 호위무사가 기다리고 있었다. 두 친구는 구차하게 변명을 늘어놓기 시작한다.

"신라에 가고 싶어요. 태워주십시오."

"신라에 간다고 했겠다. 모두 알 만한 놈들이군."

"꼭 태워주세요."

"어느 놈이 부추겼느냐? 헌부 네놈이 선동한 것 맞지?"

"아닙니다."

"헌부 놈만 남고 두 놈은 돌아가라."

"배는 셋이 탔는데 왜 우리만 가라는 겁니까?"

"두 놈은 필요가 없어. 담수라태자님 명령이시다."

헌부는 어찌 된 상황인지 충분히 이해할 수 있었다. 친구들은 걱정스러운 표정으로 자리를 떠난다. 헌부는 허리 뒤로 손이 묶인 채 끌려가 궁궐 뒤쪽에 있는 좁디좁은 감옥에 갇히고 만다.

"태자님한테 주먹질을 하다니 주제에 정신이 나간 놈이군."

"어쩔 수 없었어요."

"날이 밝으면 태자님이 부르실게다."

"알았어요."

"네놈 목이 달아날 것이야."

"알았다고 했잖아요."

"도망칠 생각은 아예 하지 마라."

범선을 타고 신라로 떠나는 계획은 실패로 끝이 나고 말았다. 손이 묶이고 옥에 갇혀 도망칠 수도 없게 되었다. 헌부는 싸늘한 바닥에 주저앉아 눈을 감는다.

해라공주와 돌아가신 아버지의 모습이 어른거렸다. 잠도 이루지 못하고 초조하게 기다리는 중에 서서히 날이 밝아온다.

멀리 선착장에서 사람들의 함성이 간간이 들려온다. 무릉호가 출항하는 게 분명했다.

"무릉호 만세!"

"만세!"

"만세!"

"만세!"

여러 사람들의 환송을 받으며 무릉호가 떠났고, 헌부는 죽을 일만 남게 되었다. 언제 담수라태자가 부를지 알 수 없는 일이다. 어떻게 변명을 해야 살아날 수 있을까. 덮어놓고 애걸복걸 매달려야 하는 것인가.

헌부는 아예 체념하고 만다.

하루가 일 년처럼 기다림은 지루하고 헌부의 마음은 초조하고 불안하기 그지없었다. 그러는 동안 어느새 해가 지기 시작했다. 진작 불려가 죽든 살든 결판이 났어야 하는 건데 밤이 되도록 아무런 소식이 없었고 아무도 나타나지 않았다.

목이 타고 배가 고팠다. 얼마나 밤이 깊었는지 모르나 헌부는 몹시 피곤해 까무룩 잠이 든다.

그날 밤.

헌부는 얼마나 깊이 잠들었는지 모른다. 한밤중 날카로운 소리에 잠에서 깨어난다. 검과 검이 부딪치며 나는 쇳소리와 악을 쓰는 소리, 울부짖음과 비명이 계속 들린다.

그리고 뜻을 알 수 없는 사람들 말소리도 들려온다.

궁궐 안에서 무슨 사건이 생긴 게 틀림없었다. 폭풍우가 휘몰아치듯 어지러운 소리가 끊이지 않고 계속 들려왔다.

궁궐의 뒤편, 옥에 감금된 헌부는 들리는 소리만으로 무슨 사건이 생겼는지 도무지 감이 잡히지 않았다. 다만 끔찍한 일이 벌어진 건 틀림이 없었다.

소용돌이가 얼마나 오랫동안 지속되었는지 모른다. 그리고 잠깐 사이, 궁궐은 거짓말처럼 잠잠해지고 적막감이 감돌았다.

소용돌이는 끝이 났고 때는 어림잡아 축시가 지난 것 같았다.

그러나 이게 웬일이란 말인가.

잠잠했던 궁궐 안에서 갑자기 통곡 소리가 들려오는 게 아닌가. 여기저기 사방에서 곡소리가 끊이질 않았다. 과연 누가 죽었기에 사람들이 이토록 목을 놓아 울고 있는 것일까. 도무지 알 수가 없는 노릇이다.

이 무렵.

갑자기 인기척이 있어 헌부는 깜짝 놀란다.

혹시 담수라태자가 아닌가 걱정했으나, 다행히도 친구들이다. 담이와 마당이가 옥의 문을 열어 주어 밖으로 나오고 묶인 손도 풀어주었다.

"어떻게 날 구해주게 된 거냐?"

"이야기는 나중에 하자."

"고맙다."

"고맙기는. 어서 도망쳐야 해."

"빨리빨리 서둘러."

"정말로 고맙다."

헌부와 두 친구는 바닷가로 달리다시피 하여 묵쟁이 배를 묶어

놓은 곳에 도착한다. 친구들은 어느새 바위 턱에서 배를 끌어내려 바다에 띄워놓고 있었다.

"궁궐에서 무슨 일이 생긴 게야?"

"아직 모르고 있었냐?"

"알 길이 없었어."

"왜구 놈들이 토와리왕과 궁모까지 살해했어."

"그게 정말이냐?"

"헌부는 당장 묵쟁이 배로 우산국을 떠나야 돼."

"알 만하구나."

"잡혔다 하면 살아남지 못해. 담수라태자가 가만 놔둘 것 같으냐?"

"달리 방법이 없구나."

"묵쟁이 배로 신라에 갈 수 있겠지?"

"물론 해봐야지."

"서둘러라. 담수라태자가 사람을 시켜 쫓아올지도 몰라."

"친구들, 정말로 고맙다."

만약에 마당이와 담이가 찾으러 오지 않았더라면 헌부는 어찌 되었을까.

왕과 왕비가 살해되었기에 담수라태자가 헌부를 살려 둘리 없는 것이다. 작은 묵쟁이 배로 신라까지 간다는 건 목숨을 거는 일이지만 우산국에서 죽으나 신라로 가다 죽으나 죽기는 마찬가지다. 어느 것도 쉬운 일이 아니다.

헌부에게 다른 선택의 길이 있을 리 없었다.

"그냥 무턱대고 갈 수는 없어."

"뭐가 더 필요해?"

"먹을 양식과 식수도 있어야 하는걸."

"진작 우리가 미리 배에 실어놨어."

"뭐라 할 말이 없구나. 고맙다."

헌부는 묵쟁이 배로 무릉도에 다녀온 적이 있었다. 신라가 멀다 하여도 끝없이 가다 보면 언젠가는 닿을 것 아닌가. 노를 저어 먼 바다로 나아간다. 곧이어 돛을 올리고 배는 새벽 바다를 가르기 시작한다.

작은 배는 바람을 타고 멀고 먼 바다를 건너 과연 신라에까지 무사히 도착할 수 있을까.

백제 난민들

5세기경의 신라는 지방의 주와 성을 중심으로 군대가 조직되어 있었다. 적이 쳐들어오면 군주를 비롯해 성주들이 똘똘 뭉쳐 적을 막아내던 시절이었다.

그러니까 전쟁을 하고 적을 물리치는 것은 지방의 군주나 성주들의 몫이지 서라벌에서 벼슬살이하는 성골 가문이나 진골 가문의 관심거리는 아니다.

다시 말하자면, 전쟁터에 나가 목숨을 걸고 싸워야 하는 장군이나 성주 휘하의 장수들은 성골 가문이나 진골 가문에서는 거들떠보지 않는 직책이었다. 그것도 신라 전체의 군사를 지휘하는 서라벌의 병부령도 아니고 실직주의 병부령을 하겠다니 이사부의 아버지가 반대하는 것은 당연했다.

이사부로서는 도저히 아버지를 이길 수 없었다.

하는 수 없이 미랑 누나와 혼인한다는 조건으로 병부령 허락을 받아낸다.

그토록 어렵게 아버지의 허락을 받아내긴 했으나 다시금 어려운 일이 생겼다. 실직주 관내의 열한 개 성주들이 발목을 걸어 당겼다. 문제는 뭔가를 보여주어야만 풀릴 수 있다는 데 있었다.

하지만, 무슨 수로 성주들에게 인정받을 수 있게끔 실력을 보여준단 말인가.

그리도 원했던 실직주의 병부령은 물 건너간 듯싶었다. 이사부는 모든 희망을 포기한 채 지루한 하루하루를 보내고 있었다.

세월이 빨라 서라벌에 다녀온 지도 어느덧 두 달이 훌쩍 지났다.

오전에는 훈장이 다녀갔고 오후에는 친구들을 만났으나 마음은 편할 리가 없었다.

"대장, 요즘에 무슨 걱정거리라도 생긴 게야?"

"걱정은 뭘."

"얼굴이 안 좋아 보여."

"신경 쓸 것 없어. 그나저나 군대에 간 호일이 형이나 혁이는 잘 있는지 모르겠다."

"우리도 염려되는 건 마찬가진걸."

"호일이 형하고 혁이가 보고 싶어."

"언젠가는 오겠지."

"자, 이제 그만하고 멋지게 한판 붙어볼까?"

"좋았어, 대장."

"어서들 일어나."

곧이어 친구들은 자리에서 일어나 격렬하게 목검으로 전투를 벌인다. 이사부 역시 그들과 함께 열심히 목검을 휘두른다. 그의 이마에 구슬 같은 땀방울이 송골송골 맺힌다.

오후 내내 힘든 훈련을 마치고 해질 무렵이 되어서야 친구들과 헤어진다.

황혼빛을 받아 땅에 길게 늘어진 자신의 그림자를 밟으며 아무 생각 없이 집으로 돌아온다.

마을 어귀로 접어들자 많은 사람들이 모여 크게 떠들며 이야기를 나누고 있었다. 무슨 일인가 궁금하여 한걸음에 그들 곁으로 다가선다.

"백제는 가뭄이 들어 농사를 망쳤다고 했소."

"가뭄이란 드는 해도 있는 것 아니오?"

"백제 사람들이 고향을 떠나 신라 국경을 넘었소. 비리성 관내의 평원군에 정착하려 했으나 거기서도 쫓겨났다고 들었소."

"비리성이라면 고구려 지경이 아닌가?"

"그렇지. 하지만 수년 전에 신라로 넘어온 땅이야."

그랬다. 비리성은 지금의 춘천이며, 관내의 평원군은 훗날 북원소경이 되었다가 오늘날에는 원주시가 된 곳이다.

"그렇다면 우리 신라 군대가 막아내야 하는 것 아닌가?"

"군대가 아니고 선량한 민간인들을 어찌 활과 창검으로 막아내겠소?"

"설마 난민들이 우리 실직주로 오는 것은 아니겠지?"

"그야 어찌 알겠소?"

"우리 군주님이 알아서 난민들을 막아낼 것이오."

"하긴 그렇소만."

신라는 고구려, 가야, 백제 세 나라와 국경을 접해 있었고, 나라와 나라의 경계가 확실하게 잡히지 않았던 시절이다. 어느 나라인지와 어느 백성인지에 대한 개념도 없었다.

기근이 들고 살기 어려워지면 사람들은 산 넘고 물 건너 다른 지방, 다른 나라로 이동하는 게 다반사였다. 그게 당시 백성들이 사는 방법이었다.

동네 사람들의 이야기를 듣고, 천천히 발걸음을 돌린다. 이사부는 나름대로 곰곰이 생각해본다. 만약 백제 난민들이 실직주로 오게 되면 어떻게 되는 것일까. 잘은 몰라도 좋은 일이 아닌 것은 분명했다. 집으로 향하는 발걸음이 무거워진다.

날이 어두워져 집에 도착한다. 미랑 누나가 마당에서 반갑게 맞아주었다.

이전 같으면 땀 냄새가 난다며 엄청 구박을 했을 텐데, 합방 이후부터 미랑 누나는 사람이 달라졌다. 땀을 많이 흘렸으니 등물을 하라며 물까지 준비해주었다.

어차피 실직주의 병부령이 되는 일도 어렵게 됐겠다, 이참에 미랑 누나와 혼인하여 성골이 되고 벼슬 한자리도 얻어서 둘이 오순도순 살면 그만 아니겠는가. 이사부는 머릿속이 복잡하여 까짓것, 될 대로 돼버리라는 심정이었다.

밤이 깊어 미랑 누나와 이사부는 바닥에 등을 대고 잠자리에 든다. 한 이불을 덮고 있으려니 매우 어색하다. 이불 속에서 미랑 누나가 이사부의 손을 살며시 잡아온다.

이사부는 누나의 손을 뿌리치지 않았고, 미랑 누나의 손이 참

따뜻하고 보드랍게 느껴지는 것은 웬일일까.

밖에서 방 안에까지 달빛이 들어오고 이사부는 옆으로 돌아누워 미랑 누나를 바라본다.

달빛에 비친 누나의 얼굴이 희고 곱고, 어둠 속에 어렴풋이 여인의 굴곡이 느껴진다. 이사부는 누나를 끌어당겨 보듬어 안아본다. 기다리기라도 했다는 듯 누나가 쏘옥 품 안으로 들어온다. 포근하고 따뜻한 체온이 건너오면서 숨이 가득히 차오르는 기분이다. 세상이 막막하고 아릿하고 황홀하다. 하지만 누나를 범할 순 없는 것 아닌가.

병부에서 복무 중인 호일이 형이 찾아온 것은 며칠이 지나서다. 병부 생활이 그리 어렵지 않은지 이전과 별로 달라 보이지 않았다.

"형님 반갑습니다."

"나도 반가워. 대장은 집에서만 계속 있을 건가."

"어쩔 수 없잖아요."

"나는 연통꾼이기에 우리 실직주 관내의 일들을 빠삭하게 알고 있지."

"뭐 좋은 소식은 없습니까?"

"좋은 소식이 뭐가 있겠어? 나쁜 소식이 많은 법이지."

"나쁜 소식은 뭡니까?"

"백제 난민들이 가뭄에 견디다 못해 신라 국경을 넘은 지 오래됐어. 처음엔 비리성 관내 평원군에 정착하려고 했지만 실패하고 이

고장 저 고장 흘러다니면서 발붙여 몸 비빌 곳을 찾고 있는걸."

"나 역시 동네 사람들이 이야기하는 걸 들었어요. 난민들 숫자가 얼마나 됩니까?"

"오천이 넘어. 문제는 그들이 실직주 관내로 올 것이 틀림없다는 거야."

"실직주 관내로 오려면 험한 태령산맥을 넘어야 해요."

"태령산맥이 문제겠어? 그들은 더 험하고 더 먼 곳이라도 찾아올 사람들이란 말일세."

"만약 난민들이 실직주 관내에 오게 되면 어찌 되는 겁니까?"

"우리 쪽도 먹고살기 빠듯한데 전쟁준비를 해야 하고, 게다가 난민들까지 들이닥치면 큰일 나는 거지."

"군대를 동원해서 막아내면 될 것 아닙니까?"

"모두가 민간인들인걸. 죽이진 못해."

"하기는 맞는 말입니다."

이야기 도중에 호일이형은 잠시 뜸을 들이더니만 뭔가 깊게 생각하는 것 같았다. 반색을 하며 다시 말을 꺼낸다.

"사실은 내가 일부러 찾아왔어. 이번 일에 대장이 나섰으면 해."

"내가 그런 큰일을 해낼 수 있겠어요?"

"못할 것도 없어."

"나 혼자서 어떻게 감당한단 말입니까?"

"혼자 하라는 게 아니라 대장이 군주를 직접 찾아가서 의논해보는 게 어떨까?"

"군주를 만나서 어떻게 하란 말입니까?"

"무장하지 않은 병력을 지원해 달라고 해봐."

"병력 지원은 어림없을 것 같아요."

"속단은 금물. 우선 허락을 받는 게 문제지, 병력 문제는 그다음 이야."

"군주를 만나보겠어요."

"내 말이 무슨 뜻인지 알고 있겠지. 잘해봐."

"알았어요. 형님."

"내가 찾아오길 잘했어."

김이사부.

그에게 호일이 형이 찾아온 것은 분명 행운이다.

만약 이번 일을 제대로 수행해 성공한다면 관내 성주들에게 뭔가를 보여주게 되는 셈이다. 이번 사건이 이사부의 실력을 입증할 수 있는 절호의 기회가 아닌가. 한 가지 문제가 있다면 순순히 군주의 허락을 받아낼 수 있느냐 하는 것이다.

다음날 날이 밝자마자 이사부는 군주를 찾아간다.

하지만 곧바로 만나주진 않았고, 군주는 이사부를 기다리게 놔두고는 자기의 업무만 보고 있는 것 같았다. 이사부는 돌아서지 않고 무작정 기다릴 수밖에, 오랜 기다림 끝에 지쳐갈 무렵에야 군주는 어쩔 수 없이 이사부를 만나주었다.

군주의 표정은 밝지 않을뿐더러 이사부에겐 관심도 없다는 듯

수염을 쓰다듬고 서책을 뒤적거리며 멀거니 천정을 바라보면서 딴 청을 피웠다.

"병부령 문제 때문에 다시 찾아왔는가?"

"아닙니다."

"젊은 사람이 패기가 있어야지. 오늘은 무엇 때문에 왔는가?"

"백제의 난민들을 되돌려 보내겠습니다. 허락해 주십시오."

"자네 혼자서 하겠다는 말인가?"

"제게 군사 오백을 지원해 주십시오. 무슨 수를 써서라도 백제 난민들이 태령산맥을 넘지 못하게 막겠습니다."

"군사 오백이라니. 우리 실직주는 고구려군 침략에 대비해야 되기 때문에 병력 지원은 안 돼. 그리고 임무를 무사히 끝내려면 앞으로 한 달이 걸릴지 두 달이 걸릴지 몰라. 어떻게 그 많은 병력을 지원한단 말인가?"

"저 혼자서는 불가능합니다."

"불가능해도 어쩔 수 없는 것이야."

그럴 걸로 예상은 했으나 군주는 끝내 눈길 한 번 주지 않은 채 즉석에서 거절당하고 만다.

그렇다고 물러설 수도 없는 일이다. 호일이 형 말대로 우선은 허락을 받아내는 게 중요하다. 병력 지원은 처음부터 기대하지도 않았으니, 없어도 그만이다.

"제겐 친구들이 있습니다."

"친구들이라니. 몇이나 되는가?"

"열 명이 넘습니다."

"고작해야 십여 명으로 가능하겠나?"

"해보겠습니다."

"해보겠다는 말은 자신 있다는 뜻인가?"

"네 잇. 성주님."

"친구들끼리 해보겠다면 군주로서 허락하겠다. 그렇잖아도 백제 난민들 때문에 골머리 아팠었는데 잘됐군."

"최선을 다하겠습니다."

"만약 이번에 난민들을 돌려보낸다면 관내의 성주들에게 확실한 실적을 보여주게 된다. 자네를 병부령으로 적극 밀어 주겠네."

"임무 완수하겠습니다."

"성주인 내가 뭐 도와줄 게 있는가?"

"현재 실직주의 연통꾼으로 있는 호일이 형과 혁이가 필요합니다."

"의외인걸. 왜 두 사람이 더 필요한가?"

"친구들입니다."

"허락하겠으니 반드시 임무 완수해야 한다. 그리고 이번 일을 성공시킬 경우 자네 친구들에게도 큰 상을 내릴 것이야."

"고맙습니다, 군주님."

"반드시 성공시켜야 하네."

"명령받겠습니다, 군주님."

김이사부.

그는 병력을 얻지는 못하였으나, 친구들과 난민을 돌려보내라는 허락만은 받아내고 말았다. 비록 실직주의 병부령은 아니라 해도 나라를 위해 할 일이 생긴 것이다.

호일이 형과 혁이 도착한 것은 다음날이다.

기다리고 있던 친구들이 두 사람을 반갑게 맞아주었다.

"다들 기다리고 있었구먼."

"혁이하고 호일이 형이 와줘서 고맙소."

"불러준 게 더 고맙지. 이번에 우리가 크게 한몫할 것이야."

"당연합니다."

"대장. 우리가 이번 일을 성공시키면 어떻게 되는 건가?"

"신라를 위해서 크게 공을 세우는 거지."

"공을 세우면 나라에서 뭐 주는 거 없는가?"

"우리 모두 특별 명령을 부여받았다. 앞으로 어려운 일이 많이 생겨."

"알았어. 대장."

친구들은 모두 하나의 뜻으로 뭉쳐져 대찬성이다. 모두의 뜻이 통하니 친구들 얼굴에 기쁨이 넘친다. 이제 먼 길을 떠나야 하기에 이것저것 준비할 게 많다. 이사부는 종일 조심스럽게 떠날 준비를 서두른다.

다행히 미랑 누나는 눈치채지 못한 듯했다. 밤이 늦어서야 떠날 채비를 마친다. 내일 떠난다는 생각에 마음이 설레어 채비를 다 마치고서도 잠이 오지 않았다.

미랑 누나는 피곤한 일이 있었는지 먼저 잠이 들었고, 다음날 미랑 누나가 잠에서 깨지 않게 조심하며 방에서 빠져나온다.

달빛도 기운 새벽, 친구들을 만나기 위해 마을 어귀로 향한다. 어둠에 잠긴 마을은 모든 사물이 정지한 듯 움직임이 없다. 돌아다니는 사람이 아무도 없는 길을 홀로 걷고 있으려니 머쓱한 기분이다.

새벽 공기는 차고 신선하다. 주위가 조용하니 발소리를 죽여 발걸음을 매우 재게 떼며 바삐 걷는다. 모처럼 만에 맛보는 자유에 뭉쳤던 응어리가 풀리면서 가슴이 트이는 기분이다.

푸르스름한 새벽안개를 헤치며 친구들이 하나둘 모여들었다.

"호일이 형과 혁이도 왔으니 다 온 셈이군."

"대장, 언제 출발할 건가?"

"자, 지금부터 출발하기로 하지."

"좋지 좋아."

마침내 긴 여정의 발걸음을 내디딘다. 이사부로선 부모님은 물론 누나에게조차 아무 말도 하지 않았다는 게 마음에 조금은 걸렸으나 개의치 않고 신념대로 떠난다.

만약에 말한다고 한들, 반대할 게 빤하지 않은가.

서서히 어둠이 걷히고 멀리 동해로부터 태양이 떠올라 세상을 밝게 비춰준다. 시야에 들어오는 것은 산을 넘고 언덕을 지나 또 들판을 가로질러 바다의 끝이다. 바다와 마을이 한 폭의 그림 안에 담겨 있는 것처럼 아늑하게 내려다보인다. 마을은 점점 멀어져

간다.

"역시 실직주는 달라."

"말하면 뭐 하겠냐?"

"우리 고향이 딴 세상 같아."

"산 위에서 보니 실직주가 아주 작게 보이는걸."

"오밀조밀해."

"만약 오천 명의 백제 난민이 우리 실직주 관내에 들이닥치면 어떻게 될까?"

"사람들 인심이 고약해지는 거지 뭐."

"인심뿐인가?"

"북새통이 되는 거지."

"북새통뿐이겠어. 난리 나는 거지."

"하긴 맞는 말이다."

친구들의 말이 하나도 틀린 게 없다. 한두 명도 아니고 그 많은 백제 난민들이 몰려온다면 이사부가 살고 있는 마을은 전혀 다른 세상이 될 게 뻔하다.

평화롭던 마을은 난민들로 넘쳐나고 길거리는 거렁뱅이 떼로 득실거릴 생각을 하니 끔찍스럽다. 무조건 막아야 한다고 이사부는 결심한다.

이사부는 이번 일을 반드시 성공시키고 싶은 마음이 굴뚝같았다. 그나마 군주가 식량을 지원해주어 일이 한결 수월해졌다.

농사일로 엄청 바쁜 계절, 친구들은 모두 자기 집에서 아주 귀한 노동력이자 일꾼임에도 불구하고 이사부를 따라나섰다. 쉽지 않은 결정이었을 텐데 선뜻 따라와 준 친구들이 고마울 뿐이다.

뜻을 합친 친구들은 모두 열세 명, 이렇게 적은 인원으로 과연 오천 명이 넘는 난민들을 백제로 되돌려 보낼 수 있을까.

종일 걷기만 하여 발이 까지고 다리는 묵직하다. 날이 어두워질 때까지 걷다가 쉬다가를 반복한다. 아주 컴컴해지기 전에 하룻밤 묵을 잠자리를 정해야 된다.

커다란 나무 밑에 자리를 정하고 계곡으로 내려가 갈증을 풀기 위하여 목을 축인다.

널따란 바위에 앉아 준비해 온 식량으로 배를 채운다. 종일 울퉁불퉁한 산길을 걸었더니 모두가 지치고 힘이 들었다.

"군주님이 식량까지 주다니 다급했던 건 사실이야."

"당연하지."

"이번 일 성공시키면 큰 상을 주겠다고 약속했는걸."

"하지만 우리가 그 많은 사람들을 과연 백제로 돌려보낼 수 있을까?"

"쉬운 일은 아니지."

"우리는 병장기도 없어. 어떻게 해야 하는 거지?"

"그들 역시 군인이 아니고 순수한 민간인들인걸."

"우리가 난민들을 만난다 해도 쉽게 설득시킬 수 있을는지 모르겠어."

"미리부터 포기하기엔 아직 일러."

"알았어. 대장."

"내일도 종일 걸어야 돼. 잠 좀 자두는 게 좋지 않을까?"

"알았다니깐."

낮에는 그럭저럭 지낼만했으나 밤이 되자 기온이 급격히 내려가 몹시 추웠다. 친구들은 모두 바짝 웅크린 채 서로 몸을 맞대고 새우잠을 청한다. 불편하고 옹색하더라도, 내일 다시 걸으려면 잠을 자둬야만 한다. 어느새 하나둘 정신없이 깊은 잠에 곯아떨어진다.

하지만 이사부는 쉽사리 잠들지 못한다.

아버지는 얼마나 역정을 내실까. 어머니는 또 얼마나 서운해 하실까.

그리고 미랑 누나는 지금쯤 무엇을 하고 있을까. 이런저런 생각들에 난바다의 파도처럼 뒤척이게 한다.

다음날.

찬 새벽 공기에 너 나 할 것 없이 모두가 잠에서 번쩍 깬다.

이슬에 젖은 몸은 축축하다. 아직은 사방이 어두운 이른 새벽, 모두들 몸을 떨며 일어나

다시금 산속을 걷기 시작한다.

얼마나 걸었을까 동이 트고 정체를 알 수 없었던 시커먼 숲이 서서히 밝아오면서 사방으로 울창한 나무와 푸른 숲이 깊은 계곡과 멋진 바위가 한데 어우러져 신비로움을 자아낸다.

산속에서 맞이하는 신선한 아침과 찬란한 태양에 모두들 찬탄하는 모습들이다.

호일이 형이 길을 알고 있어 선두를 맡았다.

"형. 오늘 중으로 태령산맥을 넘을 수 있겠네요?"

"물론이지."

"난민들은 지금쯤 어디에 있을 것 같아요?"

"많은 인원이 이 지방 저 지방 옮겨 다녔기에 아직은 태령산맥을 넘지 못했어."

"나도 같은 생각인걸요."

"우선은 난민들을 찾아내는 게 급선무야."

"당연합니다."

"반드시 찾아야 해."

"우선 요기를 해야 하는 것 아닌가?"

"당연하지."

마을을 떠난 지 두 번째 날, 서둘러 태령산맥의 줄기를 겨우 넘긴 했으나 너무 무리한 탓에 경황이 없어 길을 잘못 들어선다. 그렇게 길을 찾지 못하고 헤매다 날이 어두워지면서 결국은 길을 잃어버린다.

사방이 너무 어두워 한 치 앞도 보이지 않았다.

길을 알고 있는 호일이 형도 어둠 속에서는 소용이 없었다. 밤늦도록 산길을 헤매다 모두가 지쳐 아무렇게나 숲 속에서 잠을 청한다. 무수히 많은 별들이 초롱초롱 빛나는 밤하늘은 쓸쓸하다.

"대장 물어볼 게 있어."

"무엇인가?"

"이번 임무 성공시키면 대장은 어떻게 되는 건가?"

"글쎄?"

"실직주 병부령이 되는 것 맞지?"

"맞는다고 봐야지."

"그러면 우리 모두 불러주는 거지?"

"당연하지 고마워."

"고맙기는 뭘."

친구들은 언제나 한결같은 마음이다. 만약 이번 일에 성공하고 실직주의 병부령이 된다면 반드시 약속을 지킬 심산이다.

밤은 깊어지고 정체를 알 수 없는 새소리와 풀벌레울음소리를 자장가 삼아 들으며 잠을 청한다. 주위는 짙은 어둠에 묻히고 바람만 쏴쏴 불어와 나뭇가지를 흔들어댄다.

산 너머 멀리 숲에서 산짐승의 울음소리도 간혹 들려온다. 모두들 피곤한지 세상모르게 하나둘 깊은 잠에 곯아떨어진다.

다음날도 새벽같이 일어나 길을 걷기 시작한다.

깊은 산 속에는 가지가지의 짐승들이 살고 이름도 모르는 커다란 나무들이 무성하다.

개중에는 먹을 수 있는 탐스럽고 잘 익은 열매가 많이 열려있는 나무도 있다. 열매는 그들이 허기를 채우는 데 많은 도움이 되기 마련이다.

백제의 난민들을 발견한 것은 실직주를 출발한 지 나흘 만이고 중원 땅에 도착해서다.

고구려 때는 국원성, 통일신라 때는 중원소경이 되었다가 지금에 와서는 충주시가 된 땅이다.

우거진 수풀들과 언덕배기 그리고 야산들이 강변의 난민마을을 둘러싸고 있었다. 이사부와 친구들은 언덕바지에서 강가의 난민들을 내려다보게 되었다. 난민들은 샛강의 넓은 모래벌판에서 움막을 치고 있었다. 그곳에서 보낸 지 며칠은 된 것 같았다.

어림짐작으로 난민들의 숫자를 헤아려본다.

"우리가 알기로는 오천 명이 넘는데 웬일이지?"

"오천 명에는 훨씬 못 미치는 것 같아."

"그렇다면 나머지는 어디로 갔을까?"

"혹시 실직주로 먼저 떠난 게 아닐까?"

"그럴 리 있겠어?"

난민들에 대해 알고 있는 것은 많지 않다. 그들이 처음에는 비리성 관내의 평원군에 터를 잡으려 했으나 그곳 주민들이 떼거리로 몰려와 쫓아내는 바람에 실패했다고 들은 것이 전부다. 그 이후 어디를 어떻게 돌아다녔는지 알 수 없는 노릇이다.

호일이형이 앞으로 나선다.

"대장. 내가 먼저 가서 알아보고 올게."

"형이 가시겠어요?"

"내가 아니면 누가 가겠어?"

"나도 같이 가십시다."

"내가 미리 가서 알아본 다음 대장이 나서는 게 좋지 않을까?"

"형하고 같이 가겠어요."

"좋아, 대장하고 둘이만 가도록 하지."

"가십시다."

그들이 실직주 쪽으로 가지 않는다면 설득할 필요도 없는 것이다. 호일이 형과 이사부는 언덕을 휘적휘적 걸어 내려와 샛강의 넓은 모래밭에 자리 잡은 난민촌에 도착한다.

모두가 짐을 꾸리고 있는 게 어디론가 이동을 하려는 것 같았다. 떠돌이 신세가 된 난민들의 행색은 너무나 초라하고 그 모습이 불쌍하기 그지없다.

대부분의 사람들이 힘이 없는지 축 늘어져 있었다. 누더기를 걸치고 꾀죄죄한 모습에 며칠은 굶은 듯 모두 힘이 없어 보인다. 젊은이들은 눈에 띄지 않고 대부분이 노인과 어린아이 여자들뿐이다.

"어디로 가시려고 짐을 꾸리세요?"

"마지막으로 갈 곳은 한 곳이라오."

"한 곳이라니 어디를 말하는 겁니까?"

"태령산맥 넘어 실직주로 갈 것이오. 댁들은 뉘신가?"

"난민 대표를 만나고 싶습니다만."

"따라오슈."

"고맙습니다."

난민들의 목적지는 실직주가 분명했다. 그들은 낯선 사람을 모두 경계의 눈빛으로 쳐다본다. 이사부와 호일이 형은 안내하는 대로 따라가 대표 되는 사람을 직접 만난다.

난민 대표는 다른 사람들에 비해 나이가 젊고 건강하고 다부지게 생긴 사내다.

이사부는 호일이형과 함께 크게 고개를 숙여 인사한다.

"무슨 일로 여기까지 오셨소. 댁들은 뉘신가?"

"우리는 실직주에서 왔습니다."

"그래요, 젊은 사람들이구먼."

"먼저 묻겠습니다. 난민들은 평원군에서 쫓겨난 것으로 알고 있었는데 그동안 어디어디를 다녔습니까?"

"다섯 지방을 돌아다녔소만 단 한 곳도 우리를 받아주는 곳이 없었소. 그렇지 않아도 실직주로 가려던 참인데 잘됐소."

"이 많은 인원이 태령산맥을 넘는 것은 불가능합니다."

"태령산맥이 아니라 더 험한 곳이라도 우리는 얼마든지 갈 수 있소."

"실직주는 험준한 산맥과 바다 사이에 끼어있기 때문에 농토가 거의 없습니다. 그리고 군대가 대기하고 있습니다."

"우리는 군대가 아니고 민간인이란 걸 모르시는가?"

"군대였더라면 벌써 공격해왔을 겁니다. 민간인이기 때문에 저희들이 사전에 경고드리러 온 겁니다."

"그런 소리 마시오."

"분명히 경고했는데도 불구하고 태령산맥을 넘는다면 우리는 실직주 병부에 연락할 수밖에 없습니다."

백제 난민들

"우리는 진작부터 중원성 성주로부터 이곳을 떠나라는 통보를 받았소. 더 이상 머물 수 없게 되었단 말이오."

"사정이 딱하긴 하나 실직주는 절대로 안 됩니다."

"당신들이 그런다고 우리가 포기할 줄 아시는가?"

"이 많은 사람들 목숨이 아깝지 않습니까?"

"우리는 이곳에서 죽으나 실직주에 가서 죽으나 마찬가지란 말이오."

"이 많은 인원이 전멸당해도 상관없다는 말입니까. 나중에 크게 후회하실 겁니다."

"후회는 무슨."

"다시 경고드립니다, 우리는 실직주 병부에 통보할 수밖에 없습니다."

"통보를 하든가 말든가 마음대로 하시오."

"알겠습니다."

실직주의 군대가 공격할 것이라 겁을 주었는데도 막다른 지경에 몰린 그들에게는 소용이 없었다. 마땅히 난민들을 설득시킬 방법이 없기에 하는 수 없이 발길을 되돌리고 만다.

친구들에게 돌아와 다시금 머리를 맞대고 의논해 봤으나 결정적인 해법을 찾지는 못한다.

"대장, 포기해야겠어."

"포기하다니 아직은 일러."

"어떻게 할 건데?"

"무슨 수를 써서라도 방법을 찾아야 해."

"씨도 안 먹히잖아."

"계속 시도해봐야지."

"어렵구먼. 어려워."

이사부는 친구들이 만들어 놓은 음식으로 요기를 하면서 다시금 곰곰이 생각해 본다.

난민들은 다섯 지방을 돌아다녔다 하니 입장은 충분히 이해할 수 있으나, 오죽이나 답답하면 죽더라도 실직주에 가서 죽겠다고 하겠는가? 그렇다고 포기할 수는 없는 일이다.

무조건 좋은 방안을 생각해 내야 한다.

요기가 끝나고 친구들과 이야기를 나누고 있는 동안 대부분의 난민들은 짐을 모두 꾸린 듯 보였고 출발신호를 기다리고 있는 것 같았다. 이대로 보고만 있을 순 없는 일이다.

마음이 다급해진 이사부는 자리에서 벌떡 일어선다.

"형님, 다시 한 번 가봅시다."

"다시 가볼 필요가 있겠어?"

"난민들이 실직주 관내로 가는데 그냥 보고만 있을 겁니까?"

"하는 수 없잖아."

"따라오십시오."

"우리 모두 함께 가는 게 어떨까?"

"친구들은 여기서 기다려."

"알았어, 대장."

별 뾰족한 수가 없지만 그렇다고 손 놓고 그대로 보고 있을 수도 없는 노릇이다. 아쉬워하는 친구들을 놔두고 호일이 형과 둘이서 또다시 난민들은 만나러 간다.

이번에는 젊은 사람이 아니라 머리가 허연 노인네가 나왔고, 이 사부가 먼저 허리를 굽혀 크게 절한다.

"나는 대표가 아니지만, 너무 답답하기에 늙은이가 나왔소."

"상관없습니다."

"우리는 이리저리 옮기는 도중에 많은 사람들이 굶주림과 병으로 죽었고 힘 있는 장정들은 모두 제 갈 길로 떠나갔소."

"사정을 충분히 이해합니다."

"처음에는 오천이 넘었으나 지금은 반도 안 되는걸."

"하지만 실직주 관내는 절대로 안 됩니다."

"난감한 노릇. 우리가 어디로 가는 게 좋겠는가?"

"신라보다는 고구려가 훨씬 더 낫습니다."

"고구려라 했는가?"

"고구려는 나라가 크고 사람들이 관대하다고 들었습니다."

"이 사람들이 뭘 몰라. 우리가 고구려 철성군 지경에도 갔었단 말일세. 거기서도 많은 사람이 죽었어."

"실직주 관내로 가도 마찬가지입니다. 더 크게 화를 당하게 됩니다."

"큰일이구먼. 큰일이야."

철성군은 고구려 때는 철원군으로 불리다가 신라에 편입되면서 철성군이 되었고, 훗날 동주로 바뀌었다가 궁예왕이 태봉국을 세웠던 곳으로 지금은 다시 철원으로 불리게 된 땅이다. 난민들이 그곳 고구려 지경까지 흘러갔다가 많은 사상자가 생겼다니 놀랍기만 할 뿐이다.

두 번째 만남에서도 역시 별다른 소득이 없었다.

더 설득을 시켜봐야 소용이 없기에 이사부는 실망하여 친구들이 있는 곳으로 다시 돌아온다. 다시금 머리를 맞대고 여러 차례에 걸쳐 의논해 보았으나 좋은 의견은 나오지 않았다.

마땅한 해결 방법은 나오지 않았고 시간만 흘렀다. 넓게 흩어져 있던 난민들이 하나둘 한곳으로 모여들기 시작했고 어느덧 태양은 중천으로 향하고 있었다.

"사람들이 움직이기 시작했어"

"당장 출발할 것 같은데?"

"난민들 앞에 가서 죽기 살기로 막아서면 안 될까?"

"난민이 이천 명은 넘어. 어떻게 무슨 수로 막는단 말인가?"

"그렇다고 보고만 있을 순 없잖아."

"방법을 찾아야 돼."

"난감한 노릇이구먼."

"우리 모두 가보자."

"알았어. 대장."

난민들은 당장 출발하려는 듯 보였다.

더욱더 다급해진 이사부는 마지막 기회라 생각하고 친구들 모두

와 동행하여 난민들에게 다가간다. 큰 등짐을 등에 멘 노인과 보따리를 머리에 이고 손에 쥔 아낙이며 나이 어린아이들까지 모두가 풀죽은 표정으로 말들이 없었다.

하나같이 불쌍하고 안타까운 모습이다.

다시금 면담을 청하자 이번에는 난민 대표인 젊은 사내와 머리 허연 노인이 함께 앞으로 나왔다.

"지금 당장 떠나실 겁니까?"

"미안하게 됐소."

"기어이 실직주 관내로 가실 겁니까?"

"우리는 고향 땅에 되돌아가기로 결정했소."

"정말입니까?"

"설마 내년에도 가뭄이 오지는 않겠지?"

"잘 생각하셨습니다."

"고향 땅에 가기로 결정하니 마음이 후련하오."

"그동안 죄송했습니다."

"우리가 오히려 고맙게 생각하는걸?"

"잘들 가십시오."

"젊은이들 아니었으면 우리 모두 실직주로 떠났을 것이야."

"행복하게들 사십시오."

그들은 어차피 죽을 거라면 고향 땅에서 죽기로 결심했는지 백제로 돌아간다고 한다.

오죽 갈 곳이 없으면 떠나온 고향 땅으로 다시 되돌아가겠는가.

그들의 처지는 딱하지만 얼마나 잘된 일인가.

잠시 후 그들 난민들은 온갖 것들을 머리에 이고 등에 짊어지고 드디어 출발을 하기 시작한다. 이사부와 친구들은 난민들이 백제로 떠나는 것을 모두 확인해야 한다.

이사부는 실직주의 병부령도 아니고 현재 어떤 관직에 있는 것도 아니다. 우연히 백제 난민의 이야기를 듣게 되었고 기회를 만들어 친구들과 함께 출정했을 뿐이다.

만약 그들이 악착같이 버티어 실직주 관내로 가게 된다면 어떻게 될까. 상상만 해도 끔찍한 일이다. 운이 좋기 때문이다.

이사부와 친구들은 무사히 임무를 마치고 실직주로 되돌아온다.

그들을 제일 반기는 사람은 실직주 박어로 군주다.

"진작부터 해낼 줄 알았네."

"군주님께서 허락해 주셨기 때문입니다."

"크게 공을 세웠으니 자네는 관내의 열한 개 성주들에게 뭔가를 보여준 셈이야."

"고맙습니다."

"정식 병부령으로 발령을 낼 것이야. 그리고 수고한 친구들에게 곡식 한 자루씩 상으로 주겠네."

"너무 감사합니다."

큰일을 해냈다며 군주는 기뻐하고 상으로 곡물을 하사한다고

299
/
백제 난민들

약속했다. 그 당시 곡물은 매우 귀하고 곡물 한 자루는 엄청나게 큰 상이다. 친구들은 더할 나위 없이 좋아한다.

"정말로 곡물을 준다고 했는가?"

"물론이지."

"부모님들이 좋아하겠어. 대장 정말로 고마워."

"대장이 아니고 이제부턴 실직주의 병부령, 그러니까 병부령님이라고 불러야 옳지."

"아, 그렇지. 미안해요."

"아직은 아니야."

"된 거나 마찬가지 아닙니까?"

"모두가 친구들 덕인걸."

"실직주의 병부령님. 우리 친구들 모두 불러주셔야 합니다."

"그야 당연한 것 아닌가?"

이번 일에 호일이 형은 물론 혁이 그리고 친구들의 도움이 컸던 것은 사실이다. 만약에 친구들이 없었더라면 어떻게 되었을까. 아마 이사부 혼자라면 어림도 없었을 것이다.

한편, 이사부는 좋아하는 친구들과 헤어지고 집으로 향하는 발걸음이 무거울 수밖에 없었다. 이상하게도 이사부의 마음이 착잡해지는 것은 무엇 때문일까.

미랑 누나 그리고 부모님께 무어라 어떻게 변명한단 말인가.

여러 가지 복잡한 생각에 머리가 어지러웠고 미적미적거리며 집 안으로 들어선다.

한데 이게 웬일인가.

반가운 얼굴이 기다리고 있었다. 손님은 뜻밖에도 서라벌 여각에서 만났던 사벌주의 주조(부군주)인 석인석이다. 너무나 반가워 어쩔 줄 몰라 두 손을 마주 잡는다.

"아우 꼴이 이게 뭔가?"

"나랏일로 먼 길을 다녀왔어요. 오랜만입니다."

"실직주 병부령은 어찌 되어 가는가?"

"아직 시작을 못 했어요."

"사람은 복잡하게 살 필요가 없어."

"무슨 뜻입니까?"

"세상을 넓게 생각하란 말일세. 내가 여기에까지 온 것은 다른 목적이 있다네."

"무엇입니까?"

"아우가 없을 때에 누이를 만나봤어. 많은 이야기를 나누었지."

"어떻게 제 누나가 마음에 드십니까?"

"마음에 들다 마다인가. 자네 누이와 혼인하고 싶네."

"잘 생각하셨습니다. 제 아버님은 만나보셨습니까?"

"아직인걸."

"우선 아버님께 인사부터 드려야 합니다."

"자네가 힘써 다리를 놓아주게나."

"그건 염려 마십시오."

열흘 가까이 집을 비웠기에 우선은 아버지께 무릎을 꿇고 용서를 빌어야 한다.

해명은 그다음 일이다. 더 이상 머뭇거릴 여유가 없었다.

석인석과 함께 방으로 들어가 큰절을 올린다.

아버지는 이미 알고 있었는지 소개를 받으면서 달다 쓰다 아무런 말을 하지 않았다. 석인석과 처음 만나게 된 일과 그간의 사정을 차근차근 밝혔는데도 아버지는 시종 무표정이다.

두꺼운 입술을 꾹 다문 채 묵묵부답인 아버지를 보고 있자니 이사부는 마음이 안절부절하고 초조할 수밖에 없었다.

하지만 석인석은 준비성이 많은 사람, 허리춤에서 홍패를 꺼내 앞으로 내놓는다.

"부친은 사벌주 군주이십니다. 저는 오남매 중 장손입니다."

"성골이 틀림없군. 부친 존함이 어떻게 되시는가?"

"석 상자 현자 되십니다."

"석상현이라면 이름을 들어본 적이 있네. 자네가 장손이라고 했나?"

"그러하옵니다."

"일부러 여기까지 와줘서 고마우이."

"제가 더 고맙습니다."

석인석과 대화를 나누는 사이 어색한 기운이 가시자, 무심한 듯 보였던 아버지의 굳었던 표정이 차츰 풀어진다. 석인석이 마음에 드는지 아버지의 얼굴에는 화색이 도는 것 같았다. 아버지는 큰 목소리로 술상을 들이라 명했고, 곧이어 술자리가 마련된다.

석인석에게 곡주까지 직접 권하면서 술을 마시는 내내 기분 좋은 표정이다.

석인석을 대하는 아버지 모습이 혼인을 승낙한 것이나 다름없었다.

밤이 늦어서야 이사부와 석인석은 함께 잠자리에 든다.

"내가 사벌주에 도착하면 사주단자를 보낼 걸세."

"여부가 있습니까?"

"나는 내일 아침에 일찍 떠나야겠네."

"며칠 더 묵어가십시오. 그리고 제 누나와 더 대면해야 하는 것 아닙니까?"

"욕심 같아서야 더 만나고 싶지만, 공연히 폐만 끼칠 것 같아서 그러이."

"상관없습니다."

"사벌주는 현재 축성 공사를 하고 있어. 내가 어렵게 빠져나왔단 말일세."

"좌우간 고맙습니다."

"내 마음은 이미 결정이 됐어. 자네 누나를 내 처자로 맞고 싶으이."

"잘 생각하셨습니다."

그동안 아버지는 미랑 누나와 혼인하라며 다그치고 얼마나 못살게 굴었던가? 만약에 석인석이 오지 않았더라면 이사부는 어떻게 되었을까? 생각만 해도 아찔한 노릇이다.

석인석과 이야기를 나누고 있는 동안 이사부는 십 년 묵은 체증이 내려간 것처럼 속이 후련해졌고 오래간만에 두 다리를 뻗고 마음 놓고 편안히 잠을 자게 된다.

이사부는 곧 깊은 잠에 곯아떨어진다.

다음날 아침.

석인석은 언제 준비를 했는지 먼 길 떠날 채비를 끝내놓고 있었다.

"매부, 안녕히 가십시오."

"벌써 매부 소리를 들어야 하는가?"

"당연한 것 아닙니까?"

"사주단자 꼭 보내겠네."

"기다리겠습니다."

"실직주의 병부령이 된 것, 다시 한 번 축하하네."

"안녕히 가십시오, 매부."

석인석이야말로 이사부의 은인이다. 이사부의 무거운 등짐을 덜어준 셈이다. 어쩌면 이렇게 좋은 일이 줄줄이 생길 수 있단 말인가?

김이사부.

그는 실직주의 병부령이 된다는 생각에 매사가 좋기만 했다. 석인석을 동네 어귀까지 바래다준 후에 가벼운 발걸음으로 집에 돌아온다. 미랑 누나가 조금은 뾰로통한 표정으로 반겨준다.

"석인석이란 분, 믿을 만한 사람 맞니?"

"누나도 직접 만나봤잖아?"

"염려가 돼서 그래."

"남자다운 분인걸. 왜 그새 보고 싶은 거야?"

"보고 싶기는 뭘?"

"조금만 기다려봐. 기별이 올 거야."

"참말로 사주단자를 보내올까?"

"기다려보라고 했잖아."

미랑 누나가 염려하는 것은 당연하다. 하지만 석인석 그야말로 굳게 믿을 수 있는 사내 중의 사내가 아닌가. 눈빛이 매섭긴 하나 약속은 틀림없이 지키는 사람이다.

석인석이 집에 다녀간 이후 아버지는 더 이상 미랑 누나와의 혼인을 언급하지 않았다.

그리고 또 한 가지 이사부는 공로가 인정되어 실직주 병부령으로 발령을 받아 정식으로 일을 시작하게 되었다. 모든 일이 술술 풀리고 근심 걱정이 없으니 이 얼마나 좋은 일인가.

그토록 원하던 병부령 자리도 얻었고 혼인 문제도 해결이 됐고 이사부는 더 이상 바랄 게 없었다. 그간의 마음고생이 심하여 쌓였던 앙금이 한순간에 녹아내린다.

축성 노역장

일반적으로 성이라면 우선 높다랗고 견고한 성벽이 있고, 그 안에 성주와 백성들의 집이 있는 정경을 그려보게 마련이다. 그리고 성벽 위로 이어지는 길을 오가며 병사들이 파수를 설 것이라고 생각할 수 있겠으나 그렇지 않다. 당시에는 그저 이 마을 저 마을 뿔뿔이 넓게 펼쳐져 있는 자연부락을 합친 지역 단위를 성이라고 불렀다.

신라의 각주마다 다르지만 많은 곳은 열 곳이 넘는 성이 있는가 하면 적게는 서너 곳밖에 안 되는 주도 있었다.

군주는 여기저기 흩어져 살고 있는 주민들이 생명과 재산을 보호하는 게 제일로 중요한 임무였다.

그러므로 평소 백성들은 농사를 지으면서 살다가, 적군이 쳐들어오면 모두 하던 일을 멈추고 재빨리 대피소 격인 성안으로 피신시켜야만 한다.

성민들이 오래 버텨낼 수 있어야 하고 또 한 가지는 적들의 침입을 효과적으로 막아낼 수 있어야 한다.

그리고 만약에 포위라도 될 경우에는 식량과 식수 부족들을 겪게 되기에 제법 규모가 큰 성이 필요하기 마련이다.

높고 견고한 성벽, 병사들과 백성들의 거처, 충분한 식량과 식수를 갖춘 성. 적군에게 포위된다 하더라도 최소한 몇 달간은 농성이 가능해야 한다.

신라의 지증마립간은 진작부터 주마다 한두 곳을 정해 제대로 된 성을 쌓으라는 명을 내린 지 오래다.

축성 공사에 동원되는 인부들은 주로 관내의 백성들이지만 예외도 있었다.

서라벌에서 서쪽으로 멀지 않은 사벌주의 경우, 관내의 백성들뿐 아니라 범죄자나 거리의 부랑자들도 섞여 있었다. 강제노역 축성 작업장이다.

우산국의 이헌부.

그는 마당이 담이와 함께 죽을 고비를 넘겨가며 바다를 건너 신라에 도착했으나 행색이 거지꼴이라 말이 아니었다. 신라에 땅을 밟은 지 열흘이 지난 어느 날, 무작정 떠돌아다니다가 길거리에서 병사들에게 붙잡혔다.

오갈 데 없는 부랑자로 보였으니 강제노역을 자초한 꼴이고, 곧장 사벌주의 축성노역장에 투입되는 신세가 되고 말았다.

오로지 사람의 힘만으로 성을 쌓는 일은 고되고 힘들기 그지없는 일이다. 보기에도 엄청나게 큰 바위 덩어리를 어깨나 등에 메거나 굴려 와야 한다.

매일매일 너무나 힘들고 고달픈 나날의 연속이다.

"헌부, 도저히 힘들어서 못 참겠어."

"말하면 뭐하겠나?"

"난 반드시 도망치고 말 거야."

"지금은 안 돼."

"우리가 신라 땅에 온 건 이 고생하러 온 게 아니잖아."

"그걸 왜 모르겠냐?"

"제발 떠나자."

"기회는 생겨. 조금만 더 참아보자."

마당이는 그나마 체격이 좋아 조금은 덜했으나 몸이 약골인 담이는 하루하루 넘기기를 무척이나 힘들어 한다.

오늘도 아침식사가 끝나기 무섭게 작업 인부들 모두 임시막사 앞으로 집결한다. 노역 인부들은 모두 5백여 명이 넘는다. 작업감독들은 민간인이 아닌 창과 검으로 무장한 병사들이다. 키가 작고 바짝 마른 병사가 앞으로 썩 나선다.

"공사장 근처의 작은 돌덩이는 모두 축성작업에 써먹었다. 이제는 더 이상 주워올 돌이 없단 말이다."

"앞으로 어찌해야 됩니까?"

"오늘부터 저 앞에 보이는 돌산으로 가서 돌을 날라 와야 한다."

"눈앞에 빤히 보이지만 십 리가 넘습니다요."

"그걸 왜 모르겠나? 작은 돌멩이는 필요 없어. 큰 바위 덩어리 한 개씩을 메고 와야 한다."

"얼마나 커야 합니까?"

"무조건 커야 한다. 일일이 검사를 하겠다. 알겠느냐?"

"…"

"왜 대답이 없나?"

"알겠습니다."

"그러면 지금부터 출발한다."

출발하라는 명령과 함께 노역자들은 꾸역꾸역 돌산으로 향한다. 전후좌우로는 검으로 무장한 병사들이 따라붙었다. 5백 명이 넘는 인부들 가운데는 노인과 아직은 어린 사내아이도 섞여 있었다.

성벽을 쌓는 기술자들은 따로 있고, 강제로 붙잡혀온 노역자들은 무거운 돌을 나르는 일을 맡을 수밖에 없었다. 무조건 명령에 따라 바윗덩어리를 날라 와야 한다.

헌부와 친구들은 아무런 죄가 없는데도 강제로 끌려왔다. 축성 현장에 잡혀온 다음 날부터 돌 나르기를 시작하여 어느새 달포가 훌쩍 지났다. 다른 사람들은 어떻게 무슨 이유로 노역장까지 끌려왔는지 모르지만, 떠돌이거나 범죄자거나 둘 중 하나다.

바위산에 도착하자 노역자들은 큼직한 돌덩어리를 하나씩 골라야 한다. 나름대로 등이나 어깨에 멜 수 있는 것을 선택하여 검사를 받기 위해 일렬로 늘어선다.

"이건 너무 작잖아. 다른 거로 바꿔."

"너무 무거워서 그래요."

"말대꾸할 거냐?"

"죄송해요."

감독을 맡은 병사가 돌의 크기를 일일이 확인한다. 검사가 끝나고 허락을 받아야 출발할 수 있기 때문이다. 돌을 나르는 도구는 오늘날같이 중장비가 있는 것도 아니고 오직 사람의 몸으로 날라 와야 한다. 헌부는 그나마 체력이 좋아 크게 힘들지 않았으나 약골인 담이는 죽을상이다.

"헌부, 나는 도저히 못 해먹겠어."

"내가 뭐 좀 도와줄 수 없겠냐?"

"내 돌까지 메고 갈 순 없잖아."

"담아, 정말로 미안하다."

"됐어."

십 리가 넘는 거리를 무거운 돌을 어깨에 메거나 굴려가야 하니 오죽이나 힘이 들까.

노역자들은 죽을 똥을 싸며 돌을 날라 왔고 축성 현장에는 한 번에 5백여 개의 돌덩어리가 쌓인다.

날라 온 돌은 석공들이 선별해서 모양을 다듬어 성벽을 쌓는 데 사용한다.

돌을 나른 후에는 아주 잠깐만 휴식이 주어지고, 또다시 돌산으로 가기 마련이다.

강제노역에 동원된 인부들은 죽지 못해 돌을 날라야 하고 일일여삼추라 힘겹기 그지없는 일이다.

아침부터 해가 질 때까지 노역에 시달린 사람들은 모두 죽을상이 되고 만다.

힘없이 늘어진 몸을 이끌고 겨우겨우 숙소로 돌아온다. 저녁식사가 끝나고 모두 드러눕기에 바쁘다. 드디어 자유의 시간인 셈이다.

헌부와 마당이 담이가 아무렇게나 퍼질러 앉아 쉬고 있을 때에 함께 노역하는 노인이 말을 걸어왔다.

"너희들은 어쩌다가 여기까지 끌려온 게야?"

"그걸 모르겠어요. 우리는 신라인이 아닙니다."

"신라 사람이 아니면 어디서 왔는가?"

"우산국에서 왔어요."

"그런 나라도 있었는가?"

"아무 죄도 없이 끌려온 걸요. 노인장은 왜 잡혀 왔어요?"

"나야 죄를 지었기 때문이지. 여기 축성 노역장에서 돌을 나르다 죽으면 그뿐이야."

"너무한 것 아닙니까?"

"그러니 몸조심들 하란 말일세."

"우리야 젊어 괜찮지만, 노인장은 정말로 힘들겠어요."

"나야 세상을 많이 살았으니 돌에 치여 죽으면 그만 아닌가."

"정말 너무했어요."

"하는 수 없는 것이지."

무슨 죄를 지었는지는 모르지만, 노인은 인생을 포기한 사람 같았다. 밤이 깊어간다.

인원 파악이 끝나고 드디어 취침 시간이다. 모두 피곤함에 지쳐 곯아떨어진다.

헌부 역시 피곤하기 그지없어, 오늘따라 돌을 메었던 어깨의 살갗이 벗겨져 쓰리고 아프기만 하다. 온몸이 욱신거리고 결리기까지 했다. 몸은 정말 피곤한데도 쉽게 잠들지 못한다. 우산국에서의 일을 가물가물 머릿속에 떠올려 본다.

담수라태자를 때렸던 일과 무릉호에서 붙잡힌 일이며 궁궐 감방 안에 갇혔던 일과 탈출하기까지….

어쩔 수 없어 묵쟁이 배를 타고 신라로 향했지만, 목숨이 여러 개 아닌 이상 두 번 겪을 일은 분명 아니었다. 처음 출발은 순조로웠다. 미풍을 타고 배는 순탄하게 쭉쭉 나아갔다.

한데 오후가 되면서 심상치 않은 바람이 불었고 파도가 거칠어지기 시작했다.

"바다가 갑자기 왜 이러지?"

"큰일 나는 거 아닌가?"

"심상치 않아. 우리가 신라까지 갈 수 있을까?"

"어려울 것 같아."

"우산국으로 되돌아가면 안 될까?"

"말도 안 되는 소리 하지 마라."

"죽기 아니면 살기로군."

날이 어두워지면서 파도는 더욱더 거칠어졌다. 작은 배는 폭풍에 휩쓸려 무섭게 요동쳤다.

배의 한쪽이 불끈 솟아오르는 듯싶더니 갑자기 집채만 한 파도가 밀려와 작은 배를 송두리째 삼켜 버렸다. 배의 중심이 기울어지면서 순식간에 세상이 뒤집혔다. 작은 배가 위에서 아래로 내리꽂혔다.

물에 빠져 허우적거리던 헌부와 친구들은 운이 좋게도 뒤집힌 배의 등을 붙잡을 수 있었다.

겨우겨우 거꾸로 뒤집힌 배의 등에 다시 올라탔다. 제대로 손에 잡을 만한 것도 있을 리 없었고 잔뜩 웅크린 채 무서운 파도와 싸워야만 했다.

"지금 우리가 어디로 떠밀려가는 거지?"

"그걸 모르겠어."

"피곤해 죽겠다."

"꼭 잡아. 만약에 배를 놓쳤다 하면 끝장이야."

"이제 죽을 일만 남았구나."

"차라리 죽었으면 좋겠다."

"나도 그래."

"우리가 바다에 빠져 죽어도 무릉도에 갈 수 있을까?"

"그건 모르겠어."

밤새 무서운 폭풍에 시달리며 죽기 살기로 버텼으나 정신력에도 한계가 있었다.

세 사람의 피곤은 극에 달했고 몸은 탈진상태였다. 정신은 오락가락하고 생사의 기로에 서게 되었다. 모두 절망하여 살기를 포기한 상태였다.

그렇게 바다에 몸을 맡긴 채 떠밀려갔다.

무릉님의 뜻인지 운이 좋게도 작은 배는 어딘지도 모르는 바닷가의 모래 턱에 닿았다.

구사일생으로 목숨을 건진 그들에게 제일로 급한 것은 우선 갈증을 해소하는 일이었다.

마실 물을 찾아 계곡으로 갔다. 물로 갈증을 해소한 다음에야 겨우 살았다는 희망이 생겼다.

"우리가 살아나다니 꿈만 같구나."

"맞는 말이다."

"아직은 무릉도에 갈 때가 안 됐나 봐."

"그나저나 여기가 어디지?"

"어떻게 알겠냐?"

"하긴 알 턱이 없지."

"물어본 게 잘못이지."

헌부는 지난 일을 떠올리다 어느새 깊은 잠에 빠져든다.

다음날.

날이 밝아오면서 기상 후 인원점검을 마치고 아침 식사가 끝나기 무섭게 다시금 노역이 시작되었다. 죽으나 사나 무조건 바윗덩어리를 굴리거나 어깨에 메고 날라 와야 한다.

정말로 힘든 하루의 연속이다. 모두가 힘든 가운데 담이는 유독 앓는 소리가 심하다.

"나는 도저히 못 참겠어."

"어쩔 수 없잖아."

"앞으로 우리가 얼마나 생고생을 더해야겠냐?"

"당분간은 참아보자."

"못 참겠어. 당장이라도 도망치자."

"만약 도망치다 잡히면 어떻게 되는 건지 알지?"

"마음대로 생각해. 난 도망치고 말 거야."

"조금만 더 기다려보자."

"기다릴 수 없다고 했잖아."

"지금은 무리야. 경비가 너무 삼엄해."

"정말로 환장하겠구면."

헌부 역시 계속되는 노역이 힘들기는 마찬가지, 몸은 피곤해 죽 겠는데 담이까지 들들 볶아대니 마음이 편할 리 없었다.

어쩌다가 재수 없게 이런 험한 고생을 하게 됐단 말인가.

축성 현장에서 내려다보면 멀리 산 아래로 큰 동네가 띄엄띄엄 떨어져있는 게 보인다.

많은 노역자들이 죽을 고생을 해가며 축성작업을 하는 목적은 적이 쳐들어 왔을 때 앞에 보이는 마을의 주민들을 모두 성안으로 대피시키기 위한 것이라고 들었다. 아무 상관도 없는 사람들을 위해 과연 이 고생을 해야 하는 것인가.

오늘도 오전에 돌을 세 차례 날랐다. 점심식사가 끝나고 다들 여기저기 큰 나무 밑으로 들어가 휴식을 취한다. 헌부와 친구들도 각자 편안한 자세로 몸을 눕힌다.

함께 일하는 노역자 중에는 백제의 완산주에서 왔다는 형제가 있었다. 형의 이름은 명환이고 동생의 이름은 명구다. 명구의 나이가 헌부보다 세 살이 많다. 서로가 신라 사람이 아니라는 공통점이 있기에 마음이 가는 형제다.

"백제는 어떤 나라입니까?"

"신라나 다를 게 뭐가 있겠는가?"

"조금이라도 다른 게 있을 것 아닙니까?"

"여자를 범했다가 발각되면 범한 여자 남편의 노예가 되는 법이 있다네."

"엄격하군요. 두 형제분은 어떻게 여기까지 끌려왔어요?"

"사연이 길어."

"말해 주십시오."

"백제는 법이 엄한 나라야. 살인자 반역자 그리고 전쟁터에서 명령 없이 후퇴할 경우, 참형에 처한다네."

"그렇게 엄합니까?"

"우리 형제는 백제 병사였고, 병부 생활을 오래했어."

"얼마나 오래했습니까?"

"오 년이 넘어. 작년 여름엔가 우리 두 형제가 소속된 병부는 고구려와 전쟁을 벌였지. 두 달 이상이나 걸려서 고구려 목두성을 점령했지만 안타깝게도 우리 백제군은 반 이상이나 죽었어."

"그렇게 많이요?"

"목두성을 점령한 다음 또다시 다른 성을 점령한다는 거였어. 우리 형제는 전쟁에 진절머리가 났던 게야."

"그래서요."

"다시금 출동할 때가 되어 야반도주했어. 고향 백제로 돌아가면 참형을 당할 것은 빤한 것이고 하는 수 없이 신라로 도망쳐 왔다가 여기까지 잡혀온 걸세."

"앞으로 축성노역 계속할 겁니까?"

"무슨 말을 하는 건가? 도망쳐야지. 이왕 말이 나왔으니 하는 말이네만 자네들도 여기서 계속 힘든 일만 하고 있을 건가?"

"우리도 언젠가는 빠져나갈 겁니다."

"도망치다 걸리면 어떻게 되는지 알고 있겠지?"

"참형당하는 것 아닙니까?"

"그러니 조심하란 말일세."

"알겠습니다."

형제의 이야기를 듣고 보니 헌부 자신의 처지가 그들과 조금도 다를 게 없었다. 하루라도 빨리 지긋지긋한 축성 노역장에서 빠져나가고 싶은 마음뿐이다. 잠시 휴식이 끝나고 다시 무거운 몸을 일으켜 돌산으로 향한다.

오늘은 재수가 없는 날이다.

기상하여 급하게 아침밥 한술 뜨고는 모두들 집합한다. 노역자들이 모두 돌산으로 출발할 때에 작업감독을 맡은 병사가 세 사람을 별도로 불러 세웠다.

"목도꾼이 필요해."

"목도라고 했습니까?"

"왜, 못하겠다는 것이야?"

"목도질은 힘 좋은 장사들이 하는 것 아닙니까?"

"네놈들이 바로 힘 좋은 장사란 말이다."

"우리는 안 됩니다."

"계속 말대꾸할 거냐?"

"아닙니다."

"따라와라."

"알겠습니다."

목도질을 한다는 말에 헌부와 두 친구는 놀라지 않을 수 없었다. 곧바로 병사를 따라간다. 수염투성이 얼굴에 깡마른 목도꾼에게 인계된다. 몸은 비쩍 말랐으나 얼굴 생긴 모양이 힘깨나 쓰게 보였다.

"목도에서 제일로 중요한 게 뭔지 아나?"

"모릅니다."

"발을 맞추어야 한다. 발을 맞추기 위해서는 어찌해야겠나?"

"소리를 내야 합니다."

"어떻게 소리를 내나?"

"어야 어였사. 어여 어였사."

"맞는 말이다. 목도질에서 발을 맞추는 것도 중요하지만 달리 조심할 게 있다."

"무엇입니까?"

"허리를 구부려선 안 된다. 목도뿐 아니라 무거운 짐을 옮길 때엔 반드시 허리를 반듯하게 펴야만 허리 병신이 안 된단 말이다."

"알겠습니다."

목도일이 힘든 것은 진작부터 알고 있었으나 못하겠다고 거부할 수도 없는 노릇이다.

선임 목도꾼은 시범을 보여 가며 차근차근 설명해준다.

"지렛대를 이용해 큰 바위 한쪽을 먼저 들어올려야 한다. 무슨 말인지 알겠느냐?"

"압니다."

"두 개의 줄을 바위 밑으로 차례로 밀어 넣는 게야. 그다음엔 줄에 목도를 걸고 넷이서 어깨에 걸머메야 한다. 알아들었나?"

"네 잇."

깡마른 선임 목도꾼의 설명이 끝나자 실제 작업에 들어간다. 차근차근 설명한 대로 일은 순조롭게 진행되고 드디어 목도질 시작이다. 넷이서 목도를 양쪽 어깨에 메고는 죽기 살기로 힘을 주어 일어선다.

"허리를 펴라. 발을 맞춰야 한다. 발을 조금씩 떼란 말이다. 똑같이 발을 떼면서 소리를 내는 것이야."

"알았어요."

"어야 어였사. 어야 어였사."

"어야 어였사. 어야 어였사."

처음 해보는 목도질이 쉬울 리 없으나 큰 바위 덩어리를 석공들이 원하는 위치까지 옮겨줘야 한다.

"어야 어였사. 어야 어였사."

"어야 어였사. 어야 어였사."

목도질은 종일 계속되었다. 힘겹게 목도질을 끝내고 해 질 무렵이 돼서야 숙소로 돌아온다. 발 한 걸음 떼기 힘들 정도로 몸은 천근만근이 되고 말았다.

저녁 식사를 마치고 목침을 베고 누웠으나 쉽게 잠이 올 리가 없다. 너무나 피곤하고 온몸이 욱신거려 쉽게 잠들지 못한다.

특히 목도를 메었던 어깨는 살갗이 벗겨지고 진물이 나 반듯이 눕기도 어려웠고 옆으로 눕기도 힘이 들 정도였다. 그렇다고 밤새도록 엎드려서 잘 수도 없는 노릇이다. 끙끙 앓아가며 뒤척이느라 잠도 오지 않으니 생각만 많아진다.

앞으로 어떻게 목도질을 계속해야 할는지 막막한 노릇이다.

오늘은 어처구니없는 일이 생긴 날이다.

평소와 다름없이 목도질을 하고 있을 때에 갑자기 집합하라는 명령이 떨어졌다. 노역장 인부들 모두 일손을 놓고 한 곳으로 모여든다.

사람들 앞쪽으로 백제에서 온 명환, 명구 형제가 형틀에 묶여있는 게 보였다. 무슨 일이 생긴 게 분명했다.

평소에는 본 적이 없던 사벌주 주조란 사람이 앞에서 노역자들을 둘러보며 크게 목청을 높인다. 주조라고 해서 나이가 많은 줄 알았으나 별로 많아 보이지 않았다.

"여기 묶여있는 두 놈은 어젯밤에 탈출을 시도했다. 노역장에서 도망치면 무조건 참형이라는 걸 시범적으로 보여주겠다. 앞으로 어느 누구를 막론하고 또다시 도망쳤다간 이들과 똑같이 참형에 처한다. 모두 알아듣겠느냐?"

"네 잇!"

"대답이 작다. 다시 한 번 묻겠다. 모두 알아들었냐?"

"네 잇!"

"당장 처형시켜라."

"네 잇!"

주조(부군주)란 자는 생긴 것은 귀공자같이 곱상하건만 엄하고 냉혹하기 그지없는 사람이다. 곧이어 칼잡이 병사가 앞으로 나선다. 많은 노역자들이 지켜보는 가운데에 칼잡이는 한바탕 칼춤을 추기 시작한다.

허연 칼날로 허공을 가르고, 바가지의 물을 입 안 가득 들이마셨다가는 칼을 높이 쳐들어 햇살이 눈부신 칼날 위에 내뿜기도 하면서 덩실덩실 춤을 춘다.

그러다가 갑자기 몸을 홱 돌리면서 두 형제 중 형의 목을 뎅겅 베고 만다. 그리고는 다시금 똑같은 춤을 추었고 똑같은 몸짓으로 동생의 목까지 베어낸다.

"어쩌면 저럴 수가."

"무서워."

"정말로 무섭구먼."

그 모습이 너무도 끔찍하여 차마 눈뜨고 똑바로 볼 수 없는 일이었다. 인부들 사이에서 놀라움과 원망이 한데 뒤섞이는 가운데, 해도 너무하는 것 아니냐며 모두 수군거린다.

그로부터 한동안 사람들은 술렁대는 모습이다.

"우리 신라 사람도 도망치다 잡히면 똑같이 참형당하는 건가?"

"그야 당연하지."

"조금 전에 젊은 주조 봤지?"

"사벌주 군주의 아들이라는구먼."

"도망칠 생각은 아예 말아야지. 젊은 사람이 무섭긴 무서워."

"정말로 대단해."

헌부 역시 못 볼 것을 목격했고, 백제의 형제가 죽고 난 후에도 목도질은 전과 다름없이 계속되었다. 그나마 다행인 것은 처음에는 목도 일이 많이 힘들고 고통스러웠으나 날이 가면 갈수록 이력이 생겨 별로 어렵지 않으니 그나마 다행이다.

그러나 담이는 사정이 달랐다.

헌부나 마당이와 달리 날이 가면 갈수록 얼굴이 상하고 몸이 수척해져 마치 중환자처럼 변하는 모습이 보기에 안타깝기만 했다.

"목도 일에 지쳤어."

"담아, 죽으나 사나 견뎌내야지."

"이대로 계속하다간 난 죽고 말아."

"참는 데까지 참아봐라."

"우리 제발 도망치자."

"백제에서 온 친구들 봤지. 개죽음당했잖아?"

"이리 죽으나 저리 죽으나 마찬가지란 말이야."

"담아, 제발 좀 마음을 굳게 먹어라."

"헌부하고 마당이가 못 가겠다면 나 혼자라도 도망치고 말 거야."

"조금만 더 기다려보자니깐."

살집이 없이 몸은 비쩍 마르고 약골인 담이가 오늘따라 무척이나 힘들어한다. 헌부 역시 매일같이 계속되는 목도질에 진력이 났으나 당장은 어쩔 수 없는 일이다.

목도 일을 시작한 지 보름이 넘었고, 사벌주의 축성 현장에 끌려온 것을 모두 따져보니 어느새 두어 달이 훌쩍 지났다.

오늘은 아침부터 비가 내려 모처럼 일을 쉬는 날이다.

비 오는 날은 일을 쉬게 되므로, 사람들은 비 오는 날을 좋아한다. 오후가 되자 갑자기 주위가 어두워지면서 굵은 소나기가 홀뿌리기 시작한다. 빗방울은 더욱더 굵어진다. 임시막사 안에서 편히 쉬고 있을 때 담이와 마당이가 헌부 곁으로 바짝 다가온다.

"아침부터 계속 살펴봤는데 울타리 지키는 초병이 없어."

"도망치자는 말이구나."

"오늘이 좋은 기회야."

"아직은 안 돼. 좀 더 두고 보자."

"언제까지 두고 보자는 거야. 오늘같이 비 오는 날이 언제 또 온다고 그래?"

"기회는 또 생겨."

"생기기는 뭘. 헌부는 너무 소심한 게 탈이야."

"내가 마음이 불안해서 그래."

"헌부는 남아라. 우리 둘만이라도 도망치고 말 거야."

"그게 말이나 되냐. 언제 담을 넘을 건데?"

"비만 계속 와준다면 오늘 밤이 좋지 않을까?"

"다시 생각해보면 안 되겠냐?"

"다시 생각해보라니, 헌부는 빠지란 말이다. 우리 둘만이라도 울타리 넘을 거야."

"정 그렇다면 할 수 없는 것이지."

"진작 그렇게 나와야지."

"비가 계속 와야 될 텐데. 만약에 비가 그치면 포기하는 거다."

"당연한 것 아니겠냐?"

"헌부도 분명히 함께 행동하는 거다."

"알았다니깐."

어쩔 수 없이 대답을 하면서도 헌부는 마음이 편할 리가 없었다. 하지만 두 친구의 의지가 워낙 확고하여 거부할 수도 없는 노릇이다. 목숨을 걸어야만 하는 일이라 이런저런 걱정이 앞선다. 과연 성공할 수 있을는지.

밤이 늦은 시각, 대략 축시쯤 되었을 때다.

노역자들이 모두 곤하게 잠들어 있을 때에 헌부와 두 친구는 살그머니 잠자리에서 일어나 임시막사를 빠져나온다. 아침부터 내린 비는 늦은 밤까지 계속되었고 칠흑같이 어두워 도망치기에 적합한 날씨다.

담장이라고 해봐야 사람의 키 높이밖에 안 된다. 몸을 낮추어 주위를 살폈으나 비가 내려서 그런지 경비를 맡고 있는 병사들이 단 한 명도 보이지 않았다.

비가 내려 미끄러웠지만 어렵지 않게 조심스럽게 담장을 타넘은 세 사람은 그토록 원했던 노역장을 빠져나오는 데 성공한다.

"드디어 울타리 넘었어."

"쉿. 아직은 몰라."

"어서 뛰자."

"알았어."

그러나 이게 웬일이란 말인가. 언제부터 어디에 잠복해 있었는지 모르겠으나 무장한 병력이 순식간에 풀숲에서 뛰어나와 헌부와 친구들을 둘러싼다.

한두 명이 아니고 워낙에 숫자가 많았으므로 덤벼들 엄두조차 낼 수 없다.

세 사람은 결국 운 나쁘게 그 자리에서 체포되고 만다.

"네놈들이 낮부터 수상쩍더니만 결국 울타리를 넘었어. 이상하다고 밀고한 자가 있었다."

"용서해 주십시오."

"노역장에서 도망치는 놈들은 죽을 수밖에 없는 게야."

"앞으로는 절대로 도망치지 않을게요."

"지난번에 봤지. 네놈들 역시 많은 노역자들 보는 앞에서 시범적으로 처형될 것이야."

"다시는 도망치지 않겠습니다."

"시끄럽다. 이놈들."

담이와 마당이가 사정을 했으나 경비병들이 들어줄 리가 없다.

헌부는 모든 것을 포기하고 만다. 그렇게 말렸는데도 두 친구 때문에 결국은 죽게 된 것이다. 손이 뒤로 묶여 양팔이 붙들린 채 질질 끌려갔고 젖은 바닥에 내동댕이쳐진다.

노역장 감방에 수감이 되고 만 것이다.

"헌부의 말을 들었어야 하는 건데. 우리가 너무 성급했어."

"어쩔 수 없었잖아."

"살 수 있는 방법이 없을까?"

"다 틀렸어. 포기해야지."

"지금이라도 다시 도망치잔 말이다."

"어떻게 무슨 수로 도망친다고 그래?"

"내일이면 우리 셋, 무릉도로 가게 되는구나."

헌부와 친구들은 밤새 공포에 시달리며 온몸을 떨어야만 했다. 우산국에서 몇 번의 죽을 고비를 넘기면서 신라 땅까지 왔으면서,

결국은 노역장에서 고생만 하다가 죽게 생겼다.

이제 날이 밝으면 죽음과 직면하게 되는 것이다.

다음날 아침.

드디어 올 것이 오고야 말았다.

밤새 내리던 비는 그쳤고 하늘은 맑게 갰다. 헌부와 마당이 담이는 노역장 감방에서 끌려나온다. 세 사람은 결박당한 채 질퍽한 땅바닥에 무릎을 꿇어야 했다.

잠시 후, 처형이 시작된다고 한다.

서슬이 시퍼런 사벌주 주조가 핏기없이 차갑고 매서운 얼굴로 앞으로 썩 나온다. 그 표정에서는 일말의 희망도 찾아볼 수 없었다.

'이젠 정말 꼼짝없이 죽는구나.'

헌부는 가슴이 무너져 내린다.

담이와 마당이가 살려달라고 애걸복걸 매달린다.

"다시는 도망치지 않겠습니다요."

"살려만 주시면 더 열심히 일하겠습니다."

"제발 살려주십시오."

살고 싶은 마음은 헌부 역시 친구들과 조금도 다를 게 없었다. 그러나 입이 열리지 않았다. 죽을지언정 비굴하게 보이기는 싫었기 때문이다. 사벌주 주조는 가깝게 다가오더니만 유독 헌부를 노려보며 심문을 시작했다.

"어찌하여 야간도주를 하게 되었나?"

"일이 너무 힘들었습니다."

"노역장에서 도망치면 어떻게 되는지 알고 있는가?"

"참형입니다."

"알고 있었구먼. 더 할 말은 없는가?"

"죽기는 너무 억울합니다."

"죽기 억울하다는 놈들이 야반도주했단 말이냐? 여봐라 이놈들을 당장 처형시켜라."

"네 잇."

심문은 서너 마디 말로 짧게 끝이 난다. 부 군주 주조는 더 이상 물어볼 필요도 없다는 듯 등을 돌리고 만다. 곧이어 칼잡이가 앞으로 나선다.

칼날에 물을 뿌려가며 덩실덩실 춤을 추면서 돌고 돈다. 이윽고 당장이라도 목을 칠 기세로 검을 높이 쳐들고 몸을 비틀어 댄다.

노역자들은 모두 안타까워 처형하는 모습을 똑바로 바라보지 못하고 고개를 돌려 시선을 피한다. 웅성거리는 소리 사이로 간간이 탄식하는 소리가 여기저기서 들려온다.

'이제는 죽는구나.'

헌부는 체념하여 눈을 꼭 감는다. 돌아가신 아버지와 어머니 그리고 해라공주의 모습이 차례로 떠올랐다.

칼이 하늘로 높이 치솟는 순간, 바람을 가르며 섬뜩한 기운이 온몸으로 흘러내린다.

돌로 머리를 얻어맞은 듯 어지럽고 뒷골이 서늘하고 머리털이 쭈뼛 선다.

칼날이 목에 떨어지는 순간이다.

"처형을 잠시 중지시켜라."

"네 잇!"

칼잡이 병사는 큰소리로 대답하며 뒤로 물러선다. 지켜보고 있던 주조가 처형을 멈추도록 명령을 내린 것이다.

주조가 가깝게 다가와 헌부의 얼굴을 뚫어져라 들여다보더니만 고개를 갸웃거린다.

"자네는 진작부터 낯이 익어 보이는데 어디서 왔는가?"

"섬나라 우산국에서 왔습니다. 정말로 죽기는 억울합니다."

"이름이 무엇인고?"

"이헌부입니다."

"그것 참 이상해. 분명히 우산국에서 왔다고 했는가?"

"네. 맞습니다."

"점점 더 모르겠어. 생긴 모습이나 목소리가 똑같아."

사벌주 주조는 눈을 감고 잠시 생각에 잠기더니만 얼굴 표정이 변하면서 뜻밖의 말을 꺼낸다.

"이사부 자네가 여기까지 웬일이신가? 아우는 실직주의 병부령으로 명을 받지 않았던가?"

"이사부는 제 형님입니다."

"도깨비한테 홀린 것 같군. 아무리 형제라 해도 어떻게 생긴 모습이나 목소리가 똑같단 말인가?"

"형님과 저는 쌍생입니다."

"쌍생이라니. 자네가 방금 우산국에서 왔다고 하지 않았는가?"

"모든 것을 상세히 말씀드리겠습니다."

"알았느니라."

"살려주십시오."

"이야기를 들어볼 것이야."

서슬이 퍼렇던 주조는 다시 한 번 헌부의 얼굴을 확인하더니 병사들에게 별도의 지시를 내린다.

"이자들은 여기서 일하고 있을 사람들이 아니기에 참형을 중지시킨다. 추후에 자세히 설명할 것이야."

"네 잇."

"긴히 할 이야기가 있으니 당장 내게로 보내라."

"알겠습니다."

처형식은 그대로 멈춰지고 말았다. 모였던 노역자들은 어리둥절한 표정으로 일터로 돌아간다. 초병들도 물러갔고 세 사람은 부군주가 있는 임시막사로 불려가 대담을 나누게 되었다.

매섭기 그지없던 주조의 얼굴에서 훈풍이 분다. 순식간에 다른 사람으로 변해 있었다.

헌부는 어릴 때에 가족들과 헤어지게 된 사연과 이사부를 찾으러 신라에 오게 된 과정을 상세히 설명한다.

이렇다 저렇다 말없이 듣고만 있던 부군주가 고개를 끄덕인다.

"자네들 셋을 지금 당장 방면하겠네."

"고맙습니다. 저희들은 형님을 만나러 갈 겁니다."

"당연히 만나야지."

"어디로 가야 만날 수 있습니까?"

"이사부는 실직주의 병부령으로 있어. 실직주로 가면 될 것이야."

"알겠습니다."

"나도 자네들한테 부탁이 있네."

"말씀하십시오."

"형을 만나면 사벌주의 석인석이 풀어줬다고 말해주게나."

"네 잇."

"그리고 또 한 가지 전할 말이 있어."

"무엇입니까?"

"내가 사주단자를 곧 보낼 거라고 언질을 주게나."

"분명히 전해 드리겠습니다."

놀랍게도 사벌주의 주조는 이사부 형님에 대해 잘 알고 있었다. 만약에 형이 없었더라면 어떻게 되었을까, 하고 생각하니 등줄기에서 식은땀이 솟았다.

그리고 사주단자를 보내겠다고 했는데, 과연 형님과 석인석 사이는 어떤 관계일까.

헌부와 친구들은 구사일생으로 목숨을 건지게 되었다. 지긋지긋한 축성 노역장에서 풀려나왔고 떠나는 세 사람을 부군주가 직접 배웅까지 해준다.

"이사부에게 내가 곧 찾아가겠다고 안부 전해주게나."

"네 잇."

"내가 자네들을 괴롭힌 것은 신라를 위한 것이야. 이해하기 바라네."

"알겠사옵니다."

"잘들 가게나."

"고맙습니다."

"고마울 게 뭐가 있겠나?"

헌부와 친구들은 축성 노역장에서 보낸 하루하루가 그야말로 십년도 넘게 생고생을 하다가 풀려난 기분이다. 마음이 홀가분해진 세 사람은 하늘로 날아갈 듯 상쾌한 기분이 되고 만다.

"우리가 도망치자고 한 것, 잘한 거지?"

"잘했다, 정말."

"헌부는 형을 찾게 됐잖아."

"모든 게 너희들 덕이다."

"형을 만나보려면 서둘러 가야 되는 것 아닌가?"

"바쁠 게 뭐가 있겠냐?"

"하긴 헌부 말이 맞아."

한세상을 살다 보면 온갖 어려움이 많기 마련이다.

더구나 죽음의 문턱에까지 갔다가 살아난 세 사람은 그야말로 감회가 말로 표현하기 힘들었다. 앞으로 세상 사는 데에 이보다 더 어려운 경우가 생길 수 있을 것인가.

헌부와 두 친구는 자유를 마음껏 누린다.

서두를 이유도 없었다. 피곤하면 쉬었다 가고 갈증이 생기면 시냇가에서 물을 마신다.

쉬엄쉬엄 걸으며 행복을 느낀다. 성격이 예민한 담이가 뜬금없이
말을 꺼낸다.

"헌부, 물어볼 게 있어?"

"뭔데?"

"설마 그럴 리야 없겠지만 실직주에 가서 쌍둥이 형을 만나도 우
리를 외면하진 않겠지."

"그럴 리 있겠냐?"

"우리는 친구란 말이다."

"절대로 그럴 리 없으니 염려 마라."

하루해는 짧기 마련이다. 날은 금세 어둑어둑해지더니 곧장 땅거
미가 내려앉았다. 잠자리를 찾아볼 새도 없이 캄캄한 어둠 속에
갇혀버린다.

한참 걱정을 하면서 더듬더듬 앞으로 나아가다가 외딴집을 발견
하게 된다. 큰소리로 기척을 하자, 안에서 머리와 수염이 허연 노인
이 문을 열어 주었다.

"우리는 지나는 나그네입니다. 하룻밤 묵어갈 수 있는지요?"

"묵어갈 수는 있으나 방이 누추해서 그러이."

"상관없습니다."

"밥들은 먹었는가?"

"아직입니다."

노부부는 세 사람을 반갑게 맞아주었고 더운밥은 물론 잠자리

까지 마련해주었다. 너무나 고맙기 그지없었다.

"두 분은 왜 외딴곳에 사세요?"

"외딴곳이 아니야. 고개 하나만 넘으면 큰 마을이 나오는걸."

"자식들은 어디 가고 두 분만 사세요?"

"우리는 아들이 없어 여식만 셋인데, 모두 출가한 지 오래야."

"그러시군요."

"딸아이는 필요가 없어. 아들이 최고지. 젊은이들은 어디로 가는 길인가?"

"실직주로 갑니다."

"실직주로 가려면 하늘고개를 넘어야 하네."

"하늘고개는 얼마나 걸어야 나옵니까?"

"종일 꼬박 걸어야지."

"실직주까지 가려면 며칠이나 걸립니까?"

"나도 안 가봤으니 알 수가 없으이."

"잠재워 주시고, 밥도 주셔서 고맙습니다."

"우리 신라 사람들은 원래가 인심이 좋아. 그러면 편히들 쉬게나."

"고맙습니다."

신라 땅에는 인구가 많지 않았고, 나쁜 사람보다는 인정이 많고 좋은 사람이 더 많은 것 같았다. 객지에서 온 나그네에게 잠자리와 먹을 것을 제공하는 것은, 당시의 신라 사람들로서는 당연한 도리다.

모처럼 만에 밤새 푹 잔다.

아침밥도 배불리 얻어먹은 후에 크게 인사를 하고 떠날 채비를 한다. 날씨가 무척이나 좋기만 하다. 바쁠 것도 없기에 천천히 걷고 또 걷는다.

"하늘엔 구름 한 점이 없어."

"기분도 좋은걸."

"물론이지."

"우리가 바다에서 표류할 때 생각해봐라."

"그 작은 배로 우산국을 떠난 것부터가 잘못이었어."

"우산국에 있으면 지금쯤 뭘 하고 있을까?"

"글쎄."

"우리가 묵쟁이 배를 타지 않고 만약에 무릉호를 탔더라면 어떻게 되었을까?"

"차라리 범선을 탔더라면 생고생은 안 했을걸."

"하기는 그래."

"고생을 해보니 고향이 좋다는 걸 새삼 느꼈어."

"고향 생각이 간절하구나."

"말하면 뭐하겠냐?"

아침부터 걷기 시작하여 산동네를 두 개나 지난다. 다시 산을 넘고 계곡을 몇 차례 지났으나 어디서 길을 잘못 들었는지 하늘고개는 나오지 않았다.

입고 있는 더러운 누더기 옷이 나뭇가지에 걸려 너덜너덜해지고 돌부리에 걸려 넘어져 찢어진다. 손에는 긴 작대기를 들고 지팡이 삼아 땅을 짚고 다닌다.

하늘도 안 보이는 울창한 숲 속에서 길이 없어져 어디가 어디인지 방향조차 구별하기 힘들었다. 짐승이 다니는 길조차 보이지 않았다.

산속이라 해가 짧기 마련이다. 금방 해가 지고 사방이 어두워졌다.

"완전히 오밤중이구먼."

"우리가 왜 길을 잃게 된 거지?"

"낮에 두 갈래 길에서 잘못 들어선 것 같아."

"하다못해 동굴이라도 있어야 할 텐데. 잠자리 어떻게 마련하지?"

"조금만 더 찾아보자."

"캄캄한데 어디를 간다고 그래?"

"아무 데서나 잘 수는 없잖아."

"힘들어 죽겠어."

"나도 마찬가지야."

사방이 어두워 바로 앞에 뭐가 있는지 분간하기조차 힘들었다.

멀리서 산짐승 우는 소리가 잇따라 들려왔다. 잠자리를 마련하려면 하다못해 큰 바위 밑이라도 찾아야 한다. 몸이 극도로 피곤하지만 이대로 멈출 수 없다. 정신력으로 숲 속을 헤치고 나가 드디어 집들을 발견한다.

"깊은 산중에 집이 있다니. 뭔가 이상하지 않아?"

"이상하긴. 재수 좋은 거지."

"하긴 맞는 말이다."

"어서 가보자."

조심스럽게 가까이 다가간다. 첩첩산중인데도 세 채의 집이 아늑하게 자리 잡고 있었다. 그러나 막상 가까이 가보니 다 쓰러져가는 초가집 움막에 불과했다. 반가운 마음으로 다가가 기척을 한다. 늦은 밤이 아닌데도 사람은 나오지 않았다.

"아무도 없어."

"쉿! 조용해. 잠들어 있을지도 몰라."

"아니야. 집 안에 사람이 없는 것 같아."

"거참 이상하구면."

차례로 문을 열어보았으나 모두 어디로 갔는지 사람 그림자도 보이지 않았다.

"사람이 살고 있는 건 분명해."

"모두 어디 갔을까?"

"우선 배가 고프니 먹을 거나 찾아보자."

"당연하지."

집이 세 채나 되는데도 부엌은 하나밖에 없고 다행히 뒤주 속에는 곡식이 남아 있었다.

너무나 배가 고파 생쌀을 씹어 우선 허기진 배부터 채운다.

"이제 잠잘 일만 남았구나."

"쌀을 훔쳐 먹었으니 도망쳐야 하는 것 맞지?"

"이 밤중에 험한 숲 속을 어떻게 헤쳐 나간다고 그래?"

"맞는 말이다."

"혹시 잠을 자다가 집주인이 들이닥치면 요절나는 것 아닌가?"

"설마 죽이기야 하겠냐?"

"하긴 맞는 말이다."

"이야기 그만하고 어서 잠자리 찾아보자."

귀중한 식량을 훔쳐 먹었기에 방 안에서 편히 잠을 잘 수는 없다.

헛간을 더듬어 들어가 잠을 청한다.

종일 산속을 헤매고 보니 너무나도 피곤하다. 멀지 않은 곳에서 산짐승 우는 소리가 계속 들려온다. 두 친구는 금세 잠이 들었으나 헌부는 늦도록 잠을 이루지 못한다.

헌부는 쌍둥이 형을 머릿속에 떠올려본다. 실직주의 병부령이라 했으니, 형은 장수임에 틀림이 없다.

형을 만나면 무슨 말부터 해야 하나. 혹시나 전혀 모르는 사실이라며 외면당하는 것은 아닐까. 헌부는 얼굴도 모르는 형의 모습을 떠올리며 깊은 잠에 빠져든다.

얼마나 깊게 잔 것일까.

몸으로 날아든 발길질에 화들짝 놀라 잠에서 깬다. 시커먼 사내들이 눈을 번뜩이며 내려다보고 있는 게 아닌가. 헌부와 두 친구는 자다가 갑자기 밖으로 끌려나와 내동댕이쳐진다.

날은 아직 밝지 않아 캄캄하다.

달빛으로 사내들의 모습을 어렴풋이 짐작할 수 있었다. 사내들은 모두 창검을 손에 들었고 하나같이 우락부락한 모습이다. 그중에서 우두머리로 보이는 자가 세 사람을 닦달질해대기 시작한다.

"네놈들은 어디서 온 끄나풀이냐?"

"끄나풀이 뭡니까요?"

"어느 누가 보냈느냐 이 말이다."

"아무도 보낸 사람 없습니다요."

"여기까진 어떻게 왔느냐?"

"산속을 헤매다가 우연히 집을 발견했습니다."

"우연히 집을 발견했다면 어디서 온 놈들이냐?"

"우산국에서 왔습니다."

"처음 들어보는군. 우산국에 사는 놈들이 무슨 연유로 신라에까지 오게 되었느냐?"

"그냥 배를 타고 왔습니다요."

"그냥 왔다는 놈들이 남의 집에서 잠을 잤단 말이냐?"

"산속에서 길을 잃었습니다요."

"우리 산채까지 찾아왔던 사람은 지금껏 아무도 없었다. 내일 날이 밝으면 네놈들 명줄을 끊어놓을 것이야."

"저희를 죽인단 말입니까?"

"당연하지."

"살려 주십시오."

"우리 모두 피곤하므로 내일 다시 심문하겠다."

"제발 살려주십시오."

"시끄럽다. 이놈들."

닦달질은 오래 계속되지 않았고 곧바로 헌부와 두 친구는 손과 발이 묶여 헛간 속에 던져지고 만다.

"뭘 하는 사람들이지?"

"그걸 모르겠어."

"죽인다면서 우리를 왜 가두어놓은 거지?"

"죽일 생각은 없는 것 같아."

"하긴 죽일 것 같으면 이렇게 헛간 속에 묶어 두겠냐?"

"헌부, 물어볼 게 있어."

"물어보다니 뭘?"

"왜 사벌주에서 도망친 이야기는 안 했지?"

"꼬치꼬치 캐물을 것 같아 그랬어. 사벌주에서 도망을 쳤다느니 혹은 실직주로 간다는 말은 일절 할 필요가 없어."

"나도 동감이야."

"우리가 살아나기 위해선 우산국 촌놈으로 보여야 돼. 목숨만 살려주면 무슨 일이든 하겠다고 말하란 말이야."

"알았어."

친구들과 이야기하는 도중 헌부는 돌아가신 부모님과 해라공주가 머릿속에 떠올랐다.

이상하게도 지금의 상황이 두렵거나 겁이 나지 않는 것은 웬일일까.

까.

다음날 한낮이 지나서야 사내들이 헛간의 문을 열어 제꼈다.

곧이어 어젯밤에 닦달했던 자가 헛간 안으로 들어왔고, 지난밤에는 어두워 잘 몰랐으나 인상이 꽤 험악스러운 사내다.

"다시 묻겠다. 우산국 놈들이 신라에 무엇 때문에 왔느냐?"

"그냥 무조건 왔습니다요. 작은 쪽배를 타고 오다가 배가 뒤집혀 죽을 뻔했어요."

"네놈들을 살려주면 도망칠 것 아니냐?"

"갈 곳이 없습니다요."

"갈 곳이 없으면 먹여주고 재워줄 테니, 우리와 함께 살 생각은 없느냐?"

"정말입니까요?"

"시키는 일은 무엇이든 할 수 있겠느냐?"

"하겠습니다요."

"좋아, 풀어주겠다. 하지만 엉뚱한 짓을 했다간 죽기를 각오하라."

"고맙습니다요."

셋은 묶여있던 줄에서 풀려난다. 지난밤에는 어두워 미처 보지 못했는데 처마 밑으로 쌓여있는 물건들을 보아하니 아마도 이곳은 산적의 소굴인 것 같았다.

신라 땅에 산적이 있다는 말은 들어봤으나 놈들과 함께할 거라고는 생각도 못해봤던 일이다. 곧이어 헌부와 친구들은 수하에게 넘겨진다. 키가 작달막한 게 산적들 중에서 가장 나이가 어려 보인다.

"너희들 내 말 잘 들어야 한다."

"말씀만 하세요."

"밥 짓고 빨래도 하고 방과 부엌 청소는 물론 할 일이 많아."

"우리 셋이서 해야 되나요?"

"내가 시키는 것만 하면 되는 게야. 만약에 게으름을 피우거나 엉뚱한 짓 했다간 가만두지 않아."

"알겠어요."

"우선은 땔나무가 필요하다. 따라와라."

"네 잇."

키 작은 사내를 따라 근처의 숲으로 가 땔감을 한 짐씩 주워 짊어지고 돌아온다.

땔나무를 해온 것으로 일이 끝날 줄 알았으나, 곧이어 물을 길어 와야 하고 식사준비는 물론 그 밖에도 할 일은 첩첩이 많기도 했다.

어느덧 산속에서 생활한 지 사흘째가 되는 날이다.

모두들 한곳에 모여 두런두런 이야기를 나누던 중에 두목이 검술시범을 보여주었다.

검을 내려치고 올려치고 뛰어오르고 겉으로 보기에 다른 사람들과 별다를 게 없어 보였으나 검술 하나만은 뛰어난 사람이다.

무술 시범이 끝난 후 두 사람이 한 조가 되어 대련을 벌이고 있을 때에 두목이 헌부와 담이 마당이 셋을 별도로 불러 몽둥이 하나씩을 손에 쥐어 준다.

"검을 다루어본 적이 있느냐?"

"없습니다."

"우리와 생활하려면 검을 다룰 줄 알아야 해."

"저희들은 검술을 배운 적이 없는걸요?"

"상관이 없어. 그러면 지금부터 검 다루는 법을 가르쳐주겠다."

"정말입니까요?"

"왜, 싫다는 대답이냐?"

"아닙니다."

이야기가 끝나기 무섭게 먼저 두목이 시범을 보여 가며 한 가지씩 가르쳐주기 시작한다.

"우선 다리를 어깨너비만큼 벌려라."

"네 잇."

"무릎을 뻣뻣하게 하지 말고 약간 구부려라."

"알았습니다."

"검을 세워 눈은 똑바로 상대방을 주시하란 말이다."

두목의 말대로 기본동작을 배우기 시작한다. 그들은 검술을 배운 적이 없기에 무척이나 흥미가 있었다.

"검을 힘 있게 내려쳐라."

"얏!"

"얏!"

두목이 앞에서 직접 시범을 보여 가며 재미있게 가르쳐주었다. 비록 산적의 소굴이긴 하나 검술을 가르쳐주니 좋기만 하다.

"무엇 때문에 몽둥이 쓰는 법을 가르쳐주는지 아는가?"

"모릅니다."

"남의 걸 뺏어먹는 게 쉬운 일이 아니다. 그래서 기본적인 걸 가르쳐주는 게야."

"고맙습니다요."

"너희들이 당장은 힘들겠으나 산을 떠날 때엔 한몫 잡게 해줄 것이야."

"정말입니까?"

"내가 사나이로 약속한다. 그 대신 시키는 대로 열심히 하란 말이다."

"알았습니다요."

"어련히 잘하겠느냐만, 열심히 해야 한다."

두목은 떠날 때에 한몫 잡게 해준다고 말했다. 과연 맞는 말일까.

배우는 첫날에 많은 것을 가르쳐주었다. 그 이후에도 두목은 가끔 생각날 때마다 검 다루는 법을 가르쳐주었다.

하루하루 보내기가 지루하긴 했으나 당분간은 있을 만하다.

"헌부는 계속 산에 머물러 있을 건가?"

"무슨 소리야, 떠나야지."

"도망치잔 말이다."

"조금만 더 기다려보자. 실직주에 가봐야 형이 기다리는 것도 아니고, 두목이 한몫 잡게 해준다고 했잖아."

"그걸 믿는단 말인가"

"우선은 먹고 자고 검술도 배우잖아."

"못 말리겠군."

헌부와 두 친구는 당장이라도 도망치려면 얼마든지 가능했으나 검술도 가르쳐주고 일도 별로 힘들지 않아 당분간은 머물러있기로 한다.

날이 밝아 평상시와 다름없이 이것저것 시키는 일을 하고 있을 때였다.

두목이 갑자기 헌부와 친구들을 불러 몽둥이를 나눠준다.

"셋이서 내게 덤벼봐라."

"두목님 다치십니다요."

"어서 덤비지 못하겠느냐?"

"안 됩니다."

"그러면 좋다. 내가 먼저 공격하겠다."

먼저 공격하겠다는 말과 함께 몽둥이가 사정없이 날아온다. 셋은 엉겁결에 마주 덤비기 시작한다.

"이 얏!"

"이 얏!"

셋이 힘을 합해 한꺼번에 몽둥이를 휘둘러 봤으나 두목은 어찌나 몸동작이 빠르고 날쌘지 당해낼 재간이 없었다. 셋은 하는 수 없이 공격을 포기한다. 다른 부하들이 두목에게 꼼짝 못 하는 이유를 알 수 있을 것 같았다.

다음날 아침 헌부와 친구들은 진검을 한 자루씩 전해 받는다.

산적들은 모두 부산을 떨며 소굴을 나선다.

"어서 따라오지 못하겠느냐?"

"갑니다요."

"중간에 도망을 치거나 엉뚱한 짓은 했다간 죽기를 각오하라."

"염려 놓으십시오."

그러잖아도 산사에만 있기가 지루했는데 오히려 잘된 일이다. 오전 내내 험한 숲 속을 걸어 으슥한 산길에 도착한다. 산이 험한데도 사람 다니는 길이 있는 게 신기했다.

헌부는 두목이 진검을 나눠준 이유가 무엇인지 궁금하였다. 모두가 편한 자세로 자리 잡고 있을 때에 두목이 헌부와 두 친구를 불렀다.

"지금부터 연습을 해보겠다. 만약 사람이 나타날 경우엔 어떻게 해야겠나?"

"잘 모릅니다."

"모르는 게 당연하지. 멀리서 미리 나서는 게 아니라 숨어 있다가 갑자기 덤벼들어야 한다. 금방이라도 죽일 듯이 겁을 주어 제압하란 말이다."

"만약에 상대가 마주 덤비면 어떻게 합니까?"

"그때엔 방법이 한 가지다."

"한 가지가 뭡니까. 죽여야 합니까?"

"절대로 죽여서는 안 된다. 사람을 죽이면 나중에 우리가 크게 화를 입게 된다. 그때엔 우리가 나설 것이야."

"알겠습니다."

"조금 있으면 장꾼들이 올 게야. 너희 셋이 위협을 해서 물건을 뺏으란 말이다."

"셋이서 하란 말입니까?"

"너희들이 잘하는지 못하는지 시험해볼 것이야. 만약에 어설프게 행동했다간 크게 당하는 수가 있느니라."

"알았습니다."

헌부는 산적이 되고 싶지는 않았으나 피할 수도 없었다.

길에서 잘 보이지 않는 나무와 풀숲에 숨어 기다리고 있는 사이, 어느새 태양은 중천으로 떠올랐다. 그때까지도 사람 그림자 하나 보이지 않았다. 오직 이름 모를 새소리만 요란하다.

갑자기 두목이 턱짓을 해댄다.

살펴보니 장꾼들이 올라오는 게 멀리서 보였다. 두어 명이나 서너 명쯤 될까 예상했으나 일행은 십여 명이 넘는 것 같았다. 모두들 등짐을 짊어진 건장한 사내들이다. 바로 코앞에까지 오기를 기다렸다. 셋은 진검을 들고 뛰쳐나가 장꾼들 앞에 버티어 선다.

"등짐을 내려놓지 못하겠느냐?"

"웬 놈들이냐?"

"목숨이 아깝거든 당장 짐을 내려놓으란 말이다."

"보아하니 햇병아리 놈들이구먼."

"못 내려놓겠다는 게냐?"

"오늘 네놈들 된맛 좀 보여주겠다."

살려달라고 애걸복걸할 줄 알았으나 천만의 말씀이다.

장꾼들은 약속이라도 한 듯 일제히 등짐을 내려놓더니만 보따리 속에서 진검을 꺼내 들고 맞선다. 전혀 예상치 못했던 일이다.

도망칠 수도 없었다. 상대를 너무 만만하게 본 게 화근이다.

헌부와 친구들은 어쩔 수 없이 검을 내지르고 휘둘러야 했다. 하지만 장꾼들의 검 다루는 솜씨가 한 수 위다. 도저히 당해낼 재간이 없었다.

"이얏."

"이얏."

"악!"

비명과 함께 마당이가 피를 뿌리며 땅바닥에 나뒹굴고 만다.

더 이상 덤비는 건 무모한 짓이다. 몸을 돌려 도망이라도 쳐야 한다. 상황이 급박해지자 숨어있던 두목과 사내들이 순식간에 뛰어나온다.

잠시 긴장된 순간이 흐르고 수적으로 불리해진 장꾼들은 슬금슬금 뒤로 물러선다.

짧은 순간 잠시 멈춰 서디니만 날 살려라 도망을 치고 만다.

긴박했던 상황이 끝나자 두목이 앞으로 썩 나선다.

"놈들이 우리가 버티고 있으리라곤 상상도 못 했겠지."

"겁이 나서 죽을 뻔했어요."

"처음이라 그런 게야."

"친구가 다쳤어요."

"별것 아니니 잘 돌봐줘라."

"네 잇."

"서둘러라. 놈들이 숨어서 쫓아올지도 몰라."

마당이는 왼쪽 팔을 심하게 다쳤다. 산적들이 장꾼들에게 빼앗은 짐들을 각자 나누어 등에 지는 동안 마당이의 상의를 벗기어 상처를 싸맨 후 팔걸이를 해준다.

"참을만하냐?"

"조금 나아진 것 같아."

"팔 떨어져 나가지 않은 게 천만다행이다."

"고맙다. 헌부."

"고맙기는 뭘."

그들은 신속히 자리를 벗어났고 서둘러 걸어 날이 어둑어둑해서야 소굴에 도착한다.

축성 노역장

옷감을 비롯해 건어물 소금 등 온갖 귀한 물건들을 많이도 빼앗았다.

밤이 되어 산적의 소굴에는 작은 잔치가 벌어졌다. 모두들 귀한 음식으로 푸짐하게 배를 채운다.

"앞으로도 이런 일 계속 있는 겁니까?"

"자주 있는 건 아니야. 아주 드문 일이지."

"알겠습니다."

"이제부터 우리와 한 식구가 되었으니 딴생각은 절대 하지 마라."

"네. 두목님."

다시 날이 밝아오면서 아침이 시작된다.

셋은 다른 날과 다름없이 자질구레한 일에 매달려야 했다. 오후가 되어 조금 한가해지려니 했더니만 산적들이 오래 묵은 더러운 옷들을 잔뜩 내놓았다.

마당이는 팔을 다쳐 쉬어야 한다. 담이와 헌부가 묵은 옷들을 계곡으로 날라서 빨래를 시작한다.

"우리가 이런 일을 계속해야겠나?"

"당분간은 있어 보기로 했잖아."

"정말 더러워서 못해 먹겠어."

"나도 마찬가지야."

"더 있을 필요가 없어. 우리 도망치자."

"마당이는 어떻게 하고?"

"하긴 마당이 때문에 문제구나."

밤이 되어 두목이 세 사람을 불렀다. 오늘따라 무슨 이야기를 하려는지 꽤 뜸을 들이는 모습이다.

"우리 모두는 하루빨리 산적 노릇을 그만두고 고향으로 되돌아가기로 했다."

"지금 하신 말씀 정말입니까?"

"하지만 빈손으로 고향에 갈 수 없는 것 아니냐?"

"맞는 말입니다."

"이번에 좋은 기회가 생긴다. 너희들 혹시 세곡이 뭔지 아느냐?"

"모릅니다."

"세곡이란 나라에 세금으로 바치는 곡식을 말하는 게야."

"처음 들어보는 말입니다."

"세곡 운반은 경비가 삼엄한 대신 엄청나게 양이 많아. 단 한 번만 탈취해도 우리 모두 고향으로 되돌아갈 수 있단 말이다."

"그런 줄은 몰랐어요."

"너희들도 고향으로 돌아갈 때엔 큰 재물을 갖고 가야 할 것 아니냐?"

"맞습니다."

"이번에 단단히 한몫 챙겨줄 것이야."

"고맙습니다."

"똑같이 재물을 나누어줄 것이니 당분간은 딴생각 말고 열심히 일하란 말이다."

"알았습니다."

"고생이 되어도 참아야 한다."

"네 두목님."

두목은 헌부와 친구들이 떠나려는 낌새를 지레짐작한 것인가. 그래서 희망이라도 던져주어 주저앉히려고 그리 말한 것은 아닐까.

소굴에 있는 산적들은 비록 산적 노릇을 하고는 있으나 모두 보통 사람들이다.

헤어진 가족에게 돌아가기를 기대하며 한몫 잡기만을 바라는 평범한 사람들이다.

두목은 헌부와 담이 마당이의 얼굴을 일일이 확인하더니 자리를 떴고, 몸이 불편한 마당이가 엉뚱한 말을 꺼낸다.

"세곡운반이라면 경비가 삼엄해. 잘못했다간 목숨이 날아갈지도 몰라."

"두목이 한몫 챙겨준다고 했어."

"떠돌이 생활하는 우리가 한몫 받아봐야 무슨 소용 있겠냐?"

"하기는 등짝에 지고 다닐 수도 없는 거지."

"헌부. 오늘 밤에 떠나자."

"네 몸이 그래서 어디를 간다고 그래?"

"팔이 아픈 거지. 다리는 멀쩡해."

"정말 괜찮겠냐?"

"제발 부탁이다."

"오늘 밤에 떠나자."

"좋아 떠나자."

"딴말하지 않기다."

"알았어."

마당이 말이 틀린 게 하나도 없다. 한몫 잡게 해준다는 말에 더이상 미련을 가질 필요는 없는 것이다.

밤이 깊어만 간다. 산적들이 모두 잠들어 있을 때에 헌부와 두 친구는 살그머니 일어나 소굴에서 빠져나온다. 다행히도 뒤쫓아 오는 사람은 없었다.

환한 달빛에 의지해 갈 길을 재촉한다.

셋은 어릴 적부터 동갑내기 고향 친구였다.

좁디좁은 우산국에 살면서 바깥세상을 동경했었고 신라로 가기 위해 묵쟁이 배를 탔다가 풍랑에 배가 뒤집혀 죽을 뻔했다.

사벌주의 축성 노역장에서도 울타리를 넘었다가 붙잡혀 죽을 고비를 넘겼다.

그뿐인가. 산적의 소굴까지 들어가 뜻하지 않게 산적 노릇을 하다가 겨우 빠져나왔다.

앞으로 그들에게 무슨 일이 더 벌어질지 알 수가 없는 일이다.

얼음공주

지증마립간.

그는 절름발이인데도 나라를 통치하면서 많은 업적을 이루어 냈다.

우선 악습인 순장법을 폐기했고 지방의 행정구역을 광역화시켜 부족들의 자치권을 약화시켰다. 수도 없이 많은 부족들의 분권적인 지배를 중앙집권제로 바꿨다.

다시 말해 원시부족국가에서 중앙집권의 강력한 신라로 발돋움시킨 셈이다.

안으로는 황후인 연제부인과 슬하에 1남 3녀를 두었다.

왕자와 공주들은 일찍 짝을 맺어주었으나 막내공주만은 아직 혼인을 시키지 못했다.

자식이 장성한 후에 짝을 찾아주는 것이 도리이건만 혜원공주의 출가가 늦어져 지증마립간은 골치를 썩이고 있었다.

늘그막에 본 딸이라 금이야 옥이야 귀하게 길렀더니 고집이 보통이 넘고 부모를 우습게 알고 제멋대로다.

지금까지 수도 없이 맞선을 보게 했으나 매번 상대가 마음에 들지 않는다며 딱지를 놓았다. 괜찮은 사내를 물색했는데도 막상 소개를 해주면 눈길 한 번 주지 않고 싫다 하니 답답할 노릇이다.

요즘에 들어선 소문이 나빠져 마땅한 젊은이를 골랐다 해도 상대 쪽에서 미리 알고 맞선조차 보지 못하겠다고 나오는 데에는 당해낼 재간이 없었다.

까다로운 조건으로 엄선하여 뽑은 사내들을 거들떠보지도 않으니 이제는 더 이상 갖다 댈 엄두도 내지 못하고 있는 실정이 되고 말았다.

늦더위가 기승을 부리는 여름날이다.

궁궐 안도 덥기는 마찬가지, 지중마립간은 연제부인과 오랜만에 궁궐 내 정자에서 오붓하게 앉아 더위를 식히고 있었다.

"날씨가 푹푹 찌는구면."

"밖으로 나왔는데도 더워요."

"황후께서 내게 하실 말씀이 무엇이오?"

"사실은 혜원이 때문에 그래요."

"또 맞선을 보이겠단 말이군."

"어쩔 수 없잖아요."

"선을 보이면 무슨 소용이 있겠소. 번번이 딱지만 놓는걸."

"이번에는 실직주에 사는 젊은이를 선보일까 해요."

"왜 하필이면 실직주란 말이오?"

"서라벌에선 맞선을 많이 봤기 때문에 소문이 나빠졌고 더 이상 마땅한 상대를 구할 수 없어요. 제 숙부님이 멀리서 젊은이를 오라고 했어요."

"숙부가 중신했다니 믿을 만하구면. 젊은이 이름이 무엇이오?"

"김숙업의 자제 김이사부인걸요."

"이사부라면 짐이 알고 있소. 언제인가 순장법에 대해 건의한 적이 있었지."

"맞아요. 하지만 한 가지 흠이 있어요."

"흠이란 게 무엇이오?"

"김숙업의 자제 이사부는 소실의 소생인걸요."

"반쪽 성골이구먼."

"그래요."

"그런 것은 문제가 되지 않아요. 짐의 사위가 되면 곧바로 성골이 되는 것 아니겠소?"

"잘해서 성사됐으면 좋겠어요."

"잘되면 좋겠으나 이번에도 성사되지 않을 경우 공연히 공주한테 소문만 더 나빠져요."

"어느 누구에게도 일절 말을 내지 않았어요. 이사부 본인도 황궁에 왜 불려왔는지 몰라요."

"그건 잘한 일이오. 짐이 이사부가 사윗감이 되는지 안 되는지 사전에 알아볼 것이오."

"어떻게 하시려고요?"

"본인도 모르게 알아보는 방법이 따로 있소. 그나저나 이사부란 젊은이가 도착했는지 모르겠구먼."

"제가 알기로는 이미 궁궐 안에 와 있어요."

"황후는 매사에 빈틈이 없구려."

연제부인과 진지하게 이야기를 나누고 있을 때에 어떻게 알았는지 혜원공주가 불쑥 찾아왔다. 허락도 없이 정자에 오르더니 날씨가 덥다며 손으로 이마의 땀을 닦는다.

"공주, 네가 여기는 웬일이냐?"

"왜요. 제가 오면 아니 되옵니까?"

"안 될 거야 뭐가 있겠느냐?"

"두 분이 제 얘기한 것 맞지요?"

"그래 맞다만. 지금까지 공주가 맞선을 본 게 몇 번이나 되는지 알고 있느냐?"

"열 번도 넘어요."

"네가 눈이 높아서 그런 게야. 한 단계 낮추도록 해라."

"아바마마 제 혼사에 대해 너무 신경 쓰지 마시어요."

"신경 쓰지 말라니 말이나 되느냐?"

"혼인 이야기는 그만해요. 너무 덥사옵니다."

"우리 공주가 덥다면 시원하게 해줘야지."

"어떻게 무슨 수로 아바마마가 시원하게 해줄 수 있어요?"

"얼음을 갖고 오면 될 것 아니냐?"

"거짓말 마세요. 한여름에 어떻게 얼음을 구해요?"

"공주는 잘 모르겠으나 지난겨울에 석빙고를 만들어 커다란 얼음덩어리를 통째로 보관한 게 있단 말이다."

"믿을 수 없사와요."

"네가 아바마마를 못 믿겠단 말이냐?"

"그런 건 아니고요."

이야기가 끝나기 무섭게 상궁이 냉기를 내뿜는 얼음덩어리를 쟁반에 받쳐왔다. 지증마립간과 연제부인 그리고 혜원공주는 작은 얼음 덩어리 한 개씩을 받아든다.

"아바마마, 믿을 수 없사옵니다."

"네가 손에 들고 있으면서도 못 믿겠단 말이냐?"

"정말로 놀라워요."

"석빙고야말로 놀라운 기술이지. 안 그러냐?"

"맞사옵니다."

"허허, 그것 참."

얼음을 받아들고 모처럼 가족과 단란하게 이야기를 나누고 있을 때에 마립간의 집정관이 정자에 다가와 머리를 조아린다.

"아뢰오. 대신들 모두 어전에 대기하고 있사옵니다."

"짐이 깜빡했구먼."

"실직주에서 온 이사부란 젊은이도 함께 대기하고 있사옵니다."

"벌써 왔단 말인가?"

"그러하옵니다."

"난 이만 가봐야겠소."

"벌써 가시게요?"

"미안하오."

곧이어 가마를 대령한다.

지증마립간은 연제부인의 부축을 받아 정자에서 내려와 가마에 오른다. 무언가 미진하고 섭섭한 기색의 연제부인과 혜원공주의 눈길을 받으며 어전으로 향한다.

사람의 됨됨이를 알아보는 방법에는 여러 가지가 있다.

그중 독대하는 것보다 궁궐 대신들이 보는 앞에서 사내다운지 아닌지를 알아보는 것도 좋은 방법 중 하나다.

그토록 신중을 기하는 까닭은 혜원공주가 그동안 맞선을 너무 많이 봐 소문이 나빠졌기 때문이다. 또다시 맞선이 틀어진다면 좋을 것이 없기에 미리 이것저것 사전에 알아봐야만 한다.

혜원공주가 조금이라도 마음에 들어 할 사내 같으면 만나게 해줄 것이고, 그렇지 않을 경우라면 아예 없었던 일로 적당히 치하의 말이나 해줄 생각이다.

지증마립간이 회의장에 도착한다.

궁궐 대신들은 물론 멀리 실직주에서 온 젊은이가 대기하고 있었다. 전에도 언젠가 한 번 본 적이 있는 젊은이다. 키가 훤칠한 미남으로 남자답게 듬직한 모습이 우선 마음에 들었다.

"자네는 어디서 온 누구인고?"

"실직주에서 온 김이사부라 하옵니다."

"현재 무엇을 하고 있는고?"

"실직주 병부령으로 있사옵니다."

"백제 난민들을 되돌려 보냈다고 들었네만 큰일을 해냈어. 큰 공을 세웠기에 자네를 부른 것이야."

"저보다는 실직주 군주님의 공이 크옵니다."

"젊은이가 겸손해. 자네 혹시 실직주의 병부령보다는 지방 군주를 하고 싶지 않은가?"

"황공하옵니다."

지중마립간은 젊은이의 마음을 떠보는 것이다. 사내대장부의 기질은 갖고 있는지, 대인관계는 좋은지를 알아보기 위해 일부러 공석 중인 자리가 없는데도 불구하고 제안을 해봤다.

예상했던 대로 대신들의 반대가 극심하다.

"폐하. 군주는 아니 되옵니다."

"짐이 의사만 물어봤을 뿐이오."

"법도에 어긋나옵고 이사부가 성골 신분이 아니란 것은 우리 모두가 알고 있사옵니다."

"허허. 그것 참."

"군주 발언을 취하해 주시옵소서."

"이사부는 지난날 실직주의 군주를 지냈던 김숙업의 자제란 말이오. 정실부인이 아닌 후실의 자식이란 걸 짐도 알고 있소."

"알고 계신데 어찌하여 군주로 명을 내리려 하시옵니까?"

"그렇다면 짐이 어찌했으면 좋겠소?"

"후실의 자식은 성골이 아니고 성골이 아니면 군주를 할 수 없사옵니다."

"취하해 주시옵소서."

"취하해 주시옵소서."

"통촉해주시옵소서."

젊은이의 마음을 시험하기 위한 지중마립간의 깊은 뜻을 신하들이 알 리가 없다.

그렇다고 사위로 점을 찍어 시험해보는 거라 털어놓을 수도 없는 입장이다.

거듭되는 신하들의 반대에 실내는 잠시 침묵이 흐른다.

바로 이때 이사부가 앞으로 한 발짝 나서서 고개를 숙인다.

"아뢰옵기 송구하오나 제겐 군주 임명이 과한 줄로 아옵니다."

"군주 임명이 과하다면 무엇을 하고 싶은고?"

"지금처럼 실직주의 병부령이면 되옵니다."

"끝까지 변방의 장수로 살고 싶다는 말이군."

"황공하옵니다."

"이사부는 실직주의 병부령을 계속 수행토록 하라. 고구려와 접경인 신라 북방을 군사 요충지로 만들어야 하느니라."

"마립간 명받겠사옵니다."

"그리고 신하들은 들으시오. 우리 신라엔 벼슬에만 눈이 어두운 성골 자제들보다는 이런 젊은이가 필요하단 말이오."

"황공하옵니다."

"오늘 회의는 여기에서 마치겠소."

회의가 끝난 후 기분이 좋아진 지중마립간은 이사부를 어전으로 다시금 불러들인다.

이사부가 마음에 들어 독대를 하였고, 황궁에까지 불러들인 이유를 알려주어야 하기 때문이다.

"자네는 혼전이라고 들었네만 사실인가?"

"아직 배필을 찾지 못했사옵니다."

"다행이구먼."

"송구하옵니다."

"내겐 공주가 셋이야. 둘은 이미 출가시켰으나 막내는 아직 적당한 배필을 찾지 못했다네."

"혜원공주는 신라 사람들 모두가 아옵니다."

"자네 혹시 짐의 막내 여식을 한 번 만나보고 싶지 않은가?"

"너무 과분하옵니다."

"과분하다니 당치 않은 말일세."

"큰 영광이옵니다."

"문제는 공주 마음에 들어야 해. 자네한테 달린 게야."

"황공하옵니다."

"공주는 눈이 높아. 잘 설득시켜 보란 말일세."

"설득할 자신은 없으나 만나 보겠사옵니다."

"잘 생각한 것이야."

"성은이 망극하옵니다."

김이사부.

그는 백제의 난민들을 돌려보낸 이후 실직주 군주는 물론 관내의 성주들이 적극 밀어주어 병부령 업무를 제대로 수행하고 있는 중이었다.

그러던 중 갑작스럽게 황궁으로 입궐하라는 연통을 받았던 것이다.

혹시나 백제의 난민들을 돌려보낸 일이 서라벌에 알려져 큰 상이라도 받는가 했더니만 뜻밖에도 지증마립간의 막내 공주와 맞선을 보라는 마립간 명이다.

이 얼마나 좋은 기회란 말인가.

혜원공주의 마음에 들기만 하면 백년가약을 맺을 수 있고 마립간의 부마가 된다.

그뿐인가. 부모님이 그토록 원했던 성골이 될 수 있는 좋은 기회가 아닌가.

문제는 혜원공주의 마음을 어떻게 사로잡느냐 하는 데에 있는 것이다.

다음날, 이사부는 혜원공주와 만난다.

조용한 곳이면 좋으련만 보는 눈이 많아 신경이 쓰이는 궁궐 내 정자 안에서 만남이 이루어졌다. 혜원공주는 생각했던 것보다 미색이 좋은 편인 데 비해 성격만은 예사롭게 보이지 않았다.

"공주님을 뵙게 되어 영광이옵니다."

"영광은 무슨. 이름이 이사부라 했느냐?"

"그러하옵니다."

"아녀자같이 생겼구나."

"엄연히 남정네입니다."

"그런 뜻으로 물어본 게 아니다. 이사부는 공주인 나를 어찌 생각하느냐? 내가 마음에 드느냐?"

"마음에 듭니다요."

"사내가 어찌 그리 생각도 없이 쉽게 대답하느냐?"

"죄송하옵니다."

"그동안 나 말고 다른 여자와 사귀어본 적이 있느냐?"

"없사옵니다."

"지금까지 여자를 사귀어본 적이 없다니 이상하구나."

"정말입니다."

"현재는 실직주의 병부령이라고 말을 들었다만 사실이냐?"

"맞사옵니다."

"실직주는 바닷가란 말이다. 서라벌에 와서 살 생각은 없느냐?"

"저는 실직주가 좋습니다."

"실직주가 좋다면 장래에 무엇이 되고 싶으냐?"

"저는 어릴 때부터 장수가 되는 게 꿈이고 앞으로도 마찬가지입니다."

"내 마음에 드는 게 하나도 없구나."

"실례지만 무엇이 마음에 안 듭니까?"

"우선은 아녀자같이 생겼고 나이도 많아 보이는구나. 그리고 나는 바닷바람 부는 실직주로 시집가기는 싫다. 더구나 전쟁터에 나가는 장수란 말이다."

"그것뿐입니까요?"

"딱 잘라 말해서 갑줄 입은 사람은 싫구나."

"이해할 수 있습니다요."

공주는 이사부보다 모든 게 한 수 위로 보였다.

혹시나 하고 기대했으나 역시 공주는 만만한 상대가 아니다. 이사부가 실망하여 이야기를 끝내려 할 때에 궁녀가 쟁반에 얼음을 받쳐 들고 왔다.

이사부는 깜짝 놀란다.

아무리 궁궐이라 해도 어떻게 무더운 여름철에 얼음을 구했단 말인가.

궁녀는 공주와 이사부에게 얼음 한 덩이씩을 전해주고는 총총히 사라진다.

"공주님. 앞으로 좋은 배필 만나시기 바라옵니다."

"내가 마음에 안 든다는 뜻이냐?"

"그런 게 아니오라 공주님께서 저를 못마땅하게 여기시옵니다."

"나는 얼음공주이니라."

"얼음공주라면 마음이 차다는 뜻입니까?"

"정확하게 판단했느니라."

"알겠사옵니다."

혜원공주는 얼음을 손바닥에 올려놓고 스스로를 얼음공주라 말했다.

이사부는 상심이 너무나 컸으나 어쩔 수 없었다. 오히려 만나지 않았더라면 더 좋았다는 생각이 들었다. 찬 얼음을 손에 든 채로 허리 굽혀 크게 절을 하고는 정자에서 내려와 쓸쓸히 발길을 되돌린다.

황궁에서 나와 여각으로 돌아왔는데도 좀처럼 공주의 모습이 머릿속에서 지워지지 않았다. 손에 쥔 얼음은 녹아내려 아무것도 남아있지 않았다. 자신의 기대가 얼음처럼 허망하게 여겨졌다. 이사부는 밤늦도록 잠을 이루지 못하고 뒤척였다.

다음날 부지런히 준비를 하여 실직주로 돌아갈 채비를 하고 있을 때였다.

궁궐에서 다시 입궐하라는 통보를 받게 된다. 누가 이사부를 찾는 것일까.

공주가 부를 리는 없는 것이고 무슨 영문인지 모른 채 다시금 입궐한다.

이게 웬일이란 말인가?

뜻밖에도 혜원공주가 기다리고 있었다. 어제와는 달리 두 사람은 뜰을 거닐며 이야기를 나누게 되었다.

"얼음공주님, 왜 저를 불렀습니까?"

"오늘은 얼음이 없지 않느냐?"

"더 이상 얼음공주가 아니란 말입니까?"

"내가 마음을 바꿨다."

"어떻게 바꿨다는 겁니까?"

"혹시 마립간의 부마가 되고 싶은 생각은 없느냐?"

"무슨 뜻인지 알겠사옵니다."

"무엇을 어떻게 알겠다는 것이냐?"

"공주님 말을 돌려 하지 마십시오."

"돌려 하지 말라니 무슨 뜻이냐?"

"솔직히 저는 공주님 좋아합니다. 혼사를 맺고 싶습니다."

"솔직해서 마음에 든다. 나 역시 이사부를 지아비로 모시고 싶구나."

"정말입니까?"

드디어 얼음공주가 마음을 열었다. 이사부는 손을 내밀어 차디찬 얼음공주의 손을 덥석 잡는다.

공주는 왜 마음을 바꾼 것일까. 이사부는 지금의 현실이 믿기지 않아 마치 꿈만 같았다.

따뜻한 태양 볕에 녹아 흘러내린 얼음처럼 공주의 마음도 사르르 녹은 것일까.

귀향

삶이란 무엇인가.

죽음의 반대말로 사람이란 목숨이 붙어있기에 매일 아침에 일어나 하루를 살아가게 되는 것이다. 평범하게 일상생활을 하던 사람이 갑자기 죽음의 선고를 받게 될 경우 당사자는 과연 어떤 심정이 될까. 이보다 더 큰 절망은 없으며 개인적으로 봐서는 세상의 끝이 되고 마는 것이다.

그와 반대로 죽음의 선고를 받고 절망상태에 빠졌다가 다시 살아나게 된다면 그 사람의 마음은 과연 어떨까. 이 세상은 온통 장밋빛이고 모든 게 좋아 보이게 마련이다.

이헌부 역시 마찬가지였다.

우산국의 담수라 태자를 때렸다가 죽음의 직전에까지 갔던 적이 있었고 친구인 마당이 담이와 함께 묵쟁이 배를 탔다가 바다에서 폭풍을 만나 죽을 뻔했고 사벌주의 축성 노역장에서 야반도주를 했다가 붙잡혀 죽음의 문턱까지 갔다가 살아난 적이 있었다.

세상을 살다 보면 많은 온갖 어려움이 있기 마련이지만 죽을 고비를 여러 번 넘다 보니 헌부는 세상사는 게 두렵지 않았다.

헌부와 두 친구는 산적의 소굴을 떠난 지 이틀 만에 실직주에 도착한다.

쌍둥이 형을 만나기 위해 실직주 관내에 있는 실직성을 찾아가는 중이었다.

　　도둑 소굴에서 빠져나왔으니, 입고 있는 옷은 너덜너덜해졌고 행색은 초라하여 상거지나 다름없었다.

　　친구인 담이가 퉁명스럽게 말을 꺼낸다.

　　"헌부는 형을 만나게 되지만 마땅이하고 나는 별 볼 일 없잖아."

　　"내가 형을 만난다고 달라질 게 뭐가 있겠냐?"

　　"신라에 눌러살 거잖아?"

　　"아직은 형을 만나지도 못했어."

　　"만약에 형을 만나게 되면 우리 둘만이라도 우산국에 보내줘야 한다."

　　"우리는 신라에 와서 고생만 했어. 나 역시 형을 만난다 해도 신라에 남고 싶지 않아. 고향에 가고 싶어."

　　"지금 한 말 정말이냐?"

　　"나는 항상 너희들하고 함께할 거니깐 너무 닦달하지 마라."

　　"그러나저러나 헌부 옷차림이 완전히 거지꼴이니 형님이 알아보시겠냐?"

　　"얼굴만은 닮았잖아."

　　"하기는 맞는 말이다."

　　헌부는 꼭 한번 형을 만나고 싶었다. 한 뱃속에서 나온 쌍둥이 형이기에 그냥 얼굴만이라도 보고 싶었다. 혹시라도 반갑게 맞아주어 실직주에서 살 만한 터전을 마련해준다면 다행이지만, 만약 그렇지 못하더라도 친구들과 고향으로 돌아가면 그뿐이다.

세 사람은 힘들게 걸어서 실직주에 있는 실직성에 도착한다.

성이라고는 하나 웅장하게 높은 성벽으로 둘러 있는 것은 아니고, 바닷가 쪽으로 나지막하게 성벽을 둘렀고 큰 성문이 있는 것이 전부였다. 성문 앞에는 긴 창을 든 초병 둘이나 서 있었다.

"웬 놈들이냐?"

"저희는 실직주의 병부령님을 만나러 왔습니다요."

"네놈들이 우리 성의 병부령님을 만난다고 했느냐?"

"네. 꼭 만나야 합니다요."

"하늘같이 높으신 병부령님이 감히 거지 같은 네놈들을 만나줄 것 같으냐. 어서 꺼지지 못하겠느냐?"

"제 이름은 김이헌부이고 병부령님의 쌍둥이 동생입니다."

"쌍둥이라 했느냐? 점점 더 엉뚱한 말을 하는구나."

"정말입니다요."

"하긴 얼굴이 비슷하다만 쌍둥이가 틀림없느냐?"

"어느 안전이라고 거짓을 말하겠습니까요?"

"정 그렇다면 알아보겠다. 기다려라."

형님을 하늘같이 높으신 병부령이라고 초병이 말했다. 그나마 쌍둥이라 얼굴이 닮아 형님을 만날 수 있게 되었다.

성문 앞에서 기다리고 있는 동안 둘러보니, 실직주가 아득하게 한눈에 내려다보인다.

서쪽으로는 높은 산이 둘러 있고 동쪽으로는 바다와 맞닿아 있었다. 실직주는 다른 지역의 성들과는 달리 마을이 상당히 큰 편이다. 그뿐인가. 탁 트인 동해의 푸른 물결이 한없이 넓게 펼쳐져 있었다.

"저기 동해 건너엔 우리 고향이 있겠지?"

"말하면 뭐하겠냐?"

"당장 헤엄을 쳐서라도 고향에 가고 싶어."

"나도 마찬가지야."

"형을 만나면 우산국으로 보내달라고 꼭 부탁해야 한다."

"당연하지."

기다린 지 꽤 오래되어 셋은 성안으로 들어가게 되었다. 형님은 얼굴조차 보이지 않았고 인상이 험악하게 생긴 병사 하나가 헌부를 마치 중죄인 취급을 하였다.

"병부령님은 서라벌에 가셨다. 무슨 이유로 만나자고 했느냐?"

"제 형님입니다."

"네놈이 감히 거짓을 고한단 말이냐?"

"실직성의 병부령님은 제 쌍둥이 형입니다."

"우리 병부령님 가족사항을 알아본 결과 누나 둘이 있을 뿐 남자 형제는 없단 말이다."

"쌍둥이 맞사옵니다."

"얼굴이 비슷하다고 정신이 오락가락하는 놈이군."

"병부령님은 제 형님이 틀림없습니다."

"여봐라. 이놈들을 정신이 바짝 차리도록 혼쭐을 내줘라."

"네 잇."

"알겠습니다요."

명령이 떨어지기 무섭게 세 사람은 곧바로 끌려가 형틀에 묶이게 된다. 그나마 다행으로, 마당이는 몸이 아프기에 매질에서 제외되었다.

철썩철썩 헌부의 엉덩이로 매가 연거푸 떨어졌다. 매질이 계속되는 동안 헌부의 입에서는 자신도 모르게 신음이 터져 나온다. 담이 역시 금방이라도 죽을 듯 소리소리 지르며 자지러진다. 두 사람은 죽지 않을 만큼 두들겨 맞은 후에 성에서 쫓겨난다.

"죽지 않은 게 다행이구먼."

"미안해. 내가 할 말이 없다."

"헌부, 혹시 뭘 잘못 알고 있는 것 아니냐?"

"그럴 리 없어. 노역장에서도 우리가 살아났잖아."

"분명히 누나만 둘 있고 남자 형제는 없다고 말했어."

"우리는 어렸을 때 헤어졌단 말이야."

"쌍둥이를 몰라보다니 그게 더 이상하잖아."

"성안에 형이 없어서 그런 거야."

"앞으로 형을 찾으려면 혼자 찾아라. 그나저나 우산국으로 돌아가긴 다 글렀구나."

"정말로 미안하다."

볼기를 얻어맞을 줄은 상상도 못 했던 일이라 담이의 투정은 당연했다. 맞은 엉덩이가 아파 엉금엉금 절룩거리며 걷고 있을 때에, 옆에서 휘적휘적 지나가던 사람이 걸음을 멈추고 말을 걸어온다. 입고 있는 옷은 허름했으나 뭔가 모르게 조금은 위엄이 있어 보인다.

"죽도록 매를 맞았군."

"실례지만 누구시옵니까?"

"알 필요 없느니라. 실직주 사람이 아닌 것 같은데 어디서들 왔는고?"

"동해 섬나라 우산국에서 왔습니다."

"우산국에서 왔다면 귀한 사람들이군."

"실은 오늘 밤 잠잘 곳이 없습니다요."

"허허 그것 참. 정히 잠잘 곳이 없다면 따라오너라."

"정말입니까요?"

"잔소리들 말고 따라오라고 했다."

"고맙습니다만 존함이 어떻게 됩니까요."

"내 이름은 거차이니라."

거차가 누구인지, 무엇을 하는 사람인지는 모르겠으나 나쁜 사람 같아 보이지는 않았다.

거차는 앞서서 천천히 걷는데도 무척이나 걸음이 빨랐다. 세 사람은 죽을힘을 다해 따라간다. 꽤 많이 걸어 날은 해 질 무렵이 되었고, 산비탈의 넓은 공터에 자리 잡은 남향 받이 작은 암자에 도착한다. 암자라고 해봐야 헌부가 살던 옛집보다도 더 허술해 보인다.

더운밥을 얻어먹은 후에 찬물로 찜질까지 하여 맞아서 아픈 엉덩이가 조금은 풀어지는 것 같았다.

"고마운 분은 지금 어디 계시지?"

"옆방에 있는 것 같아."

"뭘 하는 분일까?"

"글쎄, 보통 사람 같지는 않아."

"내일이면 알게 되겠지."

"그나저나 아파서 제대로 누울 수가 없어."

"나도 마찬가진걸."

"엎드려서 자면 되잖아."

"노역장에서도 엎어져서 잤더니, 예서도 엎어져서 자야만 하는 신세로구나."

"밤이 늦었다. 잠이나 푹 자둬야지."

의문의 사내는 옆방에 있는데도 무엇을 하는지 꼼짝을 하지 않았다. 낮에 맞은 엉덩이가 너무나 아프고 고통스러웠으나 밤이 늦어지면서 깊은 잠에 빠져든다.

아침이 되어 헌부와 친구들은 작은 방안에서 고마운 사람과 마주 앉았다.

어제와는 전혀 다르게 도포 비슷한 걸 걸쳤고 복장도 복장이지만 목에다 길게 염주를 매달았다.

"관세음보살 나무아미타불."

"방금 전 하신 말씀이 무엇입니까?"

"중을 몰라보다니. 네놈들은 불자가 되긴 힘들겠구나."

"불자가 무엇입니까?"

"알 리가 없지. 석가모니란 말은 들어봤느냐?"

"못 들어봤습니다요."

"석가모니는 가미라 왕국의 태자로 태어났어. 생후 칠 일 만에 어머니가 돌아가시어 이모 밑에서 자랐지."

"태자라면 임금의 아들로 태어났단 말입니까?"

"성장 후엔 일반 사람과 마찬가지로 혼인을 하여 아들을 낳았어. 스무 살 때에 생로병사에 대해 의심을 품고 출가하신 게야."

"그렇다면 왕이 되는 걸 마다했단 말입니까?"

"이제야 알겠느냐? 석가모니는 출가하신 이후 여러 곳을 돌아다니며 선인을 만나 수도하였으나 만족지 못하다가 삼십오 세 때에 보리수나무 밑에서 명상과 고행 끝에 대오각성을 하신 게야."

"도대체 무슨 말인지 모르겠습니다요."

"그 이후 각 지방을 돌아다니며 불교 확장에 힘쓰다가 팔십 세 때에 생을 마쳤느니라."

"그러면 왜 사람들이 불교를 믿는지 모르겠습니다."

"여러 가지 연유가 있겠으나 제일 중요한 것은 내세가 있는 것이야."

"내세란 무엇입니까?"

"사후세계를 뜻하는 말이니라. 사람이 한평생을 살 때에 부처님 말씀대로 살면 죽어서도 극락에 갈 수 있는 게야."

"극락이라면 좋은 곳이군요."

"진정한 인간의 행복이 있는 곳이지. 너희들 역시 부처님 말대로 불자가 되길 바란다."

"생각해 보겠습니다요."

"난 다녀올 데가 있어. 양식이 남아 있으니 밥들 해먹고 앞으로 불자가 될 수 있는 길을 생각하기 바란다."

"알겠습니다요."

거차 스님이 말한 극락은 과연 어떤 곳일까. 헌부는 오늘따라 인간의 삶과 죽음에 대해 조금은 관심을 갖게 되었다. 거차 스님은 평범한 옷으로 바꿔 입은 후 암자를 떠나고 만다.

당시 백제와 고구려는 진작부터 불교를 정식 국교로 삼았으나 신라는 불교를 아직 승인하지 않았다. 그렇더라도 어느새 신라의 북쪽 지방인 하슬라주와 실직주에서는 비밀리에 불교가 전파되고 있었다.

"거차 스님이 왜 우리한테 밥을 주고 잠자리까지 마련해 주었지?"

"불자가 되라는 뜻이지."

"무릉도가 더 좋은 거야, 극락이 더 좋은 거야?"

"그거야 죽은 다음에 가봐야 아는 것 아니냐?"

"불자가 되어야만 극락에 갈 수 있다고 스님이 말했어."

"좌우간 우리 셋, 먹여주고 잠재워주니 고마운 분 아니냐."

"하긴 맞는 말이다."

헌부와 두 친구는 지금까지 사람이 죽게 되면 영혼은 무릉도에서 영생하는 것으로 알고 있었는데 기차 스님은 전혀 다른 말을 했다. 무릉도가 좋은지 그렇지 않으면 극락이 더 좋은 곳인지 알 수 없는 노릇이다. 스님이 떠난 이후 그들은 별로 하는 일이 없이 한가로울 수밖에 없었다.

"헌부는 아직도 형을 찾을 생각이 있는 거냐?"

"포기했어."

"포기했다면 우산국에 어떻게 돌아가지?"

"글쎄, 나도 막막해."

"지금까지 헌부만 믿고 여기까지 따라왔는데 별 볼 일 없잖아?"

"미안하다."

"우리가 진작 이렇게 될 줄 알았어."

"내가 너희들한테 할 말이 없구나."

"알았으면 됐어."

아마도 지금쯤은 형이 서라벌에서 돌아왔을지도 모른다. 하지만 이사부 형은 남자 형제는 없고 누이만 둘이 있다고 했다. 다시 찾아가봐야 볼기만 맞을 것 같아 아예 가기를 포기하고 만다.

거차 스님이 다시 암자로 돌아온 것은 이틀이 지나서다.

인사를 받자마자 승복으로 바꾸어 입고는 불상 앞에 좌정해 염불을 외우고 목탁을 두들기며 꼼짝을 하지 않았다. 저녁식사를 준비하여 기다렸고 스님과는 밤이 되어서야 대화를 나눌 수 있게 되었다.

"앞으로 신라국도 머지않아 불교를 국교로 삼게 될 것이야."

"정말입니까?"

"신라가 불교를 받아들이고 사찰을 짓게 되면 그다음엔 우산국도 불교국이 될 수 있는 게지."

"우산국도 신라와 마찬가지로 불교국이 될 수 있는 겁니까?"

"당연한 것이지."

"스님 그것보다 우리는 고향으로 돌아갈 길이 막연합니다요."

"우산국에 그리도 가고 싶단 말이냐?"

"저희들 고향입니다요."

"방법이 없는 것은 아니지."

"정말로 우산국에 갈 수 있습니까?"

"피곤하니 오늘은 이만 자도록 하자."

스님은 우산국으로 돌아갈 수 있는 방법이 있다고 분명히 말했다. 과연 그 방법이란 게 무엇일까. 조금이라도 언질을 해주면 좋겠으나 눈을 감더니만 입을 다물고 만다. 잠자리에 들어 고향인 우산국을 머릿속에 떠올리며 깊은 잠에 빠진다.

다음날 아침식사를 하는 중에 거차 스님은 뜻밖의 말을 꺼낸다.

"우산국 범선이 실직주 선착장에 정박해있어."

"믿어지지 않습니다요."

"어제 내가 우산국에서 온 선원들을 만났지. 그래서 우산국 젊은이 셋이 우리 집에 있다고 귀띔해줬지."

"그 말씀 정말입니까. 언제 출발합니까?"

"오늘 중으로 출발한다고 들었다만 바쁠 게 뭐가 있겠느냐. 천천히 채비하여 떠나거라."

"고맙습니다, 스님."

역시 거차 스님은 느긋한 분이다. 그렇게도 간절히 원하는 것인데 왜 이제야 말을 해준단 말인가. 세 사람은 급히 서둘러야 했다. 부지런히 채비를 끝내고 하직인사를 한다.

"스님 그동안 고마웠습니다."

"고맙기는 나 역시 우산국에 한 번쯤 가보고 싶구나."

"저희도 스님을 기다리겠습니다."

"어서들 가봐라."

"안녕히 계시옵소서."

"관세음보살 나무아미타불."

크게 절을 하고 암자를 빠져나온다. 부지런히 걸어 선착장으로 가고 있을 때에 멀리서부터 말발굽 소리가 들려오더니만 소리가 차츰 커지면서 사람들이 길을 비켜주는 게 아닌가.

"무슨 일입니까?"

"실직성의 병부령 행차일세."

"정말입니까?"

실직성의 병부령이라는 말에 헌부는 크게 놀랄 수밖에 없었다.

선착장으로 가는 것도 급하지만, 잠깐만이라도 형을 만나보고 싶었다.

"헌부 뭐하는 거야. 어서 서둘러."

"방금 전에 한 말 못 들었어?"

"우리는 무릉호를 타야 한단 말이야."

"나도 알고 있어."

"무릉호가 떠나버리면 그만이잖아."

"조금만 기다려 봐라."

"정 그렇다면 우리라도 먼저 갈게."

"마음대로 해라."

아무리 범선을 타는 일이 급해도 헌부는 잠깐만이라도 형을 만나고 싶었다.

먼지를 일으키며 군마의 행렬이 가깝게 다가왔다. 어림짐작으로 제일 앞서서 달려오는 사람이 형으로 생각되었다. 깊게 생각해볼 여유도 없는 것, 헌부는 두 팔을 크게 벌려 행렬의 앞을 가로막는다. 달려오던 기마대가 급히 멈춰 섰고 실직성의 병부령이 말을 탄 채로 가깝게 다가온다. 투구와 갑옷을 착용했기에 얼굴이 확실히 드러나지 않았다.

하지만 느낌만은 확실하다.

"웬일로 길을 막아섰느냐?"

"병부령님과 이야기 나누고 싶습니다."

"내게 할 말이 무엇이냐?"

"형님과 저는 쌍생입니다."

쌍둥이라는 말에 실직성 병부령의 눈빛이 달라지면서 놀라는 표정이 역력해 보였다.

"혹시나 성에까지 날 찾아온 적이 있었는가?"

"맞습니다요."

"네가 나하고 생긴 것은 비슷하나 내게는 남자 형제가 없다. 누나만 둘이 있을 뿐이다."

"우리는 어렸을 때 헤어졌습니다요."

"난 그런 말을 들어본 적이 없어."

"정말입니다요."

"네가 생긴 모습은 비슷하다만 이상한 말을 하는구나. 정이 내게 할 이야기가 있다면 실직성으로 다시 찾아오거라."

"볼기만 때릴 것 아닙니까?"

"절대로 그렇지 않아, 지금은 관내 소약성에 왜구가 출몰해 출동 중이다. 급히 가야 하기 때문에 지체하기 어렵구나."

"알겠습니다요."

"단단히 언질을 해놓을 것이야."

"네 잇."

"반드시 찾아와야 한다."

"그리하겠습니다."

실직성의 병부령은 말을 탄 채로 다시금 헌부를 뚫어져라 살펴보더니만 고개를 갸웃거렸고 곧이어 떠나버린다.

먼지를 자욱하게 일으키며 달려가는 기마대의 뒷모습을 보면서 헌부는 한없이 허망한 마음이 되고 만다. 두 친구가 다급하게 다가와 손을 끌어당겼다.

"헌부, 뭐 하는 거야?"

"알았어."

"범선을 못 타면 그만이란 말이야."

"알았다고 했잖아."

친구들 손에 이끌려 선착장으로 내달린다. 헌부는 그동안 산과 들판을 헤매고 다녔기에 입고 있는 옷과 얼굴 모습이 거지 중에서도 상거지 차림이다. 형이 제대로 못 알아보는 것은 당연했다. 과연 두 사람은 다시 만날 기회가 생길 것인가.

한편 우산국의 우해왕.

그는 왜구의 침탈 사건으로 부모님 두 분을 무릉도로 보냈고 우산국 원로들의 제청으로 새롭게 왕으로 추대되었다.

콧수염과 턱수염을 길러 나름대로 임금다운 풍채를 보이려 꾸몄으나 어릴 때부터 겁이 많았기에 임금이 된 지금에 와서도 별로 달라진 게 없었다. 언젠가는 아버지 토와리왕처럼 왜구의 손에 살해당할 것이란 생각이 들었고 왜구만 떠올리면 가슴이 두근거리고 노상 불안하기 그지없었다.

그때를 다시 돌이켜보면 왜구들은 계획적이었다.

야심한 밤에 소리 없이 우산국에 상륙해 민가는 건드리지 않았고 바로 궁궐로 잠입했다.

당시의 담수라태자는 너무나 놀라 앞뒤 가릴 것 없이 무조건 산으로 도망쳐야 했다.

워낙 소심하고 겁이 많았기에 다른 것은 아무것도 생각할 수 없었다.

혼자 산에서 벌벌 떨며 긴 밤을 지새우고 궁으로 돌아오니 토와리왕과 궁모인 어머니가 왜구에 의해 시해되었다.

그뿐인가. 왜구들은 궁궐 내의 값진 물건들을 싹쓸이로 훔쳐 달아났다.

돌아가신 부모님께 불효를 한 게 너무나 죄스러웠고, 왜구면 생각하면 우선 겁부터 더럭 났다.

왜구야말로 공포의 대상이고 특히나 밤이 두렵기만 했다. 조그마한 소리에도 민감하게 움찔하고 쉽사리 잠들지 못했다.

계속되는 악몽으로 잠에서 깨어나 식은땀을 흘리고, 깨어난 후에는 더 이상 잠을 이루지 못한다. 소이 부인이 옆에 있어도 소용이 없는 일이다.

"밤이 길기도 하구먼."

"왜 밤마다 잠을 설치고 그러세요?"

"너무 무서워. 왜구가 오늘 밤에라도 쳐들어올 것 같아."

"소심해서 그래요. 마음을 굳게 먹어요."

"그게 안 되는 걸 어떻게 하나?"

"우리는 아직 아이도 없어요. 이다음에 우산국의 왕이 될 태자를 하나 만들어요."

"그게 마음먹은 대로 되는 것인가?"

"제가 애써볼게요."

"이리 가까이 오시오."

"알았어요."

우해왕의 곁은 다행스럽게도 이해심 많은 소이부인이 지켜주었다. 만약에 부인마져 없었더라면 이토록 긴긴 밤을 어떻게 보낼 수 있을까.

우해왕은 옆으로 바짝 다가온 소이부인을 꼭 끌어안는다.

다음날 오후가 되어 좋은 일이 있었다.

무릉호가 오랜 항해를 마치고 우산국으로 돌아왔기 때문이다. 선착장에서는 백성들의 환영행사가 있었고 곧이어 선장이 궁궐로 입궐해 상세하게 항해성과를 보고한다.

"무사히 항해를 마치고 왔습니다."

"어디어디 다녀오셨는가?"

"백제의 무진주 신라의 황도 서라벌 그리고 실직주에 들렀습니다."

"우리 우산국에서 필요한 물목을 구해 왔는가?"

"당연하옵니다."

"다른 일은 없었는가?"

"이번에 마당이와 담이 그리고 헌부란 자가 돌아왔습니다."

"헌부라면 나를 죽이려 했던 놈 아닌가?"

"맞습니다."

"마당이와 담이는 상관이 없으나 헌부란 놈은 무엇 때문에 데려왔는가?"

"실직주에서 갑자기 배에 올랐습니다. 같은 우산국 사람이기에 선장인 저로서도 어쩔 수 없었습니다."

"어찌 그런 놈을 데려왔단 말인가?"

"황공하옵니다."

"괘씸한 놈."

"드릴 말씀이 없사옵니다."

놈은 태자였을 때 자신을 죽이려 했던 놈이다.

우산국의 우해왕은 꼴도 보기 싫은 헌부가 귀국했다는 보고에 펄쩍 뛴다. 당장이라고 불러들여 물고를 내고 싶은 심정이다.

하지만 한 나라의 국왕이라고 해서 백성들을 무조건 잡아들일 수는 없는 일이다.

뭔가 죄를 뒤집어씌워 꼬투리를 만들어야 한다. 선장의 항해 보고가 끝난다.

다시는 상대하고 싶지 않은 헌부 놈을 무슨 수로 잡아넣나 고심하고 있을 때에 뜻밖에도 해라공주가 얼굴을 내밀었다.

"오라버니, 나도 혼인하고 싶어요."

"듣던 중 반가운 소리구나. 남자는 어떤 사람인가?"

"오라버니도 아는 사람인걸요?"

"내가 알 만한 사람이라면 혹시 헌부란 놈?"

"맞아요."

"그놈만은 절대로 안 된다."

"안 되다니, 왜요?"

"실직주 길거리에서 주워온 놈이야. 나를 죽이려 했던 놈이란 말이다."

"오라버니가 먼저 죽이려 하니깐 덤볐잖아요."

"그걸 말이라고 하나? 내 그놈을 가만 놔둘 것 같으냐? 절대로 혼인은 안 된다."

"만약 그 사람한테 해코지하면 내가 가만히 있지 않아요."

"가만히 있지 않으면 어찌할 건데?"

"궁에서 나가겠어요."

"나가든가 말든가, 네 마음대로 해라."

"알았어요."

우해왕은 헌부가 다시는 우산국에 나타나지 않기를 바랐으나 또다시 나타나 속을 끓이게 하니 눈엣가시다. 더구나 하나뿐인 누이가 그놈을 좋아하고 있으니 예삿일이 아니다.

해라공주뿐 아니라 소이부인 역시 엉뚱하게 말을 거들었다.

"공주한테 너무한 것 아니어요?"

"너무하다니 무슨 뜻인가?"

"공주가 꼭 혼인하고 싶으니, 제게 도와달라고 했어요."

"다른 사람은 몰라도 그놈만은 절대로 안 돼."

"다시 생각해보세요."

"분명히 안 된다고 했소."

"공주는 궁궐을 나가서 혼인 허락이 떨어질 때까지 안 돌아온다고 했어요."

"마음대로 하라지 뭐."

"제발 다시 생각해보세요."

"안 된다면 안 되는 것이오."

"죄송해요."

우해왕은 헌부만 생각하면 부아가 치밀었다.

분명 해라공주 때문만도 아니다. 놈은 소이부인과도 염문이 있었던 놈이다.

이미 세월이 많이 흘렀기에 지난 일을 다시금 들먹일 수는 없으나 찜찜하기는 마찬가지다. 기분이 나빠진 우해왕은 자신도 모르게 손까지 부들부들 떤다.

한편, 신라에서 갓 돌아온 헌부는 아무것도 모르는 채 아버지와 함께 살았던 옛집으로 찾아온다. 집은 비어있는 사이 먼지가 쌓이고 낡았다.

마당에는 풀이 아무렇게나 돋고 키가 자라 무릎을 덮었다. 대충 집안 손질을 끝낸 다음 제사상을 마련해 부모님의 명복을 빌어드린다.

"아버지 어머니 무릉도에서 잘살고 계신 거 맞지요?"

"영생하시옵소서!"
"영생하시옵소서!"
생각하면 할수록 불쌍한 분들이다.

이제 고향으로 돌아왔으니 뿌리를 내리고 살 작정이다. 그동안 객지를 떠돌며 숱을 고생을 했기에 고향만 한 곳이 없다는 생각이 들었다. 앞으로는 어떠한 어려움이 생기더라도 문제없이 살아갈 수 있을 것 같았다.

우산국에 온 지 사흘이 지나면서, 담이와 마당이가 먹을 것과 간단한 살림도구를 들고 찾아왔다.

"우리도 우산국에 돌아왔으니 뭔가 해야 되지 않겠냐?"

"뭘 하려고 그러는데?"

"묵쟁이! 묵쟁이를 잡으면 안 될까? 헌부는 묵쟁이를 잡는 것뿐 아니라 건조하는 기술도 갖고 있잖아."

"좋은 생각이지."

"앞으로 묵쟁이를 많이 잡아서 다른 나라에도 보내고 그런다면, 우리가 필요한 것들도 얼마든지 구할 수 있게 되잖아."

"좋은 생각이긴 하다만. 제일로 중요한 게 없어."

"중요한 게 뭔데?"

"묵쟁이를 잡는 배가 없단 말이다."

"묵쟁이를 잡는 배는 우리 작은아버지한테 부탁해볼게."

"마당이 작은아버지께서 과연 배를 지어 주시겠냐?"

"그 대신 우리 셋이서 힘든 일은 도와줘야지."

"그리된다면 오죽이나 좋겠냐?"

앞으로 우산국에서 뿌리내리고 살려면 뭔가를 해야 한다. 아버지가 살아계실 때는 묵쟁이를 조금밖에 잡지 못했으나 앞으로 두 친구와 마음만 잘 맞추면 묵쟁이를 많이 잡을 수 있다. 하지만 어떻게 배를 새로 짓는단 말인가.

먹고사는 것도 중요하지만 헌부는 우산국에 돌아와 내내 걱정되는 게 있었다.

우해왕이 혹시나 지난 일을 들추어 벌하면 어쩌나 하는 일이다.

다행스럽게도 아직까지는 아무런 해코지가 없기에 조금은 마음이 놓였다.

해라공주가 찾아온 것은 저녁 무렵이 되어서다. 너무 뜻밖의 일이라 놀라지 않을 수 없었다.

"공주님이 여기까지 오실 줄은 정말로 몰랐습니다."

"왜 싫다는 말이냐?"

"아닙니다, 해라공주님."

"신라에 있는 동안 재미가 좋았느냐?"

"고생만 했습니다요. 그런데 몸종도 보내지 않고 어떻게 여기까지 직접 오셨습니까요?"

"그동안 어찌 변했는지 보고 싶었다. 반갑게 맞아주니 고맙구나."

"제가 오히려 고맙습니다요."

"또다시 우산국을 떠날 생각이냐?"

"저는 우산국 사람입니다. 앞으로는 절대로 우산국을 떠나지 않을 겁니다."

"잘 생각했느니라."

"우선 방으로 들어가십시오."

"방에 들어가도 상관이 없겠느냐?"

"어서 드시지요."

해라공주가 찾아오다니, 생각지도 못했던 일이다. 누추한 방으로 들게 하여 둘이 마주 앉는다. 오랜만에 봐서인지 모르겠으나, 해라공주는 무척이나 미색이 출중해 보인다.

"예뻐 보입니다요."

"놀리는 것 같구나."

"아닙니다요."

"오랜만이구나."

"정말로 반갑습니다요."

"혹시 내가 한 말을 기억하고 있느냐?"

"저를 기다린다고 했잖습니까?"

"지금에 와서 마음이 변한 건 아니겠지?"

"절대로 아닙니다."

"아직도 나하고 혼인할 생각이 있는 거냐?"

"당연하옵니다."

"그렇다면 내가 오늘부터 여기서 살아야겠구나."

"안 됩니다. 임금님이 저를 죽이려 할 겁니다."

"내가 있는 한은 상관이 없다."

"알겠습니다요."

"고맙구나."

해라공주는 궁궐로 돌아가지 않았다. 두 사람은 말없이 서로를 꼭 끌어안고 밤은 깊어만 간다. 그날 밤 둘은 결국 한 몸이 되고 만다. 헌부가 우산국에 돌아온 것은 어쩌면 해라공주 때문인지도 모른다.

한편 궁궐의 우해왕은 헌부란 놈을 생각하며 격한 감정에 휩쓸린다. 지난밤 해라공주가 놈에게 간 이후 돌아오지 않았기 때문이다.

도저히 묵과할 수 없는 것, 호위무사를 시켜 헌부를 궁궐로 불러들인다.

오후가 지나서야 헌부란 놈이 뻔뻔스럽게 어전에 나타나 고개를 숙였다.

우해왕은 격한 마음을 진정시키며 조용히 말문을 꺼낸다.

"그동안 신라에 갔다가 보고 들고 온 게 무엇이냐?"

"고생만 하다 왔습니다요."

"해라공주를 네놈이 납치했다고 들었다."

"납치한 게 아닙니다."

"납치한 게 아니라고 했느냐?"

"그리하옵니다."

"당장 돌려보내라. 만약 오늘 중으로 해라공주가 돌아오지 않으면 네놈을 납치범으로 참형에 처할 수도 있느니라."

"안 됩니다요."

"안 된다고 했느냐?"

"차라리 저를 죽여주시옵소서."

"뭐라 했느냐?"

"죽여주시옵소서."

우해왕은 너무나 격노하여 몸까지 부들부들 떨렸다.

억지를 쓰며 해라공주를 돌려보내지 않으면 놈을 납치범으로 참형에 처하겠다고 엄포를 놓았으나 소용이 없었다.

놈은 우산국에 오기 전부터 해라공주가 자신의 편이기 때문에 해꼬지 못할 것이라 예상했는지 조금도 두렵거나 겁을 내는 표정이 아닌 게 분명하다.

임금의 엄포 정도는 아무것도 아니란 뜻이다.

오죽하면 뻔뻔스럽게도 죽여 달라는 말밖에 달리 할 말이 없었단 말인가.

앞으로 이 일을 어찌 처리한단 말인가.

신라 장수 이사부

 세월은 흐르는 강물과 같다.

신라의 장수 이사부 역시 어느덧 나이가 들어 옛날의 아녀자 같은 생김새는 얼굴에서 찾아보기 힘들었다. 이마에는 굵은 주름이 잡히고 콧수염과 턱수염이 길다. 눈빛이 형형하여 장수다운 기상이 단연 돋보인다.

이사부는 혜원공주와 혼인하여 슬하에 2남 2녀를 두었다.

큰놈이 어느새 열 살이 되었으니 세월이 많이 흐른 셈이다. 그사이 이사부는 실직주의 군주가 되어 있었다.

안타까운 일이 있다면, 부모님 두 분이 모두 세상을 떠났다는 사실이다.

그는 어렸을 때부터 전쟁 놀이를 좋아했고, 그 당시의 꿈은 병부령이었다. 결국은 실직주의 병부령을 시작으로 군인의 길을 걷게 되었다.

실직주 병부령으로 시작을 했으나 크고 작은 전투에서 계속 승전하여 결국엔 마립간 명에 의해 서라벌로 간 다음 신라 전체를 관할하는 병부의 최고 수장에까지 올라 신라의 장수로서 전공을 많이도 올렸다.

백제의 도살성을 공격해 신라에 귀속시켰고, 고구려가 피폐한

틈을 타 금현성을 접수한 다음, 군사 천여 명을 두어 지키게 하였다. 가야와 전쟁을 벌여 금관가야를 역사 속으로 사라지게 했다.

그렇게도 많은 전공을 올렸건만 아직도 마음을 놓을 수 없는 상황이었다. 특히나 주변의 나라 중에서 고구려가 강대국이고 호시탐탐 신라를 공격하기 위해 시기만 엿보고 있는 시절이었다. 결국 지중 마립간은 이사부를 궁궐로 불러들여 또다시 마립간 명을 내렸다.

"지금까지 많은 공을 세웠으나 고구려군의 남침을 막아낼 장수는 이사부 자네가 적격이야."

"황공하옵니다."

"특히 신라 북방에 있는 하슬라주와 실직주를 신라 북방의 군사 방패막이로 만들어야 하느니라."

"네 잇."

"김이사부를 실직주의 군주로 명하노라."

"황공하옵니다."

"고구려군의 남침을 철저히 막아내야 하느니라.'

"마립간의 명 받겠사옵니다."

이사부는 신라 북방을 군사 요충지로 만들라는 마립간 명에 의해 다시금 실직주로 왔고 군주의 업무를 시작한 지도 어느덧 한 해가 되어간다.

실직주의 군주로 부임한 뒤에도 항상 바쁘기 그지없었다. 백성을 보살피는 군주로서의 업무보다 실상은 병부의 일이 더 많았기 때문이다.

아직까지도 신라는 인접국에 비해 군사력이 약한 편이었다.

북쪽으로는 고구려, 서쪽으로는 백제가 호시탐탐 기회를 엿보고 있었다. 바닷가에는 왜구의 출몰이 빈번하여 나라가 혼란하였다.

그 무렵에 결국엔 불길한 소식이 전해오기 시작했는데 고구려군의 움직임이 심상치 않다는 보고가 연일 올라왔다.

고구려군이 쳐들어올 경우 제일 먼저 피해를 입게 되는 곳은 하슬라주나 실직주가 되는 것은 당연했다.

왜냐하면 하슬라주, 실직주는 고구려 땅과 접해있는 신라의 북쪽에 위치해 있기 때문이다.

오늘도 실직주 관내 고위 장수들을 회의실로 불러들인다.

"군주님, 요즘에 들어 고구려 군대가 심상치 않습니다."

"이미 알고 있는 것 아니오."

"하슬라주에서 얼마 떨어지지 않은 국경 부근에서 맹훈련 중입니다."

"그게 사실인가?"

"고구려군은 시기만 엿보고 있습니다. 언제 밀고 내려올지 모릅니다."

"단단히 준비를 해야겠소."

"만약에 고구려 군대가 우리 실직주에까지 쳐들어온다면, 신라 전체의 안위까지 연결되옵니다."

"당연한 것 아니겠는가? 성마다 훈련을 강화하고, 만일의 사태에 신속하게 병력을 동원할 수 있도록 협조 체제를 마련해야 할 것이오."

"그 점은 너무 염려 마십시오. 군주님."

"장수 여러분들을 믿을 것이오."

"알겠습니다."

그 당시 군대의 전쟁 병법은 요즘에 비해 복잡하지 않았다.

성벽 공격이 많았고 양쪽 군대가 넓은 장소에 집결해 정면대결을 벌이는 경우가 허다했다. 드물게는 비나 눈이 오는 악천후도 이용했으며, 지형이 유리한 산이나 강으로 유도하는 경우도 간혹 있었다. 고구려군도 마찬가지, 국경 부근에서 훈련을 하는 척하다가 갑자기 신라로 침범해올 수도 있는 것이다.

작전회의를 마치고 마음이 심란해진 이사부는 집무실에서 나온다. 멀리 북쪽의 산들을 올려다본다. 고구려군이 쳐들어온다면, 과연 어떻게 대응할 것인가.

오늘은 어릴 때부터 같이 놀며 자란 용이와 재곤이가 보름 넘게 고구려에 침투했다가 임무를 마치고 돌아왔다.

"여행은 재미있었는가?"

"말도 마십시오."

"재미가 없었던 모양이군."

"적국에 들어갔었습니다. 단순히 여행을 다녀온 게 아닙니다."

"첩자로 다녀왔으니 그럴 만도 하구먼. 고구려군의 동태를 말해 보라."

"고구려 군대는 현재 만여 명이 넘습니다. 훈련 중인데도 일부 군대는 백제 국경까지 깊숙이 들어갔다가 다시금 철수했습니다."

"백제에까지 침투했었다니 이상한 일이구먼."

"그냥, 훈련이었습니다."

"국경을 넘는 훈련이라니 대단해. 현재 고구려 군대는 어디에 주둔해 있는가?"

"하슬라주 고구려 국경 근처에 진을 치고 있습니다."

"국경 부근이라 했는가?"

"아무래도 심상치 않습니다."

"만약 고구려 군대가 침략해 온다면, 어디로, 어느 지방으로 제일 먼저 올 것 같은가?"

"국경과 가까운 하슬라주가 제일 먼저 공격을 받게 될 겁니다."

"실직주가 아니라 하슬라주라 했는가?"

"그러하옵니다."

"예삿일이 아니구먼. 다른 것도 더 알아본 게 있는가?"

"군대의 작전은 극비사항이기에 더 이상은 알아낼 방도가 없었고, 상황이 긴박한 건 사실입니다."

"좌우간 수고들 많았다."

"임무를 완수했을 뿐입니다."

"고생들 많았으니 푹 쉬도록 하라."

"네 잇. 군주님."

하슬라주는 실직주 바로 옆에 있는 주로 고구려와 국경을 맞대고 있는 신라의 최전선이다. 재곤이와 용이가 비교적 정확하게 고구려군의 동태를 파악해 알려주니 친구들이 고마울 뿐이다.

오늘도 서라벌로부터 마립간의 밀지를 전해 받은 후, 다시금 작전회의가 시작되었다.

회의에 참석한 장수들은 모두 한 가닥씩 하는 명장들이고, 오랜 세월 전쟁을 치르며 동고동락을 했던 수하들이다.

이사부의 명령이라면 목숨조차 아끼지 않는 장수들이다.

"서라벌에서 마립간의 밀지가 도착했소. 고구려 군대가 침범해올 경우 초기에 제압하라는 내용이오."

"서라벌에서까지 고구려군의 동태를 파악하고 있으니 더욱더 책임이 무거울 뿐입니다."

"우리 신라의 안위가 걸린 문제요."

"당연합니다."

"만약에 고구려 군대가 쳐들어온다면 어느 지역이 제일 먼저 공격을 받게 될 것인가?"

"하슬라주가 제일 먼저 공격을 받을 게 틀림없습니다."

"하슬라주라 했는가?"

"하슬라주는 상주인구가 많지 않습니다. 군사 숫자 역시 실직주의 반도 안 되어 군사력이 약한 편입니다."

"방위태세가 허술하단 말이군."

"고구려군이 쳐들어올 경우, 하슬라주 군대만으로는 막아낼 수 없습니다."

"실직주의 도움이 필요하다는 말이군."

"맞습니다."

"만일에 고구려 군대가 하슬라주를 공격한다면 어찌 대처해야겠는가?"

"우리 실직주 군대가 쳐 올라가야 합니다. 그러기 위해선 무엇보다도 실직주 관내의 성주들 협조가 절실하게 필요합니다."

"나도 같은 생각이오."

"군주님은 실직주 관내의 성들을 방문해서 병력의 훈련 상황을 점검하고, 만약 고구려군이 쳐들어올 경우, 빠르게 병력을 동원할 수 있도록 사전에 성주들을 독려해야 합니다.

성주들의 협조야말로 절대적으로 필요합니다."

"내 생각도 같소. 오늘 좋은 의견을 주시었소."

"고맙습니다."

지난 삼사 년은 국경이 비교적 잠잠했으나 근래에 들어 고구려군 때문에 신라는 또다시 전쟁에 휘말리게 되었다.

이사부는 성주들의 적극적인 협조를 받기 위해 십여 명의 장수들을 이끌고 관내의 성들을 돌아보았다. 실직주에서 남으로 내려가며 차례차례 성들을 모두 돌아보는데 열흘이 넘게 걸렸다.

오늘 마지막으로 방문하게 되는 성은 헌포성이다.

성주가 성 밖에까지 나와 반갑게 맞아주었다. 성안으로 들어서자 많은 병사들이 대기하고 있었다. 이사부는 성주와 함께 사열대로 올라간다.

500명도 넘는 군사들이 오와 열을 맞추어 부동자세로 맞아주었다. 잠시 후 일사분란하게 분열과 사열을 실시해 사열대 앞으로 행진을 했고, 곧이어 실전을 방불케 하는 무술 대련이 벌어진다.

"대단합니다."

"군주님께서 우리 헌포성을 방문해주시어 고맙습니다."

"천만의 말씀."

"헌포성의 군대는 실직주 관내에서 제일 강한 군대입니다."

"그리 생각하시오?"

성주들은 자기네 군대가 제일 우수하다고 하나같이 말들 하지만 실상은 그렇지 않다.

헌포성은 실직주에서 제일 멀리 떨어져 있고 군사력 또한 다른 성에 비해 비교적 약한 편이다.

조금이라도 잘못 보였다간 군사지원이 줄어들기 때문에 부풀려 말하는 게 통례다.

병사들의 전투 실력을 본 후 곧이어 회의실로 안내되어 헌포성의 현황을 보고받는다.

"우리 헌포성은 천여 명의 군사가 있습니다."

"오늘 훈련에는 동참한 병사는 오백여 명으로 봤습니다."

"헌포는 산세가 험하기 그지없습니다. 농토가 적어 농사짓는 데에도 다른 지역보다 품이 배로 들어가기 때문에 병력동원이 쉽지 않습니다."

"충분히 이해가 갑니다만, 실직주에서 제일 후방 지역 아닙니까?"

"그렇지도 않습니다. 백제가 우리 헌포성을 넘보고 있습니다."

"성주님 말이 맞습니다."

"앞으로 헌포성에 좀 더 많은 지원을 해주십시오."

"알겠습니다."

군주로서 지원해 주는 것은 여러 가지가 있으나 그중에서도 실전에 사용할 수 있는 병장기가 제일 많다.

오랜만에 헌포성을 방문했기에 성주는 이것저것 요구하는 게 많았다.

헌포성은 산간지역으로 성민들이 소유하고 있는 농토가 적고 농사짓는 데 품이 많이 들어 병력 동원이 힘들다며 성주는 엄살을 떨었다.

그 외에도 여러 가지 문제점이 산재해 있었다. 상황 보고가 끝나고 성주는 동행한 장수들과 함께 저녁식사는 물론 잠자리까지 신경을 써주었다.

이사부는 성안의 조용한 방을 배정받아 하룻밤을 보내야 한다.

밤이 늦어 잠자리에 들려고 할 때에 밖에서 문을 두드리는 소리가 들렸다.

방문을 열어보니 앳된 아가씨가 작은 쟁반에 곡주와 안주를 들고 서있었다. 나이가 열예닐곱 정도는 되었을까. 미색이 고운 아가씨다. 이사부는 지금까지 실직주 관내의 성들을 여러 차례 돌아봤으나 오늘과 같은 경우는 처음이다.

자리에 앉아 아가씨가 따라주는 곡주를 마신다.

"아가씨는 뉘신가?"

"헌포성 성주의 여식이옵니다."

"혹시 성주께서 보내셨는가?"

"아버지는 모르시고 어머니가 술이라도 대접하라고 말했어요."

"허허 그거 참."

성주가 보내준 접대부로 알았으나 성주의 여식이라고 한다. 마음에 들면 잠자리를 함께하라는 뜻이다. 만약 오늘밤 성주의 여식과 잠자리를 하게 되면 하다못해 아가씨를 첩실로라도 맞아들여야 한다.

"이름이 무엇인고?"

"연이라 하옵니다."

"이름도 곱구나."

"부끄럽사옵니다."

"연이 아가씨는 나를 어찌 생각하시는가?"

"그걸 어떻게 제가 말해요. 모르겠어요."

"허허 그것 참."

연이가 따라주는 곡주를 마시다 보니 어느새 취기가 오르기 시작한다. 다시 한 번 살펴보니 더욱더 미색이 출중해 보인다.

얼굴빛이 지금 막 피어난 복사꽃처럼 아름답고 살결은 복숭아의 속살처럼 희고 곱다.

이사부는 그만 참지 못하고 연이를 끌어안고 만다.

연이를 부둥켜안고 입을 맞추려 하고 있을 때에 갑자기 방문을 두드리는 소리가 요란스럽게 들려왔다. 하는 수 없이 연이를 품에서 내려놓고 방문을 열어준다.

실직주의 관내 파발꾼인 호일이 형이다.

"죄송합니다. 군주님."

"왜 이리 호들갑이신가?"

"하슬라주 군주께서 전문을 보냈습니다."

"뭣이야?"

"전문을 받는 즉시 제가 군마로 달려왔습니다."

"어서 보여주게나."

하슬라주 경포성 함락(阿瑟羅州 鏡浦城陷落).

하슬라주 군주가 보낸 밀지를 펼쳐본 이사부는 놀라지 않을 수 없었다.

하슬라주 경포성이 적의 수중에 떨어졌다는 내용이다.

"군주님께서 관내의 성을 돌아보고 있는 동안 고구려 군대가 국경을 침범해 하슬라주 관내의 경포성을 함락시켰습니다."

"드디어 올 것이 왔어. 하슬라주 군주의 밀지는 어떻게 받게 되었는가?"

"하슬라주에서 실직주로 연통을 보냈고, 군주님이 안 계시기에 제가 곧바로 달려왔습니다."

"무슨 뜻인지 알겠군."

"상황이 다급합니다."

"알았다고 하지 않았나?"

경포성은 실직주가 아닌 하슬라주 관내의 작은 성이다.

경포성이 함락되었으니 그다음은 하슬라주 전체가 적의 수중에 떨어질 것이고, 나아가서는 실직주, 그리고 신라 전체의 안위가 걸린 전쟁이다.

하슬라주 군주의 연통은 당연한 것이라 생각되었다.

아쉽기 그지없는 일, 우선 연이를 돌려보내고 급작스럽게 명령을 하달한다.

"지금 즉시 파발꾼을 뽑아 성마다 연통을 넣으라."

"연통을 보내라 했습니다. 어떤 내용입니까?"

"각 성의 성주들은 즉시 군사들을 소집해 대기시켜 놓아야 한다. 군주인 나는 헌포성에서 군사를 이끌고 올라갈 것이다."

"그다음엔 어떻게 하실 겁니까?"

"북으로 올라가면서 각 성의 병들을 규합하여 경포성으로 진격하게 된다."

"즉시 파발꾼을 선정해 각 성으로 출발시키겠습니다."

"그리고 하슬라주 군주에게도 연통을 넣으라."

"어떤 내용입니까?"

"적의 수중에 떨어진 경포성은 어쩔 수 없으나 하슬라주 관내 다른 성들은 병력을 집결시켜놓아야 한다. 실직주 군대와 합류시킬 것이다."

"군주님 고구려 군대는 반드시 몰아내야 합니다."

"무슨 특별한 연유라도 있는가?"

"제 처가가 하슬라주 경포입니다."

"경포성에 대해 잘 알고 있겠구먼."

"당연합니다."

"한 치의 실수도 없도록 하라."

"명령받겠습니다."

전쟁이란 초기에 제압을 해야지 만약 실패하게 되면 상대는 더욱더 기세가 등등하여 힘이 부풀려지기 마련이다. 이번에야말로 고구려 군대에 뭔가를 보여줘야 한다.

이사부의 명령이 떨어지기 무섭게 호일이 형은 파발꾼을 모집하러 나간다.

곧이어 헌포성에서 북소리가 밤하늘에 요란하게 울려 퍼진다.

"둥 둥 둥"

"둥 둥 둥"

"둥 둥 둥"

야심한 밤에 북소리가 멀리까지 울려 퍼지면서 관내의 마을에서 병사들이 하나둘 성안으로 모여들기 시작했다.

꼭두새벽이 되어서야 병장기의 지급과 병사들 먹을 식량까지 준비됐다는 보고가 올라왔다.

아직은 동트기 전이다.

이사부는 헌포성의 모든 병사들을 이끌고 드디어 출발을 하였다.

북으로 거슬러 올라가면서 대기하고 있는 다른 성의 병사들과 합류해야 한다.

그로부터 사흘 후.

해 질 무렵이 되어 이사부는 칠천 명이 넘는 병력을 이끌고 하슬라주에 도착한다.

하슬라주 군주는 보이지 않았고, 부군주인 주조가 관내의 군사들을 대기시켜놓은 채 기다리고 있었다.

"많이 기다렸습니다. 왜 이렇게 늦어진 겁니까?"

"실직주 관내 성들의 병력을 모두 규합해 왔소."

"우리 하슬라주 역시 경포성을 제외한 나머지 성의 병력을 모두 집결해 놨습니다."

"잘하시었소."

"고구려군의 상황은 어떤가?"

"현재 경포성 안에 있습니다."

"남의 집 안방을 차지한 셈이군."

"슬픈 소식이 있습니다. 하슬라주 군주께서 포로로 잡혔습니다."

"군주가 포로로 잡히다니 말이나 되는가?"

"어쩔 수 없었습니다."

"고구려 군대 숫자는 파악이 되었는가?"

"만 명이 넘습니다."

"만 명이라면 우리 신라 군대보다 병력 숫자가 많구먼."

"어찌 공격하실 겁니까?"

"정면 돌파로 기필코 성을 되찾을 것이오. 우리 신라군은 사기가 충천하오."

"사기가 높은 것은 알고 있으나 상대는 고구려 군대입니다."

"각오하고 있소."

"오늘은 늦었으니 내일 공격을 실행토록 준비하시오."

"명령받겠습니다."

하슬라주 군주는 전에도 몇 번인가 만난 적이 있으며 함께 곡주를 마신 적도 있었다.

남자답고 배포가 큰사람인데 포로로 잡혔다니 참으로 안된 일이다.

다음날.

날이 밝아오면서 이사부는 실직주 군대와 하슬라주 군대를 모두 이끌고 경포성에 도착한다. 엄연히 신라의 성이건만 망루에 고구려의 깃발이 펄럭이고 있었다.

이 무렵에 또 다른 보고가 올라왔다.

"성문 앞에 하슬라주 군주님의 목이 걸렸습니다."

"뭣이라?"

"놈들이 군주를 살해한 후 신라군을 겁주기 위해 대창에 목을 걸어 놓았습니다."

"어찌 이럴 수가, 지금부터 공격을 감행한다. 공격하라."

"네 잇. 명령 받들겠습니다."

"둥 당 당!"

"둥 당 당!"

"둥 당 당!"

북소리가 요란하게 울려 퍼지면서 신라의 병사들은 일제히 경포성을 향해 진격을 개시한다.

"와!"

"와!"

"와!"

신라의 병사들이 경포성의 바로 앞까지 도착하자 성벽 위에서 대기하고 있던 고구려 군사들이 일제히 활을 쏘아댄다. 화살이 비 오듯 쏟아지고 여기저기서 화살에 맞은 신라의 병사들이 비명을 지르며 쓰러진다.

"으악!"

"악!"

"악!"

"절대로 물러서면 안 된다."

"성벽을 타고 넘어야 한다."

살아남은 선발군이 어느새 성벽에 사다리를 건 다음 기어오르기 시작하고 고구려군의 방어는 더욱더 강렬해진다.

하지만 새카맣게 성벽을 기어오르던 신라의 병사들이 맥없이 굴러떨어진다.

위에서 방어하는 고구려의 병사들은 멀쩡한데 신라의 병사들만 쓰러지니 안타까운 일이다. 전쟁에 이골이 난 고구려의 군대는 뭔가 다르기만 하다. 해가 중천에 떠오를 때까지 공격을 계속했으나 소용이 없었다.

당장이라도 후퇴하지 않으면 사상자만 늘어날 것이 분명했다.

이때에 희보가 전해진다.

"남쪽이다. 남쪽 성벽이 뚫렸다."

"뭣이야! 그게 사실인가?"

"어찌하면 됩니까?"

"뭘 망설이나? 당장 병력을 성문 쪽으로 집결시켜라."

"명령받겠습니다."

그렇게 애를 먹었는데 결국은 남쪽 성벽이 뚫렸다는 보고가 올라왔다.

지금이 좋은 기회다.

이사부의 명령에 따라 신라군은 남쪽 성벽으로 우르르 몰려간다.

아무리 전세가 불리해도 성벽이 뚫린 이상 정면승부를 벌일 수 있게 되었다.

"와!"

"와!"

"와!"

함성을 지르며 신라군이 성안으로 돌격해 들어갔으나 이게 웬일인가?

고구려 병사들이 한꺼번에 투입되면서 뚫렸던 성벽은 다시 막히고 말았다.

오전 내내 제대로 된 공격 한번 못해보고 오후가 되었다.

"군주님 이러다간 전멸합니다."

"어쩔 수 없군. 철수를 명한다."

이사부의 명령에 따라 다시금 북이 울려 퍼진다.

"둥!"

"둥!"

"둥!"

"철수하라!"

"철수하라!"

"철수하라!"

많은 사상자만 낸 채 신라의 군사들은 철수할 수밖에 없었다. 아침부터 오후 내내 공격을 계속 시도했는데도 경포성의 탈환은 무위로 끝나고 말았다. 신라 진영의 사기는 비참하기 그지없었다.

"사상자가 오백이 넘습니다."

"부상자도 오백이 넘습니다."

"지금까지 상황으로 보아 우리 신라 군사들이 열세라는 게 입증되었습니다."

"더 이상의 공격은 무리입니다."

"고구려 군대가 너무 강합니다."

"무슨 말인가. 경포성 공략을 포기하잔 말인가?"

"방법이 없잖습니까?"

"철수가 끝나는 즉시 부상자를 돌보고 병사들 배를 불려주시오."

"명 받들겠습니다."

이사부는 수장으로서 부하 장수들에게 무어라 할 말이 없었다.

해 질 무렵이 되어 철수를 끝내고 우선 병사들에게 저녁을 배식했다.

종일 정신없이 싸우느라 아무것도 먹지 못했는데 이제야 겨우 한 끼를 먹인 셈이다. 과연 어떻게 무슨 방법으로 경포성을 수복한단 말인가. 불가능한 일인가.

이사부가 홀로 다음 작전을 구상하고 있을 때에 호일이 형과 혁이, 재곤이, 용이 등 친구들이 불쑥 찾아왔다. 어릴 때부터 전쟁 놀이를 했던 친구들이다.

할 말이 있어 찾아온 듯 보였다.

우선 자리에 앉아 친구들의 말을 들어보기로 한다.

"좋은 정보라도 얻어왔는가?"

"경포성으로 들어갈 수 있는 방법을 알아냈습니다."

"어떻게?"

"우리는 방금 전 경포성 안에서 빠져나왔습니다."

"하기는 호일이 형 처가가 경포라고 했던가?"

"맞습니다. 고구려 군대는 오늘 전투로 완전 축제 분위기입니다."

"당연하겠지."

"오늘 밤에라도 다시금 공격을 시도해야 합니다."

"그걸 말이라고 하는가?"

"고구려군은 오밤중에 기습 공격을 해오리라곤 감히 상상도 못
할 겁니다."

"기습 공격이 좋기는 하나 어떻게 성벽을 넘는단 말인가?"

"바닷가 절벽 밑으로 올라가는 길이 있습니다. 병력 숫자가 많아
도 상관없습니다."

"길은 알고 있는가?"

"우리가 낮에 그 길로 들어갔다가 조금 전에 빠져나왔습니다. 앞
장서겠습니다."

"좋은 정보를 주었어."

"군주님, 우리가 누구입니까?"

"어릴 때부터 친구들 아닌가?"

정면 대결이 아니라 기습 공격이라면 충분히 승산이 있는 전쟁이다. 더 이상 미룰 수도 없기에 곧바로 각 성에서 온 장수들을 불러 모은다.

"오늘 밤에 다시 공격을 감행하겠소."

"오늘 밤이라고 했습니까?"

"지금 당장 모든 병력을 집결시키시오."

"병사들 사기는 다 죽었습니다. 만약 또다시 전투를 벌였다간 몰살합니다."

"정면으로 승부를 걸자는 게 아니오."

"정면승부가 아니라면 무엇입니까, 군주님?"

좀처럼 따라줄 기색이 없는 장수들에게 이사부는 마지막이란 생각으로 설득시킨다.

반대하는 장수도 없지 않았으나 결국은 각 성의 장수들 모두가 동의해준다.

"바닷가 절벽 쪽으로 올라가는 길이 있다지만 고구려군이 지키고 있을 것 아닙니까?"

"있어 봐야 몇 명이나 되겠소?"

"군주님 말을 믿어 보겠습니다."

"우리 신라 군대는 모든 것을 포기하고 완전 철수하는 것으로 위장해야 하오. 조금 멀기는 하나 멀리 바닷가 절벽 쪽으로 돌아 성 안에까지 침투할 것이오."

"명령받겠습니다."

"차질 없도록 하시오."

"네 잇."

달빛도 없는 야심한 밤에 신라 군대는 경포성과 접해있는 바닷가 절벽 아래에 도착한다.

시커먼 바다와 철썩거리는 파도가 군사들의 마음을 몹시도 출렁이게 한다.

드디어 야간 침투가 시작된다.

지리를 잘 알고 있는 친구들이 앞장섰고 신라군사들 모두 소리 없이 한발, 한발 야간 정숙 보행을 실시해 앞으로 나아간다.

바위와 돌투성이인 바닷가를 지나 꼬불꼬불한 산길을 따라 계속 걸어 올라간다.

때는 축시쯤 되었을까.

다행히 지키는 병사가 없기에 들키지 않았고, 신라군 전체는 경포성 안으로 잠입하는 데 성공한다. 고구려 군대는 성문과 성벽만 지키고 있을 뿐 바닷가 쪽에서 신라 군대가 쳐들어오리라곤 상상도 못 했던 것 같았다.

이미 공략할 장소는 몇 개의 조로 나뉘어 배정했기에 문제 될 게 없었다.

소리 없이 고구려군의 막사에까지 바짝 접근한 병사들은 드디어 여기저기에서 동시다발적으로 공격을 시작하였다.

"와!"

"와!"

"와!"

갑작스러운 공격에 경포성은 그야말로 오밤중에 아수라장이 되고 말았다.

깊은 잠에 빠져있던 고구려군은 갑옷조차도 제대로 입지 못했고 병장기도 챙기지 못한 채 이리저리 도망치기에 바빴다. 이때 갑자기 어디선가 성문 쪽에서 큰 소리가 들려왔다.

"성문이 열렸다!"

"성문이 열렸다!"

우왕좌왕하던 고구려의 병사들은 너나 할 것 없이 모두가 성문으로 썰물같이 빠져나가는 게 아닌가. 대부분은 성문을 통해 달아났으나 미처 나가지 못한 고구려의 병사들은 성벽을 타고 넘기도 한다.

이때 하슬라주 주조가 가깝게 다가온다.

"군주님, 도망치는 고구려 병들을 뒤쫓아야 하는 것 아닙니까?"

"뒤쫓아봐야 득 될 게 뭐가 있겠는가?"

"성문은 제가 일부러 열도록 시켰습니다."

"잘한 것이오."

"성문이 열렸다고 고함을 친 것도 신라 군대였습니다."

"난 그것도 모르고 고구려군이 소리친 것으로 알았소."

"죄송하옵니다."

"아니지, 정말로 잘한 것이오."

"군주님, 지금부터 어찌해야 합니까?"

"놈들이 버리고 간 병장기 모두를 수거하시오. 그리고 성안을 뒤져 잔당들을 모두 제거하시오."

"명령받겠습니다."

묘시쯤 되어 상황은 끝이 나고 이사부는 장수들과 망루에 올라 있었다.

"이번에 쳐들어온 고구려 장수의 이름이 무엇이오?"

"모릅니다."

"너무 안일하게 전쟁을 치르고 있구먼."

"어쨌든 우리 신라 군대는 경포성을 수복했습니다."

"수많은 신라 병사들이 목숨을 잃었소."

"하기는 맞는 말입니다."

먼동이 희붐하게 밝아 온다. 치열했던 전투는 끝이 났고 이사부와 장수들은 드디어 안도의 한숨을 내쉰다.

"경포성을 빠져나간 고구려군은 모두 어디로 간 것인가?"

"뿔뿔이 흩어져 도망쳤습니다."

"어디로 도망을 쳤는가?"

"국경 쪽으로 몰려갔습니다."

'그렇다면 승리는 우리 것 아닌가?"

"당연합니다. 군주님."

"수고들 많았소."

전쟁이 끝났으니 이제 상황을 수습하는 일만 남았다. 사상자를 파악하고 부상자를 치료하고 버려진 병장기를 수거해야 된다. 성안은 전쟁으로 인해 모든 게 엉망이 되고 말았다.

　그로부터 사흘 후.
　전쟁에 참여했던 병사들이 각자의 성으로 귀향하는 행사를 했고 많은 하슬라주 백성들이 전승을 축하해 주었다.
　"신라 만세!"
　"하슬라주 만세!"
　"만세! 만세!"
　이번 전쟁으로 하슬라주 군주를 비롯해 많은 병사들이 목숨을 잃거나 다쳤다. 이사부는 승리의 기쁨보다는 전쟁의 슬픔이 더 크기만 했다.
　자신이 아둔하여 병사들을 지키지 못한 통탄은 좀 뒤늦은 감이 있었다.
　이사부는 귀향하는 병사들을 보면서 많은 것을 생각하게 된다.
　왜 사람들은 서로 죽고 죽이는 전쟁을 치러야만 하는 것인가.

검은 구름 몰려와

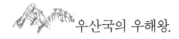우산국의 우해왕.

그는 왕위에 오른 지 어느덧 십 년이 넘게 세월이 흘렀다. 그는 중년의 나이가 되었는데도 아쉬운 게 있다면 슬하의 후사를 얻지 못한 것이다.

그뿐인가? 겉보기는 사내다우나 속내는 소심하기 그지없었다.

그가 재임하는 동안 헤아릴 수도 없을 만큼 왜구가 쳐들어왔고 그때마다 우해왕은 산으로 도망치기에 바빴다.

같은 일이 매번 반복되는 데도 별다른 대책 없이, 왜구가 침범할 때마다 제일 먼저 도망쳐버리니 백성들은 왕을 신임할 리가 없는 것이다.

"우해왕은 겁쟁이란 말이오?"

"왕이 저 모양이니 우리 백성들은 누구를 믿고 산단 말인가?"

"원래가 임금 자격이 없는 사람이오."

"맞는 말. 그나저나 왜구 때문에 큰일이오."

"나도 마찬가지. 차라리 우산국을 떠나고 싶소."

"우산국을 떠나면 어디로 간단 말이오?"

"세상 어느 천지를 가도 우리같이 힘들게 사는 사람들이 또 있겠소?"

"하기는 맞는 말이오."

백성들은 항시 불안과 공포를 느끼며 살아야 했다. 한두 해도 아니고 오랜 세월 동안 계속되는 왜구의 침략에 우산국 사람들이 느끼는 심적 고통과 물적 부담은 클 수밖에 없었다.

백성들의 생활은 피폐해지고 말았다. 오늘도 우산국의 궁궐에선 원로회의가 열렸다.

이날 따라 원로들의 목소리가 크기만 하다.

"왜구가 쳐들어올 때마다 모두 산으로 피신하는 것은 좋은 방법이 아니옵니다."

"목숨보다 더 중요한 게 뭐가 있겠소?"

"왜구가 침범해올 때마다 사람들이 모두 도망을 쳐버리니, 우리를 우습게 여겨 자주 출몰하는 것 같사옵니다."

"지금으로선 어쩔 수 없소. 좋은 방안이 있으면 말해 보시오."

"군대를 만들어 왜구 침입에 적극 대응해야 하옵니다."

"돌아가신 선친께서도 군대를 만들지 못했소. 그걸 왜 모르시오?"

"폐하, 저희 역시 모를 리 없사옵니다."

"군대 양성은 인구가 적기 때문에 불가능하오. 식사 제공과 군대 막사를 지어야 하는 것 아니오."

"당연한 줄로 아뢰옵니다."

"매일같이 훈련을 시켜야 하고 녹봉도 줘야 하오. 군대를 양성할 만한 재정능력이 없소. 그리고 군인이 될 젊은이가 우산국에 몇이나 되겠소?"

"하지만 이대로 계속 당하고 살 수만은 없사옵니다."

"군대 말고 다른 방법을 생각해보시오."

"황공하옵니다."

"저희 원로들끼리 좋은 의견을 규합해 보겠사옵니다."

"그리하시오."

회의를 거듭해 봤으나 별 뾰족한 방법이 나올 리가 없다. 군대를 만들어야 한다는 원로들 의견에 우해왕은 고개를 내젓는다.

회의를 마치고 밖으로 나와 바다를 내려다보며 주먹을 불끈 쥔다. 왜구란 도대체 어떤 놈들이기에, 도대체 무슨 원한이 있기에 우산국을 이토록 괴롭힌단 말인가.

오늘도 하루의 일과를 모두 마치고 우해왕은 피곤하여 일찍 잠자리에 든다.

곁에 누운 소이부인이 얄밉게도 듣기 거북한 말을 꺼낸다.

"우산국 백성들이 뭐라 하는지 아세요?"

"뭐라 하든 무슨 상관인가?"

"겁쟁이라고 해요."

"겁쟁이라도 할 수 없는 것이지."

"너무 겁만 먹고 그러지 마세요."

"왕이고 뭐고 다 필요 없어. 나도 아버지와 똑같이 왜구 놈들에게 죽임을 당해야겠소?"

"어찌 그리 불길한 말씀만 하세요."

"내가 왜 그런지 나 자신을 모르겠소."

"너무 소심해서 그래요."

"또 소심하다는 말인가?"

"죄송해요."

다른 사람이라면 몰라도 소이부인까지 소심하다고 질책을 해대니 우해왕은 기분이 좋을 리가 없다. 등을 돌려 몸을 잔뜩 웅크린 채 눈을 감고 억지로 잠을 청한다.

열흘이 지나 우산국 원로들이 해결 방안을 만들어왔다.

우해왕은 침울한 표정이 되어 원로들의 의견을 경청한다.

"저희 원로들이 좋은 계획을 마련했사옵니다."

"말씀해보시오."

"군대보다는 자율대를 조직하는 게 좋을 듯하옵니다."

"자율대라 하셨는가?"

"집집마다 사람 하나씩을 차출해서 한가할 때에 훈련을 시키고 왜구가 쳐들어왔을 경우 적극 대응하는 겁니다."

"정식 군대를 조직하는 것보다는 나을 것 같구먼."

"지금으로선 다른 마땅한 방안이 없사옵니다."

"원로들께서 좋은 의견을 제시했소."

우산국은 나라가 작고 재정이 빈약하여 정식 군대를 만들 수 없는 실정이다. 우해왕은 원로들의 의견이 조금은 마음에 들었다.

"짐이 우산국의 왕으로서 최종 결정을 내리겠소."

"내려주시옵소서."

"섬나라 우산국에 자율대를 만들 것이오."

"당연하옵니다."

"우산국은 우리 스스로 지켜야 한단 말이오. 자율대를 창설하게 되면 통솔할 사람이 필요한데 마땅한 사람을 추천해 보시오."

"자율대장으로 적합한 사람이 있사옵니다."

"잘된 일이구먼. 누구인지 어서 말해 보시오."

"힘 좋고 책임감이 강합니다. 자율대장으로 맡길 만하옵니다."

"이름이 무엇이오?"

"폐하의 매제가 되는 이헌부이옵니다."

"왜 그리 말을 어렵게 하시는가. 이헌부라면 짐이 직접 의사를 타진해볼 것이오."

"그리하시옵소서."

우해왕은 동생인 해라공주가 헌부와 혼인한 후에도 한동안은 사이가 좋아지지 않았었다.

그러나 하나뿐인 동생의 남편이기에 차츰 마음을 풀 수밖에 없었다.

더구나 왜구가 쳐들어올 때마다 우해왕의 안위를 걱정하고 몸을 숨겨 주었기에 충분히 자율대장으로 맡길 만한 인물이다.

우해왕이 왜구 때문에 골머리를 앓고 있을 때에 헌부는 지금까지 무엇을 하며 어떻게 살고 있을까.

헌부는 한때 우해왕과 사이가 좋지 않았으나 모든 게 지난 일이 되고 말았다. 그는 해라공주와 혼인하여 슬하에 여식만 셋을 두었다. 그동안 친구들과 함께 묵쟁이를 잡아 우산국뿐 아니라 무릉호에 실어 다른 나라에도 보내고 있었다.

"묵쟁이 잡는 것을 당분간 중지해야겠어."

"중지하라니 갑자기 왜?"

"무릉호가 돌아올 때가 많이 지났어."

"범선이란 건 멀리 항해하기 때문에 늦을 수도 있는 거지."

"귀항할 날짜가 한 달도 더 지났잖아."

"혹시 무슨 사고가 생긴 게 아닐까?"

"범선이 돌아와야만 우리한테 필요한 걸 얻을 수 있고, 또 묵쟁이를 실어 보낼 수 있잖아."

"하기는 맞는 말이다."

"묵쟁이 건조한 게 너무 많아. 무릉호가 돌아올 때까지 묵쟁이 잡는 것은 당분간 그만두자."

"다른 방안은 없을까?"

"지금으로선 어쩔 수 없어. 달리 방법이 뭐가 있겠어."

무릉호가 돌아와야만 묵쟁이를 육지로 가져가 필요한 물품으로 교환하기 마련인데, 헌부와 친구들은 범선이 돌아오지 않으니 새롭게 걱정거리가 생긴 셈이다.

오늘도 헌부는 하루의 일을 마치고 집으로 돌아온다. 잠자리에 들면서 안사람인 해라공주가 생뚱맞은 소리를 해댄다.

"언젠가 실직주에서 쌍둥이 형을 만난 적이 있다고 했어요?"

"오래된 일을 기억하고 있구먼. 형님이 말을 타고 어딘가 급하게 가는 도중에 잠깐 만난 적이 있었지."

"형님이 그때 왜 모른척했지요?"

"형님은 위로 누나만 둘이고, 자신이 쌍둥이란 사실을 전혀 모르고 있었어."

"그건 말도 안 돼요."

"나중에 성으로 찾아오라 했지만 나는 무릉호를 탔기 때문에 다시 만날 기회를 놓친 거야."

"쌍둥이라면 당신 얼굴을 봤을 것 아니어요?"

"놀라워하는 건 당연했지. 하지만 그 당시 난 떠돌이 생활을 했기 때문에 완전히 상거지 차림이었어."

"형님은 몰랐다 해도 친아버지는 알고 계셨을 것 아니어요. 혹시 친아버지는 만나 봤어요?"

"친아버지라니?"

"우산국에서 길러주신 아버지 말고, 신라에 사는 친아버지 말이어요."

"친아버지는 생각지도 못했어. 그 당시엔 왜 형님만 만나려고 했는지 나도 모르겠어."

"이해할 수 없어요. 혹시 쌍둥이 형이나 친아버지가 보고 싶지 않으세요?"

"친아버지는 몰라도 살아생전에 형님만은 만나보고 싶구먼."

"마냥 이렇게 세월만 보내면 만날 수 있을 것 같아요?"

"지금으로선 방법이 없잖소."

"하긴 그래요."

오랫동안 잊고 있었던 일을 안사람이 다시금 들추어냈다. 만약 신라에 갔을 때에 친아버지를 찾아갔더라면 어떻게 되었을까. 형이야 자신이 쌍둥이란 사실을 몰랐기 때문에 어쩔 수 없다 해도 친아버지까지 모른다고 외면하지는 않았을 것이다. 안사람은 역시 뭔가 생각하는 게 다르다.

하지만 오랜 세월이 지난 지금에 와서 형을 만나본들 무슨 소용이 있겠는가.

친아버지는 이미 돌아가셨을지도 모르는 것이고 형을 다시 만난다는 것은 결코 쉬운 일이 아니다.

그리고 또 한 가지, 형을 만나기 위해 목숨을 걸고 항해하기엔 나이도 먹었고 돌봐야 할 처자식이 있기에 형에 대한 미련은 아예 기억 속에서 지워버리고 만다.

이헌부, 그는 오랜만에 궁궐로 불려 간다.

우해왕은 지금까지 단 한 번도 개인적으로는 헌부를 부른 적이 없었다. 무슨 일인가 생각하며 어전에서 기다렸다. 곧이어 우해왕이 들어와 용상에 앉았고 헌부가 크게 허리를 굽혀 절한다.

"우리 우산국이 그동안 왜구로부터 얼마나 많은 피해를 입었는지 알고 있는가?"

"우산국 사람들은 많은 재물을 강탈당했고 한 집에 한 명 이상 목숨을 빼앗겼습니다."

"잘 알고 있구면."

"우산국 사람들 모두가 알고 있는 사실이옵니다."

"매제한테 부탁이 있어 부른 게야."

"무엇입니까?"

"우산국 자율대장으로 임명하겠네."

"폐하, 자율대장이라면 제게 너무 과한 직책이옵니다."

"과하다면 못하겠다는 말인가?"

"그런 건 아니옵니다."

"우산국 원로들이 매제를 추천한 것이야."

"너무 감당하기 어렵사옵니다."

"우리 우산국은 병장기도 변변치 못해. 백성들은 모두 먹고살기에 바빠. 하지만 앞으로 짐이 모든 것을 지원해줄 것이니 자율대장으로서 임무를 다하라."

"황공하옵니다."

"최선을 다해 우산국을 지켜주기 바란다."

"어명 받들겠사옵니다."

헌부는 자율대장으로 어명을 받긴 했으나 쉬운 일이 아니라 생각되었다. 아무것도 갖춰진 것 없이 하나부터 열까지 모든 것을 새로 준비해야 한다.

궁궐에서 나오자마자 마당이와 담이를 불러낸다.

"자율대장이 된 것. 축하한다."

"축하는 뭘. 좋은 의견 있으면 말해봐라."

"집집마다 한두 점은 병장기를 갖고 있을걸."

"정말로 병장기를 지니고 있을까?"

"헌부도 집안에 진검이 있잖아. 나나 담이도 마찬가지고."

"하기는 맞는 말이다."

"숨겨놓은 병장기를 각자 갖고 나오라고 하란 말이야."

"병장기는 그렇다 치고 훈련은 어떻게 시키는 게 좋을까?"

"헌덕 어르신이 무예가 뛰어나."

"그건 내가 부탁해볼게."

"자율대장이 된 것. 다시 한 번 축하한다."

"고맙다, 친구들."

사람들을 모이게 하여 훈련을 시키는 일은 말로는 쉽지만, 결코 만만한 일이 아니다. 헌부는 어명을 받았기에 맡은 바 임무를 완수하기 위해 최선을 다할 결심이다.

오늘은 처음으로 자율대가 모이는 날이다.

젊은 사람은 몇 되지 않았고, 모인 사람들의 대부분이 머리가 허연 중장년으로 나이 어린 소년도 둘이나 끼어 있었다. 진검을 가진 사람은 많지 않았다. 대나무로 만든 긴 창을 들고 나왔다.

머리가 허연 헌덕 어르신이 앞으로 썩 나선다.

"왜구가 쳐들어왔을 때에 제일 필요한 게 무엇인고?"

"검술 훈련을 열심히 해서 왜구를 물리치는 겁니다."

"그것보다 더 중요한 게 있지."

"잘 모르겠습니다."

"비상연락망이야."

"비상연락망은 어떻게 하는 겁니까?"

"순서를 정해 차례로 돌아가며 선착장을 지키다가 왜구가 나타났다 하면 모든 자율대원들에게 알려주는 게야."

"무슨 말인지 알겠습니다."

"그다음에 또 중요한 게 무엇인고?"

"모릅니다."

"연락을 받은 대원들은 산으로 도망치지 말고 즉시 달려 나와 힘을 뭉쳐야 돼. 힘을 똘똘 뭉치는 것이야말로 중요한 것이지."

"알겠습니다."

역시 헌덕 어르신은 생각하는 게 다르다.

사람들은 선착장 보초 서기의 순번을 정하고 왜구가 나타났을 경우를 대비해 자율대원들에게 알리는 방법을 연습하기에 이르렀다. 검술에 대한 기본적인 것은 이삼일에 한 차례씩 헌덕 어르신이 직접 가르쳐주기로 약속이 됐다.

그 무렵 우산국에 먹구름이 드리운다.

도착할 때가 훨씬 지났는데도 무릉호는 돌아오지 않기 때문이다. 우해왕이 원로들을 소집시켰고 헌부 역시 자율대장으로 참석한다.

　"무릉호가 돌아올 때가 두 달도 훨씬 지났소. 이유가 무엇이라 생각하시오?"

　"무릉호는 건조된 지 너무 오래되었사옵니다."

　"배가 노후되었다는 말이군."

　"지금까지 돌아오지 못한 것은 사고를 당했거나 풍랑에 침몰했을 가능성이 크옵니다."

　"불길한 말은 하지 마시오."

　"황공하오나 인정할 건 인정해야 하옵니다."

　"앞으로 이 일을 어찌해야 할지 모르겠소."

　"바다에서 떠도는 선원들의 영혼이라도 무릉도로 가게 하심이 마땅하옵니다."

　"혹시 모르는 일이니 조금만 더 기다려 봅시다."

　"황공하옵니다."

　원로회의를 마치고 그로부터 보름이 지났는데도 무릉호는 돌아오지 않았다. 무작정 기다릴 수가 없어 이제 그만 포기하고 임금의 명으로 제단을 만들어 제사를 지내주게 되었다.

　"선원들이여 무릉도에서 해로하시오!"

　"무릉도에서 해로하시오!"

　"해로하시오!"

429

검은 구름 몰려와

"해로하시오!"

제사를 지내는 동안 선원의 가족들은 오열했고 사람들은 모두 눈시울을 적신다.

우산국에 하나뿐인 범선과 항해기술을 가진 선장과 선원들이 사라졌다. 앞으로 우산국의 궁궐 살림뿐 아니라 백성들의 삶은 더욱더 피폐해질 것은 분명한 일이다. 이제부터야말로 우산국은 살기 힘든 곳이 될는지도 모른다.

하지만 우산국 건국 이래 처음으로 자율대를 창설했으니 그나마 조금은 다행스러운 일이라고 할까.

우경농법

5세기경에는 농사를 지을 때 소나 말을 이용할 줄 몰랐던 시절이다.

호미, 가래, 낫을 이용하여 사람의 힘으로만 농사를 짓다 보니 농사일은 힘들고 더디었다.

그보다 한 발짝 발전한 밭갈이조차도 사람의 힘만으로 이루어졌다. 가래 자루에 줄을 매어 한 사람은 밭고랑에 삽날을 눌러대고, 다른 한 사람은 앞에서 잡아끌며 밭갈이를 하는 식이 고작이었다. 가꾸는 작물이래야 보리, 조, 수수, 콩 등이 주였고, 벼는 흔하지 않았다.

그래도 가을이면 농사를 짓는 사람들은 한 해의 풍년을 기원하고, 수확의 기쁨을 나누며 조상께 감사하고 자연을 숭배하는 시절이었다.

김이사부.

그는 오전 내내 실직주 군주로서의 잡다한 업무에 매달렸다가 오후가 되어서야 성안을 돌아본다.

때는 이른 봄.

북쪽에서 불어오는 바람이 창끝처럼 옷깃을 파고들어 진저리를 칠 만큼 차가웠으나 공기는 맑고 신선했다. 게다가 햇볕은 따사로워 모처럼 기분이 좋기만 하다. 아무 생각 없이 먼발치의 산들을 바라보고 있을 때에 성문을 지키는 초병이 사람을 하나 데리고 왔다.

"이자가 군주님을 뵙고자 했습니다."

"왜 나를 보자고 했는고?"

"한두 번 찾아온 게 아닙니다."

"나를 찾아왔다면 어려울 게 없지. 이야기를 나눌 것이니 가서 일을 보도록 하라."

"네 잇."

이사부를 찾아온 사람은 얼굴에 주름이 많아 꽤 나이가 들어 보이는 늙은이다.

얼굴에 주름이 많고 행색이 초라해 보였으나 눈빛만은 살아있고 태도는 당당하여 예사롭지 않은 사내로 보였다.

은근히 늙은이가 찾아온 연유가 궁금하지 않을 수 없었다.

도대체 무슨 말을 하려는 것인지, 일단 들어나 보자는 생각이다.

"어쩐 일로 날 만나자고 했는고?"

"군주님께 긴히 드릴 말씀이 있사옵니다."

"허허, 그것 참. 그대는 뉘신가?"

"제 이름은 거차라 하옵니다."

"날 만나고자 했어. 무슨 일이신가?"

"군주님. 혹시 우경농법이란 말을 들어본 적 있습니까?"

"처음 들어보는 말일세."

"농사를 지을 때에 사람의 힘으로 하는 게 아니라, 힘센 소의 힘을 빌려 밭갈이나 논갈이를 할 수 있습니다."

"사람이 먼 거리를 다닐 때에 말을 탈 수 있으나, 농사에 소를 이용한다는 말은 처음 들었네. 어떻게 소의 힘을 빌린단 말인가?"

"제가 억센 소의 힘을 빌릴 수 있는 우경농법을 알고 있사옵니다."

"농사짓는 데에 힘센 소를 이용할 수 있다면 획기적인 것이지."

"군주님께서 믿을 수 있게끔 제가 보여드릴 수 있습니다만, 한 가지 조건이 있습니다."

"조건이 있다 했겠다. 무엇인지 말해보라." ·

"나무아미타불, 저는 불자이옵니다."

"불자라니, 중이란 말이냐?"

"그러하옵니다."

"네 이놈. 지금까지 신라에서는 수많은 중들이 참형당하고 있다는 걸 모르느냐?"

"알고 있습니다요. 나무관세음보살."

"중놈이 겁도 없이 감히 나한테까지 오다니, 날 만나자고 한 연유가 도대체 무엇이냐."

"고구려와 백제는 진작 불교국이 되었사옵니다. 신라 역시 불교를 인정할 날이 머지않았습니다."

"네 이놈. 그걸 말이라고 하느냐?"

"군주님. 실직주 관내만이라도 포교를 할 수 있게끔 눈감아주십시오. 그 대신 우경농법을 알려드리겠습니다."

"군주인 나하고 흥정을 벌이겠다는 뜻이냐. 네놈은 목숨이 두렵지 않느냐?"

"나무아미타불, 저는 불자이기에 목숨이 두렵지 않습니다. 어찌하시겠습니까?"

"네놈이 사는 곳은 어디냐?"

"해미골에 살고 있사옵니다."

이사부는 우경농법이라는 말을 듣는 순간 놀라지 않을 수 없었다. 감히 상상도 못 했던 일이다. 하지만 우경농법을 알고 있다는 자가 하필이면 중놈이 아닌가. 중이라면 국법에 따라 당연히 처형시켜야 하는데 겁도 없이 흥정을 하려고 한다.

"내가 군주라 해도 혼자서 결정할 수는 없다. 실직주 관내의 성주들이 보는 앞에서 우경농법을 보여줄 수 있겠느냐?"

"당연하옵니다."

"준비되면 다시 찾아와라. 대신 절대로 중의 표시를 내어서는 안 된다."

"알겠사옵니다만, 실직주에서만이라도 포교할 수 있도록 약조해 주시옵소서."

"성주들이 동의해줘야 되는 것, 무슨 말인지 알겠느냐?"

"부처님의 은덕이 있을 것입니다."

"시끄럽다 이놈아."

"관세음보살 나무아미타불."

지증마립간 치세의 신라 땅에서는 이차돈을 비롯한 수많은 중들이 포교활동을 벌이다가 참형을 당했다. 그러다가 관청과 제도를 대대적으로 바꾼 뒤부터는, 조금이나마 잠잠해졌지만 불교를 금한다는 국법이 사라진 것은 아니다. 별도의 심문 없이 당장 붙잡아다가 목을 칠 수도 있는 것이다.

그렇건만 이사부 앞에 나타난 중놈은 아주 획기적인 의견을 제시했다. 참형에 처하는 것은 나중에도 늦지 않을 일이니, 우선은 우경농법이 무엇인지 알아보는 게 급선무 아닌가.

하루의 일과를 마치고 귀가한다.

머리가 복잡하기 그지없으나 아이들이 반갑게 맞아주어 그나마 조금은 위안이 되었다.

"아버님은 매일 뭐가 그리 바빠요?"

"너희들하고 종일 집 안에서 놀아달라는 말이냐?"

"바닷가에라도 구경 가고 싶어요."

"어머니랑 가면 안 되겠냐?"

"어머니하고는 재미가 없어요."

"허허 그것 참. 아버지가 기회를 만들어 보마."

"아버님이 약조한 것 맞지요?"

"그래 약속하마."

첫째와 둘째가 사내이고 셋째와 넷째가 여식이다.

큰놈은 사내라고 남자다운 용모가 조금은 풍긴다. 잠시 후 저녁 상이 차려져 큰놈하고 둘이 마주 앉아 식사를 한다.

"민아. 너는 금년 나이가 어찌 되느냐?"

"아버지보다는 적습니다요."

"아버지보다 적다니 재미있는 말을 하는구나."

"열 살입니다."

"진작 그리 대답해야지. 장래에 무엇이 되고 싶으냐?"

"아직은 깊이 생각해본 적 없어요."

"너도 아버지와 같이 장수가 될 생각은 없느냐?"

"장수는 싫어요."

"장수가 싫다면 장래에 무엇이 되고 싶으냐?"

"나중에 내년이나 후년쯤에 답해 드리겠습니다."

"녀석두, 재미있는 말만 골라 하는구나."

품 안의 자식이라, 싫다는 것을 억지로 권할 수는 없는 일이다. 민이 녀석은 아버지와 달리 몸이 허약하여 병치레가 잦았다. 과연 사내구실이나 제대로 할 수 있을는지.

거차라는 중이 다시 찾아온 것은 보름이나 지나서다. 오늘도 행색이 초라하기는 마찬가지, 하지만 눈빛만은 여전히 예사롭지 않다.

"군주님 명에 따라 부족하나마 준비했습니다."

"내가 언제 네놈에게 명을 내렸단 말이냐."

"관세음보살 나무아미타불."

"그래도 네놈이 중의 표시를 내야겠느냐?"

"해미골로 오시면 되옵니다."

"각 성에 통보해서 성주들을 오게 할 테니, 그때에 가서 확실하게 보여줘야 하느니라."

"알겠사옵니다. 관세음보살 나무아미타불."

"또 쓸데없는 말을 내뱉는구나."

"우경농법을 보여주는 대신, 군주님은 실직주 포교활동을 눈감아주셔야 하옵니다."

"만약 못 하겠다면 어찌할 것이냐?"

"저 역시 우경농법을 보여드릴 수 없사옵니다."

"네놈을 당장이라도 처형하고 싶다만 내가 참는 것이야."

"약조해주시옵소서."

"네놈한테 졌느니라. 확실한 걸 본 후에 성주들과 의논해볼 것이야."

"나무아미타불, 군주님만 믿겠사옵니다."

"그래도 이놈이?"

조금이라도 거짓을 고하거나 혹은 성주들이 동의하지 않는 경우 당연히 처형할 생각이다. 중놈이 느물느물하게 이사부의 속마음을 긁어댄다. 놈이 돌아갔는데도 이사부의 마음이 편치 않은 것은 무슨 이유일까.

만약 이사부가 신라를 통치하는 위치에 있다면 어떻게 했을까.

두말할 것도 없이 불교를 승인했을 것이다. 마음은 그랬으나 국법은 엄연히 국법이다. 조심하지 않으면 크게 화를 입게 된다.

그로부터 닷새 후.

통문을 받은 관내 성주들이 도착하여 함께 말을 타고 해미골로 가게 되었다.

아물아물 아지랑이가 피어오르는 햇빛이 강한 날이다. 산골짜기로 푸릇푸릇 새싹이 돋고 바위가 뭉텅뭉텅 뿌려있는 곳으로 시냇물이 흐르고 있었다. 하늘은 맑고 쾌청하여 나들이 가기에 좋은 날씨다.

해미골에 도착하자 거차가 반갑게 맞아주었다. 오늘따라 어느 누가 보아도 틀림없는 농부 차림으로 보인다. 어디서 어떻게 구했는지 모르나 암자 앞마당엔 황소 한 마리가 매여 있었다.

황소를 보아하니 콧속에 구멍을 뚫어 작은 나뭇가지를 동그랗게 매달았고, 거기에다 노끈이 길게 매여 있었다. 그뿐인가, 생전 처음 보는 이상한 물건도 보였다.

"왜 황소 코에다 나뭇가지를 걸었는고?"

"힘센 소의 기세를 꺾기 위해선 반드시 코를 뚫어 고삐를 틀어놔야 합니다."

"억센 소의 기세를 꺾는다 했겠다."

"당연하옵니다."

"허허 그것참. 좀 더 자세히 설명해보라."

"지금까지는 사람의 힘으로 농사를 지었으나, 힘센 소를 이용하면 훨씬 더 수월하옵니다."

"소의 힘을 빌리기 때문에 우경농법이라 했구먼. 그렇다면 옆에 있는 물건은 무엇인고?"

"쟁기라 하옵니다."

"쟁기를 이용해 소의 힘을 빌린단 말인가?"

"소가 쟁기를 끌게 하고, 사람은 뒤에서 쟁기를 꼭 잡아주면 밭이나 논을 파헤치며 앞으로 나아갈 수 있습니다."

"좋은 발상이야."

"군주님, 성주님들께서 보실 수 있게끔 직접 밭을 갈아 보겠습니다."

"기발한 생각이야."

"우경농법을 구경해야겠어."

성주들이 자마다 한마디씩 하고, 거차는 능숙하게 쟁기라는 것을 소 등에 매달은 다음 곧이어 고삐 줄을 잡아당긴다.

"이려!"

"이려!"

"이려!"

이려라는 명령과 함께 힘센 소가 앞으로 나아가면서 땅이 깊게 파이기 시작한다.

지금까지는 밭을 갈 때에 사람이 직접 힘들게 가래를 끌어서 땅을 파야 했으나, 힘센 소를 이용하다니 놀라울 뿐이다.

이사부와 함께 참석한 성주들 역시 놀라 입을 다물지 못한다.

"기가 막혀."

"어찌 저런 일이 있을 수 있단 말인가?"

"앞으로 농사짓기도 수월해지는구먼."

"맞는 말이오."

"군주님, 대단합니다."

"나도 같은 생각이오."

사람이 밭을 갈아엎으려면 종일 걸려도 모자랄 것을, 별로 힘들이지 않으면서도 불과 얼마 되지 않아 끝을 내고 만다. 거차가 쟁기를 내려놓은 후 만족한 웃음을 지으며 다가온다.

"또 다른 게 있습니다."

"또 다른 게 있다니 무엇인고?"

"조금 전에는 쟁기를 소의 몸에 걸어 밭을 갈았으나 수확한 농작물을 운반할 때에도 소를 이용할 수 있습니다."

"무거운 짐을 소가 나를 수 있단 말인가?"

"그러하옵니다."

"제가 소 등에 망태기를 올려놓겠습니다."

"저건 뭐야. 칡넝쿨로 엮었구먼."

"이 망태기 안에 무거운 물건을 얹으면 됩니다."

"보기는 처음인걸."

"신기해. 신기하단 말이오."

거차란 중놈이 모든 것들을 힘들게 마련하여 우경농법의 시범을 보여주었다.

소를 이용해 밭갈이를 하고, 그다음 소 등에 무거운 물건을 얹어 운반하는 방법도 알려주었다. 성주들은 물론 이사부 역시 크게 놀라는 것은 당연했다.

"어찌 이런 발상을 하게 되었는고?"

"제가 생각해낸 게 아니라. 대국인 양나라, 위와 제나라 그리고 고구려 일부 지역에도 소를 이용해 농사를 짓고 있사옵니다."

"그랬구먼."

"실직주의 군사들은 대부분 농사로 생업을 꾸려가는 농민들입니다. 어떻게 하면 군사들의 일손을 덜어줄까 하는 의도에서 우경농법을 배워왔습니다."

"잘 생각한 것이야."

"우경농법을 알려 드렸사오니 군주님께선 제게 약조한 내용을 지켜주시기 바라옵니다."

"뭣이야?"

"부탁드리옵니다."

이미 약속을 했기에 지키지 않을 수도 없는 일이다. 이사부는 성주들의 눈치를 보며 무겁게 입을 연다.

"거차 스님이 우경농법을 가르쳐준 목적은 따로 있소. 어찌했으면 좋겠소?"

"군주님. 우리는 이미 오래전부터 거차 스님을 알고 있었습니다."

"나만 모르고 있었구먼."

"현재 실직주는 물론 하슬라주까지 비밀리에 불교가 많이 전파되고 있는 건 사실이옵니다."

"그런 줄은 몰랐소."

"백제와 고구려는 이미 불교를 승인했습니다. 신라도 머지않아 불교국이 될 것은 확실하옵니다."

"정녕 그리 생각하시오?"

"군주님, 거차 스님이 포교하도록 눈감아주도록 하십시다."

"알겠소. 성주님들 의견이 그러하니 군주인 나 역시 눈을 감도록 하겠소."

"당연하옵니다."

"고맙소, 성주님들."

"우리가 더 고맙습니다."

우경농법은 획기적인 사건이다. 거차 스님은 언제 준비했는지 모르나 쟁기의 그림과 우경농법에 대한 설명을 상세히 적은 것을 성주들에게 일일이 나누어 준다.

"이것이야말로 실직주뿐 아니라, 신라 전체가 우경농법을 실시하는 계기가 될 것이오."

"지당한 말씀입니다."

"우리 실직주만이라도 성주님들이 시범적으로 소를 이용해 농사를 짓도록 하십시다."

"당연한 것 아닙니까."

"고맙소, 성주님들."

거차 스님은 그야말로 놀라운 인물이다. 진작부터 성주들을 포섭한 다음, 마지막으로 군주에게 접근해 흥정을 벌였기 때문이다. 약속은 약속이기에 실직주에서 불교를 포교할 수 있도록 눈을 감아주어야 한다.

이사부에게 서라벌의 경주 김 씨 종친회로부터 연통이 닿았다.

조상님의 시제가 다가오니 반드시 참석하라는 내용이다.

이사부는 시제에 맞추어 오랜만에 안사람과 함께 서라벌로 향한다. 시조인 혁거세를 비롯해 이미 세상을 떠난 신라 마립간의 제사에 참석하기 위해서다. 이사부는 내물마립간의 4대손이었으나, 생모가 후실이기에 많은 어려움을 겪었다. 그러나 지증마립간의 사위가 되고부터 신분 문제는 완전히 해결되었다.

옆에서 말고삐를 잡고 있는 안사람이 무척이나 기분 좋은 표정이다.

"서라벌로 가니깐 좋아요."

"당신이 좋다고 하니 나 역시 기분이 좋아지는걸?"

"나는 더더욱 신이 나요."

"왜 신이 나는 것인가?"

"고향에 가잖아요, 고향 나들이인걸요?"

"우리가 혼인한 지도 많은 세월이 흘렀어. 처음에 나를 봤을 때에 갑줄 입는 사람은 싫다고 했지?"

"그걸 기억하고 계세요?"

"모두가 지난 일이오."

무척이나 도도했던 혜원공주도 이사부의 안사람이 된 후에는 지아비를 섬기는 평범한 아녀자로 변했다. 아이들 기르고 남편을 봉양하며 그렇게 나이를 먹었다.

나이를 먹었으나 고왔던 미색은 여전히 남아있다.

한편 서라벌의 지증왕.

그는 나이가 들어 얼굴에는 깊고 굵은 주름이 많이도 생겼다.

다리가 불구라 몸은 불편하나 야심이 많고 사람을 보는 눈이 있어 인재의 등용을 고르게 잘하였다.

정복욕이 강한 지증왕은 이웃 나라와 전쟁을 벌여 많은 성과를 얻었다. 외교적으로는 고구려와 양나라에 사신을 보내 상호 친선을 도모했다.

그뿐인가 강력한 중앙집권식의 통치체제를 확립시켜 신라를 강한 나라로 만들었고 마립간이란 명칭도 바꾸어 왕이란 칭호를 쓰게 했다.

이틀 뒤에는 혁거세를 비롯해 먼저 돌아가신 마립간들에 대한 시제가 다가온다.

멀리서 많은 친척들이 속속 황궁으로 도착했다고 보고가 올라왔다. 일일이 인사를 받을 수 없어 원로 종친들이 기다리고 있다는 곳으로 직접 가봐야 한다.

지증왕이 자리에 참석하여 곡주를 돌려 마시며 부드러운 분위기에서 담소를 나눈다.

여러 가지 이야기를 나누는 가운데 신라의 모든 제천행사를 주관하는 서리직에 있던 김유헌이 자리에서 일어나 우산국에 관한 이야기를 꺼낸다.

"신라에서 멀리 떨어진 동해에 우산국이라는 작은 나라가 있사옵니다."

"짐도 우산국에 대해 알고 있소만."

"우산국은 본섬 우릉과 무릉을 비롯해 많은 무인도가 포함되어 있사옵니다."

"좀 더 자세히 설명해보시오."

"우산국 사람들은 의식주에는 별걱정이 없으나, 왕을 비롯해 모든 백성들이 불안에 떨며 살고 있사옵니다."

"불안에 떨며 살다니, 도대체 연유가 무엇이오?"

"왜구 때문입니다."

"왜구 때문이라 했소?"

"나라가 작아 군대도 만들 수 없고, 해마다 한두 차례 왜구가 쳐들어와 우산국을 쑥대밭으로 만든다고 들었사옵니다."

"우산국은 원래가 신라 사람들이 건너가 세운 나라 아니오?"

"그런 줄로 아옵니다."

"임금이 따로 있고 국호가 다르긴 해도 우산국 사람들 역시 신라 백성이나 다를 바 없사옵니다."

"짐이 어찌했으면 좋겠소?"

"우산국을 무력으로 점령해 아예 신라 영토에 합병하는 게 타당

한 줄로 아뢰옵니다."

"신라에 합병하다니 군대를 파병해 정복하잔 말이오?"

"그러하옵니다."

"한 나라를 정복한다는 게 쉬운 일이 아니오."

"하오나 우산국 백성들이 너무나 비참하게 살고 있사옵니다."

"허허 그것 참."

"왜구의 피해를 더 이상 방치할 수 없사옵니다."

"오늘은 전직 서리께서 좋은 의견을 주시었소. 짐이 깊게 생각해 볼 것이오."

"황공하옵니다."

지증왕은 우산국 백성들의 비참한 현실에 대해 이미 들어 알고 있었다. 그는 영토 확장과 바다 진출을 위해 언젠가는 우산국을 신라에 편입하리라 진작부터 마음먹고 있었다.

하지만 전쟁을 치르는 건 쉬운 일이 아니다.

왕이 독단적으로 명을 내리기보다는 신하들이 주청하고 임금이 들어주는 식의 순서를 밟는 것이 모양새가 좋다.

다행스럽게도 시기적절하게 서리직에 있던 김유헌이 좋은 의견을 제시해주었다.

그날 밤.

밤이 늦어 자리에 누웠는데도 지증왕은 쉽게 잠들지 못한다. 우산국에 대한 생각으로 이리저리 뒤척인다. 옆에 누워있는 연제부인은 걱정이 되어 한마디 꺼낸다.

"무슨 생각을 그리 많이 하시옵니까?"

"신라에서 멀리 떨어진 동해 한가운데 우산국이라는 작은 나라가 있소."

"저도 들어봤어요."

"그들 역시 신라 백성이긴 마찬가지인데, 왜구 때문에 고통을 많이 받는다고 들었소."

"정복을 해서라도 신라 영토로 만드시옵소서."

"황후도 그리 생각하시오?"

"우산국을 정복하면 각종 진귀한 해산물을 많이 거두어들일 수 있어요."

"엉뚱한 말은 하지 마시오."

"농담이어요. 우산국이 신라 영토로 바뀐다면 감히 왜구가 멋대로 침범할 수 있겠어요?"

"맞는 말이오."

"그렇다면 이번에도 이사부 부마한테 부탁하겠네요?"

"이사부 말고 달리 마땅한 장수가 있겠소?"

"맞는 말이어요."

"이번 시제에 이사부도 오는 것 맞소?"

"그야 당연하지요."

지중왕은 큰일이 있을 때마다 황후에게 자문을 구했고 그때마다 연제부인은 적절하게 좋은 방안을 제시해주었다.

이 무렵 이사부는 서라벌에 도착해 있었다.

안사람은 가까운 형제자매를 만나느라 아예 보이지도 않았다. 집안의 많은 성골 어르신들을 만나 봐야 하고 친척들과 함께 왕께 인사도 드려야 한다.

이사부는 이제 성골 중에서도 왕손이기 때문에 많은 종친 어른들과 함께 제사를 드릴 수 있게 되었다. 옛날 같으면 어림도 없었을 일이 이제는 당연한 일이 되었으니 정말로 좋은 시절이 온 셈이다.

시제가 끝난 다음 날 이사부는 어전으로 불려가게 되었다.

어전에는 기라성 같은 고위 대신들이 어좌를 중심으로 양쪽으로 도열해 있어 위엄이 느껴진다. 지증왕이 지팡이를 짚고 나와 용상에 착석을 했고 이사부는 조심스럽게 마립간 앞으로 나아가 고개를 숙인다.

"실직주 군주 이사부 아뢰옵니다."

"짐이 그대를 왜 불렀는지 알고 있는가?"

"아뢰옵기 황송하오나 잘 모르옵니다."

"이사부는 고구려의 금현성을 접수했고 백제의 도살성을 함락함은 물론 금관가야국을 신라에 합병했다. 그리고 하슬라주의 경포성을 점령했던 고구려군을 물리친 전적이 있어. 그대의 공을 다시 한 번 치하하노라."

"송구하옵니다."

"실직주 군주이자 신라의 장수 이사부는 들으라. 또다시 신라를 위해 전쟁을 치러야 할 것이야."

"명을 내려 주시옵소서."

"신라 장수 이사부는 동해 멀리에 있는 우산국을 정복하라."

"황공하옵니다."

"우산국 사람들 모두가 불쌍한 백성들. 신라에 흡수 귀속시킨 후에 앞으로는 왜구가 침범하지 못하도록 항구적인 대책을 마련토록 하라."

"대왕의 명을 받겠사옵니다."

지중왕은 지금까지의 공을 치하하고 다시금 전쟁을 치러야 한다고 어명을 내렸다.

단순하고 짧은 명령이다. 회의에 참석했던 대신들은 이미 알고 있어 왕의 명령에 침묵했으나 이사부는 너무나 갑작스러운 어명에 당황스러웠다. 왕명이라 거역할 수 없기에 명을 받겠다고 대답은 했으나 이것저것 생각할 겨를이 없었다.

아주 오래전 일이기는 하나 훈장으로부터 동해에 섬나라가 있다는 말을 들었던 생각이 난다. 사방이 바다로 둘러싸인 섬나라를 과연 무슨 방법으로 어떻게 정복한단 말인가?

이사부는 커다란 고민이 생겼고 앞으로 철저히 계획을 수립해 반드시 성공시켜야 한다.

그날 밤.

이사부는 매부인 석인석과 오랜만에 상면하게 된다. 그는 슬하에 자식을 셋 두었고 부친의 뒤를 이어 사벌주의 군주가 된 지 오래다.

"내가 다시 묻고 싶은 게 있어. 처남은 혹시 쌍생이 맞는가?"

"절대로 아닙니다."

"누이도 그럴 리 없다고 말을 했네만. 내가 사벌주에서 축성작업을 벌일 때에 처남하고 똑같이 생긴 사람을 만난 적이 있었지."

"전에도 같은 말을 했어요. 혹시 우산국에서 왔다고 하지 않았습니까?"

"맞아. 우산국에서 왔다고 들은 것 같구먼."

"저도 언뜻 만나본 적이 있습니다만, 얼굴 생김이 비슷할 뿐 당치도 않은 말을 하기에 무시했습니다."

"그것 참 이상한 노릇이야."

"십 년도 훨씬 넘은 일입니다."

"하긴 오래된 일이지."

매부와 이야기를 나누는 동안 오래전의 기억이 떠올랐다. 젊은 시절 실직주의 병부령으로 있을 때다. 왜구가 쳐들어와 말을 타고 급하게 가고 있을 때에 길을 막아선 사내가 있었다. 그 사내와 잠깐 이야기를 나누었던 일을 어렴풋이 기억해 낸다.

사내의 행색은 몹시 초라했으나 생긴 모습이 자신과 어찌나 똑같던지, 그때 이사부는 여간 놀랐던 게 아니다.

나중에 성으로 찾아오라 언질을 주었건만 웬일인지 다시는 나타나지 않았다.

그때의 일을 생각하면 지금도 뭔가 석연치 않은 부분이 많다. 하지만 오랜 세월이 흘렀기에 잊어버리고 만다.

이사부는 서라벌에서의 일정을 마치고 실직주로 돌아온다. 너무나 과중한 왕명을 받았기에, 머리는 복잡하고 마음은 무겁기 그지없었다.

육지에서의 전쟁이라면 경험이 많아 별로 문제 될 게 없으나 해전에 대해선 전혀 아는 게 없다. 그리고 보면 여러 사람들의 의견을 들어볼 필요가 있는 것이다.

제일로 먼저, 실직주 관내의 장수들을 불러 모은다. 주조인 현석 장군이 종합적으로 계획을 세워 보고를 올렸다.

"중요한 건 군선 조달입니다."

"군선 조달에 대해 별도로 생각해놓은 게 있는가?"

"아직은 전무한 상태입니다."

"군선 다음으로 필요한 건 무엇인고?"

"군사훈련입니다."

"군사훈련은 어찌 시켜야겠는가?"

"상륙훈련이 필요합니다."

"상륙훈련이라 했는가?"

"네 잇. 군주님."

"상륙훈련 외에 무엇이 더 필요한가?"

"전쟁 방법이 문제입니다."

"전쟁 방법이라니 무슨 뜻인가?"

"우산국 사람들은 무지하기 때문에 직접 대항하여 전투를 벌이는 것보다 겁을 주어 항복을 받아내야 합니다."

"겁을 주라니, 어떻게 겁을 주잔 말인가?"

"차근차근 생각해보겠습니다."

"좋은 방안을 구상해보시오."

"명령받겠습니다. 군주님."

현석 장군이야말로 명석하고 총명하고 믿음직한 데다가 전쟁이라면 이골이 난 사람이다.

그 당시 신라엔 군사작전에서 그를 능가하는 사람이 없었다. 현석 장군의 보고가 끝나자 다른 장수들 역시 좋은 의견을 많이 제시한다.

군사를 이끌고 다른 나라를 쳐들어간다는 게 결코 쉬운 일은 아니다. 더구나 우산국은 바다 한가운데에 있는 나라이기에 육지와 달리 특별한 작전이 필요하기 마련이다.

우선 시급한 건 군선을 조달하는 일이다.

이사부는 이리저리 수소문하여 마침내 적합한 사람을 찾아 불러들인다. 그의 이름은 김환이다. 그는 한때 범선을 보유한 적이 있으며 현재는 선착장의 책임자로 일하고 있다.

"군선이 있어야 하는데 몇 척이나 조달할 수 있겠는가?"

"현재 실직주엔 군선이 단 한 척도 없습니다."

"전에 왜구가 쳐들어왔을 때에 군선을 이용하지 않았던가?"

"오래된 일입니다."

"그렇다면 군선을 새로 지어야겠구먼."

"새로 지으려면 기간이 너무 오래 걸리고 실직주에서는 불가능합니다."

"안 된다 안 된다 하지 말고 좋은 방안을 제시해보라."

"일반 범선을 군선으로 개조하는 방법이 있습니다."

"몇 척이나 군선으로 개조할 수 있겠는가?"

"지금으로선 두 척뿐입니다."

"범선 두 척으로 우산국을 정복할 수 있겠나."

"충분합니다. 하오나 두 척도 건조한 지가 오래되어 대대적인 수리를 해야 합니다."

"필요한 모든 것을 지원할 테니, 두 척의 범선을 군선으로 개조하라."

"네 잇. 명령받겠습니다."

군선 문제는 그럭저럭 해결이 되었다. 군사 문제로 주조, 현석 장군이 각 성의 성주들을 만나보고 돌아와 또다시 보고를 올렸다.

"군주님, 보고 드리옵니다."

"관내의 성주들을 만나보고 왔는가?"

"각 성에서 경쟁적으로 많은 군사를 보내주겠다 했습니다만, 최정예 군사로 삼십 명씩만 지원받기로 했습니다."

"삼십 명씩이면 모두 합해 몇 명이나 되는가?"

"족히 삼백은 되옵니다."

"군사 숫자가 부족하지 않을까?"

"군선은 두 척뿐이기에 삼백이 넘어도 소용없습니다."

"이번 전쟁은 육지하고는 달라. 누가 군사 훈련을 맡을 것인가?"

"주조인 제가 맡겠습니다."

"군사 동원과 훈련에 차질 없도록 하라."

"명받겠습니다, 군주님."

"고맙소, 현석 주조."

군사 동원과 훈련시킬 장수가 결정되었고, 다음은 전쟁 방법이 문제가 된다.

다방면으로 수소문해본 결과 권 씨 집안의 권일 장군이 적합했다. 머리가 벗겨지고 체구는 보잘것없으나 왜구와의 전쟁 경험이 많은 사람이다. 그는 처음 보는 짐승의 그림을 보여주었다.

"이것이 무엇이오?"

"사자라는 짐승입니다."

"이런 짐승은 본 적이 없소만."

"겨울이 없는 나라에 살고 있습니다. 사납기 이를 데 없기에 동물 중의 왕으로 불리는 짐승입니다."

"무엇에 쓰려는가?"

"이번 전쟁은 피를 적게 흘려야 한다고 들었습니다."

"그거야 당연한 것이지."

"나무로 크게 모형 사자를 만들어 군선 제일 앞부분에 올려놓을 겁니다."

"어찌 그런 발상을 했는고?"

"우산국 사람들은 바다 한가운데에 살기 때문에 세상 물정에 대해 잘 모릅니다. 똑같이 생긴 사자를 실어와 섬 안에 풀어놓겠다고 위협하면 틀림없이 기가 죽을 겁니다."

"일리 있는 말이군. 무엇이라 부를 것인가?"

"목우사자라 부를 것이옵니다."

"과연 우산국 사람들에게 먹혀 들어갈까?"

"겁을 먹을 건 틀림없습니다."

"좋은 생각이야. 곧바로 실행토록 하라."

권일 장군이 내놓은 방법이 당장은 썩 마음에 들지 않았으나 혹시라도 통할지 모른다는 생각이 들었다. 모든 준비는 순조롭게 착착 진행되고 있었다.

이사부는 군주의 업무를 뒤로하고 매일같이 우산국과의 전쟁 준비에 매달려야 했다.

장수들과 작전회의를 하고, 군선 개조 현장을 찾아가 확인하고, 수시로 군사들의 훈련 상황을 점검해야 한다.

무조건 쳐들어가 항복을 받아내는 것이라면 어려울 게 없으나 피를 흘리지 않고 우산국을 정복해야 하기에 더욱 어려움이 많기 마련이다.

오늘도 하루의 일을 마치고 집으로 돌아온다.

저녁 식사를 끝내고 느긋하게 잠자리에 든다. 안사람의 처녀 시절 고왔던 미색은 나이가 들어 사라지고 이제는 평범한 중년의 부인이 되어 있었다. 남편의 뒷바라지와 아이들을 기르는 데 공을 들이다 보니 외모를 가꿀 겨를 없이 바쁜 나날을 보냈기 때문일까.

부인은 항시 남편의 안위가 걱정의 우선순위를 차지한다.

"누가 뭐라 해도 당신은 내 남편인걸요."

"오늘따라 새삼스럽게 웬일인가?"

"당신이 전쟁터에 나갈 때마다 내 마음이 어떤지 헤아려 봤어요?"

"내가 신라 장수란 걸 잊었소? 그리고 한두 번 전쟁에 참여했던 게 아니지 않소."

"당신이 힘들게 사니깐 나까지 세상사는 게 어려워지는 걸 알고 나 계세요?"

"할 말이 없소. 하늘 같은 대왕의 막내 공주님을 내가 제대로 보필 못 해 미안하오."

"보필 따위는 필요 없어요."

"보필도 필요 없다면, 원하는 게 무엇이오?"

"제발 전쟁터엔 나가지 마세요."

"난 지금까지 장수로 살았소. 앞으로도 신라 장수로 살 것이오."

"모르겠어요. 마음대로 하세요."

"앞으로 두고 보시오. 좋은 날이 오게 할 것이오."

"기대해도 되겠어요?"

"물론이지. 이리 가까이 오시오."

"아이들이 아직 안 자는걸요?"

"너무 아이들, 아이들 하지 마시오."

"알았어요."

이사부는 안사람을 꼭 안고 다독여 준다.

전쟁은 항시 위험하고 목숨을 잃을 수도 있는 것이다. 전쟁터에 나가지 말라는 안사람의 말은 충분히 이해할 수 있었다. 하나 이사부는 왕명을 받은 장수가 아닌가.

장수가 나라를 지키고 전쟁을 하는 것 외의 다른 것이 뭐가 있겠는가.

목숨은 하늘의 뜻에 맡기고 나라를 위해 백성을 지키기 위해 몸을 아끼지 않고 싸우는 것이 최선이다.

무릉도여, 무릉도여

신라의 장수 김이사부는 일 년이 넘도록 계획을 세우고 전쟁 준비에 여념이 없었다.

제일 중요한 것은 물론 군선이다. 우릉섬까지의 동해를 건너자면 웬만한 범선으로는 불가능하고 파도와 폭풍을 견뎌낼 만한 큰 배가 필요하다.

나무를 베어내고 다듬고 짜 맞춰서 집채보다 훨씬 커다란 범선을 군선으로 개조하는 일이 생각보다는 이래저래 시일이 오래 걸릴 수밖에 없었다. 그것도 한 척이 아니고 두 척이나 만들다 보니, 기술을 가진 자들이 많이 필요했다.

그리고 또 한 가지는 육지에 길든 군사들이기에 뱃멀미로 고통을 겪게 마련이니 대비를 해야 하고 상륙전에 맞게 훈련을 시켜야 한다.

한 해를 넘기면서 이사부는 그 모든 어려움을 극복하고 마침내 전쟁 준비를 모두 끝낸다.

전쟁 준비를 끝냄과 동시에 곧장 서라벌로 파발을 띄웠고 우산국을 정복하라는 지증왕의 밀지는 불과 열흘도 안 되어 도착이 되었다.

이사부는 마지막으로 송진 냄새가 물씬 나는 군선에 올라 일일이 점검을 하고 군사들의 건강상태도 파악한다. 그다음에도 병장기의 상태와 보급품의 수량까지 꼼꼼히 확인을 마치고서야 집으로 돌아온다. 어림잡아 헤아려 보니 열흘이 넘도록 집을 비웠다.

대문을 들어서자 아이들이 급하게 방에서 뛰어나온다.

"왜들 그러냐. 뭐 나쁜 일이라도 생긴 게야?"

"어머니가 많이 아파요."

"어머니가 아프면 진작 아버지한테 연락했어야지."

"어서 들어가 보세요."

"알았다."

아이들의 말을 뒤로하고 방 안에 들어선다. 안사람은 고뿔에 걸려 온몸이 불덩어리가 되었다.

"왜 이래, 갑자기?"

"모르겠어요. 죽을 것만 같아요."

"죽다니 말이 되는가?"

"어쩌면 그리도 무심할 수 있어요?"

"내가 당신한테 할 말이 없소."

"해도, 해도 너무했어요."

"미안하오."

가만히 보고만 있을 수 없는 것, 아이들에게 찬물을 떠오게 하여 물수건으로 아내의 몸을 닦아준다. 저녁 식사도 뜨는 둥 마는 둥 하고 아내의 곁을 지킨다.

정성을 들여 간호한 결과, 밤이 깊어지면서 안사람은 열이 많이 내린 것 같았다.

다음날 아침.

부관이 직접 집에까지 찾아왔고 이사부는 바쁘게 서둘러 떠날 채비를 서두른다.

그나마 안사람이 어제와 달리 조금은 차도가 보여 천만다행이다.

"벌써 가시게요?"

"다녀오리다."

"당신은 내가 죽어도 상관없어요?"

"상관없다니, 말이나 되는가?"

"바다로 전쟁을 하러 가잖아요?"

"미안하오."

"나이도 나이니 만큼 이번 전쟁이 끝나면 군복을 아예 벗으세요."

"생각해보겠소."

"약조하세요."

"약속을 지키도록 노력하겠소."

"제발 몸조심하세요."

"당신도 몸조리 잘하시오."

"내 염려는 놓으세요."

"다녀오리다."

이사부는 마음이 조금 무거웠으나 어쩔 수 없는 일이다.

집에서 나와 부지런히 선착장으로 향한다. 하늘은 맑고 구름 한 점 보이지 않았다.

바람도 적당히 불어서 돛을 올리고 항해하기에 아주 좋은 날이다.

두 척의 군선에는 군사들이 가득 올라 대기하고 있었다. 많은 사람들이 환송해주기 위해 선착장에 모였다. 뱃머리에 올려져 있는 목우사자가 마치 살아있는 것처럼 무섭고 무척이나 우람스럽게 보인다.

이사부는 신라의 장수답게 여유 있는 태도와 늠름한 자세로 군선에 오른다.

환송을 나온 사람들이 일제히 손을 흔들어준다. 실직주 주조인 현석 장군이 절도 있게 예의를 표한 후 다가온다.

"우리가 우산국 정복을 마치고 돌아오면 더 많은 환영객이 나올 겁니다."

"맞는 말일세."

"책임이 막중합니다."

"당연하지. 출정준비는 모두 끝났는가?"

"끝났습니다."

"출항하라."

"네 잇. 명령받겠습니다."

출항명령과 함께 돛이 오르고 목우사자를 실은 두 척의 군선은
바람을 받으며 힘차게 바다를 향해 나아가기 시작한다.

다음날 새벽의 우산국.

모두가 잠든 시각, 선착장에서 경계근무를 섰던 자율대원이 헌부
의 집에까지 찾아와 단잠을 깨웠다.

"대장님. 왜구가 출몰했습니다."

"뭣이야?"

"먼바다에 왜선 두 척이 나타났습니다."

"두 척이나 된다고 했나?"

"왜구가 틀림없습니다."

"즉시 자율대원들 모두를 출동시켜라."

"그러잖아도 비상연락망을 통해 연락 중입니다."

"나도 채비하고 곧 나가겠다."

"서둘러야 합니다."

"알았다."

헌부가 자율대장이 된 후 지금까지는 왜구의 출몰이 전혀 없었
다. 드디어 놈들이 나타나다니….

어쩌면 헌부는 놈들을 기다리고 있었는지도 모른다. 부지런히
채비를 하고 집을 나서려는데 부인이 앞을 가로막았다.

"갑자기 왜 그래?"

"어젯밤 꿈자리가 좋지 않았어요."

"꿈을 잘 안 꾸잖아?"

"꿈 이야기 듣고 가세요."

"무슨 꿈인데 그래?"

"어금니 빠지는 꿈이었어요."

"어금니 빠지는 건 흔히 있는 꿈이잖아."

"꿈속에서 어금니가 빠지면 가까운 사람이 죽는다고 들었어요."

"괜한 소리를 하는구먼."

"몸조심하세요."

"너무 염려 마시오."

"제발이요."

왜구가 나타났다니 무슨 일이 생겨도 생길 것이다.

부인이 꿈을 들먹이지 않아도 적들과 싸워 우산국을 지키는 일이니 어찌 무사할 수 있겠는가. 헌부는 고개를 저어 불길한 생각을 재빨리 털어낸다.

그러지 말라며 말렸으나 부인은 문밖까지 나와 배웅을 해 준다. 몸조심하라고, 몇 번이고 다시 당부의 당부를 거듭한다.

헌부는 선창으로 달려간다.

비상연락망을 통해 연락을 받은 자율대원들은 병장기를 갖추어 속속 모여들었다.

진작부터 대비하고 있었기에 당황하지 않고 신속히 대응할 수 있었다. 이번에야말로 왜구 놈들에게 확실하게 본때를 보여줘야만 한다.

달빛도 희미한 새벽 바다는 먹물처럼 캄캄하다.

어둠 속에서 선창가 바로 앞으로 범선 두 척이 다가오는 게 어렴풋이 보였다.

공격하기 유리한 곳에서 잠복 중인 자율대원은 숨을 죽인 채 다가오는 군선을 지켜보고 있었다. 적들은 잠복해 있는 것을 아직 눈치채지 못한 것 같았다.

동이 트기 전 미명의 새벽인데도 왜구들은 능숙하게 두 척의 배를 선착장에 접근시킨다. 곧이어 상륙을 시도하는 게 아닌가.

바람 한 점 없이 적막감이 감도는 선창에는 왜구들이 발소리도 없이 길게 종대를 지어 꾸역꾸역 올라온다.

놈들과의 거리가 점점 가까워지고 있었다. 이때다 싶을 때, 대원들은 몸을 숨긴 채 준비해 놓은 큰 바위 덩어리를 굴리기 시작한다.

갑자기 굴러오는 바위 덩어리에 맞은 왜구들이 쓰러지는 것 같았다. 지척의 거리에 잠복해있던 대원들이 일제히 몸을 일으켜 뛰어나온다.

"공격하라!"

"공격하라!"

"공격하라!"

갑작스러운 공격에 당황한 왜구들은 순간 제대로 싸우지 못하고 멈칫멈칫하더니만 배로 도망치기 바쁘다.

하지만 도망치는 것도 잠시, 사태를 파악하고 정신을 차린 왜구들은 다시금 전열을 갖추어 본격적으로 공격해온다. 자율대원들은 필사적으로 맞서 싸운다.

헌부 역시 죽을힘을 다해 검을 휘두른다.

전투가 시작되어 서로 맞붙게 되자 싸움의 기세가 팽팽하여 어느 쪽으로 기울지 알 수가 없었다. 자율대원들은 모두 열심히 전투에 임한다.

하지만 시간이 조금 흐르자 형세가 기울기 시작한다.

병력의 숫자가 적고 병장기의 상태도 형편없는 우산국의 자율대원은 결코 왜구의 상대가 되지 않았다. 짙은 새벽 아직 어둠이 깔린 선착장은 순식간에 피비린내 나는 생지옥 아수라장으로 변하고 만다.

"악!"

"악!"

"으악!"

비명을 지르며 쓰러지는 사람들은 왜구가 아니라 우산국의 자율대원이다.

전투가 계속되었다간 전멸당할 게 틀림이 없다. 바로 그때 갑자기 정박해 있던 배 안에서 북소리가 들려왔다.

"둥!"

"둥!"

"둥!"

"둥!"

무릉도여, 무릉도여

배에서 울려 퍼지는 북소리에 왜구들은 일제히 공격을 멈추고 뒤로 물러난다.

왜구들은 썰물처럼 소리 없이 철수하기 시작하는 게 아닌가. 놈들이 싸우다 말고 갑자기 왜 그러는지 알 수가 없는 일이다.

승산이 있는데도 불구하고 무엇 때문에 전투를 포기한다는 말인가. 자율대원들은 모두 고개를 갸우뚱거리며 잠시 안도의 한숨을 내쉰다.

하지만 상황이 불리하기에 퇴각하는 적들을 뒤쫓을 필요는 없는 것이다.

"도대체 무슨 일이지?"

"적들이 왜 갑자기 도망치는 거지?"

"모르겠어."

"우리가 무서워서 철수하는 것 아닐까?"

"그런 건 아닌 것 같아."

"도대체가 모르겠단 말이야."

왜구들이 갑자기 철수한 이유를 알 수가 없었다. 만약에 전투가 계속되었더라면 어떻게 되었을까. 자율대원들이 전멸할 것은 불을 보듯 빤한 일이다.

철수를 끝낸 두 척의 왜선은 서서히 움직여 먼바다로 멀어져 간다. 이윽고 왜선이 동쪽 모퉁이를 돌아 시야에서 사라질 때까지 자율대원들은 모두 지켜본다.

하늘이 희뿌옇게 밝아온다.

아침 태양이 바다 위로 평소와 다름없이 떠오른다. 마당이와 담이가 가깝게 다가와 고개를 절레절레 내젓는다.

"왜구는 지금까지 대규모 병력으로 쳐들어온 적이 없었어."

"또 이상한 건, 다 이긴 전투를 왜 갑자기 중단하고 철수했을까?"

"그걸 모르겠단 말이야."

"왜구 말이 아닌, 우리와 비슷한 말을 지껄이는 걸 들은 것도 같아."

"잘못 들었겠지."

"모르겠어."

"왜구가 아니라면 어느 나라지?"

"혹시 신라군 아닐까?"

"말도 안 돼. 그건 그렇고 우리 측 피해는 어떻게 되는가?"

"아직은 정확히 몰라. 사상자는 물론 부상자도 꽤 있어."

"왜구는 몇 명이나 해치웠나?"

"물론 왜구도 사상자가 있어, 우리는 병장기가 별 볼 일 없고, 사람 숫자도 턱없이 부족했어."

"좌우간 단단히 준비해야겠다."

"단단히 준비하다니 뭘."

"놈들은 다시 쳐들어올 게 틀림없어."

"큰일이구먼. 큰일이야."

무릉도여, 무릉도여

태양이 떠오르고 자율대원들은 시신을 수습하고 부상자를 추려 돌보기에 여념이 없었다.

우산국의 자율대는 지리적인 이점은 있지만 모든 면에서 열세가 입증된 셈이다.

왜구인 줄 알았는데 그렇지 않을지도 모른다니….

신라가 무엇이 아쉬워 우산국까지 쳐들어왔단 말인가.

쉽게 납득이 가지 않아 헌부 역시 고개를 절레절레 내젓는다.

태양은 어제와 다름없이 하늘 높이 솟아올라 세상을 환하게 밝혀준다.

철수한 왜선들은 어디로 갔는지 보이지 않았다. 헌부는 선착장의 상황을 대충 끝낸 다음, 임금께 지난 새벽의 전황을 보고하기 위해 궁으로 부지런히 달려간다.

이번에 우해왕은 산으로 피신하지는 않았으나 소식을 기다리며 공포에 떨었는지 얼굴이 사색이다. 헌부의 보고에 황망해하는 표정이 역력하다.

"왜선이 한 척도 아니고 두 척이나 쳐들어왔다는 게 사실인가?"

"맞사옵니다."

"왜군이 몇이나 쳐들어왔는지 헤아려봤는가?"

"날이 어두워 정확히 파악을 못 했사옵니다만. 족히 삼백은 넘었 습니다."

"우리 측 피해는 어찌 되는가?"

"사망자가 다섯이고 부상자도 꽤 있습니다."

"어찌 이런 일이 일어날 수 있단 말인가?"

"우리 우산국 자율대는 병력 숫자가 부족하고, 병장기도 변변치 못합니다."

"큰일이구먼. 큰일이야."

"놈들은 잠시 철수했으나 다시 쳐들어올 게 분명합니다."

"분명히 다시 쳐들어온다고 했나?"

"하지만 저희 자율대원들 모두 최선을 다할 겁니다."

"최선을 다해봐야 무슨 소용이 있겠나. 우리 우산국도 이제 끝장이야."

"폐하, 우선 몸을 피하셔야 합니다."

"피하는 것은 짐이 알아서 할 것이야."

"면목 없사옵니다."

우해왕은 온몸을 부들부들 떨며 겁에 질려 있었다. 헌부는 무어라 위로의 말을 해야 할지 잠시 눈을 감고 만다.

전황 보고를 마친 후 다시 선착장으로 돌아온다. 산으로 도망쳤던 사람들은 상황이 어떻게 됐는지 궁금하여 선착장으로 많이도 나왔다.

가족을 잃은 사람들의 통곡 소리가 들리고 헌부는 눈앞의 상황이 허망하여 넋을 놓고 있었다.

"전쟁은 끝난 것인가?"

"지금부터 시작입니다."

"적들이 철수하지 않았는가?"

"다시 쳐들어올 게 분명합니다."

"다시 피난해야겠어. 제발 몸조심들 하게나."

"너무 염려들 마십시오."

중천에 태양이 걸린다.

헌부의 예상은 빗나가지 않았다. 두 척의 왜선이 동쪽 모퉁이를 돌아 나와서 다시금 모습을 드러내기 시작한다. 사람들은 황급히 산으로 몸을 피신하고 헌부는 겁에 질린 자율대원을 독려해서 우선 싸울 준비를 갖춘다. 두 척의 왜선은 거침없이 선착장으로 다가오는 게 아닌가. 배가 선착장에 근접했을 때, 자율대원들은 다시한 번 크게 놀란다.

"저기를 보란 말이야."

"뱃머리에서 무섭게 생긴 게 뭐지?"

"처음 보는걸."

"혹시 살아있는 건 아닐까?"

"아닌 것 같아."

"모를 일이야."

실제로 살아있는 듯 무섭게 생긴 것은 금방이라도 물어뜯을 듯 이빨을 드러내고 있었다. 뱃머리에 올려져 있는 짐승은 우산국 백성들에겐 생전 처음 대하는 동물이다.

그 무렵 목우사자를 실은 군선 안에서는 이사부와 부하 장수들이 우산국의 선착장을 지켜보고 있었다.

김이사부.

그의 첫 번째 작전은 실패로 끝나고 말았다.

우산국에는 군대가 없는 것으로 알았으나 엄연히 군대가 존재하고 있었다.

어둠을 틈타 소리 없이 상륙했다가 날이 밝으면 주민들에게 겁을 주어 피 한 방울 흘리지 않고 정복하려 했으나 의외로 저항이 만만치 않았다.

만약에 철수명령을 내리지 않았더라면 어떻게 되었을까.

싸움은 승리로 끝났을지 몰라도, 우산국의 군대는 전멸했을 것이다.

앞으로 이 전쟁을 어떻게 마무리 지어야 한단 말인가.

옆에 서있던 주조 현석 장군이 말을 꺼낸다.

"우리가 잘못 생각한 겁니다."

"전쟁이란 항상 실수가 있는 법이지."

"우산국은 볼품없고 작은 나라입니다."

"그리 생각하는가?"

"집들이라고 해봐야 백여 호에 불과합니다."

"다른 동네는 더 없는가?"

"앞에 보이는 두 마을이 전부인 것 같습니다."

"정말로 작은 나라군. 병사가 대충 몇 명쯤 되어 보였나?"

"쉰 명도 채 안 돼 보였습니다."

"병장기는?"

"우리 신라군에 비해 너무나 변변치 못합니다."

"우리가 크게 실수했어. 어찌하면 좋겠나?"

"당장 상륙을 개시해야 합니다."

"살육전을 벌여 얼마 안 되는 우산국 사람들을 모두 죽여야겠는가?"

"다른 방법이 없잖습니까. 명령만 내려주십시오."

"우산국 백성들도 우리와 같은 말을 쓴다. 그렇다면 그게 무슨 뜻이겠는가?"

"무슨 뜻이옵니까?"

"어쩌면 신라 백성일지도 모른다."

"신라 백성이라니요?"

"확실한 것은 모르지만 아마도 먼 옛날에 신라 백성들이 이주해 온 게 아닐까?"

"그렇다면 어찌해야 합니까?"

"배를 더 가깝게 접근시켜라."

"어쩌시려고 그럽니까?"

"명령대로 하라."

"명령받겠습니다."

명령이 떨어지기 무섭게 곧이어 두 척의 군선을 천천히 선착장으로 바짝 접안시킨다.

바로 앞에는 우산국 자율대원들이 무장을 갖춘 채로 숨어 대기하고 있었다.

이사부는 목우사자가 있는 뱃머리 앞으로 썩 나서더니 목청을 크게 높인다.

"우산국 백성들은 항복하라. 당장 항복하란 말이다. 내 목소리 들리는가?"

큰소리로 외치자 숨어있던 우산국의 대원 중 한 사람이 바로 앞에까지 다가오더니만 멈추어 선다.

"우리는 왜구인 줄만 알았다. 어디서 왔는가?"

"신라 임금님의 명으로 왔다."

"신라는 우리의 적이 아니다. 어서 돌아가라."

"전쟁을 하러 온 게 아니란 말이다."

"전쟁을 하러 온 게 아니면 무엇 때문에 왔는가?"

"우산국을 왜구로부터 구해주기 위해 왔다. 당장 항복하기 바란다."

"우리는 절대로 항복할 수 없다."

"우리 뱃머리에 올라앉은 목우사자가 보이느냐? 만약 항복하지 않는다면 이와 똑같은 사자들을 실어다가 온 섬에 가득 풀어 놓겠다. 배고픈 사자들이 우산국 사람들을 모두 잡아먹게 할 것이다."

"우리가 그 말을 믿을 줄 아는가?"

사자를 풀어놓아 쑥밭으로 만들겠다고 위협했으나 우산국의 대원은 믿지 않았다. 그렇다고 다시금 피비린내 나는 전투를 벌일 수는 없는 일이다.

이사부는 잠시 뜸을 들였다가 다시 목청을 높인다.

"항복을 못 하겠다면 당장 상륙해 살육전을 벌일 수밖에 없다."

"우리는 왜구 때문에 피해가 컸다. 왜 신라 군대까지 쳐들어와 우리를 못살게 구는가?"

"우산국은 신라에 귀속되어야만 왜구로부터 보호를 받을 수 있다."

"그걸 어떻게 믿는단 말인가?"

"신라 임금님께서 직접 명을 내리셨다."

"신라 임금의 명이라면, 우리 우산국도 엄연히 임금이 계신다."

"그렇다면 임금께 당장 알리도록 하라."

"임금께 아뢰고 어명을 받으려면 여유를 주기 바란다."

"얼마나 기다리면 되겠는가?"

"오늘은 철수하고 내일 다시 와라."

"하루의 여유를 주겠다. 우산국 임금은 반드시 항복해야 한다고 분명하게 전하라."

"알았다."

"만약 내일 아침까지 항복하지 않을 경우, 무조건 상륙을 실시해 우산국을 쑥대밭으로 만들겠다."

"알았으니 당장은 철수하라."

이사부는 이만큼 엄포를 놓았으면 그들의 대답은 들어보나 마나 라고 생각한다. 그들에게도 충분히 검토할 시간을 주어야 하니 일단 철수해야만 되는 것이다.

"뱃머리를 돌려라."

"네 잇. 명받겠습니다."

곧이어 목우사자를 실은 두 척의 배가 천천히 움직인다. 신라의 군선은 서서히 선착장을 벗어나 섬에서 동쪽 모퉁이를 돌아 나온다. 배는 그리 멀지 않은 거북바위 아래 가까운 바다에 멈추어, 돛을 내리고 닻도 내린다.

이사부 앞에 당당히 나섰던 사람은 두말할 것도 없이 우산국의 자율대장인 헌부였다.

그는 자신의 실수를 인정하지 않을 수 없었다.

왜냐하면 두 친구가 왜구가 아닐지도 모른다고 의심을 했는데도, 우해왕에게 왜구가 침탈했다고 성급하게 보고를 했기 때문이다.

신라 군대는 뱃머리에 올라앉은 사자라는 짐승을 우산국 땅에 풀어놓겠다고 위협했다.

사자라는 짐승에 대해 들어본 적은 있으나 신라의 군대가 철저하게 준비해 쳐들어온 것은 틀림이 없다. 내일까지는 항복하라고 신라의 장수가 엄포를 놓고 현재 가까운 바다에서 대기 중이다. 맞서 싸워봐야 승산이 없다는 걸 헌부가 모를 리 없는 것이다.

다시금 임금께 보고를 드리고 상황을 알려야 한다.

헌부가 도착했을 때에 궁궐 안은 쥐 죽은 듯 고요했다.

몸을 피했는지 우해왕과 호위무사는 보이지 않았다. 이 방, 저 방 기웃거리며 다른 가족들이 있나 찾아봤으나 아무도 보이지 않았다.

혹시나 하여 임금의 집무실 문을 열어 본다.

넓은 공간의 중앙에는 우해왕이 앉았던 용상이 주인을 잃은 채 덩그러니 놓여 있었다.

텅 빈 궁궐은 깊은 적막감만 감돈다. 잠시 집무실을 눈으로 둘러보고 빈 용상에 한번 앉아볼까 하다가 그만두고 문을 나서려 할 때에 등 뒤에서 인기척이 느껴졌다.

다른 사람이 아닌 젊은 시절 한때 연인 사이였던 소이왕후가 아닌가.

헌부가 놀라 허리를 굽혀 절한다.

"임금께 보고드릴 일이 있어 왔습니다."

"그러잖아도 들어올 때부터 봤어요."

"아무도 없기에 여기까지 들어온 겁니다."

"상관없어요."

"폐하는 지금 어디 계십니까?"

"한 나라의 임금이 적들이 쳐들어올 때마다 제일 먼저 도망쳐 버리니 되겠어요?"

"폐하께서 몸을 피하는 건 당연합니다. 왕후님도 몸을 피하셔야 합니다."

"내 걱정은 하지 마세요."

소이왕후와 잠시 이야기를 나누고 있을 때에 호위무사가 급하게 달려왔다. 잠시 숨을 고르더니만 소이왕후께 머리를 조아린다.

"폐하께서 바다에 투신하셨습니다."

"뭐라 했는가?"

"제가 잠시 한눈을 파는 사이 폐하께서 바다에 몸을 던졌사옵니다."

"뭣이야?"

"저로서도 어쩔 수 없었습니다."

갑작스러운 소식에 소이왕후는 기운이 빠져 몸을 제대로 가누지 못하는 것 같았다.

너무 놀라 당황한 탓이다. 뜨거운 눈물이 볼을 타고 흘러내린다. 울음소리는 내뱉지 못하고 연신 가슴만 쥐어뜯는다.

헌부 역시 당황하여 소이왕후를 부축하려고 한다.

소이왕후가 기다리기라도 했다는 듯 헌부에게 온몸의 체중을 다 떠맡기면서 쓰러진다.

그 바람에 두 사람은 부둥켜안은 채 그 자리에 주저앉고 만다.

헌부는 경황이 없는 중에 갑자기 안사람의 꿈 이야기가 떠올려 본다. 불길한 꿈의 주인은 남편이 아닌 안사람의 오라버니, 즉 우해왕이 죽는 꿈인 셈이다.

우해왕은 죽고, 신라군은 앞바다에서 대기하고 있으니 앞으로 이를 어찌한단 말인가.

헌부는 한없이 허망하여 소이왕후를 안은 채로 넋을 잃고 만다.

오후가 되어 궁궐에서 우산국 원로들의 회의가 열렸다.

먼저 호위무사가 우해왕의 투신사건에 대해 상세히 보고한다. 원로들은 처진 눈꺼풀 밑으로 흐르는 눈물을 훔치며 흐느껴 울었고, 실내는 금세 눈물바다가 되고 만다.

어느 정도 시간이 흐르고 진정이 되자 전황을 보고할 차례다.

헌부는 자율대장으로서 지금까지의 상황을 설명한 다음, 앞으로의 대책에 대해 원로들의 의견을 들어야 한다.

"신라가 어찌해서 쳐들어왔단 말인가?"

"왜구로부터 우산국을 구해주기 위해 왔다고 했습니다."

"그걸 어떻게 믿는단 말인가?"

"당장 항복하라고 엄포를 해놓고는 앞바다에 대기 중에 있습니다."

"오랜 역사와 전통을 자랑해온 우산국이 없어진다는 말인가?"

"내일 날이 밝으면 신라 군대가 쳐들어와 살육전을 벌일 게 분명합니다."

"그렇다면 어째야 한다고 보는가?"

"저들의 말을 믿고 항복하는 쪽이 희생을 줄이는 최선책이라 생각합니다."

"어찌 이런 일이 생겼단 말인가."

"안 되지. 안 되는 것이야."

헌부의 말꼬리는 안타까움으로 점점 가늘어진다. 처음에는 주민들의 목숨이 중하다는 생각이 앞섰던 것인데, 차츰 우산국을 지켜내야 하는 자율대장으로서의 책임감이 뒤따라 덮쳐왔던 것이다.

누군가 그런 낌새를 알아채기라도 한 듯 강경하게 주장하고 나선다.

"우리가 끝까지 싸워야 하는 것 아닌가?"

"우리 우산국이 나라는 작아도 역사와 전통이 있소이다. 모두 옥쇄하는 한이 있더라도 끝까지 대항해 싸워야 합니다."

"그렇소이다."

"싸웁시다."

바닷가에서 멀리 떨어진 탓에 왜구의 피해가 적었던 윗마을 원로 중 하나가 앞장을 서자, 거기에 대해서 역시 그 마을에 사는 원로들 몇몇이 동조를 해 댄다.

하지만 당장에 반대 의견이 터져 나온다.

"맞서 싸워봐야 승산이 없습니다. 전멸당할 게 뻔합니다."

"그렇소이다. 싸움 끝에 우산국 사람의 씨가 마르는 것보다야, 왜구의 침입으로부터 보호해 준다는 저들의 말을 한번 믿어보는 게 좋을 듯하오."

"옳소. 항복을 합시다. 아까운 인명을 지키는 게 합당한 처사올시다."

"그렇소이다. 원래 아득한 옛날에 우리 우산국 사람들은 신라 땅에서 이주해왔다고 들은 바가 있소이다. 그렇다면 신라를 딱히 남

무릉도여, 무릉도여

의 나라라고 할 수도 없는 것 아니겠소?"

"나도 거기에 대해서 들은 바가 있소이다. 뭐, 우리 모두가 옛날의 고향 나라 백성으로 돌아가는 셈만 칩시다."

바닷가에서 가까운 탓에 왜구들의 피해가 컸던 아랫마을 원로들이 이구동성으로 항복할 것을 주장하고 나선다. 각자의 주장이 팽팽하니 중심을 잡을 수가 없다.

결국 원로회의 장로인 헌덕 어르신이 손을 흔들어 여럿의 입을 막은 다음 되묻는다.

"의견이 양쪽으로 갈렸으니, 그렇다면 어찌해야겠는가?"

"항복하는 수밖에 다른 방법이 없습니다."

"싸워야 합니다."

그래도 의견이 팽팽하게 맞서자 헌덕 어르신이 땅이 꺼질 듯 한숨을 내쉰다.

"어찌 이런 일이 생길 수 있단 말인가."

"어찌 이런 일이."

더 버텨봐야 소용없다는 것을 장로들 모두가 모를 리 없다. 게다가 옛날의 고향 나라 백성으로 돌아가는 셈만 치자는 말이 은근히 사람들의 심금을 흔들어댄다.

헌덕 어르신이 벌떡 일어나더니만 땅땅 지팡이로 바닥을 두드린다.

삽시간에 분위기가 숙연해진다. 잠시 더 뜸을 들인 다음, 헌덕 어르신이 뚜벅 입을 열어 결론을 내린다.

"나라가 없어진다 해도 우리 모두 죽을 순 없는 것 아니오?"

"하기는 맞는 말입니다."

"자율대장 헌부의 말대로 합시다."

"신라에 항복하잔 말이오?"

"다르게 마땅한 방안이 없잖소. 그 대신 이번 기회에 왜구로부터 보호를 받을 수 있도록 확실한 협약을 얻어내야 할 것이오."

"통탄할 노릇이구먼."

"통탄할 노릇이야."

왕은 죽었고 역사와 전통을 이어온 나라는 하루아침에 없어지게 생겼다. 원로들은 통탄하고 회의실은 울음바다로 변한다.

갑자기 바람이 불어 우는 소리를 낸다.

바다도 덩달아 우는 소리를 낸다.

우산국 전체가 울고 있는 것도 같은 소리가 난다. 헌부 역시 눈물을 떨어뜨린다.

다음날 아침.

선착장엔 산속으로 피신했던 주민들이 돌아왔다. 자율대원들은 모두 무기를 버렸고 원로들은 한 곳에 모여 기다리고 있었다. 자율대원 하나가 흰 깃발을 높이 쳐든다.

곧이어 신라의 군선 두 척이 천천히 다가와 선착장에 접안시킨다. 신라군은 차례차례 질서정연하게 하선을 시작했고 맨 나중에 신라의 장수가 군선에서 내려온다.

마지막으로 군선에서 내려오는 그를 보는 순간 헌부는 놀라지 않을 수 없었다.

실직주에서 만났던 쌍둥이 형이 틀림없었다. 그러나 그런 사사로운 사실을 따지고 있을 계제가 못 된다. 하선이 끝나고 신라의 군대와 우산국 사람들은 양쪽으로 나뉘어 서로를 마주 보게 되었다.

이사부와 헌덕 어르신이 대표로 나와 서로 궁금한 것을 질문하고 답변하는 식이다.

"당신네 때문에 우산국의 우해왕이 스스로 목숨을 끊었소. 바다에 몸을 던져 투신했단 말이오."

"그 말씀 정녕 사실입니까?"

"머리에 쓰고 있던 투구를 남기고, 바다에 몸을 던졌소."

"깊이 사죄드립니다. 우해왕에 대해 국상을 치러드릴 것입니다."

"돌아가신 분은 어쩔 수 없소만, 지금까지 우산국은 왜구로부터 피해가 컸던 게 사실이오."

"오늘 이후부터 왜구가 출몰하게 되면 신라 군대가 적극 막아줄 것입니다."

"그걸 어떻게 믿는단 말이오?"

"믿어주셔야 합니다. 항복하십시오."

"왜구를 막아준다니 고맙소."

"잘 생각하셨습니다."

"어쩔 수 없기에 응하는 것이오. 항복하겠소."

"정말로 잘 생각하셨습니다."

이미 대세가 꺾인 상황이다. 하루아침에 나라와 임금을 잃어버린 우산국 사람들의 얼굴은 모두가 하나같이 흙빛이다.

먼바다를 한없이 바라보는 사람도 있었고, 하늘을 올려다보며 눈물을 흘리는 사람도 있었다. 여기저기서 탄식이 터지며 사람들의 울음 소리에 흠뻑 취해 망연자실 넋을 놓고 있는 사람도 있었다.

헌부 역시 목전의 상황이 기가 막혀 눈시울을 적신다.

다음날.

우산국 사람들과 신라 군사들이 합세해 제단을 마련한다.

우해왕이 투신한 곳에서 엄숙하게 제사가 진행되었다. 우해왕과 더불어 이번 전투에서 사망한 신라군과 우산국 자위대원 모두의 명복을 빌어주었다.

눈앞에 펼쳐진 바다는 물살이 빨라 한번 빠졌다 하면 살아나오기 힘든 곳이다.

이사부와 헌덕 어르신이 제주가 되어 모두 함께 고개를 숙인다.

"무릉도에서 영생을 얻게 하소서!"

"무릉도에서 영생을 얻게 하소서!"

"영생을 얻게 하소서!"

"영생을 얻게 하소서!"

헌덕 어르신의 선창하고 나머지 사람들이 큰소리로 복창한다. 이어 이사부가 앞으로 썩 나선다.

"오늘 제사 지낸 이곳을 사자바위라 부를 것이오. 그리고 사자바위를 굽어보는 저쪽은 투구바위로 부르시오."

"그리하겠습니다."

장례식이 경건하고 엄숙하게 거행되었다.

하루아침에 나라를 빼앗기고 임금을 잃어버린 우산국 사람들은 다시금 울음을 터뜨렸고 곧 눈물바다가 되고 만다.

아 얼마나 가슴 아픈 일인가. 사람들이 모두 돌아가고 나자 마당이와 담이가 헌부에게 다가온다.

"형을 만나 봐야 하는 것 아닌가?"

"지금 생각 중이야."

"생각 중이라니, 형을 만나기 위해 신라에까지 갔었잖아?"

"사실은 형을 만나고 싶지 않아."

"갑자기 왜 마음이 바뀐 거지?"

"나도 웬일인지 모르겠어."

헌부의 솔직한 심정이다. 나라가 없어진 것은 이사부 때문이란 생각이 들었고 혹시라도 아는 척을 했다가 모른다고 하면 어쩌나 하는 마음도 없지 않았다.

이 무렵 이사부 역시 반드시 만나 봐야 할 사람을 생각하고 있었다.

실직주의 병부령으로 있을 때, 왜구가 출몰했다는 보고를 받고는 말을 타고 급히 비리성으로 출동하는 중이었다. 갑자기 길을 막아서는 자가 있었다. 그는 자신이 쌍둥이 동생이라며 어렸을 때에 헤어졌다고 말을 했다.

들도 보도 못한 일이라서, 그럴 리 없다고 고개를 흔들었으나 얼굴이 똑같이 생겼기에 이사부로서도 놀라웠다. 어찌 된 사연인지 이야기나 들어보고 싶었으나 갈 길이 워낙 다급했기에 나중에 성으로 찾아오라, 한마디를 남겼으나 그 뒤로는 소식이 없었다.

사벌주 사는 매부 역시 언젠가 또 이상한 이야기를 들려주었다. 사벌주에서 축성 공사를 할 때에 이사부의 쌍둥이 동생 이헌부의 죽을 목숨을 살려주었다는 것이다.

그리고 세월이 한참 흘러서야 우산국에서 맞닥뜨렸는데 그가 바로 우산국의 자율대장이라 하였다.

김이사부.

그는 부관을 시켜 자율대장을 보자고 연통을 넣었고 잔뜩 마음을 졸이며 기다리고 있을 때에 그가 찾아와 얼굴을 내밀었다. 서로의 복장과 차림새는 무척이나 달랐으나 그 생김새는 비슷하다. 가까이서 마주 본 두 사람은 긴 세월이 흘렀음에도 너무나 닮아 있었고, 마치 거울에 비친 자신의 모습을 들여다보고 있는 것처럼 이상한 기분이 들었다.

"전에 혹시 실직주에 온 적이 있었는가?"

"네, 맞습니다."

"내게 쌍생이라 말한 것으로 기억하고 있는데 사실인가?"

"사실입니다."

"어찌 된 사연인지 말해줄 수 있겠나?"

"저 역시 모르고 살았습니다만, 길러주신 양아버지께서 마지막 임종하실 때에 언질을 주셨습니다."

"양아버지라 했는가. 더 자세히 말해보라."

"저는 당시 실직주 군주의 쌍생으로, 아주 어릴 때에 왜구 때문에 집안은 풍비박산된 적이 있다고 들었습니다."

"그건 나도 알고 있는 사실이지."

"크게 상처를 입은 생모가 쌍생 중에서 동생인 저만 둘러업고 도망치다가 죽기 직전에 제 양아버지를 만났습니다."

"그 말은 처음 들었네."

"생모는 그때 모든 사실을 제 양아버지께 말해준 것으로 알고 있습니다."

"나 역시 생모가 일찍 돌아가셨다는 말을 들었네만, 쌍생이란 사실은 전혀 모르고 있었네."

"혹시 아버지가 실직주 군주로 계셨다는 건 맞습니까?"

"물론이지. 친아버지 이름을 알고 있는가?"

"모릅니다."

"모를 수밖에 없겠지. 자네 이름이 무엇인가?"

"이헌부라 하옵니다. 성은 김씨입니다."

"김이헌부, 김이사부. 부자 돌림으로 생긴 모습도 똑같아. 우리는 쌍생 형제가 틀림없어."

"맞습니다, 형님."

형제는 작은 핏덩어리 때 헤어졌기에 서로의 존재를 몰랐다. 쌍둥이 형제가 있다는 것을 알지 못한 채 오랜 세월 동안 다른 세계에서 떨어져 살아왔다. 서로가 형제임을 확인되자 더 이상 말이 필요 없었다. 둘은 얼싸안고 눈시울을 적신다.

밤이 되어 이사부와 이헌부는 다시 만난다.

이헌부가 형인 이사부를 집에까지 초대하여 만남이 이루어졌다. 우선 안사람과 자식들을 소개한 후에 둘은 방 안에 마주 앉아 곡주를 마시며 많은 이야기를 나눌 수 있게 되었다.

"아우를 우릉도 현령으로 삼을 것이야."

"현령이 뭡니까?"

"신라에는 서라벌 황도가 있어. 그다음은 주, 군, 현으로 나뉘어 지방이 조직되어 있다네."

"현이라면 신라에서 가장 작은 지방 단위를 말하는 겁니까?"

"그런 셈이지."

"열심히 일하겠습니다."

형제는 지난 세월 동안 겪었던 힘든 일들을 이제는 편하게 이야기할 수 있게 되었다.

이야기는 밤이 깊도록 이어졌고 형제의 얼굴에는 웃음이 피어난다. 한잔 두 잔 술잔을 기울이며 형제는 오래도록 나누지 못했던 정을 풀어낸다. 그리운 사람들과 지나간 나날에 대한 회포로 밤을

무릉도여, 무릉도여

지새운다.

형제의 따뜻한 해후를 축복이라도 해주는 듯, 바다가 들려주는 노랫소리가 쉬지 않고 들려온다. 두 형제는 고요한 밤을 외롭지 않게 보낼 수 있었다.

다음날.

우산국의 궁궐에서 큰 행사가 거행되었다. 이사부는 신라의 임금을 대행하였고, 우산국에서는 원로들의 대표인 헌덕 어르신이 임금을 대행했다.

"우산국이 신라에 귀속된다면 우리가 해야 할 일이 무엇이오?"

"신라의 다른 지방과 마찬가지로 조공을 바쳐야 합니다."

"섬나라이기에 곡물 산출이 아주 적어요."

"곡물 대신 해산물도 좋습니다."

"해산물이야 가능하겠지만 우리는 인구가 적기 때문에 군대를 양성할 수 없어요. 왜구는 어떻게 막아줄 것이오?"

"오늘 이후부터 우산국은 신라 실직주 관아의 현으로 편입시키고, 초대 현령으로 이헌부가 임명될 것입니다."

"이헌부라면 우리도 그리되기를 바라고 있는 것이오."

"진검을 비롯한 대창 그리고 화살촉 등 많은 병장기를 공급하겠습니다. 그리고 상주 병력을 요청하는 인원만큼 주둔시킬 수 있습니다."

"앞으로 왜구의 침범만은 철저하게 막아주시오."

"만약 또다시 왜구가 쳐들어왔다 하면 신라 서라벌을 친 것이나

488
/
독도

동등하게 생각할 것입니다."

"우산국은 우릉도와 무릉도를 비롯해 많은 섬이 있어요. 앞으로 어찌 되는 것이오?"

"우릉도와 무릉도 그리고 주위의 작은 섬들 모두 신라에 귀속됩니다."

"모두 귀속이 된다면 신라 영토가 된다는 뜻이오?"

"맞습니다."

"그리고 또 한 가지. 우산국의 명칭을 어찌 부를 것이오?"

"명칭은 우산국에서 우릉도로 바꿔 부를 것입니다."

"알겠소. 모든 것을 인정하겠소."

"여러분은 신라의 백성이 되었습니다. 신라왕의 명으로 환영합니다."

"우리도 환영합니다."

우산국 사람들은 오랜 세월 동안 왜구로부터 심적인 고통을 받았을 뿐 아니라 더 큰 물적인 부담에 시달렸기에 어쩌면 신라에 귀속되는 편이 나을 수도 있는 것이다.

이제 신라의 백성이 되었으니 왜구가 쳐들어 왔을 경우 목숨을 위협받지 않아도 된다.

그렇게 생각하고 나니 신라의 백성이 되는 것에 약간의 자긍심마저 생겨난다.

곧이어 만세 삼창이 있었다.

"우릉도 만세."

"신라국 만세."

"만세 만만세."

모두가 함께 큰소리로 만세를 외쳤고 우산국은 역사 속으로 사라지게 되었다.

신라는 영토가 넓어지니 좋고, 우산국 사람들은 더 이상 생명을 위협받지 않으니 좋기만 하다. 우산국이면 어떻고 신라면 어떠리. 백성들이 걱정 없이 살 수 있다면 어느 나라의 백성인가는 중요하지 않다.

다음날.

우릉도의 초대 현령이 된 이헌부와 신라의 실직주 군주 이사부 형제는 목우사자를 실은 군선을 타고 무릉도로 가게 되었다.

미명의 어슴푸레한 바다 안개를 뚫고 군선은 거북바위 아래를 돌아 동쪽으로 나아간다.

지척을 분별할 수 없는 바다 안개는 우릉도에서 멀어지면서 차츰 걷힌다.

하늘은 높고 푸르다. 바다도 잔잔하다.

햇빛에 반짝이며 부서지는 물결에 눈이 부신다. 바닷바람이 시원히 불어온다. 바닷바람에는 소금 냄새가 흠씬 풍긴다. 두 형제의 옷깃이 바람에 펄럭인다.

이헌부가 눈이 부셔 손차양을 하고 전방을 살펴본다.

한 폭의 그림같이 아름다운 두 개의 큰 섬이 눈앞에 펼쳐진다.

동섬과 서섬이다.

큰 섬 주변으로 크고 작은 바위섬이 흩어져 있다. 커다란 바위를 깎아 세운 것처럼 아주 높이 솟아 있는 섬은 대장부다운 위용이 넘친다.

해안은 대부분이 거친 바위와 절벽으로 이루어져 있다.

그야말로 기암괴석이란 말이 실감 나는 절경이다. 신의 솜씨인지 자연의 솜씨인지, 그 모습이 놀랍기 그지없다.

깎아지른 듯 솟은 촛대바위 절벽으로 달려간 파도가 쉴 새 없이 머리를 박고 하얗게 깨져 나간다. 부서져 쓰러진다.

푸른 물감을 풀어놓은 듯 맑은 바다가 끝도 없이 넘실거리며 펼쳐진다.

바다는 햇살의 방향에 따라 순식간에 쪽빛에서 먹빛으로 먹빛에서 쪽빛으로 짙어졌다가 엷어지기를 반복한다. 눈을 크게 뜨고 바라보아도 어디가 하늘이고 어디가 바다인지 그 경계가 모호하다.

다른 차원의 세상인 듯 신비로운 모습 그 자체다.

잃어버린 동생을 만나 무릉도를 돌아보는 형의 얼굴에는 짙은 감회가 서려 있다. 두 형제의 심정을 무어라 말로 표현할 수 있겠는가. 세상천지에 혈혈단신인 줄만 알았더니 핏줄이 생생하게 살아 있다니. 그 기쁨 어느 것에도 비길 바가 못 된다.

"형님 무어라 말씀 좀 해보십시오."

"감히 내가 무슨 할 말이 있겠나?"

"무릉도는 우릉도 사람들의 지킴이이고 신앙입니다."

무릉도여, 무릉도여

"직접 와서 보니 우릉도 사람들이 무릉도를 영원한 안식처로 떠올린 이유를 알 수 있겠어."

"사람이 죽게 되면 시신은 썩어 흙이 되지만 영혼은 다시 환생해 무릉도에 살게 됩니다."

"맞는 말일세."

"무릉도야말로 우릉도 사람들의 영원한 고향입니다."

"우리 형제가 무릉도에 와보길 잘했어."

"형님이 그리 말하실 줄 알았습니다."

"무릉도는 우산국의 영토였으나, 지금 이후로는 어느 누구, 어떤 나라가 무어라 해도 신라 땅이 된 것을 명심하기 바라네."

"당연합니다. 형님."

동해 망망대해 바닷속에서 돌덩이들이 태어났다. 한반도에서 멀찌감치 떨어진 동쪽 바다에 우뚝 솟아오른 섬. 해저 화산의 분출물이 쌓여서 이루어진 섬. 하늘과 땅이 물로 가득 찬 망망대해에 우뚝 솟은 그곳에 우산국이 있었다.

울릉도 본섬에만 사람이 살았고, 독도를 비롯한 40여 개의 무인도로 이루어진 나라다.

우산국은 아득한 옛날 옛적부터 우산국 소유의 섬으로 주민들의 생활 풍습이나 언어는 가장 가까운 신라와 아주 비슷했고 땅의 넓이와 인구만으로 보면 신라의 큰 마을 단위에 불과했으나 엄연히 임금이 있고 백성이 있는 독립 국가였다.

역사적인 기록을 보면 서기 512년 6월에 신라장수 김이사부가 신라 지증왕의 명으로 우산국을 정복시켜 지금까지 명맥을 이어오고 있는 것이다.

과연 어느 누가, 어느 나라가, 독도를 감히 자기네 땅이라고 우길 수 있겠는가?*

무릉도여, 무릉도여